A VOLTA DA CHAVE

RUTH WARE

A VOLTA DA CHAVE

Tradução de Pedro Pedalini

Rocco

Título original
THE TURN OF THE KEY

Primeira publicação em 2019 por Harvill Secker, um selo da Vintage.
Vintage faz parte do grupo de empresas da Penguin Random House.

Copyright © Ruth Ware, 2019

Ruth Ware assegurou seu direito de ser identificada como autora desta obra
em concordância com o Copyright, Designs and Patents Act 1988.

Direitos para a língua portuguesa reservados
com exclusividade para o Brasil à
EDITORA ROCCO LTDA.
Rua Evaristo da Veiga, 65 - 11º andar
Passeio Corporate - Torre 1
20031-040 - Rio de Janeiro - RJ
Tel.: (21) 3525-2000 - Fax: (21) 3525-2001
rocco@rocco.com.br
www.rocco.com.br

Printed in Brazil/Impresso no Brasil

CIP-Brasil. Catalogação na publicação.
Sindicato Nacional dos Editores de Livros, RJ.

W235v

Ware, Ruth
 A volta da chave / Ruth Ware ; tradução Pedro Pedalini. –
1ª ed. – Rio de Janeiro : Rocco, 2023.

 Tradução de: The turn of the key
 ISBN 978-65-5532-332-0
 ISBN 978-65-5595-182-0 (recurso eletrônico)

 1. Ficção inglesa. I. Pedalini, Pedro. II. Título.

23-82383

CDD: 823
CDU: 82-3(410.1)

Meri Gleice Rodrigues de Souza - Bibliotecária - CRB-7/6439

O texto deste livro obedece às normas do
Acordo Ortográfico da Língua Portuguesa.

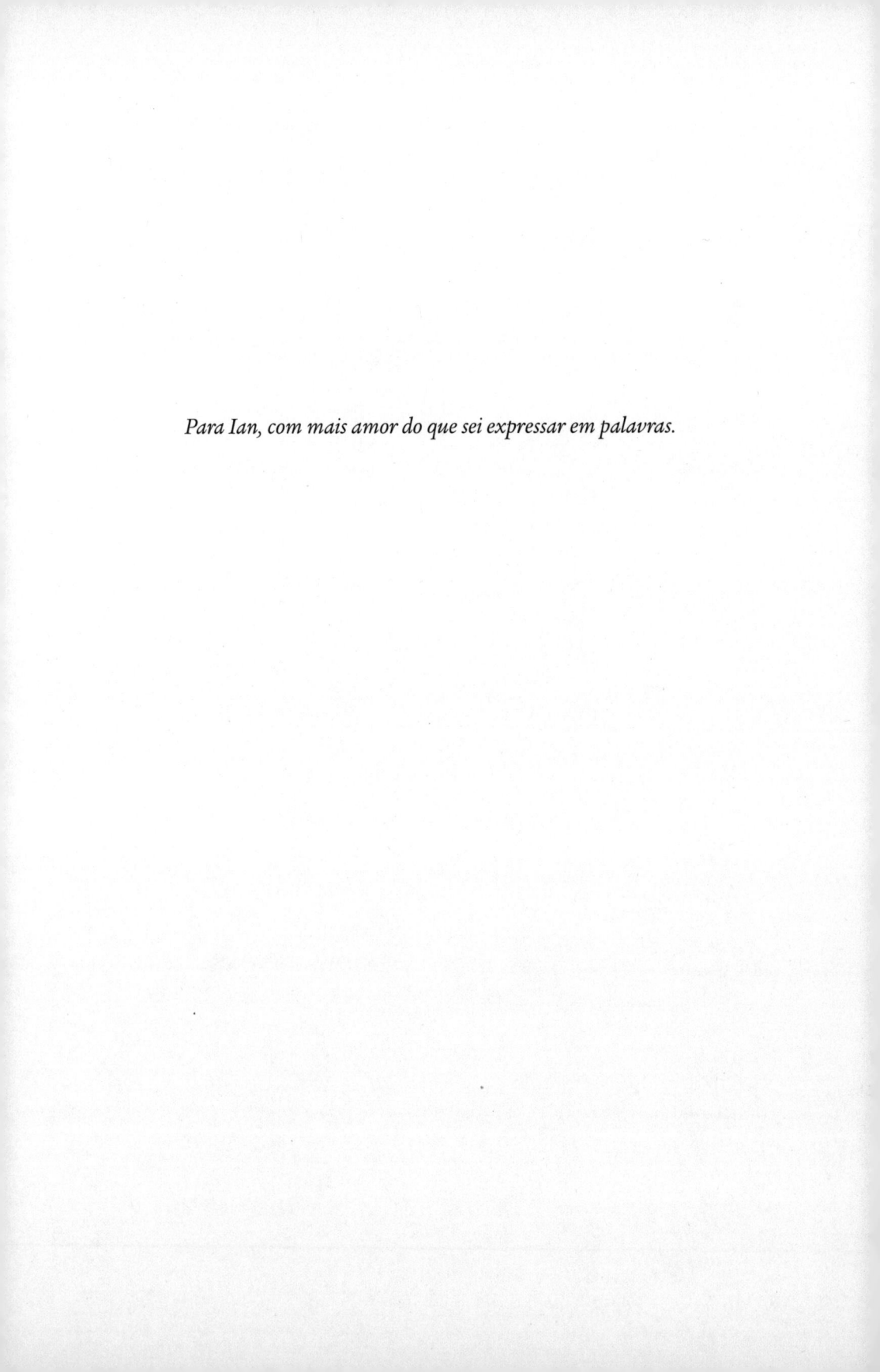

Para Ian, com mais amor do que sei expressar em palavras.

3 de setembro de 2017

Caro sr. Wrexham,

Eu sei que você não me conhece, mas, por favor, por favor, você tem que me ajudar

3 de setembro de 2017
PSM¹ Charnworth

Caro sr. Wrexham,

Você não me conhece, mas pode ter visto a cobertura do meu caso nos jornais. O motivo pelo qual estou lhe escrevendo é para pedir que, por favor

---

¹ Prisão de Sua Majestade, no original Her Majesty's prison. (N. do T.)

4 de setembro de 2017
PSM Charnworth

Caro sr. Wrexham,

Espero que essa seja a maneira correta de me dirigir a você. Nunca escrevi a um advogado do Tribunal Superior antes.
 A primeira coisa que tenho a dizer é que sei que isto não é convencional. Eu sei que deveria ter entrado em contato por meio do meu advogado solicitante, mas ele

5 de setembro de 2017

Caro sr. Wrexham,

Você é pai? Tio? Se sim, por favor, deixe-me recorrer

Caro sr. Wrexham,

Por favor me ajude. Eu *não* matei ninguém.

7 de setembro de 2017
PSM Charnworth

Caro sr. Wrexham,

O senhor não tem ideia de quantas vezes comecei a escrever e amassei a confusão que era o resultado final desta carta. Mas percebi que não existe fórmula mágica aqui. Não tem como eu OBRIGÁ-LO a escutar meu caso. Portanto, tudo que posso fazer é me esforçar ao máximo para explicar as coisas. Por mais que demore, por mais que eu estrague tudo, vou apenas prosseguir... e dizer a verdade.

Meu nome é... E aqui me interrompo, querendo rasgar a página novamente.

Porque, se eu lhe disser meu nome, o senhor saberá por que estou lhe escrevendo. Meu caso está em todos os jornais, meu nome em todas as manchetes, meu rosto angustiado em todas as primeiras páginas — e todos os artigos insinuando minha culpa de uma maneira que fica apenas um pouco aquém do desacato à corte. Se eu lhe disser meu nome, tenho a horrível sensação de que pode me considerar uma causa perdida e jogar minha carta fora. Eu não iria culpá-lo inteiramente, mas, por favor, antes que faça isso, leia minhas palavras.

Sou uma jovem de vinte e sete anos e, como deve ter visto pelo endereço do remetente acima, no momento estou na prisão feminina PSM Charnworth, na Escócia. Eu nunca recebi uma carta de nenhum preso, então não sei como é quando elas chegam, mas imagino que minha situação atual ficou bem óbvia mesmo antes de o envelope ser aberto.

O que o senhor provavelmente não sabe é que estou em prisão preventiva. E o que não pode saber é que sou inocente.

Eu sei, eu sei. Todos dizem isso. Todas as pessoas que conheci aqui são inocentes — de acordo com elas mesmas, ao menos. Mas, no meu caso, é verdade.

O senhor pode ter adivinhado o que está por vir. Estou escrevendo para pedir que me represente como advogado solicitante no meu julgamento.

Sei que isso não é convencional nem como os réus devem abordar os advogados. (Eu acidentalmente o chamei de advogado do Tribunal Superior em um rascunho anterior desta carta — não entendo nada de leis e menos ainda do sistema escocês. Tudo o que sei aprendi com as mulheres daqui da prisão, incluindo o seu nome.)

Já tenho um advogado solicitante — o sr. Gates — e, pelo que entendi, é ele quem deveria nomear um advogado para o julgamento em si. Mas ele também é justamente a pessoa que me trouxe para cá. Eu não o escolhi — a polícia o escolheu para mim quando comecei a ficar com medo, e enfim tive o bom senso de calar a boca e me recusar a responder perguntas até que encontrassem um advogado para mim.

Eu achei que ele iria resolver tudo, me ajudar na defesa do caso. Mas, quando ele chegou... não sei, não sei explicar. Ele só piorou tudo. Não me deixava *falar*. Tudo o que eu tentava dizer, ele me cortava com "minha cliente não tem nenhum comentário a fazer neste momento" — e isso só me fez parecer muito mais culpada. Tenho a impressão de que, se eu pudesse simplesmente ter explicado tudo direito, nunca teria chegado a este ponto. Mas, de alguma forma, os fatos ficavam se contorcendo na minha boca, e a polícia fez tudo parecer tão ruim, tão incriminador.

Não é exatamente que o sr. Gates não tenha ouvido o meu lado da história. Ele ouviu, é claro, mas de alguma forma... ó Deus, é tão difícil de explicar por escrito. Ele se sentou e conversou comigo, mas não *escuta*. Ou se escuta, não acredita em mim. Toda vez que tento contar o que aconteceu, começando do começo, ele me interrompe com essas perguntas que me confundem, e minha história fica tão emaranhada que quero gritar para ele simplesmente *calar a boca*.

E ele continua falando comigo sobre o que eu disse nas transcrições daquela terrível primeira noite na delegacia, quando me interrogaram sem parar, e eu disse — Deus, nem sei o que eu disse. Desculpe, estou chorando agora. Desculpe, sinto muito pelas manchas no papel. Espero que você consiga entender minha letra apesar disso.

O que eu disse, o que eu disse naquele momento, não há como desfazer. Eu sei disso. Eles têm tudo isso gravado. E é ruim, muito ruim. Mas saiu errado, e eu sinto que, se pudesse ter uma chance de apresentar meu caso para alguém que realmente escutasse... O senhor entende o que estou dizendo?

Meu Deus, talvez não entenda. Afinal, nunca esteve aqui. O senhor nunca se sentou a uma mesa se sentindo tão exausto a ponto de querer desistir, e com tanto medo a ponto de querer vomitar, com a polícia perguntando e perguntando e perguntando até não saber mais o que está dizendo.

Eu acho que se resume a isso, no final.

Sou a babá no caso Elincourt, sr. Wrexham.

E eu *não* matei aquela criança.

Comecei a escrever ontem à noite, sr. Wrexham, e quando acordei esta manhã e olhei para as páginas amassadas cobertas com meus garranchos suplicantes, meu primeiro impulso foi rasgá-las e começar de novo, assim como já fiz uma dúzia de vezes. Eu queria parecer tão tranquila, tão calma e serena — queria deixar tudo tão claro e *fazer* com que você entendesse. Em vez disso, acabei chorando em cima da página em uma recriminação confusa.

Mas então, eu reli o que escrevi e pensei, não. Não posso começar de novo. Só preciso continuar.

Passei todo esse tempo dizendo a mim mesma que, se alguém me deixasse espairecer e esclarecer o meu lado da história, sem me interromper, talvez toda essa bagunça terrível fosse resolvida.

E aqui estou eu. Essa é minha chance, certo?

Na Escócia, a pessoa pode ser detida por 140 dias antes de ser julgada. Se bem que tem uma mulher aqui que está esperando há quase dez meses. Dez meses! Sabe quanto tempo isso é, sr. Wrexham? Você provavelmente acha que sim, mas deixe-me explicar. No caso dela, são 297 dias. Ela perdeu o Natal com os filhos. Perdeu os aniversários deles. Perdeu o Dia das Mães, a Páscoa e os primeiros dias na escola.

297 dias. E ainda continuam adiando a data do julgamento dela.

Gates diz que acha que o meu não vai demorar tanto por conta de toda a atenção da imprensa, mas não vejo como ele pode ter certeza.

De qualquer forma, cem dias, 140 dias, 297 dias... isso é muito tempo para escrever, sr. Wrexham. Muito tempo para pensar, lembrar e tentar descobrir o que realmente aconteceu. Porque há tanta coisa que não entendo. Mas há uma coisa que sei: eu não matei aquela menina. *Não matei*. Por mais que a polícia tente distorcer os fatos e me enganar, não podem mudar isso.

Eu não a matei. O que significa que outra pessoa fez isso. E essa pessoa está à solta.

Enquanto estou aqui, apodrecendo.

Vou terminar agora, porque sei que esta carta não pode ser muito longa; o senhor é um homem ocupado, vai simplesmente parar de ler.

Mas, por favor, tem que acreditar em mim. O senhor é a única pessoa que pode ajudar.

Por favor, venha me ver, sr. Wrexham. Deixe-me explicar a situação e como acabei emaranhada neste pesadelo. Se alguém pode fazer o júri entender, é o senhor.

Coloquei seu nome na lista de visitantes — ou pode me escrever por aqui, se tiver mais perguntas. Não é como se eu fosse a lugar nenhum. Ha.

Desculpe, não queria terminar com uma gracinha. Não é um assunto para risos, sei disso. Se eu for condenada, vou ter que passar...

Mas não. Não posso pensar nisso. Não agora. Não serei. Não serei condenada porque sou inocente. Eu só tenho que fazer com que todos entendam isso. Começando pelo senhor.

Por favor, sr. Wrexham, por favor, diga que vai ajudar. Por favor, escreva de volta. Não quero ser melodramática sobre isso, mas sinto que o senhor é minha única esperança.

O sr. Gates não acredita em mim, vejo em seus olhos.

Mas acho que o senhor talvez acredite.

12 de setembro de 2017
PSM Charnworth

Caro sr. Wrexham,

Já faz três dias desde que escrevi para você, e, não vou mentir, estou esperando uma resposta com o coração na mão. Todos os dias o correio chega e sinto meu pulso acelerar, com uma espécie dolorosa de esperança, e todos os dias (até agora) você me decepcionou.

    Me desculpe. Isso parece chantagem emocional. Não foi o que eu quis dizer. Entendo. Você é um homem ocupado e faz apenas três dias que enviei a carta, mas... Acho que eu meio que esperava que, pelo menos, as matérias em torno do caso tivessem me dado certa fama distorcida, fazendo você escolher minha carta entre todas as outras que provavelmente recebe de clientes, possíveis clientes e malucos.

    Não quer saber o que aconteceu, sr. Wrexham? Eu iria querer.

    De qualquer forma, já se passaram três dias (eu já tinha mencionado isso?) e... bem, estou começando a me preocupar. Não há muito o que fazer aqui e há muito tempo para pensar, se afligir e começar a construir catástrofes dentro de sua cabeça.

    Passei os últimos dias e noites fazendo isso. Preocupando-me se você não recebeu a carta. Preocupando-me se as autoridades prisionais não passaram a carta adiante (podem fazer isso sem me dizer? Sinceramente não sei). Preocupando-me se *expliquei* direito.

    É essa última questão que tem me mantido acordada. Porque, se for isso, então a culpa é minha.

Eu estava tentando ser curta e breve, mas agora estou pensando que não deveria ter parado tão rápido. Deveria ter colocado mais fatos, tentado mostrar POR QUE sou inocente. Por que você não pode simplesmente acreditar na minha palavra — eu entendo.

Quando cheguei aqui, as outras mulheres — posso ser honesta com você, sr. Wrexham — pareciam de outra espécie. Não é que eu me ache melhor que elas. Mas todas pareciam... todas pareciam se encaixar aqui. Mesmo as assustadas, as que se mutilam e gritam e batem a cabeça nas paredes das celas e choram à noite, até as meninas que mal tinham saído da escola. Elas pareciam... Não sei. Pareciam pertencer a este lugar, com seus rostos pálidos e magros, seus cabelos puxados para trás e suas tatuagens borradas. Elas pareciam... bem, elas pareciam *culpadas*.

Mas eu sou diferente.

Sou inglesa para começar, é claro, o que não ajudou. Eu não conseguia entendê-las quando ficavam com raiva e começavam a gritar e partir para cima de mim. Eu não tinha ideia do que metade das gírias significavam. E eu era visivelmente de classe média, de um jeito que não consigo descrever com precisão, mas que poderia muito bem estar escrito na minha testa no que concerne à percepção delas.

E o principal era: eu nunca estive na prisão. Acho que nunca conheci alguém que tivesse sido preso antes de vir para cá. Havia códigos secretos que eu não conseguia decifrar e correntes que eu não tinha como navegar. Não entendia o que estava acontecendo quando uma mulher passava alguma coisa para outra no corredor, e, de repente, os guardas saíam correndo com pressa e gritando. Eu não percebia brigas começando, eu não sabia quem estava sem seus remédios ou quem estava saindo de alguma onda e poderia perder o controle. Eu não sabia quais evitar ou as que tinham TPM permanente. Eu não sabia o que vestir ou o que fazer, o que poderia resultar em uma cuspida ou um soco das outras detentas, o que levaria os guardas a baterem em alguém.

Eu falava de um jeito diferente. Tinha uma aparência diferente. Me *sentia* diferente.

E então, um dia, entrei no banheiro e vi uma mulher caminhando em minha direção do canto mais distante. Ela estava com o cabelo preso para trás, como todas as outras, seus olhos eram como lascas de granito, seu rosto era rígido, sério e branco. Meu primeiro pensamento foi, ah, Deus, ela parece estar com raiva, pelo que será que ela foi presa?

Meu segundo pensamento foi: talvez seja melhor usar o outro banheiro.

E então percebi.

Era um espelho na parede oposta. A mulher era eu.

Deve ter sido um choque perceber que eu não era nada diferente, mas apenas mais uma mulher sugada para esse sistema sem alma. Só que, de uma forma estranha, ajudou.

Ainda não me encaixo completamente. Eu ainda sou a garota inglesa — e todos sabem o motivo pelo qual estou aqui. Na prisão não gostam de pessoas que machucam crianças, você provavelmente sabe disso. Eu disse a elas que não é verdade, claro — aquilo do que sou acusada. Mas elas olham para mim e eu sei o que estão pensando — *todos dizem isso*.

E eu sei, eu sei que é isso que você vai pensar também. Isso é o que eu queria dizer. Entendo se você estiver desconfiado. Afinal, não consegui convencer a polícia. Estou aqui. Sem direito a fiança. Eu devo ser culpada.

Mas não é verdade.

Tenho 140 dias para convencê-lo. Tudo o que tenho a fazer é dizer a verdade, certo? Só tenho que começar do começo e expor tudo, com clareza e calma, até chegar ao fim.

E o início foi o anúncio.

PROCURA-SE: Família grande procura babá experiente para morar com ela.

SOBRE NÓS: Somos uma família ocupada, com quatro crianças, morando em uma bela (mas isolada!) casa nas Highlands. Mamãe e papai administram juntos o escritório de arquitetura da família.

SOBRE VOCÊ: Estamos procurando uma babá experiente, acostumada a trabalhar com crianças de todas as idades, desde a primeira infância até a adolescência. Você deve ser prática, imperturbável e se sentir confortável cuidando de crianças por conta própria. Excelentes referências, certidão de antecedentes criminais, certificado de primeiros socorros e carteira de motorista limpa são obrigatórios.

SOBRE A POSIÇÃO: A mãe e o pai trabalham de casa a maior parte do tempo e, durante esses períodos, você terá uma jornada simples das oito da manhã até as cinco da tarde, ficando de babá também uma noite por semana e tirando fins de semana de folga. Na medida do possível, organizamos nossa agenda para que um dos pais esteja sempre por perto. No entanto, há momentos em que ambos podemos precisar estar ausentes (muito ocasionalmente por até quinze dias), e, quando isso ocorrer, você estará *in loco parentis*.

Em troca, oferecemos remuneração e benefícios altamente competitivos, totalizando £ 55.000 por ano (bruto, incluindo bônus), uso de carro e oito semanas de férias por ano.

Enviar candidaturas para Sandra e Bill Elincourt, Residência Heatherbrae, Carn Bridge.

Lembro-me praticamente de cada palavra. O engraçado é que eu nem estava procurando por emprego quando apareceu nos meus resultados do Google, eu estava procurando por... Bem, não importa o que eu estava procurando. Mas era algo completamente diferente. E então lá estava, como um presente jogado em minhas mãos, de maneira tão inesperada que quase não o peguei.

Eu li uma vez e depois reli, meu coração batendo mais rápido na segunda vez, porque era *perfeito*. Era quase perfeito demais.

Quando li pela terceira vez, fiquei com medo de olhar para a data de encerramento das candidaturas, convencida de que teria perdido.

Mas era naquela mesma noite.

Foi inacreditável. Não apenas o salário; embora, Deus saiba, era uma soma bastante surpreendente. Não apenas a posição. Mas a sorte disso. O pacote completo simplesmente caindo no meu colo, justo quando estava no momento perfeito para me candidatar.

Sabe, minha colega de apartamento estava viajando. Nós nos conhecemos na creche Pequeninos, em Peckham, trabalhando lado a lado na ala dos bebês, rindo do nosso chefe terrível e dos pais insistentes e excêntricos, com suas malditas fraldas de tecido e aquelas merdas feitas em casa, as...

Desculpe. Eu não deveria ter escrito um palavrão. Eu rasurei, mas provavelmente dá para ver a palavra através do papel e, quem sabe, talvez você tenha filhos, talvez até os coloque em fraldas Pequenos Bumbuns Fofos ou qualquer que fosse a marca da moda na época.

E eu entendo, eu entendo. São seus bebês. Nada é trabalho demais. Entendo isso. É só que, quando é você quem tem que estocar o equivalente a um dia inteiro de pedaços de pano mijados e cagados e devolvê-los aos pais na hora da saída, com os olhos lacrimejando por causa da amônia... não é que eu me *importe* exatamente, sabe? Faz parte do trabalho. Eu entendo. Mas todos nós merecemos ter o direito de reclamar, não é? Todos nós precisamos desabafar, ou explodiríamos de frustração.

Desculpe. Estou divagando. Talvez seja por isso que o sr. Gates está sempre tentando me fazer calar a boca. Porque eu cavo um buraco para mim com minhas próprias palavras e, em vez de saber quando parar, continuo cavando. Você provavelmente está começando a juntar os pontos agora. *Parece não gostar muito de crianças. Admite livremente frustração com a função. O que aconteceria quando ela estivesse confinada com quatro crianças e nenhum adulto com quem "desabafar"?*

Foi exatamente isso que a polícia fez. Todas aquelas pequenas observações descartáveis, todos esses fatos pouco edificantes. Dava para ver o triunfo em suas expressões toda vez que eu citava algo assim e observava os policiais recolhendo essas informações como migalhas de pão, adicionando-as ao peso dos argumentos contra mim.

Mas esse é o ponto, sr. Wrexham. Eu poderia te enrolar numa teia de mentiras sobre a pessoa perfeita, carinhosa e santa que sou, mas seria apenas isso. Mentiras. E não estou aqui para te enganar. Eu quero que acredite nisso mais do que qualquer coisa no mundo.

Estou contando a *verdade*. A verdade nua e crua. E é tudo aquilo. *É grosseira e desagradável*, não finjo que agi como um anjo. Mas eu *não matei ninguém*. Simplesmente não matei, porra.

Desculpe. Eu não queria usar palavrões novamente.

Deus, estou fazendo tanta besteira. Tenho que me manter lúcida, organizar tudo isso na minha cabeça. É como o sr. Gates diz: devo me ater aos fatos.

Ok então. Fato. O anúncio. O anúncio é um fato, certo?

O anúncio... com seu salário incrível, vertiginoso e fabuloso.

Esse deveria ter sido meu primeiro sinal de alerta, sabe. O salário. Porque era *estupidamente* generoso. Quero dizer, teria sido generoso até mesmo para Londres, até mesmo para uma babá normal. Mas para uma babá no local, com acomodação gratuita e todas as contas pagas, até mesmo o carro, era ridículo.

Na verdade, era tão ridículo que eu meio que me perguntei se havia algum erro de digitação. Ou algo que eles não estavam dizendo — uma criança com necessidades comportamentais significativas, talvez? Mas não teriam mencionado isso no anúncio?

Seis meses atrás eu provavelmente teria parado, franzido um pouco a testa e depois ido adiante sem pensar muito mais no assunto. Mas, seis meses atrás, eu nem estaria olhando para aquela página na internet em primeiro lugar. Seis meses atrás eu tinha uma colega de apartamento e um emprego de que gostava, até mesmo a perspectiva de uma promoção. Seis meses atrás eu estava em uma ótima situação. Mas agora... Bem, agora as coisas estão um pouco diferentes.

Minha amiga, a garota que mencionei da Pequeninos, saiu para viajar alguns meses atrás. Não parecia o fim do mundo quando ela me contou — para ser honesta, eu a achava bem irritante, seu hábito de encher a máquina de lavar louça, mas nunca ligá-la, seus intermináveis *Europop disco hits* sibilando pela parede do meu quarto enquanto eu tentava dormir. Quero dizer, eu sabia que sentiria falta dela, mas não percebi o quanto.

Ela havia deixado suas coisas no quarto e nós concordamos que ela pagaria metade do aluguel e eu manteria o quarto reservado para ela. Parecia um bom meio-termo — eu tive uma série de colegas de apartamento terríveis antes de nos encontrarmos e não queria voltar a postar no Facebook e tentar filtrar os esquisitões por mensagem de texto e e-mail, e parecia, de alguma forma, uma âncora — como garantia de que ela voltaria.

Mas, quando a primeira onda de liberdade passou, assim como a novidade de ter o apartamento todo para mim e assistir ao que quisesse na TV compartilhada da sala de estar, descobri que me sentia sozinha. Senti falta do jeito que ela dizia "hora do vinho, querida?" — quando chegávamos juntas do trabalho. Senti falta de falar com ela sobre a Val, a dona da Pequeninos, e compartilhar histórias sobre as piores coisas dos pais. Quando me candidatei a uma promoção e não consegui, fui ao pub sozinha para afogar as mágoas e acabei chorando na minha cerveja, pensando como teria sido diferente se ela ainda estivesse aqui. Poderíamos ter rido sobre isso juntas, no trabalho ela teria mostrado o dedo do meio para Val pelas costas e dado sua gargalhada espalhafatosa quando Val virasse, quase pegando-a no flagra.

Não sou muito boa em falhar, sr. Wrexham, é um fato. Provas. Namoros. Empregos. Qualquer tipo de teste, na verdade. Meu instinto é sempre querer pouco para me poupar de alguma dor. Ou, no caso de namoro, nem mesmo pouco, não tentar nada para não correr o risco de ser rejeitada. No final das contas, foi por isso que não fui para a universidade. Eu tinha notas boas, mas não podia suportar a ideia de ser rejeitada, imaginá-los lendo minha candidatura com uma risadinha desdenhosa. — Quem ela pensa que é?

Melhor tirar notas perfeitas em uma prova fácil do que ser reprovada em uma difícil, esse era o meu lema. Eu sempre soube disso sobre mim. Mas o que eu não sabia, até minha colega de apartamento ir embora, era que também não sou muito boa em ficar sozinha. E acho que foi isso, mais do que tudo, que me empurrou para fora da minha zona de conforto e me fez ler o anúncio, prendendo a respiração, imaginando o que havia do outro lado.

A polícia insistiu muito no salário, quando me interrogaram pela primeira vez. Mas a verdade é que o dinheiro não foi o motivo pelo qual me candidatei ao cargo. Não era nem mesmo sobre minha colega de apartamento, embora eu não possa negar que, se ela não tivesse saído, nada disso teria acontecido. Não, o verdadeiro motivo... Bem, você provavelmente sabe qual foi o verdadeiro motivo. Afinal, estava em todos os jornais.

Liguei para a Pequeninos dizendo que estava doente e passei o dia inteiro montando o currículo e reunindo tudo o que eu sabia ser necessário para convencer os Elincourt de que eu era a pessoa que estavam procurando. Certidão de antecedentes criminais — ok. Certificado de primeiros socorros — ok. Referências impecáveis — ok, ok e ok.

O único problema era a carteira de motorista. Mas deixei o assunto de lado por enquanto. Eu poderia resolver essa questão quando fosse o momento — se é que ele chegaria. Naquele ponto, eu não estava pensando em nada além da entrevista.

Acrescentei uma nota à carta de apresentação pedindo aos Elincourt que não entrassem em contato com a creche Pequeninos em busca de referências — disse a eles que não queria que meus atuais empregadores soubessem que eu estava procurando outro trabalho, o que era verdade —, e então enviei um e-mail para o endereço fornecido, prendi a respiração e esperei.

Eu tinha me esforçado ao máximo para conseguir encontrá-los pessoalmente. Não havia mais nada que pudesse fazer agora.

Os dias subsequentes foram difíceis, sr. Wrexham. Não tanto quanto o tempo que passei aqui, mas difíceis o suficiente. Porque Deus, eu queria *tanto* fazer aquela entrevista. Estava apenas começando a perceber o quanto queria. A cada dia que se passava, minhas esperanças diminuíam um pouco mais, e eu tinha que lutar contra a vontade de contatá-los novamente e implorar por uma resposta. A única coisa que me impediu foi saber que parecer tão desesperada sem dúvida não me ajudaria se eles ainda estivessem decidindo.

Mas seis dias depois veio a resposta, aparecendo na minha caixa de entrada de e-mail.

Para: supernanny1990@ymail.com
De: sandra.elincourt@elincourt&elincourt.com
Assunto: Cargo de babá

Elincourt. Só o sobrenome foi o suficiente para fazer meu estômago revirar como uma máquina de lavar. Meus dedos estavam tremendo tanto que tive dificuldade em abrir o e-mail, meu coração estava aos pulos. Certamente, certamente eles não costumavam entrar em contato com candidatos rejeitados. Certamente um e-mail deve significar...?

Eu cliquei.

Olá, Rowan!

Muito obrigado por sua candidatura e desculpe por demorar tanto para lhe dar um retorno. Tenho que admitir que fomos pegos de surpresa com a quantidade de candidatos. Seu currículo nos impressionou bastante e gostaríamos de convidá-la para uma entrevista. Nossa casa fica bem distante, logo, teríamos prazer em pagar sua passagem de trem e podemos lhe oferecer um quarto em nossa residência para passar a noite, pois não seria possível fazer a viagem de ida e volta, partindo de Londres, no mesmo dia.

No entanto, há uma coisa que devo informá-la de antemão, caso isso afete seu entusiasmo pelo cargo.

Desde que compramos Heatherbrae, tomamos conhecimento de várias superstições em torno da história da casa. É uma construção antiga e não teve mais do que o número normal de mortes e tragédias em seu passado, mas, por algum motivo, isso resultou em algumas lendas locais envolvendo assombrações, etc. Infelizmente, esse fato perturbou algumas das babás mais recentes, tanto que quatro se demitiram nos últimos catorze meses.

Como você pode imaginar, isso foi muito difícil para as crianças, para não mencionar extremamente desconfortável, profissionalmente, para mim e meu marido.

Por essa razão, gostaríamos de ser completamente honestos sobre nossa situação e estamos oferecendo um salário generoso na esperança de atrair alguém que realmente possa se comprometer a ficar com nossa família a longo prazo — pelo menos um ano.

Se você não sente que é essa pessoa, ou se fica preocupada com a história da casa, por favor, diga agora, pois gostaríamos muito de minimizar mais interrupções para as crianças. Com isso em mente, o salário será composto por um valor-base, pago mensalmente, e depois por um generoso bônus de final de ano no aniversário de emprego.

Se você ainda estiver interessada em participar da entrevista, por favor, me avise quando estará disponível durante a próxima semana.

Abraços, estou ansiosa para conhecê-la,

Sandra Elincourt

Fechei o e-mail e, por um momento, apenas fiquei ali olhando para a tela. Então me levantei e dei um gritinho silencioso, socando o ar em júbilo.

Eu consegui. Eu *consegui*.

Deveria ter imaginado que era bom demais para ser verdade.

Eu consegui, sr. Wrexham. Eu tinha superado o primeiro obstáculo. Mas era *apenas* o primeiro. Eu tinha que passar pela entrevista em seguida — e sem cometer erros.

Quase exatamente uma semana depois de abrir o e-mail de Sandra Elincourt, eu estava em um trem para a Escócia, fazendo minha melhor imitação de Rowan, a babá perfeita. Meu cabelo, normalmente espesso, estava escovado até brilhar, e domado em um rabo de cavalo elegante e esmerado, minhas unhas estavam feitas e a maquiagem era discreta e estilosa. Eu estava usando minha melhor roupa, casual, mas adequada; divertida, mas trabalhadora; profissional, mas não orgulhosa demais para me ajoelhar e limpar vômito — uma saia de tweed elegante e uma camisa de algodão branca com um cardigã de cashmere por cima. Não exatamente uma babá da realeza, mas definitivamente um aceno nessa direção.

Meu estômago estava um nó, revirando. Nunca tinha feito nada assim antes. Não ser babá, quero dizer. Obviamente. Já fazia isso havia quase dez anos, embora principalmente em creches, em vez de casas particulares.

Mas... *isto*. Colocando-me na reta. Arriscando uma rejeição dessa forma.

Eu queria *tanto* aquele emprego. Tanto que quase fiquei com medo do que ia encontrar.

Para meu aborrecimento, o trem estava atrasado, de modo que levei quase seis horas para chegar a Edimburgo, em vez das quatro horas e meia programadas, e quando desci do trem em Waverley, flexionando as pernas rígidas, descobri que passava das cinco horas e eu perdera minha conexão por uma boa hora. Felizmente, havia outro trem e, enquanto esperava, mandei uma mensagem para a sra. Elincourt pedindo profundas desculpas e avisando que eu chegaria atrasada em Carn Bridge.

Finalmente, o trem chegou — muito menor que o grande intermunicipal, e mais velho também. Sentei-me em um assento na janela e, enquanto o trem seguia para o norte, observei a paisagem mudar de campos verdes ondulantes para o azul esfumaçado e roxo dos pântanos, montanhas se erguendo por detrás, mais escuras e sombrias a cada estação que passávamos. Foi tão bonito que me fez esquecer a irritação por estar atrasada. A visão das enormes colinas erguendo-se inexoravelmente ao redor, de alguma forma, colocava todo o resto em perspectiva. Senti o nó da ansiedade alojado em meu estômago começar a amolecer. E senti algo dentro de mim... Não sei, sr. Wrexham. Foi como se eu começasse a *ter esperança*. Esperança de que isso pudesse realmente ser real.

Eu senti, de um jeito meio distorcido, como se estivesse voltando para casa.

Passamos por estações com nomes mais ou menos familiares, Perth, Pitlochry, Aviemore, o céu ficando cada vez mais escuro. Por fim, ouvi "Carn Bridge, próxima parada Carn Bridge" — o trem parou em uma pequena estação vitoriana, e eu desci. Parei na plataforma, nervosa, me perguntando o que fazer.

Alguém vai encontrá-la, dizia o e-mail da sra. Elincourt. O que isso significava? Um táxi? Alguém segurando uma placa com meu nome?

Segui o pequeno grupo de viajantes até a saída e fiquei parada, desajeitada, enquanto os outros passageiros se dispersavam entre carros, amigos e parentes que os esperavam. Minha mala estava pesada e eu a coloquei aos meus pés enquanto olhava para um lado e para o outro da plataforma escura. As sombras estavam se alongando com a chegada da noite e o otimismo fugaz que eu sentira no trem começava a desaparecer. E se a sra. Elincourt não tivesse recebido minha mensagem? Ela não respondeu. Talvez um táxi reservado tivesse vindo e ido embora horas atrás, e eu fora marcada como ausente.

De repente, os nós no estômago estavam de volta — e com força.

Era início de junho, mas estávamos bem ao norte, e o ar da noite estava surpreendentemente frio depois do calor abafado do verão de Londres. Percebi que estava tremendo enquanto vestia meu casaco, um vento frio soprando das colinas. A plataforma tinha esvaziado, eu estava sozinha.

Senti uma forte vontade de fumar um cigarro, mas sabia por experiência própria que ir a uma entrevista fedendo a cigarro não era um bom começo.

Em vez disso, olhei para o meu telefone. O trem chegou exatamente na hora — pelo menos, exatamente na hora atualizada que eu dissera à sra. Elincourt na mensagem. Eu esperaria cinco minutos e depois ligaria para ela.

Cinco minutos se passaram, mas disse a mim mesma que daria apenas mais cinco minutos. Eu não queria começar com o pé errado, atormentando-os se estivessem presos no trânsito.

Mais cinco minutos, e eu estava remexendo minha bolsa, procurando a impressão do e-mail da sra. Elincourt, quando vi um homem andando pela plataforma com as mãos nos bolsos.

Por um momento, algo pareceu gaguejar no meu peito, mas então ele se aproximou e olhou para cima, seus olhos encontrando os meus, e percebi que não poderia ser *ele*. Era jovem demais. Trinta, trinta e cinco anos, no máximo. Ele também era — e, mesmo no meu nervosismo, não pude deixar de notar — extremamente bonito, de um jeito meio barba por fazer, com cabelos escuros emaranhados, alto e esguio.

Estava de macacão e, ao se aproximar de mim, tirou as mãos dos bolsos e vi que estavam sujas de alguma coisa — terra ou óleo de motor, embora ele tivesse tentado limpá-las. Por um momento, pensei que talvez fosse um funcionário da ferrovia, mas, quando se aproximou de mim, falou:

— Rowan Caine?

Eu balancei a cabeça.

— Eu sou Jack Grant. — Ele sorriu, sua boca curvando-se charmosamente nos cantos, como se estivesse apreciando uma piada particular. Seu sotaque era escocês, só que mais suave e distinto do que o da garota de Glasgow com quem trabalhei depois da escola. Ele pronunciou seu sobrenome com uma cadência diferente. — Trabalho na Residência Heatherbrae. Sandra me pediu para buscá-la. Desculpe o atraso.

— Oi — falei, subitamente tímida sem nenhuma razão que eu pudesse definir. Eu tossi, tentando pensar em algo para dizer. — Hum, está tudo bem. Sem problemas.

— É por isso que estou nesse estado. — Ele olhou com tristeza para as mãos. — Ela não me disse que você precisaria de uma carona até meia hora atrás. Eu estava no meio do conserto do cortador de grama, mas tive medo de perder seu trem, então simplesmente saí, todo sujo mesmo. Posso pegar sua mala?

— Imagina, não precisa. — Peguei minha mala. — Não está pesada. Obrigada por vir.

Ele deu de ombros.

— Não precisa me agradecer, é meu trabalho.

—ᵐ—

— Você trabalha para os Elincourt?

— Para Bill e Sandra, sim. Eu sou... Bem, não sei exatamente qual seria o nome do meu cargo. Acho que Bill me colocou na folha de pagamento da empresa como motorista, mas faz-tudo descreveria melhor. Faço jardinagem, conserto os carros, coloco-os dentro e fora de Carn Bridge. Você vai ser a babá?

— Ainda não — eu disse nervosamente, mas ele sorriu de lado e eu sorri contra a minha vontade. Havia algo contagiante em sua expressão. — Quero dizer, essa é a posição que eu estou procurando, sim. Eles fizeram muitas outras entrevistas?

— Duas ou três. Você está indo melhor que a primeira. Ela não falava inglês muito bem... Não sei a quem ela pediu para escrever sua candidatura, mas pelo que Sandra disse, não foi ela.

— Oh. — De alguma forma, suas palavras me fizeram sentir melhor. Eu estava imaginando um desfile daquelas mulheres do tipo Mary Poppins, engomadas e ferozmente competentes. Fiquei mais ereta, alisando as rugas da minha saia de tweed. — Bom. Quer dizer, não é bom para ela, suponho. Bom para mim.

Estávamos do lado de fora da estação agora, atravessando o pequeno e quase vazio estacionamento, em direção a um carro preto comprido no lado oposto da estrada. Jack clicou em algo num chaveiro no bolso, as luzes piscaram e as portas se abriram, subindo como asas de morcego, fazendo meu queixo cair involuntariamente. Pensei no Volvo cinza sem graça do meu padrasto, seu maior orgulho, e dei uma risadinha. Jack sorriu novamente.

— Chama bastante atenção, não é? É um Tesla. Elétrico. Não sei se teria sido minha escolha de veículo, mas Bill... Bem, você vai ver. Ele gosta de tecnologia.

— Gosta? — As palavras não tinham sentido como resposta, mas de alguma forma... apenas o conhecimento desse detalhe era uma pequena pepita, uma conexão com esse homem sem rosto.

Jack ficou em pé enquanto eu colocava minha mala na traseira do carro.

— Você quer andar na parte de trás ou na frente? — ele perguntou, e senti meu rosto corar.

— Ah, na frente, por favor!

O pensamento de sentar majestosamente na parte de trás, tratando-o como um chofer, foi o suficiente para me incomodar.

— Vai ter uma vista melhor de qualquer maneira — foi tudo o que ele disse, mas clicou em algo que fez as portas de asa de morcego na parte traseira do carro se fecharem e, em seguida, abriu a porta do passageiro da frente.

— Primeiro você, Rowan.

Por um momento eu não me mexi, quase esquecendo com quem ele estava falando. Então, com um sobressalto, me recompus e entrei no carro.

Eu sabia, em algum nível, suponho, que os Elincourt eram ricos. Quero dizer, eles tinham um motorista/faz-tudo e estavam oferecendo cinquenta e cinco mil libras por uma função de babá, então deviam ter dinheiro de sobra, mas foi só quando chegamos à Residência Heatherbrae que comecei a perceber o *quanto* eles eram ricos.

Tomar consciência disso me deu uma sensação estranha.

Eu não me importo com o dinheiro, eu queria dizer a Jack enquanto parávamos em um alto portão de aço, que abria devagar para dentro, claramente ativado por algum tipo de transmissor no carro. Mas não era cem por cento verdade.

Quanto Sandra e Bill ganham?, eu me perguntei.

O Tesla estava assustadoramente silencioso enquanto subíamos a longa e sinuosa estrada, o som do cascalho sob as rodas muito mais alto do que o silencioso motor elétrico.

— Jesus — murmurei baixinho enquanto fazíamos mais uma curva e ainda não havia nenhuma casa à vista. Jack me lançou um olhar de soslaio.

— Lugar grande, não é?

— Só um pouco.

O terreno deve ser mais barato aqui do que no sul, é claro, mas não poderia ser *tão* barato. Atravessamos uma ponte por cima de um riacho veloz, as águas escuras com musgo, e depois passamos por um bosque de pinheiros. Achei ter visto um lampejo de algo escarlate entre as árvores e me estiquei para olhar, mas estava escurecendo e eu não sabia bem se tinha imaginado o movimento.

Enfim, saímos do abrigo das árvores, entramos em uma clareira e eu vi Heatherbrae pela primeira vez.

Eu estava esperando algo cheio de ostentação, uma McMansão, talvez, ou um extenso rancho construído com toras de madeira. Mas não foi de forma alguma o que me recebeu. A casa à minha frente era um modesto chalé vitoriano, meio quadradona, como o desenho de uma casa feito por uma criança, com uma porta preta lustrosa no centro e janelas de cada lado. Não era grande, mas era sólida, construída com blocos de granito, com uma exuberante trepadeira da Virgínia subindo de um lado. Não conseguia dizer exatamente o porquê, mas exalava calor, luxo e *conforto*.

O sol já havia se posto e, quando Jack desligou o motor do Tesla e apagou os faróis, a única iluminação ao redor eram as estrelas e as luzes da própria casa, brilhando sobre o cascalho. Parecia algo saído de uma ilustração sentimental, aquelas fotos cintilantes encharcadas de nostalgia na caixa dos quebra-cabeças que minha avó adorava.

Pedra cinzenta, com líquen macio e desgastada pelo tempo, lâmpadas douradas brilhando através das vidraças limpas e texturizadas das janelas, rosas desabrochadas espalhando suas pétalas no crepúsculo — era quase perfeito demais, insuportavelmente perfeito, de maneira estranha.

Quando saí do carro e senti o ar frio da noite ao meu redor, perfumado de pinho, nítido e transparente como água mineral, senti-me subitamente sufocada pelo desejo por esta vida e por tudo o que ela representava. O contraste com minha própria criação, o desanimado subúrbio, o bangalô quadrado dos anos 1950 dos meus pais, todos os cômodos, exceto o meu, muito bem arrumados, mas desprovidos de qualquer característica especial ou conforto. Era quase amargo demais para suportar, e foi mais para afastar aquele pensamento, e não porque eu estava pronta para encontrar Sandra, que me dirigi ao abrigo do alpendre.

—⁂—

No mesmo instante, algo parecia fora de ordem. Mas o quê? A porta à minha frente era bastante tradicional, com painéis de madeira, pintada de um preto profundo e reluzente, mas algo parecia errado, *faltando* até. Levei um segundo para perceber o que era. Não havia fechadura.

A percepção foi, de alguma forma, inquietante. Um detalhe tão pequeno e, no entanto, sem ele fiquei me perguntando: a porta era falsa? Devo dar a volta até o outro lado da casa?

Também não havia aldrava. Olhei para trás, buscando a orientação de Jack sobre como eu deveria me anunciar. Mas ele ainda estava dentro do carro, verificando algo na grande tela touch iluminada que servia de controle do painel.

Virei-me e estendi a mão, pronta para bater na madeira com os nós dos dedos, mas, ao fazê-lo, algo embutido na parede à esquerda da porta chamou minha atenção. Um ícone fantasmagórico iluminado na forma de um sino apareceu do nada, brilhando no que parecia ser uma pedra sólida, e eu vi que o que eu havia tomado como apenas parte da parede era, na verdade, um painel habilmente embutido. Fui pressioná-lo, mas deveria ser sensível ao movimento, pois eu nem tinha feito contato quando um sino soou dentro da casa.

Pisquei, de repente pensando no comentário de Jack no carro. *Bill... Bem, você vai ver. Ele gosta de tecnologia.* Era isso que ele queria dizer?

— Rowan! Olá! — A voz feminina parecia vir do nada, e eu pulei, procurando uma câmera, um microfone, alguma grade para poder falar. Não havia nenhuma. Ou nenhuma que eu pudesse ver.

— Hum... s-sim — eu disse, falando para o ar como um todo, sentindo-me uma completa idiota. — Oi. É a... Sandra?

— Sim! Estou apenas trocando de roupa. Desço em dez segundos. Desculpe por deixar você esperando.

Não houve nenhum clique para me dizer que um fone havia sido colocado no lugar nem qualquer outra indicação de que a conversa havia terminado, mas o painel voltou a ficar branco e eu segui esperando, sentindo-me, curiosamente, tanto observada quanto ignorada.

Enfim, depois do que pareceu muito tempo, mas provavelmente menos de trinta segundos, houve uma súbita cacofonia de latidos e a porta da frente se abriu. Dois labradores pretos dispararam, seguidos por uma mulher loira e esbelta de uns quarenta anos, rindo e agarrando inutilmente suas coleiras enquanto eles corriam ao redor dela, ganindo de alegria.

— Hero! Claude! Voltem aqui!

Mas os cachorros não prestaram atenção, pulando para mim enquanto eu dava alguns passos para trás. Um deles enfiou o focinho na minha virilha, de forma dolorosamente forte, e eu me peguei rindo com nervosismo, tentando empurrá-lo para longe, pensando no meu único par extra de meias-calças na bolsa e já me controlando caso o cachorro rasgasse as que eu estava usando. Ele pulou em mim de novo e eu espirrei, sentindo uma coceira começar na parte de trás da cabeça. Merda. Eu trouxe meu inalador?

— Hero! — disse a mulher novamente. — Hero, *pare* com isso. — Ela saiu do abrigo da varanda em minha direção, estendendo a mão. — Você deve ser Rowan. *Acalme-se*, Hero, sério! — Ela conseguiu prender a guia que estava segurando na coleira do cachorro e arrastou-a de volta ao lado dela. — Desculpe, desculpe, é simpatia demais. Você tem algum problema com cachorros?

— De jeito nenhum — respondi, embora fosse apenas parcialmente verdade. Eu não me importava exatamente com cães, mas eles atacavam minha asma se eu não tomasse anti-histamínicos. Além disso, com ou sem asma, eu não queria seus focinhos enfiados entre minhas pernas em uma situação profissional. Senti meu peito apertar, embora aqui fora não pudesse ser nada além de psicossomático. — Bom menino — eu disse, com todo o entusiasmo que pude reunir, dando-lhe um tapinha na cabeça.

— Boa menina, na verdade. A Hero é menina, Claude é menino. Eles são irmãos.

— Boa menina — corrigi, sem muita animação. Hero lambeu minha mão com entusiasmo e eu sufoquei o impulso de limpá-la na saia. Atrás de mim, ouvi uma porta bater, seguida pelos pés de Jack esmagando o cascalho, e foi com algum alívio que vi os cães voltarem a atenção para ele, latindo alegremente enquanto pegava minha mala na parte de trás do carro.

— Aqui está a sua mala, Rowan. Foi um prazer conhecê-la — ele disse, colocando-a ao meu lado, e então, virando-se para a sra. Elincourt: — Voltarei ao cortador de grama, se você não se incomodar, Sandra. A menos que precise de mim para mais alguma coisa?

— O que foi? — a sra. Elincourt falou distraidamente, e então assentiu. — Ah, o cortador de grama. Sim, por favor. Você consegue consertar?

— Espero que sim. Senão, ligo para Aleckie Brown pela manhã.

— Obrigada, Jack — disse Sandra, e balançou a cabeça enquanto ele se afastava pela lateral da casa, sua figura alta, de ombros quadrados, em silhueta contra o céu noturno. — Sinceramente, aquele homem é um *tesouro*. Não sei o que faríamos sem ele. Ele e Jean têm sido verdadeiros pilares, e é o que torna todo esse negócio das babás ainda mais inexplicável.

Todo esse negócio das babás. Então foi aí. A primeira referência ao fato estranho que esteve no fundo da minha mente até aqui: quatro mulheres já haviam deixado esse cargo.

No rubor inicial de exultação, não me preocupei muito com essa parte da carta de Sandra. Enquanto estava tentando conseguir uma entrevista, não parecia muito importante, mas ao reler os e-mails e instruções de viagem a caminho de Carn Bridge, tropecei nessa questão novamente, e aí a observação se destacou — sua estranheza e um leve teor absurdo. Passei algum tempo pensando nisso durante as longas e entediantes horas no trem, revirando suas palavras em minha mente, dividida entre o desejo de rir e algum sentimento mais enigmático e inquietante.

Eu *não* acreditava no sobrenatural, devo dizer isso de antemão, sr. Wrexham. E, assim, as lendas da casa não me incomodavam em nada, na verdade toda a ideia de babás e empregados fugindo por conta de acontecimentos misteriosos e assustadores parecia mais do que um pouco ridícula — quase vitoriana.

Mas o fato é que quatro mulheres tinham deixado o emprego na casa dos Elincourt no último ano. Ter a má sorte de contratar uma funcionária nervosa e supersticiosa parecia bastante provável. Fazer isso quatro vezes seguidas parecia... menos.

O que significava que havia uma forte chance de que algo mais estivesse acontecendo, e todo o tipo de possibilidades passou pela minha mente na longa jornada até a Escócia. Eu estava meio que esperando descobrir que Heatherbrae era uma casa em ruínas, ou que a sra. Elincourt era uma patroa muito difícil. Até agora, pelo menos, não parecia ser o caso. Mas eu pretendia esperar antes de bater o martelo.

—⁂—

Dentro de Heatherbrae, os cachorros estavam até mais barulhentos e animados ao receber um estranho na casa. Enfim a sra. Elincourt desistiu de tentar controlá-los e arrastou os dois pela coleira através de uma porta nos fundos, para fazê-los calar a boca.

Enquanto ela desaparecia, eu rapidamente peguei meu inalador do bolso e dei uma tragada sorrateira, depois esperei por ela na porta da frente, sentindo a atmosfera do ambiente ao meu redor.

Não era uma mansão, apenas uma casa de família. E os móveis não eram luxuosos, apenas incrivelmente confortáveis e bem-feitos. Mas havia uma sensação de... de *dinheiro*. É a única maneira que consigo expressar. Desde o corrimão de madeira polida e o tapete de um verde pantanoso profundo, que contornava o longo e elegante lance de escada, até a poltrona de veludo cor de bronze espremida embaixo da escada, e o tapete persa puído cobrindo as lajotas gastas do corredor. Do tique-taque lento e seguro de um belo relógio de pêndulo ao lado da longa janela à profunda pátina envelhecida na mesa junto à parede na sala de jantar, tudo criava uma sensação de luxo quase esmagadora. Não que estivesse exatamente arrumada — havia pilhas de jornais espalhadas no sofá e uma galocha infantil abandonada na porta da frente —, mas não havia um detalhe que parecesse errado. As almofadas do sofá estavam bem recheadas, não havia pelos de cachorro nos cantos da sala ou arranhões enlameados nas escadas. Até o *cheiro* era perfeito — nenhum vestígio de cachorro molhado ou comida velha, apenas cera de abelha, fumaça de lenha e um mínimo indício de pétalas de rosa secas.

Era... era *perfeito*, sr. Wrexham. Era a casa que eu teria feito para mim se tivesse dinheiro, gosto e tempo para criar algo tão profunda e infinitamente acolhedor, tão caloroso.

Eu estava pensando em tudo isso quando ouvi uma porta se fechar e vi Sandra voltando do outro lado do corredor, sacudindo o cabelo pesado cor de mel e sorrindo.

— Ah, querida, desculpe, eles não veem muitos estranhos, então ficam extremamente animados quando alguém novo aparece. Não são assim o tempo todo, prometo. Vamos começar de novo. Olá, Rowan, sou Sandra.

Ela estendeu a mão pela segunda vez, magra, forte e bronzeada, adornada com três ou quatro anéis de aparência cara. Apertei-a, sentindo seus dedos agarrarem os meus com uma firmeza incomum, e retribuí o sorriso.

— Certo, bem, você deve estar faminta e bastante cansada depois de uma viagem tão longa. Você veio de Londres, não é mesmo?

Eu assenti.

— Deixe-me lhe mostrar seu quarto e, depois que você se trocar e estiver se sentindo confortável, desça e vamos comer alguma coisa. Não dá para acreditar que esteja tão tarde. Já passou das nove. Sua viagem foi ruim?

— Não, ruim, não — expliquei. — Apenas demorada. Houve algum tipo de problema na linha em York, então perdi minha conexão. Sinto muito, geralmente sou muito pontual.

Isso pelo menos era verdade. Quaisquer que fossem minhas outras falhas e defeitos, raramente me atraso.

— Recebi sua mensagem. Sinto muito por não ter respondido, em um primeiro momento não vi, eu estava extremamente atarefada na hora do banho das crianças quando ela chegou, e só consegui sair correndo e dizer a Jack para buscá-la. Espero que você não tenha ficado esperando na estação por muito tempo.

Não era exatamente uma pergunta — era mais uma observação, mas respondi mesmo assim.

— Não por muito tempo. As crianças estão na cama, então?

— As três mais novas, sim. Maddie tem oito anos, Ellie tem cinco e a bebê, Petra, tem apenas dezoito meses, então estão todas na cama.

— E seu outro filho? — perguntei, pensando no clarão vermelho que eu tinha visto entre as árvores na subida. — Você disse no anúncio que tinha quatro?

— Rhiannon tem catorze anos, mas parece que tem vinte e quatro. Ela está no internato; não por escolha nossa, eu preferiria tê-la em casa, mas não há escola para ela aqui perto. A mais próxima fica a cerca de uma hora de carro, e seria demais todos os dias. Então ela fica perto de Inverness e em geral volta para casa nos fins de semana. Parte meu coração um pouquinho cada vez que ela vai, mas ela parece gostar.

Se você a quer tanto em casa, por que não se muda?, pensei.

— Então não vou conhecê-la? — perguntei.

Sandra balançou a cabeça.

— Não, infelizmente não, mas para ser honesta, você passaria a maior parte do tempo com os pequenos. De qualquer forma... significa que podemos ter uma conversa agradável agora e você poderá conhecer as crianças amanhã. Ah, e temo que meu marido, Bill, também não possa estar aqui.

— Ah? — Foi uma surpresa, um choque até. Eu não iria conhecê-lo, então. Eu tinha tanta certeza de que um pai gostaria de conhecer a pessoa que estava pensando em contratar para cuidar de seus filhos... mas tentei manter uma expressão neutra. Sem julgamento. — Ah, que pena.

— Sim, ele está fora, trabalhando. Tem sido um esforço terrível, devo dizer, com tantas babás saindo este ano. As crianças, como você pode imaginar, estão muito desestabilizadas, e nosso negócio realmente sofreu. Somos ambos arquitetos em uma empreitada de dois homens. Bem, de um homem e de uma mulher! — Ela abriu um sorriso, mostrando dentes perfeitos e muito brancos. — Somos apenas eu e ele, o que significa que, em períodos com muito trabalho, quando temos mais de um projeto em andamento, ficamos extremamente sobrecarregados. Tentamos fazer malabarismos para que sempre haja um de nós por aqui, mas com a saída de Katya, nossa última babá, tem sido um caos. Eu tive que manter tudo em dia aqui e Bill está tentando manter os negócios em ordem. Preciso ser completamente honesta e avisar que quem conseguir o cargo não terá um período introdutório muito tranquilo. Em geral tento trabalhar em casa durante o primeiro mês ou mais, para ter certeza de que tudo está indo bem, mas isso simplesmente não será possível desta vez. Bill não pode estar em dois lugares ao mesmo tempo e temos projetos que precisam que eu esteja lá, com a mão na massa, com urgência. Necessitamos de alguém muito experiente que não se incomode em ficar com as crianças desde cedo, e precisa começar o mais rápido possível. — Ela olhou para mim, um pouco ansiosa, uma ruga entre as sobrancelhas fortes. — Você acha que isso seria possível?

Engoli em seco. Hora de tirar minhas dúvidas da cabeça e assumir o papel de Rowan, a Babá Perfeita.

— Com certeza — eu disse, e a confiança na minha voz quase me convenceu. — Quero dizer, você viu meu currículo...

— Ficamos muito impressionados com ele — disse Sandra, e acenei de leve com a cabeça, corando. — Para ser sincera, é um dos mais impressionantes que recebemos. Você tem tudo de que precisamos em termos de experiência com as várias faixas etárias. Mas como é o seu período de aviso prévio? Quero dizer, obviamente... — ela estava falando rápido agora, como se estivesse um pouco desconfortável. — *Obviamente*, conseguir a babá *certa* é a coisa mais importante, isso é evidente. Mas, na verdade, precisamos de alguém que possa começar, bem... Agora, para falar com franqueza. Então seria insincero de minha parte fingir que isso não é um fator.

— Meu período de aviso prévio é de quatro semanas. — Eu vi a boca de Sandra se contorcer em uma careta preocupada e acrescentei às pressas:

— Mas acho que conseguiria negociar um término antecipado. Eu tenho dias de férias, teria que sentar com um calendário e fazer as contas, mas acho que há uma boa chance de conseguir reduzir para duas semanas. Talvez menos.

Se a Pequeninos estivesse preparada para ser flexível, queria dizer. Só Deus sabe, mas eles não me deram muitos motivos para lealdade.

Não perdi o lampejo de esperança e alívio que cruzou o rosto de Sandra. Mas então ela pareceu perceber onde estávamos.

— Olhe só, fazendo você ficar parada no corredor falando comigo. Não é justo que eu a entreviste antes mesmo de você tirar seu casaco! Deixe-me mostrar seu quarto, então podemos nos isolar na cozinha e ter uma conversa decente enquanto você come alguma coisa.

Ela se virou e começou a subir o longo lance de escada em curva, seus pés silenciosos no tapete espesso e macio como veludo. No patamar, ela parou e levou o dedo aos lábios. Fiz uma pausa, observando o amplo espaço, a mesinha com um vaso de peônias vermelhas começando a perder as pétalas. Um corredor desaparecia na semiescuridão, iluminado apenas por uma luz noturna cor-de-rosa ligada a uma tomada na parede. Meia dúzia de portas saíam do corredor. A que estava no final tinha letras tortas de madeira coladas nela, e quando meus olhos se acostumaram com a luz baixa, eu entendi as palavras. *Princesa Ellie* e *Rainha Maddie*. A porta mais próxima da escada estava entreaberta, uma luz noturna fraca brilhando nos recantos do cômodo. Ouvi a respiração suave de um bebê.

— As crianças estão dormindo — sussurrou Sandra. — Pelo menos eu espero que estejam. Ouvi alguns passos mais cedo, mas parece estar tudo quieto agora! Maddie, em particular, tem o sono muito leve, então meio que tenho que andar na ponta dos pés. Bill e eu dormimos neste andar, mas o quarto de Rhi é no andar de cima. Por aqui.

No topo do segundo lance, mais três portas cercavam um patamar um pouco menor. A do meio estava aberta, e lá dentro vi um pequeno armário com alguns esfregões e vassouras, e um aspirador sem fio carregando na parede. Sandra fechou-a às pressas.

A porta à esquerda estava fechada e tinha VÁ EMBORA, FIQUE LONGE DAQUI OU MORRA escrito na madeira com o que parecia ser batom vermelho.

— Esse é o quarto de Rhiannon — disse Sandra com um leve erguer de sobrancelhas que poderia indicar qualquer coisa, de diversão a resignação. — Este... — ela pôs a mão na maçaneta da porta à direita da escada — é o seu... Bem, quero dizer... — Ela parou, parecendo um pouco nervosa. — Quero dizer, é onde a babá sempre fica, e onde você vai dormir esta noite. Desculpe, não quero apressar as coisas!

Dei uma risadinha meio nervosa enquanto ela abria a porta. Estava escuro lá dentro, mas, em vez de tatear em busca de um interruptor, Sandra pegou o telefone. Eu estava esperando que ela acendesse a lanterna do aparelho, mas, em vez disso, ela pressionou alguma coisa e as luzes do cômodo ganharam vida.

Não apenas a luz principal do teto — na verdade, essa estava muito fraca, emitindo nada além de uma espécie de brilho dourado sutil —, mas a luz de leitura ao lado da cama também se acendeu, assim como uma luminária de pé perto da janela, ao lado de uma mesinha, e um pisca-pisca enrolado ao redor da cabeceira da cama.

Minha surpresa deve ter transparecido no rosto, porque Sandra deu uma risada, encantada.

— Muito legal, não é? Temos interruptores, obviamente... Bem, são painéis de controle, mas esta é uma casa inteligente. Todo o aquecimento, as luzes e tudo o mais pode ser controlado a partir do celular.

Ela arrastou alguma coisa e a luz principal, de repente, ficou mais brilhante, depois escureceu novamente; do outro lado da sala, uma luz se acendeu no banheiro e depois se apagou mais uma vez.

— Não é apenas a iluminação... — disse Sandra. Ela abriu outra tela e tocou em um ícone, música começou a tocar baixinho por um alto-falante invisível. Miles Davis, pensei, embora não fosse uma grande conhecedora de *jazz*.

— Há também uma opção de voz, mas acho um pouco assustador, então não uso com frequência. Ainda assim, posso lhe mostrar. — Ela pigarreou e então disse em um tom levemente artificial: — "Desligar música!"

Houve uma pausa, e Miles Davis parou de modo abrupto.

— Obviamente, você também pode controlar as configurações no painel.

Ela pressionou algo na parede para demonstrar, e um painel branco se iluminou brevemente, enquanto as cortinas da janela oposta se fechavam e depois abriam.

— Uau — eu disse. Eu realmente não tinha certeza do que falar. Por um lado, era impressionante. Por outro... Eu me vi voltando à palavra usada por Sandra. Assustador.

— Eu sei — disse Sandra com uma risadinha. — É um pouco ridículo, eu sei. Mas, sendo arquitetos, é um dever profissional experimentar todas as engenhocas legais. De qualquer forma... — Ela olhou para o telefone de novo, verificando as horas desta vez. — Eu *preciso* parar de falar e tirar o jantar do forno. E você, por favor, tire o casaco e desfaça as malas. Encontro você lá embaixo em... quinze minutos?

— Combinado — eu disse, com a voz um pouco fraca, e ela me deu um sorriso e desapareceu, fechando a porta.

Depois que ela se foi, coloquei minha mala no chão e atravessei o quarto até a janela. Lá fora estava completamente escuro, mas, pressionando o rosto contra o vidro e colocando as mãos em concha nas têmporas, eu conseguia mais ou menos distinguir um céu salpicado de estrelas e as formas escuras das montanhas no horizonte. Quase não havia luzes.

A percepção de como o lugar realmente era isolado me fez estremecer, apenas por um momento. Dei as costas para a janela e comecei a examinar o quarto.

O que me impressionou na hora foi a estranha mistura de tradicional e moderno. A janela era vitoriana autêntica, até o trinco de latão e as vidraças levemente onduladas. Mas as luzes eram do século XXI — nenhum lustre sem-graça no centro do teto. Em vez disso, havia uma infinidade de holofotes, lâmpadas e spots, cada um focado em uma parte diferente do ambiente e sintonizado em uma temperatura e brilho diferentes. Também não havia aquecedores; na verdade, eu não conseguia ver de onde vinha o calor, mas claramente devia haver alguma fonte — a noite estava fria o suficiente para minha respiração ter deixado uma névoa branca na vidraça. Piso aquecido? Algum tipo de passagem escondida?

A mobília era mais conservadora, com um jeito de hotel-fazenda caro. Em frente a mim, diante da janela, havia uma cama king-size coberta com a onipresente variedade de almofadas de brocado. Sob a janela havia um pequeno sofá estofado, com uma mesinha lateral — o espaço perfeito para receber um amigo ou tomar um drinque. Havia cômodas, uma escrivaninha, duas cadeiras sem braço e um baú com tampa acolchoada ao pé da cama que poderia servir tanto de armazenamento para cobertas como assento adicional. Mais três portas saíam do quarto e, abrindo uma delas, encontrei um closet cheio de prateleiras e estantes vazias, luzes se acendendo automaticamente quando abri a porta. Tentei a segunda, mas parecia estar bloqueada.

A terceira estava entreaberta e me lembrei de que era a que Sandra acendera para mostrar o interior do banheiro. Entrei e vi que havia um painel na parede, como o que Sandra usara na porta principal do quarto. Eu o toquei, quase esperando que ele não funcionasse, mas a tela brilhou, viva, exibindo uma configuração confusa de ícones e quadrados. Apertei um ao acaso, sem ter certeza do que ia acontecer, e as luzes aos poucos se tornaram mais brilhantes, revelando um banheiro de última geração com um enorme chuveiro cascata e uma penteadeira de concreto do tamanho da bancada da minha cozinha. Não havia nada de falso-vitoriano naquele banheiro. Era espacial em sua complexidade, elegante e moderno na decoração, tinha mais glamour em cada azulejo de metrô do que a maioria dos banheiros possuía em sua totalidade.

Pensei no meu banheiro em casa: cabelo no ralo enferrujado, toalhas sujas jogadas no canto, manchas de maquiagem no espelho.

Deus, como eu queria isso.

Antes... Eu não sei o que eu queria antes. Eu não tinha me concentrado em nada exceto em chegar aqui, conhecer os Elincourt e descobrir o que estava do outro lado deste anúncio. Era isso. Honestamente, eu não tinha mesmo pensado que podia conseguir o emprego.

Agora... agora eu *queria*. Não apenas os cinquenta e cinco mil por ano, mas tudo. Eu queria a linda casa e o maravilhoso quarto, até o suntuoso box de mármore, com seu vidro cintilante e os acessórios cromados polidos.

Mais do que isso, eu queria fazer parte daquela família.

Se eu tinha alguma dúvida sobre o que estava fazendo aqui, aquele quarto as esmagou.

Por um longo momento, eu apenas fiquei na penteadeira, as mãos espalmadas no balcão, me olhando no espelho. O rosto que me encarava era, de alguma forma, inquietante. Não exatamente a expressão, mas algo em meus olhos. Havia algo ali, uma espécie de fome. Não devo parecer muito desesperada na frente de Sandra. Interessada, sim. Mas desespero — o tipo de desespero faminto que vi me encarando agora — não era nada além de desagradável.

Devagar, alisei meu cabelo, lambi um dedo e ajeitei um pelo rebelde da sobrancelha para que voltasse ao lugar. Então minha mão foi para o colar.

Eu o usava todos os dias — usava desde que saí da escola, e joias não eram mais proibidas pelas regras de uniforme. Mesmo quando criança, eu o usava nos fins de semana e sempre que podia, ignorando os suspiros de minha mãe e seus comentários sobre bijuterias baratas e feias, que deixavam a pele verde. Tinha sido um presente do meu primeiro aniversário, e agora, depois de mais de duas décadas, parecia parte de mim, algo que eu mal percebia, mesmo quando o pegava para brincar em momentos de estresse ou tédio.

Agora eu o observei com atenção.

Um R de prata ornamentado na ponta de uma corrente pendurada. Ou melhor, como minha mãe sempre me lembrava, não de prata, mas folheado em prata, algo que estava se tornando cada vez mais aparente, à medida que o metal cor de bronze de baixo brilhava onde eu havia desgastado o pingente esfregando-o distraidamente com os dedos.

Não havia razão para tirá-lo. Não era inadequado. As chances de alguém sequer percebê-lo eram muito pequenas. E ainda assim...

Lentamente, coloquei a mão na nuca e soltei o fecho.

Então passei um pouco de brilho labial, ajeitei a saia, apertei o rabo de cavalo e me preparei para voltar para Sandra Elincourt e fazer a melhor entrevista da minha vida.

Quando desci as escadas, Sandra não estava em lugar algum, mas eu podia sentir um cheiro delicioso e envolvente vindo do outro lado do corredor. Lembrando que era para lá que Sandra havia conduzido os cachorros, avancei com cautela. Mas, quando abri a porta, descobri que havia entrado em outro mundo.

Era como se a parte de trás da casa tivesse sido cortada brutalmente e enxertada em uma espantosa caixa modernista, tão século XXI que era quase agressivo. Vigas de metal altas subiam até telhas de vidro e, sob meus pés, os ladrilhos encáusticos vitorianos do salão haviam sumido, abruptamente, substituídos por um piso de concreto vazado, polido até um brilho fosco. Parecia uma combinação de uma catedral brutalista e uma cozinha industrial. No centro havia um balcão de metal brilhante, cercado por bancos cromados, dividindo o espaço entre a lustrosa área da cozinha e, além dela, a área de jantar mal iluminada, onde uma longa mesa com tampo de concreto percorria toda a extensão da sala.

No meio estava Sandra, parada na frente de um monstruoso fogão planejado, o maior que eu já tinha visto, e servindo uma espécie de ensopado em duas tigelas. Ela ergueu os olhos quando entrei.

— Rowan! Escute, sinto muito, mas esqueci de perguntar, você não é vegetariana, é?

— Não — respondi. — Não, eu como praticamente qualquer coisa.

— Ah, ufa, que alívio, pois nós temos ensopado de carne e não muito mais que isso! Eu estava me perguntando sem parar se teria tempo de fazer uma batata assada. O que me lembra... — Ela caminhou até a enorme geladeira de aço, apertou um botão invisível na porta com a junta dos dedos e disse, pronunciando as palavras com clareza: — "Feliz, peça batatas, por favor."

— "Acrescentando batatas à sua lista de compras", respondeu uma voz robótica, uma tela se iluminou, mostrando uma lista. — "Coma feliz, Sandra!"

O choque de ver aquilo me deu vontade de rir, mas afastei-a e, em vez disso, fiquei observando Sandra colocar as duas tigelas na mesa comprida junto a um pão crocante em uma tábua e um pratinho com algo que parecia creme azedo. As tigelas eram de porcelana e aparentavam ser vitorianas, pintadas à mão com florezinhas delicadas e embelezadas com detalhes folheados a ouro. De alguma forma, o contraste entre as linhas modernistas matematicamente rígidas da sala de vidro e as delicadas tigelas antigas era quase absurdo, e eu me senti um pouco desconcertada. Era como o restante da casa ao avesso: conservadorismo vitoriano pontuado por toques de modernidade da era espacial. Aqui, o modernismo havia dominado, mas as tigelas e os exagerados redemoinhos florais dos talheres de prata eram um lembrete do que havia por trás da porta fechada.

— Pronto — disse Sandra, desnecessariamente, enquanto se sentava e acenava para que eu me sentasse à sua frente. — Ensopado de carne. Sirva-se de pão para o molho e isso é *crème fraiche* de raiz-forte, que fica muito bom misturado.

— O cheiro é incrível — eu disse, com sinceridade, e Sandra sacudiu o cabelo para trás, dando um sorrisinho que tentava parecer modesto, mas que realmente dizia *eu sei*.

— Bem, é o fogão, sabe. Um La Cornue. É quase impossível dar errado; basta colocar os ingredientes e esquecer! Eu sinto falta de um fogão a gás, às vezes, mas a distribuidora não chega aqui, então é tudo elétrico. É por indução.

— Eu nunca usei um fogão por indução — confessei, olhando-o com bastante dúvida. Era um monstro, um metro e oitenta de portas de metal, maçanetas, gavetas e puxadores. Por cima havia uma superfície lisa para cozinhar que parecia ser dividida de um jeito que eu não poderia nem tentar entender.

— Demora um pouco para se acostumar — disse Sandra. — Mas eu prometo que é realmente muito intuitivo de usar. A placa plana no meio é um teppanyaki. Eu estava bastante cética quanto ao preço, mas Bill foi insistente e, tenho que admitir, valeu cada centavo e mais um pouco.

— Ah, entendo — falei, embora realmente não entendesse. O que diabos era um teppanyaki? Peguei um bocado do ensopado, espesso, rico e delicioso, o tipo de refeição que eu nunca tinha tempo ou organização para cozinhar para mim em casa; deixei Sandra colocar um pingo de *crème fraiche* em cima e me fornecer uma fatia de pão crocante. Havia uma garrafa de vinho tinto já aberta na mesa, e ela nos serviu em cálices vitorianos lindamente gravados, e estendeu um para mim.

— Então, você prefere comer primeiro e depois conversar, ou já devemos começar?

— Eu... — Olhei para o meu prato e então dei de ombros mentalmente. Não adianta adiar. Puxei minha saia para baixo e me sentei um pouco mais reta no banquinho de metal. — Podemos começar, suponho. O que você gostaria de saber?

— Bem, seu currículo era muito abrangente e *muito* impressionante. Já entrei em contato com sua empregadora anterior... Qual era o nome dela? Grace Devonshire?

— Hummm... sim, isso mesmo — respondi.

— E ela só tinha coisas boas a dizer sobre você. Espero que não se importe por eu pegar referências antes da entrevista, mas já tive algumas experiências ruins com candidatos inadequados, e acho que não adianta desperdiçar o tempo de todos os envolvidos ao lhe arrastar para cá só para fracassar nos 45 do segundo tempo. Mas Grace falou muito bem de você. Os Harcourt parecem ter se mudado, mas também falei com a sra. Grainger, ela também foi só elogios.

— Você não contatou a Pequeninos, certo? — perguntei, um pouco nervosa, mas ela balançou a cabeça, negativamente.

— Não, entendo perfeitamente; nem sempre é fácil procurar emprego já ocupando um cargo. Mas talvez você possa me falar sobre seu emprego lá?

— Bem, é basicamente como eu expliquei no currículo: estou lá há dois anos e sou responsável pela ala dos bebês. Eu não queria mais ser a babá de uma família só, e um berçário parecia uma boa opção. Tem sido uma experiência excelente, tenho um pouco mais de responsabilidade gerencial e organizo horários de funcionários etc., mas, sinceramente, descobri que sinto falta da sensação familiar de ser babá. Eu amo as crianças de lá, mas não dá para passar tanto tempo com elas como em uma casa de família. O que me impedia de mudar era a ideia de dar um passo atrás em termos de remuneração e responsabilidade, mas seu anúncio parece ser o desafio que estou procurando.

Eu tinha ensaiado o discurso dentro da minha cabeça quando estava no trem, a caminho, e agora as palavras ressoavam com uma autenticidade ensaiada. Eu tinha feito entrevistas suficientes para saber que essa era a chave: explicar por que você queria deixar seu cargo atual, sem falar mal de seu empregador e parecer um funcionário desleal. Mas minha versão — levemente exagerada — dos acontecimentos parecia ter funcionado, pois a sra. Elincourt estava balançando a cabeça de forma simpática.

— Posso imaginar.

— Além disso, é claro — acrescentei, no calor do momento, pois não havia pensado nessa frase em particular —, estou ansiosa para sair de Londres. É tão movimentado e poluído, acho que estou apenas procurando mudar de ares.

— Isso eu entendo *bem* — a sra. Elincourt disse, com um sorriso. — Bill e eu tivemos a mesma dolorosa epifania alguns anos atrás. Rhiannon tinha uns oito ou nove anos e estávamos começando a pensar em escolas secundárias. Maddie era bebê e eu estava exausta de empurrá-la por parques sujos e ter que procurar agulhas na caixa de areia antes de deixá-la brincar. Esta parecia ser a chance perfeita para mudar tudo, construir uma nova vida e encontrar uma que fosse superindependente para Rhi.

— E você está feliz por ter feito essa mudança?

— Ah, totalmente. Foi difícil para as crianças na época, é claro, mas foi definitivamente a coisa certa a se fazer. Adoramos a Escócia e nunca quisemos ser aquele tipo de família que compra uma segunda casa e depois a coloca no Airbnb por nove meses ao ano. Queríamos *morar* aqui, fazer parte da comunidade, sabe?

Eu concordei, como se dilemas de uma segunda casa fizessem parte do meu dia a dia.

— A residência Heatherbrae foi um verdadeiro projeto — continuou Sandra. — Ela foi totalmente negligenciada por décadas, habitada por um velho muito excêntrico que se mudou para uma casa de repouso e deixou Heatherbrae cair em ruínas até sua morte. Madeira apodrecida em todos os lugares, canos estourados, eletricidade instável, era um caso de realmente colocar tudo abaixo e reformular do zero. Dois anos de trabalho árduo, reconfigurando as salas e fazendo de tudo, desde uma nova fiação até uma nova fossa. Mas valeu a pena; é claro que foi um maravilhoso estudo de caso para o negócio. Temos uma pasta inteira de antes e depois, e isso realmente mostra que um bom projeto arquitetônico pode tanto trazer à tona o espírito de uma casa existente quanto criar algo novo do zero. Embora também façamos isso, é claro. Nossa especialidade é a arquitetura vernacular.

Eu balancei a cabeça como se tivesse ideia do que aquilo significava e tomei um gole de vinho.

— Mas chega de falar sobre mim e sobre a casa, e você? — disse Sandra, com ar de quem vai direto ao assunto. — Conte-me um pouco por que você quis ser babá?

Uau. Isso era uma grande pergunta. Dezenas de imagens passaram pela minha mente de uma vez. Meus pais gritando comigo por colocar massinha no carpete da cozinha aos seis anos. Aos nove, minha mãe balançando a cabeça para o meu boletim, sem se preocupar em esconder sua decepção. Aos doze, a peça da escola que ninguém se deu o trabalho de ir. Aos dezesseis, "que pena que você não estudou mais para história", em vez de parabéns pelo que tinha conseguido em matemática, inglês e ciências. Dezoito anos não sendo boa o suficiente, não sendo a filha que eu deveria ser. Dezoito anos não estando à altura.

— Bem... — Eu me senti titubear. Isso não fazia parte do que eu havia praticado, e fiquei irritada comigo mesma. Era uma pergunta óbvia, uma para a qual eu deveria ter me preparado. — Bem, suponho... Quero dizer... Eu só gosto de crianças. — Era capenga. Muito capenga. Também não era completamente verdade.

Mas, quando as palavras saíram da minha boca, percebi outra coisa. Sandra ainda sorria, mas havia certa neutralidade em sua expressão que não existia antes, de repente entendi o porquê. Uma mulher à beira de seus trinta anos, falando sobre o quanto gosta de crianças...

Apressei-me para consertar o meu erro.

— Mas devo dizer que admiro qualquer um que queira ter filhos. Definitivamente ainda não estou pronta para isso!

Bingo. Não pude deixar de notar o lampejo de alívio que atravessou o rosto de Sandra, embora tenha sido rapidamente reprimido.

— Não que isso sequer seja uma opção agora — disse, me sentindo confiante o suficiente para uma piadinha —, já que estou totalmente solteira.

— ... sem laços com Londres então?

— Não muitos. Claro que tenho amigos, mas meus pais se aposentaram e foram morar no exterior há alguns anos. Na verdade, depois de resolver as coisas na creche, não há nada que me mantenha em Londres. Eu poderia assumir um novo cargo quase imediatamente.

Com cuidado, evitei dizer *o cargo*, não querendo parecer que estava fazendo suposições de que conseguiria o emprego, mas Sandra estava sorrindo e balançando a cabeça com entusiasmo.

— Sim, como você provavelmente pôde concluir pela nossa conversa anterior, eu estaria mentindo se dissesse que isso não é um fator significativo. Estamos chegando às férias de verão e *precisamos* contratar alguém antes que as aulas terminem ou eu estarei acabada. Além disso, teremos uma feira muito, *muito* importante em algumas semanas, e tanto Bill quanto eu realmente precisamos estar lá.

— Qual é o seu prazo?

— Rhi entra de férias no final de junho, que é, o quê... em cerca de três ou quatro semanas? Mas a feira começa no fim de semana antes do término das aulas dela. A verdade é que quanto mais cedo melhor. Duas semanas é factível. Três semanas é... Bem, mais ou menos ok. Quatro semanas estaríamos começando a entrar na zona de desastre. Você disse que seu período de aviso prévio é de quatro semanas?

Concordei.

— Sim, mas eu estava pensando enquanto desfazia as malas e tenho pelo menos oito dias de férias para tirar, então definitivamente posso reduzir para um pouco mais de duas semanas, se considerar esse período, talvez até menos. Acho que estarão preparados para negociar.

Na verdade, eu não tinha ideia do quanto eles me ajudariam; minha suspeita era de que não muito. Janine, minha chefe e atual gerente da ala dos bebês, não era muito minha fã. Não acho que ela ficaria particularmente triste com a minha demissão, mas também não acho que se esforçaria para me ajudar. No entanto, havia maneiras e meios, os trabalhadores do berçário não podiam trabalhar por quarenta e oito horas após um norovírus. Eu estava preparada para ter muitos do tipo em meados de junho. Mais uma vez, porém, eu não disse isso para Sandra. Por alguma razão, ninguém quer uma babá com um código moral flexível, mesmo quando ela está fazendo isso para ajudá-los.

Enquanto comíamos, Sandra fez mais algumas perguntas típicas de entrevista que eu já esperava: descreva seus pontos fortes e fracos, dê-me um exemplo de uma situação difícil e como você lidou com ela... O de sempre. Eu já havia respondido isso antes em uma dúzia de outras entrevistas, então minhas respostas foram ensaiadas, apenas levemente ajustadas para o que eu achava que Sandra, em particular, gostaria de ouvir. Minha resposta padrão para a pergunta sobre uma situação difícil era sobre um garotinho que chegara ao seu dia de adaptação no Pequeninos coberto de hematomas e a maneira como eu havia lidado com os pais em relação às preocupações quanto à segurança da criança. Caía bem nos berçários, mas não achei que Sandra gostaria de ouvir sobre denúncias de pais para as autoridades. Em vez disso, contei uma história diferente, sobre uma criança de quatro anos que fazia bullying, em um cargo anterior, e a maneira como consegui conectar seu comportamento aos seus próprios medos de começar a escola primária.

Enquanto eu falava, ela examinava os papéis que eu trouxera, a certidão de antecedentes criminais, os certificados de primeiros socorros. Estavam todos em ordem, é claro, eu sabia disso, mas ainda senti um friozinho na barriga enquanto ela os analisava. Senti o peito apertar, mas se foi por causa dos nervos ou dos cachorros eu não sabia dizer; afastei a vontade de pegar meu inalador e dar uma tragada.

— E a carteira de motorista? — ela perguntou enquanto eu terminava minha história sobre o menino de quatro anos.

Pousei o garfo no concreto liso e polido da mesa e respirei fundo.

— Ah, certo, sim. Sinto que isso pode ser um problema. Eu tenho carteira de motorista do Reino Unido e está limpa, mas o documento em si foi roubado no mês passado, quando perdi minha bolsa. Encomendei um novo, mas eles queriam uma foto atualizada e está demorando muito para chegar. Mas juro a você, eu *sei* dirigir.

Essa última parte era verdade, afinal. Cruzei os dedos e, para meu alívio, ela assentiu e passou para algo sobre minhas ambições profissionais. Se eu queria obter alguma qualificação adicional. Onde eu me via em um ano. Era a segunda pergunta que realmente importava, eu poderia dizer isso pela maneira como Sandra pousou sua taça de vinho e realmente olhou para mim enquanto eu respondia.

— Em um ano? — perguntei devagar, tentando freneticamente descobrir o que ela queria ouvir de mim. Queria ambição? Comprometimento? Desenvolvimento pessoal? Um ano era um período curioso para se escolher, a maioria dos entrevistadores escolhe cinco anos, e a pergunta me pegou despreparada. O que ela estava testando?

Enfim, pensei em uma resposta.

— Bem... Você sabe que eu quero esse emprego, Sandra, e, para ser honesta, dentro de um ano espero estar aqui. Se você me oferecesse essa posição, eu não gostaria de me desarraigar de Londres e de todos os meus amigos apenas por um cargo de curto prazo. Quando trabalho para uma família, quero pensar que é um relacionamento de longo prazo, tanto para mim quanto para as crianças. Eu quero realmente conhecê-las, vê-las crescer um pouco. Se você me perguntasse onde me vejo em cinco anos... Bem, é uma pergunta diferente. E eu provavelmente lhe daria uma resposta diferente. Sou ambiciosa, gostaria de fazer mestrado em puericultura ou psicologia infantil em algum momento. Mas um ano... Qualquer cargo que eu assuma agora, eu definitivamente gostaria de pensar que duraria mais de um ano, pelo bem de todos nós.

O rosto de Sandra abriu um sorriso enorme e eu sabia, simplesmente *sabia* que tinha dado a resposta certa, aquela que ela estava esperando. Mas foi o suficiente para me garantir o emprego? Eu não sabia, de verdade.

Continuamos a conversar por mais ou menos uma hora, Sandra enchendo minha taça e a dela, embora em algum momento, após a segunda ou terceira, eu tenha tido o bom senso de colocar a mão sobre a taça e balançar a cabeça.

— Melhor não. Eu não sou muito de beber, o vinho me sobe direto à cabeça.

Não era cem por cento verdade. Eu conseguia aguentar vinho tão bem quanto a maioria dos meus amigos, mas sabia que outra taça provavelmente me faria jogar a cautela ao vento, e seria mais difícil manter minhas respostas diplomáticas e de acordo com o planejado. Histórias iriam se emaranhar, eu confundiria nomes e datas, e acordaria amanhã com a cabeça entre as mãos, imaginando quais verdades eu havia deixado escapar e que gafes terríveis cometera.

Ainda assim, Sandra olhou para o relógio enquanto enchia a própria taça, e deu um pulinho, assustada.

— Céus, onze e dez! Eu não fazia ideia de que já estava tão tarde. Você deve estar exausta, Rowan.

— Estou, um pouco — eu disse com sinceridade. Tinha viajado o dia todo, e isso estava começando a me afetar.

— Bem, olhe, acho que abordamos tudo o que eu queria saber, mas esperava que você pudesse conhecer as crianças amanhã, ver se vocês se entendem, e depois Jack vai levá-la de volta a Carn Bridge para pegar o trem, se você concordar. A que horas sai?

— 11h25, então funciona bem para mim.

— Ótimo. — Ela se levantou e juntou todas as louças em uma pilha, que colocou ao lado da pia. — Vamos deixar isso para Jean e encerrar a noite.

Eu balancei a cabeça, me perguntando novamente quem era essa misteriosa Jean, mas sem querer perguntar.

— Vou deixar os cachorros saírem. Boa noite, Rowan.

— Boa noite — respondi. — Muito obrigada pelo jantar delicioso, Sandra.

— Foi um prazer. Durma bem. As crianças geralmente acordam às seis, mas não há necessidade de você acordar tão cedo... a menos que queira!

Ela deu uma risadinha tilintante e tentei me lembrar de colocar meu alarme para seis, mesmo que o mero pensamento já me desse sono.

Enquanto Sandra enxotava os cachorros para o jardim, voltei para a parte antiga da casa, com a mesma sensação estranha de deslocamento brusco que sentira antes, só que ao contrário. O teto alto de vidro baixou abruptamente para um roda-teto estilo bolo de casamento. O som que ecoava dos meus saltos de gatinho no chão de concreto mudou para um clique suave no assoalho de madeira, depois para o silêncio do tapete quando comecei a subir a escada. Parei no primeiro patamar. A porta mais próxima, o quarto do bebê, ainda estava entreaberta. Não pude resistir: abri e entrei, sentindo os cheiros bons e quentinhos de um bebê limpo e satisfeito.

Petra estava deitada de costas, os braços e pernas estendidos como um sapo. Ela havia tirado o cobertor e, com muita delicadeza, eu o puxei de volta sobre seu corpinho, sentindo a respiração suave nos pelinhos do dorso da minha mão.

Enquanto eu colocava o cobertor ao seu redor, ela se assustou, levantando um braço, e, por um momento, eu congelei pensando que estava prestes a acordar e chorar. Mas Petra apenas suspirou e se acomodou novamente. Fui de mansinho até o luxuoso quarto que me aguardava.

Andei na ponta dos pés, cautelosamente, enquanto escovava os dentes, ouvindo as tábuas do piso sob meus pés rangendo baixinho, não querendo incomodar Sandra lá embaixo. Enfim, eu estava pronta para dormir, meu despertador ligado e as roupas para o dia seguinte bem-arrumadas no sofazinho macio.

Então, percebi que não tinha descido as cortinas.

Enrolando-me no roupão, atravessei o quarto e puxei suavemente o tecido. Elas não se mexeram.

Intrigada, tentei com mais força, então parei, espiando atrás delas para ver se eram de alguma forma falsas, cortinas ornamentais, e que a ideia era usar uma persiana. Mas não, eram cortinas de verdade, tinham trilhos de verdade. Então me lembrei: Sandra pressionando algo na parede, e as cortinas fechando e depois abrindo novamente. Eram automáticas.

Merda. Caminhei até o painel ao lado da porta e acenei com a mão diante dele. Instantaneamente, o painel se iluminou com aquela confusa configuração de quadrados e ícones. Nenhum deles parecia uma cortina. Havia um que poderia ser uma janela, mas, quando o apertei, cautelosamente, uma explosão de trompete de jazz quebrou o silêncio e eu a interrompi apressadamente com o dedo.

Graças a Deus parou de imediato e eu fiquei imóvel por um momento, esperando, pronta para um gemido de Petra ou para Sandra subir correndo as escadas querendo saber por que eu estava acordando as crianças, mas nada aconteceu.

Voltei a estudar o painel, mas desta vez não apertei nada. Tentei me lembrar do que Sandra havia feito antes. O grande quadrado no centro era a luz principal, disso eu tinha quase certeza. E a mistura de quadrados à direita, presumivelmente, controlava as outras luzes da sala. Mas o que era aquela espiral e o controle deslizante na esquerda? Volume da música? Aquecimento?

Então me lembrei do comentário de Sandra sobre as configurações de voz.

— Fechar cortinas — pedi em voz baixa e, de certa forma para minha surpresa, as cortinas se fecharam com um *vush* quase inaudível.

Excelente. Ok. Agora só tenho que entender como as luzes funcionam.

A luz da cabeceira tinha um interruptor, então eu sabia que seria capaz de lidar com essa, as outras consegui descobrir por tentativa e erro, mas havia um abajur ao lado da poltrona que não consegui apagar.

— Apague as luzes — tentei, mas nada aconteceu. — Apague o abajur.

O abajur de cabeceira se apagou.

— Desligue o abajur da poltrona.

Nada aconteceu. Puta merda.

Por fim, rastreei o fio de volta para uma tomada de formato estranho na parede, não uma tomada de aparelho normal, e a puxei para fora. A sala mergulhou instantaneamente em uma escuridão tão densa que eu quase podia senti-la.

Lentamente, eu tateei o caminho de volta pelo quarto até o pé da cama, e me arrastei para ela. Eu estava me aconchegando quando me lembrei, com um suspiro, de não ter colocado o celular para carregar. Merda.

Eu não teria capacidade de enfrentar as luzes novamente, então, em vez disso, liguei a lanterna do telefone, saí da cama e comecei a vasculhar minha bolsa.

O carregador não estava lá. Será que eu já tinha tirado? Eu tinha certeza de que tinha trazido.

Virei a bolsa de cabeça para baixo, deixando meus pertences caírem no tapete grosso, mas nenhum fio saiu serpenteando com os outros pertences. Merda. *Merda*. Se eu não conseguisse carregar meu telefone, teria a viagem mais chata do mundo amanhã. Eu nem tinha trazido um livro, todo o meu material de leitura estava no aplicativo do Kindle. Será que tinha esquecido? Deixado no trem? De qualquer forma, claramente não estava na minha bolsa. Fiquei ali por um momento, mordendo o lábio, e então abri uma das gavetas da mesa de cabeceira, tendo a esperança, contra a probabilidade, de que um hóspede tivesse deixado um carregador para trás.

E... Bingo. Não era um carregador inteiro, mas um cabo. Isso era tudo de que eu precisava, pois havia uma porta USB embutida na tomada da parede.

Com um suspiro de alívio, desembaralhei o cabo dos folhetos e papéis na gaveta, pluguei na tomada e conectei ao telefone. O pequeno ícone de carregamento se iluminou, e felizmente voltei para a cama. Eu estava a ponto de desligar a lanterna e me deitar quando notei que algo tinha caído da gaveta em cima do meu travesseiro. Era um pedaço de papel. Eu estava prestes a amassá-lo e jogá-lo no chão, mas olhei para ele antes, apenas para verificar se não era nada importante.

Não era. Apenas um desenho de criança. Pelo menos...

Peguei o telefone novamente, inclinando a lanterna para a página, observando o desenho mais de perto.

Dificilmente era uma obra de arte, apenas figuras de palito e linhas grossas de giz de cera. Mostrava uma casa, com quatro janelas e uma porta da frente preta brilhante, não muito diferente de Heatherbrae. As janelas estavam pintadas de preto com exceção de uma, que mostrava um pequeno rosto pálido espreitando na escuridão.

Era estranhamente desconcertante, mas não havia assinatura alguma nem alguma maneira de saber por que estava na gaveta de cabeceira. Virei-o, procurando pistas. Havia uma caligrafia do outro lado. Não era letra de criança, mas de um adulto — inclinada, redonda e não inglesa de uma maneira que eu não conseguia bem definir.

Estava escrito em uma grafia limpa e uniforme: *Para a nova babá, meu nome é Katya. Estou escrevendo este bilhete porque queria lhe dizer que, por favor, seja*

E então terminou.

Eu franzi a testa. Quem era Katya? O nome parecia familiar, então me lembrei da voz de Sandra no jantar dizendo, *mas com a Katya saindo — ela foi nossa última babá...*

Então Katya morava aqui. Até dormia aqui. Mas o que ela queria dizer à sua sucessora? Será que ela ficou sem tempo ou pensou melhor no que estava prestes a dizer?

Por favor seja... gentil com as crianças? Por favor seja... feliz aqui? Por favor seja... confiante ao dizer a Sandra que você gosta de cachorros?

Poderia ter sido qualquer coisa. Então, por que a frase que ficava pairando na ponta da minha língua era *por favor, seja cuidadosa*?

As duas coisas juntas, o desenhozinho macabro e o bilhete inacabado, me deram uma sensação estranha que eu não conseguia identificar. Algo como inquietação, embora eu não pudesse dizer por quê.

Bem, o que quer que ela quisesse dizer, agora era tarde demais.

Dobrei o desenho e o coloquei de volta na gaveta. Então desliguei o telefone, puxei as cobertas até o queixo e tentei esquecer todas as incertezas e dormir.

Quando acordei foi com o bipe insistente e estridente do meu alarme. Por um momento não conseguia me lembrar de onde estava ou por que estava tão cansada. Então me lembrei. Eu estava na Escócia. E eram seis da manhã — pelo menos uma hora e meia antes do que eu estava acostumada a acordar.

Sentei na cama, alisando meu cabelo desgrenhado e esfregando o sono dos olhos. No andar de baixo, eu ouvia baques e sons estridentes de animação. Parecia que as crianças provavelmente já estavam acordadas...

Apesar das cortinas blackout, o sol já estava entrando pelas frestas. Forçando minhas pernas para fora da cama, eu atravessei o quarto e tentei abri-las, antes de me lembrar da noite anterior.

— Abrir cortinas — ordenei em voz alta, me sentindo mais do que um pouco estúpida, e elas se abriram como um truque de mágica. Não sei o que eu esperava, mas fosse o que fosse, não estava preparada para a realidade.

A beleza da cena na minha frente me tirou o fôlego.

Algum arquiteto vitoriano já morto há muito tempo havia localizado a casa perfeitamente, no intuito de contemplar uma vista ininterrupta de colinas azuis, vales e florestas de pinheiros verdejantes. Se estendiam em todas as direções os montes ondulantes pontuados por pequenos riachos escuros que vagavam aqui e ali, os telhados enrugados de fazendinhas distantes, a alguns quilômetros um lago, refletindo o sol da manhã tão brilhantemente que parecia um pedaço de neve. À distância, acima de tudo, estavam os Cairngorms — gaélico para as Montanhas Azuis, segundo o Google.

Quando pesquisei a origem do nome, a tradução parecia levemente absurda. As fotos on-line mostravam todas as cores que você poderia esperar — grama verde, samambaia marrom, terra avermelhada, com uma ocasional mancha roxa de urze e, no inverno, uma cobertura bem branquinha de neve. A ideia de que eram azuis parecia fantasiosa ao extremo.

Mas aqui, com a névoa subindo de suas encostas ao sol da manhã e o rosa do amanhecer ainda tingindo o céu atrás delas, realmente *pareciam* azuis. Não os montes cheios de samambaias, mas as próprias encostas implacáveis de granito, os penhascos e picos irregulares, muito acima da linha das árvores. O pico mais alto parecia coberto de neve, mesmo em junho.

Senti meu coração acelerar, e então ouvi um barulho no jardim abaixo e olhei.

Era Jack Grant. Ele estava andando em frente a um conjunto de anexos ao lado da casa. Seu cabelo estava molhado, como se tivesse acabado de tomar banho, e segurava uma caixa de ferramentas. Por um minuto, eu o observei, olhando para o topo de sua cabeça e cabelos escuros; antes que começasse a parecer mais do que um pouco voyeur, me afastei da janela para ir ao banheiro e tomar meu banho.

Lá dentro estava escuro e eu automaticamente tateei em busca de um interruptor, antes de me lembrar do maldito painel. Ao meu toque, ele ganhou vida, apresentando-me novamente aquele confuso mosaico de quadrados, controles deslizantes e pontos. Apertei um, aleatoriamente, esperando não receber mais Miles Davis. Eu estava buscando o mesmo que tinha apertado ontem, mas evidentemente errei o alvo, porque luzes azuis baixas de repente iluminaram o rodapé. Algum tipo de configuração noturna, para se você quisesse ir ao banheiro enquanto seu parceiro estava dormindo? Não era claro o suficiente para tomar banho, de qualquer forma.

O próximo botão que tentei fez as luzes azuis desaparecerem e duas lâmpadas douradas baixas acenderam-se sobre o banheiro, inundando minha pele com um brilho quente e charmoso. Era exatamente o que eu gostaria se estivesse tomando um longo banho de espuma, mas o chuveiro ainda estava escuro e eu precisava de algo mais brilhante e mais... bem, mais matinal.

Encontrei na quarta ou quinta tentativa uma configuração que era clara, mas não agonizante, com uma borda iluminada ao redor do espelho perfeita para fazer minha maquiagem. Com um suspiro de alívio, larguei meu roupão no chão e entrei no chuveiro, apenas para ser confrontada com outro desafio. Havia uma variedade deslumbrante de bocais, bicos e chuveiros. A questão era: como usá-los? A resposta parecia ser mais um painel, desta vez à prova d'água, colocado nos azulejos do chuveiro. Quando toquei nele, apareceram letras. *Bom dia, Katya.*

O nome me deu um sobressalto engraçado, me lembrei novamente daquele bilhete inacabado no desenho de criança, da noite anterior. Havia um rosto sorridente e um pequeno botão para baixo. Bem, eu não era Katya. Apertei o botão para baixo e as letras mudaram. *Bom dia, Jo.* Apertei novamente. *Bom dia, Lauren. Bom dia, Holly. Bom dia, hóspede.*

Não havia mais opções. Fiquemos com hóspede, então. Apertei o rosto sorridente. Nada aconteceu. Em vez disso, a exibição mudou para aqueles pontos, quadrados e controles deslizantes enigmáticos. Apertei um ao acaso e gritei quando cerca de vinte jatos fortes de água gelada atingiram meu estômago e minhas coxas. Rapidamente, apertei o botão de desligar à esquerda do painel e os jatos cessaram, deixando-me ofegante, tremendo e mais do que um pouco irritada.

Certo. Tudo bem. Talvez eu devesse tentar uma opção predefinida, até descobrir como usar essa coisa. Toquei no painel e *Bom dia, Katya* brilhou novamente. Desta vez com uma leve trepidação, apertei a carinha sorridente e na tela apareceu a mensagem: *Estamos preparando seu banho favorito. Lave-se feliz!* À medida que a mensagem desaparecia, para meu espanto, um dos chuveiros deslizou suavemente para cima até uma altura pré-programada, inclinado em um ângulo determinado, e um jato de água quente começou a jorrar. Fiquei parada por um momento, boquiaberta, e então testei a água com a mão. Quem quer que fosse Katya, ela era muito alta e gostava de seus banhos um pouco mais quentes do que eu. Eu poderia ter aguentado o calor, mas infelizmente ela era tão alta que o jato errou completamente o topo da minha cabeça e ricocheteou na tela de vidro em frente, o que tornaria muito difícil lavar meu cabelo.

Apertei o botão de desligar e tentei novamente. Desta vez selecionei *Bom dia, Holly* e esperei, com os dentes cerrados, pelo resultado.

Bingo. A configuração de Holly acabou sendo definida como uma espécie de chuva quente vindo da grade acima, que era... bem, era gloriosa. Não havia outra palavra para descrever. A água jorrava com uma abundância quase absurda, me encharcando de calor. Senti a água quente tamborilando no topo da cabeça, expulsando os últimos resquícios da minha sonolência e do vinho tinto da noite anterior. Holly, quem quer que fosse, era claramente uma mulher com o meu gosto. Passei xampu, condicionador e depois me enxaguei, e então fiquei parada, de olhos fechados, simplesmente curtindo a sensação da água na minha pele nua.

A tentação de ficar lá, aproveitando o luxo, era muito forte, mas provavelmente levei dez minutos para entender o banheiro. Se eu perdesse mais tempo, tornaria inútil aquele alarme precoce. Não havia sentido em me forçar a sair da cama ao raiar do dia se eu não aparecesse e transmitisse meu entusiasmo para Sandra.

Com um sentimento de resignação, apertei o botão de desligar no painel, estendi a mão para a toalha branca e fofa que esquentava no trilho aquecido e me lembrei de que, se eu fosse bem-sucedida, não seria a última vez que eu poderia desfrutar daquele chuveiro. Muito longe disso.

Descendo as escadas, a primeira coisa que me saudou foi o cheiro de torrada e risadas de crianças. Quando contornei a esquina da base da escada, fui recebida por um roupão xadrez muito pequeno abandonado no degrau de baixo e um único chinelo no meio do corredor. Pegando os dois, fui até a cozinha, onde Sandra estava parada em frente a uma enorme torradeira cromada reluzente, segurando um pedaço de pão integral e o oferecendo para as duas garotinhas de pijama vermelho sentadas à mesa de café da manhã de metal. Suas cabeças de cabelos encaracolados, uma escura, a outra, loiro-clara, estavam desgrenhadas pelo sono, e ambas riam descontroladamente.

— Não incentive! Ela vai fazer de novo.

— Fazer o que de novo? — perguntei, e Sandra se virou.

— Ah, Rowan! Puxa, você levantou cedo. Espero que as meninas não a tenham acordado. Ainda estamos tentando treinar alguns integrantes da família a ficarem na cama depois das seis da manhã. — Ela mexeu a cabeça, indicando a mais nova das duas garotas, a loira.

— Está tudo bem — disse com sinceridade, acrescentando, com um pouco menos de precisão: — Eu acordo cedo mesmo.

— Bem, isso com certeza é um bom talento para se ter nesta casa — disse Sandra com um suspiro. Ela estava vestindo um roupão e parecia mais do que um pouco estressada.

— Petra jogou o mingau dela no chão — disse a menina, com uma risada balbuciante, apontando para a bebê de bochechas rosadas sentada na cadeira alta no canto. Vi que ela estava certa. Havia uma porção de mingau do tamanho de um ovo deslizando pela frente do fogão até cair no chão de concreto, e Petra estava cantando de alegria e pegando outra colherada, pronta para jogá-la novamente.

— Peta juga! — ela disse e mirou.

— Uh-uh — falei, com um sorriso, e estendi minha mão para a colher. — Petra, dá aqui, por favor!

A bebê olhou para mim incerta por um momento, me avaliando; as sobrancelhas loiras levemente desenhadas em uma testa franzida adorável. Então seu rosto gorducho se abriu em um sorriso e ela repetiu:

— Peta juga! — E lançou o mingau em mim.

Eu me esquivei, mas não rápido o suficiente, e o mingau me atingiu em cheio no peito.

Por um minuto, simplesmente fiquei sem ação e, então, uma onda de fúria absoluta subiu dentro de mim quando percebi o que ela tinha feito. Estupidamente, eu não tinha trazido uma muda de roupa extra, e a camisa de ontem estava amassada e tinha uma mancha de vinho tinto da qual eu não me lembrava, mas devia ter causado.

Eu literalmente não tinha mais roupas limpas; ficaria coberta de mingau pelo restante do dia. Aquela *merdinha*.

Foi a mais nova das duas garotas que me salvou. Ela deu uma risadinha e então tapou a boca com as mãos, como se estivesse horrorizada.

Lembrei-me de quem eu era, onde estava, por que estava aqui.

Forcei um sorriso.

— Está tudo bem — eu disse para a garotinha. — Ellie, não é? Você pode rir. É engraçado mesmo.

Ela tirou as mãos e deu um sorriso cauteloso.

— Ah, meu Deus — disse Sandra com uma espécie de resignação cansada. — Rowan, sinto *muito*. Eles falam sobre os dois detestáveis aninhos, mas eu juro, Petra está neles já faz seis meses. Tudo bem com a sua roupa?

— Sandra, não se preocupe — eu disse. Não ficaria bom, pelo menos não até que eu pudesse lavar e, possivelmente, nem mesmo assim. Era uma blusa de seda, apenas para lavagem a seco, uma escolha estúpida para uma en-

trevista de babá, mas eu não tinha pensado que estaria interagindo com as crianças. Talvez eu pudesse tirar uma pequena vantagem moral da situação.
— Honestamente, essas coisas acontecem quando você tem filhos, certo? É só mingau! No entanto... — Inclinei-me e peguei a tigela de mingau de Petra antes que ela percebesse o que estava acontecendo, e a tirei de seu alcance. — Parece que você já comeu o suficiente, mocinha, então acho que vou pegar isso enquanto limpo. Onde está seu esfregão, Sandra, para eu limpar essa gosma no chão antes que uma das garotas escorregue nela?

— Está na despensa, aquela porta ali — respondeu Sandra com um sorriso agradecido. — Muito obrigada, Rowan. Sinceramente, não esperava que você começasse a contribuir sem receber. Isso está além das suas obrigações.

— Fico feliz em ajudar — falei com firmeza. Enquanto passava, bagunçei o cabelo de Petra com um carinho que não sentia inteiramente, e dei uma piscadela para Ellie. Maddie não estava olhando para mim, apenas para seu prato, como se a coisa toda não fosse da sua conta. Talvez estivesse envergonhada por seu papel anterior, incitando Petra.

A despensa ficava na parte mais antiga da casa — provavelmente a copa original, a julgar pela pia vitoriana e pelo piso de pedra —, mas eu não estava no humor para apreciar detalhes arquitetônicos. Em vez disso, fechei a porta atrás de mim e respirei fundo algumas vezes, tentando me livrar dos resquícios de irritação, então comecei a tentar resgatar minha blusa. A maior parte do mingau caiu na pia, mas eu teria que limpar o resto. Depois de várias tentativas que só foram bem-sucedidas em jogar água de mingau na minha saia, prendi um esfregão na maçaneta da porta da cozinha e tirei a blusa.

Eu estava ali, de sutiã e saia, enxugando a mancha de mingau debaixo da torneira e tentando não molhar o resto da blusa mais do que o necessário, quando ouvi um som do outro lado da despensa e me virei para ver a porta do pátio se abrir e Jack Grant entrar, enxugando as mãos no macacão.

— O cortador está funcionando, San... — ele disse, e então parou, os olhos se arregalando em choque. Um rubor vívido se espalhou por suas maçãs do rosto altas.

Dei um grito de surpresa e apertei a blusa molhada contra os seios, me esforçando ao máximo para preservar minha modéstia.

— Ah, meu Deus, eu sinto muito — disse Jack. Ele estava cobrindo os olhos, olhando para o teto, o chão, qualquer lugar menos para mim. Suas bochechas estavam em chamas. — Eu vou... eu vou... desculpa...

E então ele se virou e fugiu, batendo a porta do quintal, deixando-me ofegante e sem saber se ria ou chorava.

Também não fazia muito sentido, então sequei apressadamente minha blusa molhada com uma toalha pendurada sobre o aquecedor, enchi o balde do esfregão e voltei para a cozinha com as bochechas quase tão rosadas quanto as de Jack.

— Camisa limpa? — disse Sandra por cima do ombro quando entrei. — Deixe-me pegar um café para você.

— Sim. — Eu não tinha certeza se deveria contar a ela o que tinha acabado de acontecer. Será que tinha escutado meu grito de surpresa? Jack diria algo? — Sandra, eu...

Mas então minha coragem falhou. Eu não conseguia pensar em uma maneira de dizer *Sandra, acabei de mostrar os peitos para o seu faz-tudo* sem soar irremediavelmente antiprofissional. Senti o rubor no meu rosto se aprofundar de vergonha só de pensar nisso. Eu *não* poderia falar sobre isso. Eu só teria que ter a esperança de que Jack fosse cavalheiro o suficiente para não mencionar ele mesmo.

— Leite e açúcar? — perguntou Sandra distraidamente, olhando para trás, e deixei o assunto de lado.

— Leite, obrigada — respondi, coloquei o balde no chão e comecei a limpar os mísseis de Petra do fogão e do chão, sentindo minhas bochechas esfriarem enquanto eu trabalhava.

Por fim, quando o café chegou e eu estava sentada à mesa, comendo uma excelente torrada com geleia, quase conseguindo fingir que nada tinha acontecido.

— Então — disse Sandra, enxugando as mãos em um pano. — Garotas. Eu não tive a chance de apresentá-las a Rowan ontem. Ela veio dar uma olhada em nossa casa e conhecer vocês. Digam olá.

— Oi — Maddie murmurou, embora ela tenha falado mais para seu prato do que para mim. Parecia mais jovem do que seus oito anos, com cabelos escuros e um rostinho pálido. Debaixo da bancada vi dois joelhos magros, cobertos de casquinhas.

— Olá, Maddie — reagi, com o que esperava ser um sorriso cativante, mas ela manteve os olhos firmemente baixos. Ellie era mais fácil, me olhava com franca curiosidade por baixo de uma franja loiro-clara. — Olá, Ellie. Quantos anos você tem?

— Cinco — disse Ellie. Seus olhos azuis eram redondos como botões. — Você vai ser nossa nova babá?

— Eu... — eu parei, sem saber o que dizer. *Eu espero que sim* seria uma súplica muito escancarada?

— Talvez — interrompeu Sandra com firmeza. — Rowan ainda não decidiu se quer trabalhar aqui, então devemos nos comportar muito bem para impressioná-la!

Ela me deu uma piscadela de lado.

— Uma coisa: corra lá para cima e se vista para podermos mostrar a casa para Rowan.

— E Petra? — perguntou Ellie.

— Eu vou dar um jeito nela. Vá em frente, vapt-vupt.

As duas meninas deslizaram obedientemente para fora dos bancos, caminharam pelo corredor e subiram as escadas. Sandra as observou, com carinho.

— Nossa, elas são muito boazinhas! — comentei, genuinamente impressionada. Eu tinha sido babá de muitas crianças e sabia que definitivamente não se poderia pressupor que aos cinco anos se vestiriam quando você pedisse. Mesmo crianças de oito anos tendiam a precisar de supervisão. Sandra revirou os olhos.

— Elas sabem que não devem aprontar na frente de visitas. Mas vamos ver se estão realmente fazendo o que mandei...

Ela apertou um botão em um iPad que estava no balcão e uma imagem apareceu. Era um quarto de criança, a câmera obviamente posicionada perto do teto, apontando para duas caminhas embaixo. Não houve nenhum som, mas o barulho de uma porta batendo foi alto o suficiente para descer pelas escadas, um ursinho de pelúcia na estante acima da lareira balançou e caiu. Enquanto assistíamos, Maddie apareceu furiosamente na parte inferior da tela e sentou-se na cama à esquerda, com os braços cruzados. Sandra pressionou outra coisa, e a câmera deu um zoom no rosto de Maddie, ou melhor, no topo de sua cabeça, pois ela estava olhando para o próprio colo.

Houve um leve estalo vindo do iPad agora, como se um microfone tivesse sido ligado.

— Maddie — disse Sandra —, o que eu te disse sobre bater portas?

— Eu não bati. — A voz veio baixa e aguda pelo alto-falante do iPad.

— Você bateu que eu vi. Poderia ter machucado Ellie. Agora se vista e pode assistir um pouco de TV. As roupas estão todas na sua cadeira, eu as arrumei esta manhã.

Maddie não disse nada, mas se levantou e tirou o top do pijama, Sandra desligou a tela.

— Uau — eu disse, um pouco surpresa. — Impressionante!

Não era a palavra que eu estava pensando. *Persecutório* estava mais perto do alvo, embora eu não tivesse certeza do porquê. Muitos lugares em que trabalhei tinham câmeras de babá ou babás eletrônicas com alto-falantes e câmeras embutidas. Talvez fosse o fato de eu não saber disso até agora. Eu não tinha notado nenhuma câmera ontem à noite, então, onde quer que estivessem, deveriam estar bem escondidas. Sandra tinha me visto ir para a cama na noite passada? Ela tinha me visto entrar no quarto de Petra? O pensamento fez minhas bochechas queimarem.

— A casa inteira está conectada — falou Sandra casualmente, deixando o iPad de volta no balcão. — É muito prático, principalmente em uma casa com vários andares. Assim eu não tenho que estar sempre correndo para cima e para baixo para ver como estão as meninas.

— Muito prático — repeti fracamente, omitindo meu desconforto. A casa *inteira*? O que isso significava? Os quartos das crianças, claro. Mas a sala de visitas? Os quartos? Os *banheiros*? Mas não, isso estava além da possibilidade. E da legalidade, certamente. Coloquei o restante da torrada de volta no prato, meu apetite sumiu de repente.

— Terminou? — disse Sandra animadamente e, quando concordei, jogou o pedaço de torrada em uma lixeira e colocou o prato com as tigelas de mingau das meninas ao lado da pia. As da noite passada tinham desaparecido, notei. A misteriosa Jean já tinha vindo e ido embora?

— Bem, se você já está satisfeita, deixe-me dar-lhe o *grand tour* enquanto as meninas se vestem. — Ela pegou Petra de sua cadeira alta, esfregou seu rosto com uma flanela úmida, apoiou-a no quadril, e juntas voltamos à parte antiga da casa, atravessando o hall de entrada com lajotas de pedra até as duas portas de cada lado da entrada.

— Certo, só para te explicar a configuração: o hall é o centro da casa, na parte de trás está a cozinha e, logo atrás, a despensa, que você já viu, é claro. Fazia parte dos aposentos dos antigos funcionários, a única parte da estrutura que sobreviveu, na verdade. O resto tivemos que derrubar. Na frente da casa temos os cômodos maiores, ali era a antiga sala de jantar. — Sandra acenou com a mão para uma abertura à direita da porta da frente. — Mas descobrimos que estávamos sempre comendo na cozinha, então a convertemos em escritório e biblioteca. Dê uma olhada.

Eu coloquei a cabeça pela abertura da porta e vi uma pequena sala com paredes com painéis pintados de um tom belo e rico de azul-petróleo. Enfileiradas em uma extremidade havia estantes do chão ao teto, ocupadas por uma mistura de brochuras de ficção e livros de capa dura sobre arquitetura. Poderia ser uma biblioteca pequena dentro de uma propriedade histórica, exceto que no meio da sala havia uma imensa mesa de vidro com um iMac enorme, de tela dupla, e uma espécie de cadeira ergonômica aeronáutica voltada para as telas.

Pisquei. Havia algo desconcertante na maneira como o velho e o novo se combinavam naquela casa. Não era como a maioria das casas, onde as adições modernas se misturavam com as características originais e, de alguma forma, se ajustavam num todo amigável e eclético. Aqui havia uma estranha impressão de óleo e água, tudo era ou meticulosamente original, ou gritantemente moderno, sem nenhuma tentativa de integrar os dois.

— Que lindo — enfim falei, já que Sandra parecia estar esperando algum tipo de comentário. — As cores são... são fabulosas. — Sandra sorriu, balançando Petra no quadril de um jeito animado.

— Obrigada! Bill faz toda a parte técnica de layout, mas o design de interiores sou principalmente eu que faço. Amo esse azul-petróleo. Este cômodo, em particular, é realmente do domínio de Bill, então me controlei, mas você verá que eu me diverti um bocado com a sala de estar. Penso: é minha casa, não tenho que agradar mais ninguém! Venha e dê uma olhada.

O cômodo para o qual fui levada em seguida era a sala de estar que ela havia mencionado, com um conjunto de sofás com botonê disposto em ângulos retos ao redor de uma bela lareira de azulejos. O teto e a madeira tinham o mesmo azul-petróleo dos painéis do escritório, mas as paredes eram surpreendentes, revestidas com um papel de parede rico e intrincado, com um desenho quase confuso demais para se distinguirem as cores de azul profundo, esmeralda e verde-água. Ao espiar mais de perto, vi que era uma mistura de espinheiros e pavões, ambos estilizados e entrelaçados a ponto de serem praticamente irreconhecíveis. Os espinheiros eram de um verde-escuro e preto-arroxeado, os pavões de um azul lustroso e roxo-ametista, com suas caudas se enrolando e se emaranhando aos espinheiros em uma espécie de labirinto horripilante, meio aviário, meio arbóreo.

O desenho ecoava os azulejos ao redor da lareira, com dois pavões de pé de cada lado da grade, os corpos nos ladrilhos mais baixos, suas caudas se espalhando para cima. A lareira estava desligada, mas o quarto não estava frio, longe disso. Aquecedores vitorianos de ferro forjado em volta das paredes davam um calor aconchegante e o sol iluminava outro dos tapetes persas artisticamente desbotados. Mais livros estavam espalhados em uma mesa de centro de latão, junto com outro vaso de peônias, secas e flácidas em um vaso sem água, mas Sandra as ignorou e seguiu na frente até uma porta à esquerda da lareira, que dava de volta na direção da cozinha.

Atrás dela havia uma sala muito menor, com painéis de carvalho, um sofá de couro gasto e uma TV na parede oposta. Era fácil ver para que essa sala era usada — o chão estava coberto de brinquedos descartados, peças de Lego espalhadas, bonecas Barbie decapitadas e uma barraca de brinquedo parcialmente desmoronada em um canto. As paredes com painéis bastante escuros tinham sido decoradas com adesivos e desenhos de criança, com até mesmo alguns rabiscos de giz de cera aqui e ali.

— Essa era a antiga sala de café da manhã — disse Sandra —, meio macabra, pois dá para o norte e aquele pinheiro bloqueia muito da luz, então a transformamos em uma sala de entretenimento, mas obviamente as crianças acabaram dominando completamente o espaço.

Ela deu uma risada e pegou uma banana amarela de pano, entregando-a para Petra.

— E agora, para completar o circuito...

Ela me guiou em direção a uma segunda porta escondida nos painéis, e, novamente, tive a sensação de estar alucinando e me encontrar em uma casa completamente diferente. Estávamos de volta à abóbada de vidro nos fundos da casa, mas havíamos entrado pelo lado oposto. Sem o grande fogão, armários e eletrodomésticos bloqueando a vista, não havia literalmente nada à nossa frente além de vidro — e depois disso a paisagem sumindo, remendada com floresta e o brilho distante de lagos e riachos. Era como se não houvesse nada entre nós e o mato adiante. Sentia que a qualquer momento uma águia poderia pousar do nosso lado.

Em um canto havia um cercadinho, acarpetado com tapetes de borracha em forma de quebra-cabeça, e observei Sandra colocar Petra para dentro com sua banana; ela, então, sinalizou para as paredes.

— Antigamente, este lado era o antigo salão dos empregados, mas estava cheio de madeira podre, e a vista era boa demais para ficar confinada a uma janelinha estreita, então tomamos a decisão de apenas... — Ela fez um gesto de cortar a própria garganta, e riu. — Acho que algumas pessoas ficam um pouco chocadas, mas, acredite em mim, se você tivesse visto como era antes, entenderia.

Pensei no meu apartamentinho em Londres, em como todo ele poderia caber apenas neste quarto.

Algo dentro de mim parecia se torcer e quebrar, só um pouco, e de repente eu não sabia se deveria ter ido para lá, afinal. Mas eu sabia uma coisa. Não podia voltar. Agora não.

Você deve estar se perguntando por que estou lhe contando tudo isso, sr. Wrexham. Porque sei que você está ocupado e sei que, pelo menos na superfície, parece que isso não tem nada a ver com o meu caso. Mas, por outro lado... é tudo. Eu preciso que você *veja* Heatherbrae, que sinta o calor do aquecimento que passava pelo chão, o sol em seu rosto. Preciso que você seja capaz de estender a mão e acariciar a aspereza delicada, como língua de gato, os sofás de veludo e o liso sedoso das superfícies de concreto polido.

Preciso que você entenda por que fiz o que fiz.

O resto da manhã pareceu transcorrer num borrão. Passei o tempo fazendo massinha caseira com as crianças, e depois ajudando-as a transformá-la em uma variedade de criações tortas e irregulares, a maioria das quais Petra amassou novamente com gargalhadas e uivos de irritação de Ellie. Maddie foi a que mais me intrigou — ela estava tensa e inflexível, como se decidida a não sorrir para mim, mas eu persisti, encontrando pequenas maneiras de elogiá-la. Por fim, contrariada, ela pareceu relaxar um pouco, chegando mesmo a rir, um pouco sem vontade, quando Petra, imprudentemente, enfiou um punhado da massa rosada na boca e cuspiu, engulhando e engasgando com o gosto salgado, com uma expressão cômica de nojo em seu rostinho gorducho.

Por fim, Sandra me deu um tapinha no ombro e disse que Jack estava esperando para me levar para a estação, se eu estivesse pronta. Eu me levantei, lavei as mãos e dei uma apertadinha no queixo de Petra.

Minha bolsa estava ao lado da porta. Eu tinha feito as malas antes de descer para o café da manhã, sabendo que poderia não ter tempo depois, mas não tinha ideia de quem a trouxera do quarto de hóspedes. Não a Jean invisível, eu fervorosamente esperava, embora não soubesse por que o pensamento me deixava desconfortável.

Jack estava esperando do lado de fora com o carro ligado, porém silencioso, as mãos nos bolsos, o sol encontrando manchas ruivas e castanhas em seu cabelo escuro.

— Bom, foi um *imenso* prazer conhecê-la — disse Sandra, com um calor genuíno nos olhos quando estendeu a mão. — Vou precisar discutir as coisas com Bill, mas acho que posso dizer... Bem, vou apenas dizer que você terá notícias nossas muito em breve com uma decisão final. *Muito* em breve. Obrigada, Rowan, você foi fabulosa.

— Foi um prazer conhecê-la também, Sandra. Suas meninas são adoráveis. — Argh, pare de dizer adorável. — Espero ter a chance de conhecer Rhiannon algum dia. — *Espero conseguir o emprego*, era o que isso significava, em código. — Adeus, Ellie. — Estendi a mão e ela a apertou com vigor, como uma empresária de cinco anos. — Adeus, Maddie.

Mas Maddie, para minha consternação, não apertou minha mão. Em vez disso, ela se virou e enterrou o rosto na barriga da mãe, recusando-se a me olhar nos olhos. Era um gesto curiosamente infantil, que a fazia parecer muito mais jovem do que era. Por cima de sua cabeça, Sandra deu de ombros como se dissesse: *fazer o quê?*

Também dei de ombros, fiz um cafuné nela e me virei para o carro.

Eu havia guardado minhas malas no banco de trás e estava andando para o lado oposto do carro para entrar no banco do carona, quando algo me atingiu como um pequeno furacão. Braços em volta da minha cintura, um pequeno crânio duro cutucando minhas costelas.

Contorcendo-me no abraço feroz, vi, para minha surpresa, que era Maddie. Talvez eu a tivesse conquistado, afinal?

— Maddie! — comentei, mas ela não respondeu. Eu não tinha certeza do que fazer, mas, no final das contas, me agachei e dei-lhe um leve abraço de volta. — Obrigada por me mostrar sua adorável casa. Adeus.

Esperei que a última palavra pudesse fazê-la me soltar, mas ela apenas apertou ainda mais o abraço, me espremendo de um modo desconfortavelmente forte e fazendo minha respiração ficar ofegante.

— Não... — A ouvi gemer em minha blusa ainda úmida, embora não conseguisse entender a segunda palavra. Não vá?

— Eu preciso ir — sussurrei de volta. — Mas espero poder voltar muito em breve

Essa era a verdade, tudo bem. Deus, eu esperava que sim.

Mas Maddie balançava a cabeça, o cabelo escuro batendo nos nós da coluna. Senti o calor de sua respiração através da blusa. Havia algo estranhamente íntimo e desconfortável na coisa toda, algo que eu não conseguia identificar; de repente, queria muito que ela me soltasse, mas, consciente da presença de Sandra, não afastei os dedos de Maddie. Em vez disso, sorri e apertei os braços ao redor dela por um momento, retribuindo seu abraço. Quando eu o fiz, ela emitiu um pequeno som, quase um gemido.

— Maddie? Aconteceu alguma coisa?

— Não venha para cá — ela sussurrou, ainda se recusando a olhar para mim. — Não é seguro.

— Não é seguro? — Eu dei uma pequena risada. — Maddie, como assim?

— Não é *seguro* — ela repetiu, com um pequeno soluço de raiva, balançando a cabeça com mais força, de modo que suas palavras quase se perderam. — Eles não gostariam.

— Quem não gostaria?

Mas, com isso, ela se afastou e, em seguida, corria descalça pela grama, gritando algo por cima do ombro.

— Maddie! — chamei por ela. — Maddie, espere!

— Não se preocupe — disse Sandra com uma risada. Ela veio para o meu lado do carro. Estava claro que ela não tinha visto nada além do abraço repentino de Maddie e sua fuga subsequente. — A Maddie é assim, receio. Apenas deixe-a ir, ela estará de volta para o almoço. Mas ela deve ter gostado de você, não sei se ela já abraçou voluntariamente um estranho antes!

— Obrigada — falei, bem desconcertada, e deixei Sandra me acompanhar até o carro e fechar a porta.

Foi só quando começamos a descer lentamente pela entrada, mantendo-nos alertas para uma criança fugaz entre as árvores, que me peguei repetindo a última observação de Maddie, me perguntando se ela realmente tinha dito o que pensei ter ouvido.

Pois a coisa que ela disse por cima do ombro parecia quase absurda demais para ser verdade — e, no entanto, quanto mais eu refletia sobre isso, mais certeza tinha.

Os fantasmas, ela dissera. *Os fantasmas não gostariam.*

— Bom, parece que é um adeus por enquanto — disse Jack. Ele estava na catraca da estação, segurando minha bolsa em uma das mãos, a outra estendida. Eu a apertei. Havia óleo da véspera nas unhas, mas sua pele estava limpa e quente, a estranha intimidade do contato me deu um pequeno arrepio que não consegui explicar.

— Prazer em conhecê-lo — respondi um pouco sem jeito, e então, com a sensação de que era melhor, porque eu me arrependeria caso não o fizesse, acrescentei, um pouco impetuosa. — Sinto muito por não ter conhecido Bill. Ou... ou Jean.

— Jean? — Jack questionou, parecendo um pouco confuso. — Ela não aparece muito durante o dia. Vai para casa cuidar do pai.

— Ela... ela é jovem, então?

— Não! — Ele deu aquele sorriso novamente, os cantos da boca se curvando em uma expressão de diversão tão sedutora que eu senti minha própria boca se curvar em uma simpatia impotente, embora realmente não entendesse a piada. — Ela tem uns cinquenta anos, talvez mais, embora eu nunca fosse ousar perguntar sua idade. Não, ela é uma... Qual é a palavra? Cuidadora. O pai dela mora na aldeia, ele tem Alzheimer, acho. Não pode ficar sozinho por mais de uma hora ou duas. Ela aparece de manhã antes que ele acorde e, novamente, à tardinha. Lava a louça e tal.

— Ah! — Senti meu rosto corar, sorri, absurdamente, e dei uma risadinha. — Ah, entendi. Eu achei... Deixa pra lá. Não importa.

Não tive tempo de analisar o alívio que senti, mas me deu uma estranha sensação de estar fora de equilíbrio, atingida por algo que não tinha esperado encontrar.

— Bem, foi bom te conhecer, Rowan.

— Foi bom conhecer você também... Jack. — O nome saiu da minha língua um pouco sem jeito, e corei novamente. No vale, ouvi o som do trem se aproximando. — Adeus.

— Adeus.

Ele estendeu a maleta e eu a peguei, ainda ecoando seu sorriso curvo e sedutor. Comecei a caminhar até a plataforma, dando a mim mesma uma ordem severa de *não* olhar para trás. Quando finalmente o trem chegou, eu subi a bordo e me acomodei em um vagão. Admito que arrisquei um último olhar pela janela para onde ele estivera parado, mas Jack já tinha ido embora. E assim, quando o trem saiu da estação, meu último vislumbre de Carn Bridge foi de uma plataforma vazia, limpa e ensolarada, esperando meu retorno.

De volta a Londres, me preparei para uma espera agonizante. *Muito em breve*, dissera Sandra. Mas o que é que isso significava? Ela claramente tinha gostado de mim — a menos que eu estivesse me iludindo. Mas eu tinha feito entrevistas suficientes para ser capaz de identificar a sensação no ar quando saí. Nos últimos meses, experimentei tanto o triunfo de ter me feito justiça quanto a furiosa decepção de ter me decepcionado comigo mesma. No trem de volta para Londres, eu me sentia muito mais perto do primeiro caso.

Será que eles tinham outras pessoas para entrevistar? Ela parecia tão desesperada para que alguém começasse logo e deveria saber que todos os dias que passavam sem que eu desse o aviso prévio eram dias nos quais eu não poderia trabalhar para ela. Mas e se uma das outras candidatas pudesse começar imediatamente?

Dada a ênfase de Sandra em *muito em breve*, ousei esperar algo no meu telefone até chegar em casa, mas não houve nada naquela noite, nem no dia seguinte quando saí para trabalhar. Tínhamos que deixar nossos telefones desligados em nossos armários na creche, então me conformei que seria uma longa manhã, tendo que ouvir Janine tagarelar sobre seu namorado chato e mandar Hayley e eu irmos de lá para cá, enquanto o tempo todo minha cabeça estava em outro lugar.

Meu almoço só seria à uma da tarde, mas, quando deu a hora, terminei apressadamente a fralda que estava trocando e me levantei, entregando o bebê para Hayley.

— Desculpe, Hales, você pode ficar com ele? Tenho uma emergência que preciso resolver.

Tirei o avental descartável de plástico e praticamente corri para a sala dos funcionários. Lá, peguei minha bolsa do armário e escapei pela entrada dos fundos para o pequeno quintal de concreto, longe do olhar das crianças e dos pais. Usávamos o quintal para fumar, fazer telefonemas e outras atividades que nos privavam durante o trabalho. Pareceu levar uma eternidade para o telefone ligar e passar pela tela de inicialização interminável, mas, finalmente, a tela de bloqueio apareceu, digitei minha senha com dedos trêmulos e pressionei atualizar nos e-mails, agarrando meu colar enquanto o fazia, meus dedos traçando seus laços e arestas enquanto as mensagens baixavam.

Eu via um... dois... três aparecendo... todos ou spam ou completamente sem importância, senti meu coração afundar — até que notei o pequeno ícone no canto da tela. Eu tinha uma mensagem de voz. Meu estômago revirava e revirava, senti uma espécie de náusea quando liguei para a caixa postal e esperei, impacientemente, pelos comandos automáticos. Se isso não desse certo... se isso não desse certo...

A verdade era que eu não sabia o que faria se não desse certo. E antes que eu pudesse terminar o pensamento, ouvi um bipe e o sotaque de Sandra, soando metálico pelo pequeno alto-falante.

— Ah, olá, Rowan. Desculpe não falar com você pessoalmente, imagino que você esteja no trabalho. Bem, tenho o prazer de dizer que conversei com Bill e ficaríamos felizes em lhe oferecer o emprego *se* você puder começar até 17 de junho, no mais tardar, ou antes se for possível. Sei que não discutimos os termos exatos e o bônus que mencionei na carta. O plano seria liberarmos para você um subsídio de mil libras por mês, com o restante do salário vindo no final do ano na forma de um bônus de conclusão. Espero que seja aceitável, sei que é algo pouco convencional, mas, como você vai morar conosco, não terá muitas despesas do dia a dia. Se você puder, me avise o mais rápido possível se aceita. Ah, sim, foi um prazer conhecê-la no outro dia. Fiquei muito impressionada com a forma como as crianças se afeiçoaram a você, especialmente Maddie. Ela nem sempre é muito fácil e, bem, estou divagando, então é melhor eu desligar. Ficaríamos felizes em tê-la a bordo. Aguardo seu retorno.

Houve um clique e a mensagem terminou.

Por um minuto não consegui me mexer. Eu apenas fiquei parada lá, com o telefone na mão, olhando boquiaberta para a tela. E então, uma enorme onda de euforia correu por mim e descobri que estava dançando, pulando em círculos, socando o ar e sorrindo como uma lunática.

— Jesus, o que é que deu em você? — perguntou uma voz rouca de fumante por cima do meu ombro, me virei, ainda sorrindo, para ver Janine encostada na porta, um cigarro em uma das mãos e um isqueiro na outra.

— O que deu em mim? — repeti, me abraçando, cheia de uma alegria que eu não conseguia nem tentar reprimir. — Vou lhe dizer o que deu em mim, Janine. Tenho um novo emprego.

— Bem... — A expressão de Janine quando ela abriu o isqueiro estava um pouco amarga. — Você não precisa ficar toda triunfante.

— Ah, qual é, você está tão farta da Val quanto eu. Ela está fodendo com todos nós, e você sabe. Ela aumentou a mensalidade em dez por cento no ano passado e nós, assistentes, mal recebemos o salário mínimo. Ela não pode continuar culpando a recessão para sempre.

— Você só está chateada por eu ter sido promovida a chefe do quarto de bebê — disse Janine. Ela deu uma tragada no cigarro e me ofereceu o maço. Eu estava tentando parar para melhorar minha asma (bem, oficialmente eu *tinha* parado), mas as palavras dela me acertaram em cheio, então peguei um e acendi devagar, mais como uma forma de me dar tempo para reorganizar minha expressão do que porque quisesse mesmo fumar. *Fiquei* chateada por ela ter sido promovida quando eu, honestamente, achava ser a melhor opção. Eu me candidatei pensando que seria mole, e o choque quando a posição foi para Janine foi como um soco no estômago. Mas, como Val havia dito na época, havia dois candidatos e apenas uma vaga. Não havia nada que ela pudesse fazer sobre isso. Ainda assim, tinha sido irritante, especialmente quando Janine começou a exercer seu pequeno poder e a dar ordens com aquele tom irritante.

— Bem, isso não importa agora — comentei, devolvendo o isqueiro com um sorriso doce e exalando a fumaça. — Foco no progresso, né? — O sorriso levemente condescendente que ela deu me fez acrescentar, um pouco maliciosamente: — Bastante progresso, na verdade.

— O que você quer dizer? — perguntou Janine. Ela estreitou os olhos. — Estamos falando de mais de trinta mil?

Fiz um movimento ascendente com a mão, e seus olhos se arregalaram.

— Quarenta? Cinquenta mil?

— *E* é residencial — falei presunçosamente, vendo seu queixo cair. Ela balançou a cabeça.

— Você está de sacanagem.

— Não estou. — De repente, eu não precisava mais do cigarro. Dei uma última tragada, e larguei para se juntar ao mingau de guimbas mortas no quintal, esmagando-o sob meu calcanhar. — Obrigada pelo cigarro. E agora, se me dá licença, preciso aceitar um emprego.

Disquei o número de Sandra, ouvindo enquanto tocava e depois caía na secretária eletrônica. De certa forma, fiquei aliviada, não queria ser interrogada sobre minha data de início na frente de Janine. Se ela soubesse que era uma condição necessária, poderia muito bem contar para Val, que poderia, deliberadamente, me dificultar as coisas.

— Ah, oi, Sandra — comecei, quando o bipe soou. — Muito obrigada por sua mensagem, estou emocionada e ficaria feliz em aceitar. Eu preciso resolver algumas coisas por aqui, mas vou enviar um e-mail para você sobre a data de início. Tenho certeza de que não será um problema. E... bem, obrigada, acho! Entrarei em contato. Me avise se precisar de alguma coisa para tocar as coisas.

E então desliguei.

Entreguei meu aviso prévio para Val naquele mesmo dia. Ela tentou parecer satisfeita por mim, mas, na verdade, parecia bem incomodada, particularmente quando eu lhe informei que a quantidade de dias de férias que eu havia acumulado significava que eu sairia em 16 de junho em vez de 1 de julho, como ela havia imaginado. Val tentou me dizer que eu precisava trabalhar durante meu aviso prévio e receber os dias de férias como pagamento, mas quando eu mais ou menos a convidei para resolver isso comigo no tribunal, ela cedeu.

Os dias seguintes transcorreram em um turbilhão de atividades e encargos. Sandra fazia toda a sua folha de pagamento remotamente por intermédio de uma empresa em Manchester e queria que eu entrasse em contato direto com eles para fornecer informações de banco e identidade, em vez de enviar toda a papelada para a Escócia. Eu esperava que o processo fosse um grande empecilho, talvez até me obrigando a viajar para Manchester para uma entrevista cara a cara, mas foi tudo surpreendente e desconcertantemente simples: eu encaminhei para eles o e-mail de Sandra com um número de referência, e então, quando responderam, enviei o passaporte escaneado, comprovante de residência e os dados bancários que eles solicitaram. Tudo ocorreu sem problemas. Como era para ser.

Os fantasmas não gostariam.

A frase flutuou pela minha cabeça, falada na vozinha esganiçada de Maddie, seu tremor infantil conferindo às palavras uma estranheza que eu normalmente teria ignorado.

Mas isso era besteira. Total besteira. Eu não tinha visto nada sobrenatural durante todo o tempo que passei em Carn Bridge. O mais provável é que fosse apenas uma fachada aproveitada por alguma *au pair* com saudades de casa, meninas recém-saídas da adolescência com inglês ruim, incapazes de lidar com o isolamento e a localização remota. Eu tinha visto muitas delas trabalhando em Londres e sabia qual era o esquema — até tive alguns trabalhos emergenciais quando elas fugiam à noite para usar a perna de volta da passagem de avião, deixando os pais sozinhos para resolver a situação. Não era incomum.

Eu era consideravelmente mais velha e mais sábia, e tinha boas razões para querer fazer com que isso desse certo. Nenhuma suposta "assombração" me faria recusar essa chance.

Penso no passado e quero sacudir aquela jovem presunçosa, sentada em seu apartamento em Londres, pensando que sabia de tudo, que tinha visto tudo.

Quero dar um tapa na cara dela e dizer que ela não sabe do que está falando.

Porque eu estava errada, sr. Wrexham. Eu estava muito, muito errada.

Menos de três semanas depois, eu estava na plataforma da estação de Carn Bridge, cercada por mais malas e caixas do que parecia possível para uma única pessoa carregar.

Quando Jack veio caminhando a passos largos até a plataforma, as chaves do carro tilintando na mão, ele caiu na gargalhada.

— Cristo, como você atravessou Londres com isso tudo?

— Devagar — respondi com sinceridade. — E dolorosamente. Peguei um táxi, mas foi um pesadelo terrível.

— Sim, bem, você está aqui agora — disse ele e pegou minhas duas maiores malas, dando-me um empurrão amigável quando tentei tirar a menor dele. — Não, não, você fica com as outras.

— *Por favor*, tenha cuidado — falei, ansiosamente. — Elas estão bem pesadas. Não quero que você machuque as costas.

Ele sorriu, como se a possibilidade fosse tão remota a ponto de ser risível.

— Vamos, é por aqui para o carro.

Tinha sido outro dia glorioso — quente e ensolarado — e, embora o sol estivesse começando a descer em direção ao horizonte e as sombras estivessem ficando mais longas, conseguíamos escutar as tojeiras estalarem enquanto dirigíamos silenciosamente pelas vias arborizadas e pântanos em direção a Heatherbrae. A casa, enquanto subíamos pela entrada, era ainda mais bonita do que eu me lembrava, aquecendo-se ao sol da tarde, as portas escancaradas e os cachorros correndo por toda parte, latindo loucamente. De repente, ocorreu-me, com um pequeno sobressalto, que eu presumivelmente teria que cuidar dos cães, assim como das crianças, quando Sandra e Bill estivessem fora. Ou, talvez, esse fosse o trabalho de Jack também? Eu teria que descobrir. Duas crianças e um bebê estavam na minha zona de conforto. Um adolescente também, eu poderia dar conta. Pelo menos eu esperava que pudesse. Mas coloque dois cães barulhentos e eu começaria a me sentir meio sobrecarregada.

— Rowan! — Sandra saiu correndo pela porta da frente, com os braços estendidos; antes que eu estivesse totalmente fora do carro, ela me envolveu em um abraço maternal. Então, ela se afastou e acenou com a mão para uma figura parada nas sombras da varanda, um homem alto, um pouco calvo, com cabelos escuros e curtos.

— Rowan, este é meu marido, Bill. Bill, conheça Rowan Caine.

Então este, *este* era Bill Elincourt. Por um momento, não consegui pensar no que dizer, apenas fiquei ali, desajeitadamente consciente do braço de Sandra em volta de mim, sem saber se eu deveria me soltar dela para ir cumprimentá-lo ou...

Eu ainda estava congelada em indecisão quando ele resolveu o problema caminhando em minha direção, estendendo a mão e me dando um sorriso rápido e profissional.

— Rowan. Fico feliz por finalmente conhecê-la. Sandra me contou tudo sobre você. Você tem um currículo muito impressionante.

Você não sabe nem metade, Bill, pensei, enquanto ele pegava uma das bagagens do porta-malas e voltava para casa. Respirei fundo e me preparei para segui-lo, e, enquanto fiz isso, minha mão foi nervosamente para o meu colar. Mas, desta vez, no lugar de traçar seus sulcos familiares, deslizei o pingente para dentro da gola da minha camisa e me apressei atrás deles.

Dentro da cozinha tomamos café, sentei-me nervosamente na beirada de um dos bancos de metal enquanto Bill me questionava sobre minhas qualificações, sentindo-me nervosa de uma forma que nunca me senti quando Sandra me entrevistou. Eu queria... Não sei. Queria impressioná-lo, acho. Mas, ao mesmo tempo, enquanto ele tagarelava sobre sua agenda terrível, as dificuldades de recrutar funcionários nas Highlands e as falhas de suas babás anteriores, eu queria cada vez mais sacudi-lo.

Não sei o que eu tinha imaginado. Alguém bem-sucedido, acho. Eu sabia disso pelo anúncio e pela casa. Alguém afortunado — com seus lindos filhos, esposa talentosa e um trabalho interessante. Tudo o que eu tinha tomado como certo. Mas ele era tão... tão à vontade. Ele parecia acolchoado, em cada centímetro de seu corpo. Não quero dizer que fosse gordo, mas estava protegido, física, emocional e financeiramente, de uma maneira que simplesmente não parecia entender. Era sua própria ignorância do fato que tornava tudo ainda mais exasperante.

Você sabe como é? Eu queria gritar para ele, enquanto ele se queixava do jardineiro que havia saído para trabalhar como professor em tempo integral em Edimburgo e da empregada doméstica que quebrou a unidade de descarte de lixo de oitocentas libras na pia e depois fugiu, porque ela não tinha coragem de contar a eles o que tinha feito. *Você entende como é para as pessoas que não têm seu dinheiro, sua proteção e seus privilégios?*

Enquanto ele estava sentado lá, falando como se não houvesse nada no mundo tão importante quanto seus problemas inconsequentes, Sandra olhando com adoração para seu rosto, como se estivesse feliz em ouvi-lo tagarelar para sempre, eu tive uma dolorosa percepção. Ele era *egoísta*. Um homem egoísta e autocentrado que não me fez uma única pergunta pessoal — nem mesmo como tinha sido minha viagem. Ele simplesmente não se importava.

Não sei o que esperava sentir quando o conheci — esse homem que não se preocupou em entrevistar uma mulher com quem planejava deixar seus filhos por semanas a fio —, mas não esperava sentir esse nível de hostilidade. Eu sabia que tinha que me controlar ou iria demonstrar raiva em meu rosto.

Talvez Sandra tenha percebido um pouco do meu desconforto, pois deu uma risadinha e entrou na conversa.

— Querido, a Rowan não quer escutar nossas labutas domésticas. Apenas certifique-se de não colocar talheres no moedor, Rowan! De qualquer forma, falando sério, todas as instruções estão aqui. — Ela deu um tapinha em um grosso fichário vermelho em seu braço. — É uma cópia física do documento que lhe enviei por e-mail na semana passada e, se você ainda não teve a chance de sentar e lê-lo, tem tudo, desde como usar a máquina de lavar até a hora de dormir das crianças e o que elas gostam e não gostam de comer. Se você tiver alguma dúvida, encontrará as respostas aqui, embora, é claro, sempre possa me ligar. Você baixou o Feliz?

— Perdão?

— Feliz, o aplicativo de gerenciamento doméstico. Lembro-me de ter mandado o código de autorização por e-mail, não?

— Ah, desculpe, o aplicativo, sim, eu baixei.

Ela pareceu aliviada.

— Bem, isso é o principal. Eu configurei seu perfil Feliz com todas as permissões que você precisa e, claro, ele funciona como uma babá eletrônica, embora também tenhamos um monitor normal para o quarto de Petra. Melhor prevenir do que remediar, sabe, mas o app é muito bom. O que mais...? Ah, comida! Eu fiz um planejador de cardápio aqui — ela puxou uma folha solta de uma divisória de plástico na primeira página do fichário —, que está cheio das coisas que eles vão comer com bastante segurança, também comprei todos os ingredientes, então você tem tudo de que precisa para a primeira semana. Além disso, todas as senhas estão lá para o supermercado on-line e tal, e aqui está um cartão de crédito para quaisquer despesas domésticas. A fatura vem diretamente para mim e Bill, mas obviamente guarde os recibos, uma rápida captura de tela no seu telefone é suficiente, você não precisa guardar o pedaço de papel físico. Hum... O que mais...? Imagino que você esteja cheia de perguntas?

Ela disse a última coisa com um tom levemente esperançoso, embora eu não tivesse certeza de que estivesse esperando que eu lhe perguntasse algo ou que eu dissesse que não.

— Eu li o e-mail — eu disse, embora, na verdade, como o documento tinha cerca de cinquenta páginas densas, apenas tivesse passado os olhos. — Mas será muito útil ter uma versão impressa, é claro. É sempre muito mais fácil folhear uma cópia física. Era impressionantemente abrangente. Acho que peguei tudo: a rotina de Petra, as alergias de Ellie, a Maddie ser... hum... — parei, sem saber como expressar o que Sandra chamou de *personalidade explosiva* da filha. Parecia que Maddie seria difícil, ou poderia ser.

Sandra me olhou nos olhos e percebeu minha situação, deu um pequeno sorriso empático que dizia tudo.

— Bem, sim, a Maddie é mesmo! Rhiannon vai ficar na escola neste fim de semana para as comemorações de fim de semestre. Ela voltará para casa na próxima semana, e eu já resolvi a carona dela e tudo, então você não tem nada com que se preocupar aí. O que mais... o que mais...?

— Não acho que acertamos completamente quando você vai embora — eu falei timidamente. — Sei que você disse em seu e-mail que a feira vai acontecer na próxima semana. Quando começa exatamente? No próximo sábado?

— Ah. — Sandra pareceu surpresa. — Eu não disse? Puxa, isso foi um pouco de descuido. Esse é... hum... Bem, esse é o único problema realmente. É sábado, mas não no próximo sábado, mas neste. Partimos amanhã.

— O quê? — Por um momento pensei não ter ouvido direito. — Você disse que vai embora *amanhã*?

— Siiimm... — confirmou Sandra, seu rosto subitamente incerto. — Estamos no trem das 12h30, então sairemos um pouco antes do almoço. Eu... Tem algum problema? Se você não está confiante em lidar com isso logo de início, posso tentar reagendar minhas primeiras reuniões...

Ela parou, e eu engoli em seco.

— Está tudo bem — respondi, com uma confiança que não sentia de verdade. — Quero dizer, eu teria que colocar a mão na massa em algum momento, realmente não acho que fará muita diferença se for neste fim de semana ou no próximo.

Você está louca?, uma voz gritava dentro da minha cabeça. *Você pirou? Mal conhece essas crianças.*

Mas outra parte de mim estava sussurrando algo muito diferente — *que bom*. Porque, de certa forma, isso facilitava as coisas de forma considerável.

— Vamos vendo como ficam as coisas — dizia Sandra. — Vou manter contato por telefone. Se as crianças estiverem muito inquietas, talvez eu possa pegar um avião de volta no meio da semana? Você só terá que cuidar dos pequenos nos primeiros dias, então espero que isso facilite um pouco a transição...

Ela parou de novo, um pouco desajeitada dessa vez, mas eu assenti. Eu estava realmente assentindo, meu rosto rígido com o esforço de conter meus verdadeiros sentimentos.

— Bem — disse Sandra por fim. Ela pousou a xícara de café. — Petra já está na cama, mas as meninas estão na sala de TV assistindo à *Peppa Pig*. Eu não quero perder minha última oportunidade de pôr as meninas para dormir, deixando tudo com você, mas vamos juntas para que você possa ter uma ideia da nossa rotina?

Eu concordei e a segui enquanto ela liderava o caminho através da catedral de vidro escurecido em direção à porta oculta que dava na sala de TV.

Lá dentro as persianas estavam fechadas, o chão ainda estava cheio de Lego e bonecas surradas espalhadas. As duas garotinhas estavam enroladas juntas no sofá, vestindo pijamas de flanela e segurando ursinhos de pelúcia macios e gastos. Maddie estava chupando o dedo, embora o tenha tirado rapidamente da boca quando a mãe entrou, com um pulo que expressava uma leve culpa. Resolvi procurar isso no fichário.

Ficamos empoleiradas nos braços do sofá, Sandra passando os dedos carinhosamente pelos cachos sedosos de Ellie enquanto o episódio terminava. Depois, ela pegou o controle remoto e desligou a tela.

— Ah, mamããããeee! — O coro foi imediato, embora um pouco tímido, como se elas de fato não esperassem que Sandra aquiescesse. — Só mais um!

— Não, queridas — disse Sandra. Ela pegou Ellie, que enrolou as pernas em volta de sua cintura e enterrou o rosto no ombro da mãe. — Está muito tarde. Vamos, vamos subir. No máximo, Rowan vai ler uma história para você esta noite!

— Eu não quero Rowan — Ellie sussurrou na curva do pescoço da mãe. — Eu quero você.

— Bem... vamos ver quando chegarmos lá — ponderou Sandra. Ela colocou Ellie em uma posição mais confortável e estendeu a mão para Maddie. — Vamos, querida. Vamos para o quarto.

— Eu quero *você* — Ellie disse obstinadamente quando Sandra começou a subir as escadas, comigo atrás. Sandra me deu um pequeno revirar de olhos e um sorriso por cima do ombro.

— Vou lhe dizer uma coisa — ela sussurrou para Ellie, embora deliberadamente alto o suficiente para eu ouvir. — Talvez você consiga uma história minha *e* uma de Rowan. O que acha?

Ellie não respondeu, apenas enterrou o rosto no ombro de Sandra.

No andar de cima, as cortinas do patamar estavam fechadas e pude ver a fraca claridade cor-de-rosa da luz noturna de Petra se esparramando pelo tapete. Sandra supervisionou a escovação dos dentes e o uso do banheiro enquanto eu caminhava pelo corredor suavemente acarpetado até a porta de Maddie e Ellie.

Lá estavam elas: duas caminhas, banhadas pelo brilho suave de uma luz de cabeceira, uma rosa-clara, a outra de um tom salmão mais escuro. Acima de cada uma, havia uma coleção de gravuras emolduradas — uma pegada de bebê, um rabisco, reconhecível apenas como um gato, uma borboleta feita de duas impressões de mãos gordinhas — e, emaranhados em torno das molduras, havia fios de pisca-piscas, dando sua iluminação suave.

Era uma imagem perfeita — como uma ilustração de um catálogo de berçário.

Sentei-me cautelosamente ao pé de uma das caminhas e, por fim, ouvi passos e vozes chorosas, rapidamente silenciadas por Sandra.

— Shh, Maddie, você vai acordar Petra. Venham agora, tirem os roupões e vão para a cama.

Ellie pulou na dela, mas Maddie ficou paralisada por um momento, olhando para mim. Percebi que devia ser na cama dela que eu estava sentada.

— Você quer que eu saia? — perguntei, mas ela ficou calada, apenas cruzou os braços em rebeldia, deitou-se na cama e virou o rosto para a parede, como se fingisse que eu não estava ali.

— Devo sentar no pufe? — perguntei a Sandra, que riu e balançou a cabeça.

— Está tudo bem. Fique aí. Maddie leva um pouco de tempo para se acostumar com as pessoas às vezes, não é, querida?

Maddie continuou calada, e eu não a culpava totalmente. Deve ser desconfortável ouvir alguém falando sobre você dessa forma.

Sandra começou a ler uma história do Ursinho Pooh, sua voz baixa e soporífica, e, quando finalmente terminou a última frase, ela se inclinou, verificando o rosto de Ellie. Seus olhos estavam fechados e ela estava roncando muito suavemente. Sandra beijou sua bochecha, apagou a luz e então se levantou e veio até mim.

— Maddie — ela disse bem baixinho. — Maddie, você quer que Rowan conte uma história?

A menina não respondeu, e Sandra se inclinou e olhou para o rosto dela, ainda virado para a parede. Seus olhos estavam bem fechados.

— Apagada como uma lâmpada! — sussurrou Sandra, com um toque de triunfo na voz. — Ah, bem, sua performance vai ter que esperar até amanhã. Lamento não a ter escutado.

Ela beijou a bochecha de Maddie também, puxou as cobertas um pouco e enfiou algum tipo de brinquedo macio sob seu queixo — não consegui ver o que exatamente — e então desligou sua luz também, deixando apenas o brilho da luz noturna. Em seguida, deu um último olhar para as filhas adormecidas e foi até a porta, comigo seguindo atrás.

— Você pode fechar a porta depois de sair? — ela disse. Eu me virei, pronta para fazê-lo, olhando para as pequenas camas brancas e suas ocupantes, ambas na sombra agora.

A luz noturna era muito suave e estava bem próxima ao chão para não mostrar muito, exceto as sombras ao redor das camas das meninas, mas, por um momento, no fundo da escuridão, pensei ter visto o brilho de dois olhinhos, olhando para mim.

Então eles se fecharam e eu fechei a porta enquanto saía.

Eu não consegui dormir naquela noite. Não era a cama, que estava tão suntuosamente confortável quanto antes. Não era o calor. O quarto estava opressivamente quente quando entrei, mas consegui persuadir o sistema a mudar para o modo de refrigeração, e agora o ar estava agradavelmente fresco. Não era nem mesmo minha preocupação em ficar sozinha com as crianças no dia seguinte. Eu estava, no máximo, me sentindo aliviada com o pensamento de me livrar de Bill e Sandra. Bom... não de Sandra... principalmente Bill, a verdade fosse dita.

O final desconfortável da noite passou pela minha cabeça mais uma vez. Estávamos sentados na cozinha, conversando e batendo papo, e então, finalmente, Sandra se espreguiçou, bocejou e anunciou sua intenção de aproveitar para ir dormir mais cedo.

Ela beijou Bill e foi para as escadas. Justo quando eu estava pensando em segui-la, Bill encheu nossas taças sem me perguntar.

— Ah — falei sem muito entusiasmo. — Eu ia... Quero dizer, eu não deveria...

— Vamos. — Ele empurrou a taça na minha direção. — Apenas mais uma. Afinal, esta é minha única chance de conhecê-la antes de confiar meus filhos aos seus cuidados! Você poderia ser qualquer pessoa, até onde sei.

Ele me deu um sorriso, suas bochechas bronzeadas se enrugando, me perguntei quantos anos ele teria. Poderia ter qualquer coisa entre quarenta e sessenta anos, era difícil dizer. Usava óculos sem aro e tinha um daqueles rostos bronzeados e levemente castigados pelo tempo, seu cabelo curto lhe dava uma qualidade quase eterna, um quê de Bruce Willis.

Eu estava muito cansada — a longa viagem e o estresse de fazer as malas finalmente me atingiram como uma tonelada de tijolos. Mas havia verdade suficiente em sua observação para eu suspirar por dentro e aceitar a taça. Ele estava certo, afinal. Esta era a nossa única chance de nos conhecermos antes de ele partir. Pareceria estranho e evasivo recusar-lhe isso.

Ele apoiou o queixo em uma das mãos e observou, enquanto eu pegava a taça e a colocava nos lábios, sua cabeça inclinada, seus olhos seguindo o movimento do vinho até meus lábios, e permanecendo lá.

— Então, quem é você, Rowan Caine? — perguntou. Sua voz estava um pouco arrastada, e fiquei imaginando o quanto ele tinha bebido.

Algo, algo em seu tom, na franqueza da pergunta, na intimidade desconfortavelmente intensa de seu olhar fez meu estômago revirar.

— O que você quer saber? — perguntei, com uma tentativa de leveza.

— Você lembra alguém... mas não consigo descobrir quem. Uma estrela de cinema, talvez. Você não tem parentes famosos, não é? Uma irmã em Hollywood?

Dei um sorriso para essa tirada um tanto velha.

— Não, certamente não. Sou filha única e, de qualquer forma, minha família é totalmente comum.

— Talvez seja do trabalho... Alguém da família trabalha em arquitetura?

Pensei na seguradora do meu padrasto e mal consegui evitar revirar os olhos. Em vez disso, balancei a cabeça com firmeza, e ele olhou para mim por cima da taça de vinho, franzindo a testa de modo que um sulco profundo apareceu na ponte de seu nariz.

— Talvez seja isso... Qual o nome dela. Aquela mulher do *Diabo veste Prada*.

— Quem, Meryl Streep? — eu disse, o susto compensou meu nervosismo o suficiente para dar uma risada curta. Ele balançou a cabeça com impaciência.

— Não, a outra. A jovem. Anne Hathaway, é isso. Você se parece com ela.

— Anne Hathaway? — Tentei não parecer tão cética quanto me sentia. Anne Hathaway, talvez se ela ganhasse uns vinte quilos, tivesse cicatrizes de acne e um corte de cabelo feito pela estagiária do salão. — Devo dizer, Bill, você é muito gentil, mas é a primeira vez que ouço essa comparação.

— Mas não é isso. — Ele se levantou e deu a volta pelo balcão para o meu lado, se sentando no banco cromado brilhante de frente para mim, suas pernas bem abertas para que eu não pudesse me mover facilmente sem esfregar em sua coxa. — Não é isso, não. Eu definitivamente sinto que nós nos conhecemos. Para quem você disse que trabalhava antes?

Eu repeti a lista, e ele balançou a cabeça, insatisfeito.

— Não conheço nenhum deles. Talvez eu esteja imaginando. Sinto que me lembraria de um rosto... bem, de um rosto como o seu.

Merda. Algo se contorceu na boca do estômago. Eu estive nessa situação com muita frequência para não reconhecer os sinais. Meu primeiro emprego fora da escola, uma jovem garçonete com um chefe que oferecia um aumento e me elogiava pelo sutiã rosa-fúcsia. Incontáveis esquisitões em incontáveis noites, colocando-se entre mim e a porta. Pais tarados na creche, buscando simpatia por causa de suas esposas no puerpério que não os entendiam...

Bill era um *deles*.

Ele era meu empregador. Ele era o marido da minha chefe. E, o pior de tudo, ele era...

Jesus. Eu não posso me forçar a dizer.

Minhas mãos começaram a tremer e eu apertei os dedos com mais força ao redor da haste da minha taça de vinho para tentar esconder isso.

Limpei a garganta e tentei empurrar meu banco para trás, mas estava preso contra a borda do balcão. Bill e suas coxas carnudas vestidas em jeans bloqueavam meu caminho, efetivamente me impedindo de sair.

— Bem, é melhor eu ir subindo. — Minha voz tremeu levemente de nervoso. — Começo cedo amanhã, certo?

— Não há pressa — ele disse, pegando a minha taça de vinho, enchendo-a e depois estendendo a mão em direção ao meu rosto. — Você só... você tem um pouco...

Seu polegar macio e levemente suado acariciou o canto do meu lábio inferior, eu senti um joelho cutucar, muito suavemente, entre os meus.

Por um segundo eu congelei, e uma náusea trêmula de pânico se elevou, me sufocando. Então algo dentro de mim pareceu virar, e eu deslizei abruptamente para longe do banco, passando por Bill tão rápido que derramei o vinho, que fez uma poça no concreto:

— Desculpe — gaguejei. — Desculpe, eu posso... Vou pegar um pano...

— Está tudo bem — disse ele. Bill não estava nem um pouco desconcertado, apenas entretido com a minha reação. Ele ficou no lugar, meio sentado, meio recostado confortavelmente no banco do balcão, enquanto eu pegava um pano de prato e enxugava o chão entre suas pernas.

Por um segundo eu olhei para ele e ele olhou para baixo, a piada que eu já tinha ouvido mil vezes, sempre acompanhada de risadas obscenas, passou pela minha mente. *Já que você está aí embaixo, querida...*

Eu me levantei, o rosto queimando, e joguei o pano manchado de vinho na pia.

— Boa noite, Bill — eu disse abruptamente, e dei meia-volta.

— Boa noite, Rowan.

E subi os dois lances de escada até a cama, sem olhar para trás.

Quando fechei a porta do meu novo quarto atrás de mim, senti uma sensação de alívio esmagador. Eu tinha desfeito as malas mais cedo e, mesmo que o quarto ainda não parecesse um lar, tinha a sensação de ser um cantinho da casa que era meu próprio território, um lugar onde eu poderia relaxar, parar de representar um papel, parar de ser Rowan a Babá Perfeita e ser apenas... eu mesma.

Puxei o elástico do meu rabo de cavalo apertado e alto e senti meu cabelo grosso e crespo se transformar em uma coroa ao redor da cabeça, o sorriso educado e agradável que eu tinha estampado no rosto desde que cheguei se relaxou até atingir uma neutralidade cansada. Ao tirar o cardigã abotoado, a blusa e a saia quadriculada, senti como se estivesse me livrando de camadas de fingimento, de volta à garota que eu era por trás da fachada — aquela que usava pijama até a hora de dormir nos fins de semana, que deitava no sofá não para ler um livro de aperfeiçoamento pessoal, mas maratonando *Judge Judy*. Aquela que teria chamado Bill de um porco do caralho, em vez de ficar ali, paralisada pela polidez, antes de se oferecer para limpar a sujeira.

A complexidade dos painéis de controle era uma distração bem-vinda para desviar meu pensamento sobre essa parte. Quando finalmente consegui abaixar a temperatura para algo mais razoável e me lembrei de como usar o chuveiro, meu coração estava mais calmo e eu estava me convencendo a aceitar a situação.

Certo, então Bill era um tarado. Não era o primeiro que encontrei. Por que eu estava tão desapontada por encontrá-lo aqui?

Eu sabia a resposta, é claro. Mas não era apenas quem ele era. Era tudo o que ele representava — todo o trabalho duro e planejamento cuidadoso que me trouxeram até aqui, todas as esperanças e sonhos ligados à minha decisão de me candidatar. Aquela sensação de que pela primeira vez na minha vida algo estava dando *certo*, se encaixando. A situação toda parecia perfeita — perfeita demais talvez. Tinha que aparecer algum percalço, e talvez o percalço fosse Bill.

De repente, as coisas sobrenaturais não pareciam tão misteriosas afinal. Não é um poltergeist. Apenas um cinquentão como todos os outros, que não conseguia manter o pau dentro das calças. A mesma velha, chata e deprimente história. Ainda assim, parecia um chute no estômago.

Foi apenas depois de eu terminar de tomar banho, escovar meus dentes e deitar na cama que eu olhei para o teto. Para as luminárias embutidas, para o pequeno alarme de fumaça piscando na porta, e... alguma outra coisa no canto ali. O que é que *era* aquilo? Um sensor para intrusos? Um segundo detector de fumaça?

Ou era...

Pensei no comentário de Sandra na minha entrevista... *A casa inteira está conectada...*

Não *tinha como* ser uma câmera... tinha?

Mas não. Isso seria mais do que assustador. Seria ilegal. Eu era uma funcionária e tinha uma expectativa razoável de privacidade, ou qualquer que fosse a terminologia legal.

Mesmo assim, levantei-me, vesti o roupão e arrastei uma cadeira para o tapete, sob a coisa em forma de ovo no canto. Uma das minhas meias estava no chão, onde eu a tinha tirado antes de entrar no chuveiro, então a peguei, subi na cadeira e fiquei na ponta dos pés para encaixá-la no sensor. Estava *bem no limite* do que eu conseguia alcançar. Encaixava-se perfeitamente, e a ponta vazia da meia pendia ali, flácida e ligeiramente deprimente.

Só então, confortada, embora com uma leve sensação de ridículo, voltei para a cama e finalmente me deixei adormecer.

―᠁―

Acordei no meio da noite com um sobressalto e a vaga sensação de que algo estava errado — sem ser capaz de identificar o quê. Fiquei ali, o coração martelando, me perguntando o que foi que me acordou. Eu não tinha memória de ter sonhado, apenas um súbito choque e a vigília.

Demorou um minuto, e então de novo — um barulho. Passos. *Crec... Crec... Crec...* vagarosos e cadenciados, como se alguém estivesse andando de um lado para o outro em um piso de madeira, o que não fazia o menor sentido, já que todos os pisos no andar de cima eram densamente acarpetados.

Crec... Crec... Creeeeeec... O som era oco, pesado, ressonante... um passo lento como o de um homem, não como o de uma criança. Parecia que vinha de cima, o que era ridículo, já que eu estava no último andar.

Lentamente, sentei-me e procurei a luz, mas, quando liguei o interruptor, nada aconteceu. Apertei-o novamente e então percebi, irritada comigo mesma, que devia ter desconfigurado a lâmpada no painel principal. Eu não poderia enfrentar o painel de controle no meio da noite e arriscar ligar o sistema de som ou algo assim, então peguei meu telefone de onde estava carregando e liguei a lanterna.

Meu peito estava apertado e, enquanto eu puxava o ar do meu inalador, percebi de repente que o quarto estava extremamente frio. Sem dúvida, quando mudei as configurações de temperatura, exagerei. Agora, fora do casulo quente de roupas de cama, o frio era desconfortável. Mas meu roupão estava no pé da cama, então eu o vesti e fiquei ali, tentando não deixar meus dentes baterem, o fino feixe de luz da lâmpada iluminando uma lasca estreita de tapete cor de trigo, e não muito mais do que isso.

Os passos pararam e eu hesitei por um momento, prendendo a respiração, ouvindo, me perguntando se eles começariam de novo. Nada. Dei outra tragada do meu inalador, esperando, pensando. Ainda nada.

A cama estava quente e era tentador voltar para debaixo do edredom e fingir que não tinha ouvido nada, mas eu sabia que não dormiria bem a não ser que pelo menos *tentasse* descobrir de onde vinha. Apertando o cinto do meu roupão, abri um pouco a porta do meu quarto.

Não havia ninguém do lado de fora, mas, mesmo assim, olhei dentro do armário de vassouras. Estava, é claro, vazio, exceto pelos pincéis e pela luz piscante do aspirador. Não havia possibilidade de nada maior do que um rato estar escondido aqui.

Fechei o armário e então, me sentindo um pouco como uma invasora, tentei a porta de Rhiannon, ignorando resolutamente o rabisco FIQUE LONGE DAQUI OU MORRA. Pensei que poderia estar trancada, mas a maçaneta girou sem resistência e a pesada porta se abriu, deslizando pelo tapete grosso.

Dentro estava escuro como breu, o blackout firmemente fechado, mas tinha a sensação indefinível de um quarto vazio. Ainda assim, eu levantei meu telefone e levei o feixe estreito da lanterna de parede a parede. Não havia ninguém lá.

Era isso. Não havia outros quartos neste andar. O teto acima era liso e sem sequer uma escotilha de sótão. Pois embora minha memória dos sons estivesse desaparecendo rapidamente, minha impressão era de que os sons vinham de cima. Algo no telhado, talvez? Um pássaro? Não era uma pessoa rondando de qualquer forma, isso estava claro.

Tremendo de novo, voltei ao meu próprio quarto, onde fiquei por um momento, indecisa, no meio do tapete, atenta e esperando o som voltar, mas não voltou.

Apaguei a lanterna, voltei para a cama e puxei as cobertas. Mas demorei um longo tempo antes de conseguir dormir.

— Mamãe!

O Tesla serpenteava pela entrada da garagem em direção à estrada principal, com Ellie correndo em seu rastro, as lágrimas escorrendo pelo rosto conforme a velocidade motora de Jack ultrapassava suas pernas curtas.

— Mamãe, volta!

— Tchau, queridas! — A cabeça de Sandra se inclinou para fora da janela traseira, seu cabelo cor de mel chicoteando na brisa enquanto o carro ganhava velocidade. Havia um sorriso alegre em seu rosto, mas eu percebi a angústia em seus olhos, sabia que ela estava mantendo uma fachada feliz pelo bem das crianças. Bill não se virou. Ele estava curvado sobre o telefone no banco de trás ao lado dela.

— Mamãe! — Ellie gritou, com desespero na voz. — Mamãe, por favor, não vai embora!

— Tchau, meus docinhos! Vocês terão um tempo maravilhoso com Rowan, e eu volto muito em breve. Adeus! Amo todas vocês!

E então o carro dobrou a curva na entrada e desapareceu entre as árvores.

As pernas de Ellie desaceleraram e ela parou, soltando um gemido de dor antes de se jogar dramaticamente no chão.

— Ah, Ellie! — Eu ajeitei Petra no quadril e corri até onde Ellie estava deitada, de bruços, no cascalho. — Ellie, querida, vamos lá, vamos tomar um sorvete.

Eu sabia pelas instruções de Sandra que isso era uma grande recompensa, algo não permitido todos os dias, pois deixava as duas garotas bastante agitadas, mas Ellie apenas balançou a cabeça e chorou mais alto.

— Vamos, querida. — Eu me abaixei, com alguma dificuldade enquanto segurava Petra, e peguei seu pulso, tentando puxá-la para cima, mas ela apenas soltou um grito e arrancou o braço da minha mão, batendo com o pequeno punho no cascalho.

— Ai! — ela gritou, redobrando os soluços e olhando para mim com olhos raivosos, vermelhos e cheios de lágrimas. — Você me *machucou*!

— Eu só estava tentando...

— Vai *embora*, você me *machucou*, vou contar para minha mamãe!

Fiquei parada por um momento, indecisa diante daquele comportamento zangado e suscetível, sem saber o que fazer.

— Vai *embora*! — ela gritou novamente. Por fim, dei um suspiro e comecei a caminhar de volta para a casa. Parecia errado deixá-la ali, no meio do que era, basicamente, uma estrada, mas o portão ao pé da entrada estava fechado e levaria pelo menos meia hora antes de Jack voltar. Com esperança, ela teria se acalmado muito antes disso e eu poderia convencê-la a voltar para casa.

No meu quadril, Petra começou a resmungar, e eu reprimi um suspiro. Por favor, não dê um chilique também. E onde diabos estava Maddie? Ela havia desaparecido antes de seus pais partirem, correndo para a floresta a leste da casa, recusando-se a se despedir.

— Ah, não se preocupe com ela — disse Bill, enquanto Sandra se agitava tentando encontrá-la para dar-lhe um beijo de despedida. — Você sabe como ela é, prefere lamber as feridas em particular.

Lamber as feridas. Apenas um clichê bobo, certo? Na época eu não tinha pensado nisso, mas agora eu me perguntava. Maddie estava ferida? Se sim, como?

―⁂―

Em casa, coloquei Petra em sua cadeira alta, prendi os cintos de segurança e consultei o fichário vermelho para ver se havia instruções sobre o que fazer se as crianças desaparecessem da face da Terra. A coisa toda devia ter pelo menos oito centímetros de espessura, e uma rápida folheada depois do café da manhã me mostrou que continha informações sobre tudo, desde quanto xarope dar e quando, até rotinas na hora de dormir, livros favoritos, protocolo em caso de assaduras, horários de dever de casa e quais cápsulas de lavagem usar para os uniformes de balé das meninas. Praticamente todos os momentos do dia foram contabilizados, com notas que iam desde que lanches servir, até quais programas de TV escolher e quanto tempo elas podiam assistir.

A única coisa que não havia nele era o que fazer em caso de desaparecimento total — ou pelo menos, se havia, não consegui encontrar a página onde fora mencionado. Por outro lado, enquanto folheava o cuidadosamente anotado "dia típico de fim de semana", vi que Petra já deveria ter almoçado, o que explicaria sua irritabilidade. Eu realmente não queria começar a preparar comida antes de rastrear Maddie e Ellie, mas pelo menos poderia dar um lanche a Petra para acalmá-la e fazê-la parar de resmungar.

Seis da manhã, estava no topo da página. *Todas as mais jovens (mas particularmente Ellie) são propensas a acordar cedo. Por causa disso, instalamos o aplicativo de treinamento de sono "Relógio Coelho Feliz" no quarto das meninas. É um relógio digital com uma imagem de tela de um coelho dormindo que, às 6 da manhã, muda silenciosamente para uma imagem de um "Coelho Feliz acordado". Se Ellie acordar antes disso, por favor, gentilmente (!) encoraje-a a verificar o relógio e voltar para a cama se o coelho ainda estiver dormindo. Obviamente, use seu bom senso em relação a pesadelos e acidentes de banheiro.*

Jesus. Não havia nada nesta casa que não fosse controlado pelo maldito aplicativo? Passei os olhos pela página, pulando as sugestões de roupas, roupas de chuva e menus de café da manhã aceitáveis até o meio da manhã.

10h30–11h15. Lanche: por exemplo, alguma fruta (bananas, mirtilos, uvas CORTADAS EM QUATRO PEDAÇOS para Petra, por favor), passas (apenas com moderação: cáries!), palitinhos de pão, bolinhos de arroz ou palitos de pepino. Nenhum morango (Ellie é alérgica), nenhuma noz (manteigas de nozes são ok, mas só compramos o tipo sem açúcar nem sal) e, finalmente, Petra não pode comer lanches contendo açúcar refinado ou sal em excesso (as meninas mais velhas podem consumir açúcar com moderação). Isso pode ser difícil de policiar se você estiver fora de casa, então, nesse cenário, sugiro levar uma caixa de lanche.

Bom, pelo menos o app não preparava os lanches. Ainda assim, nunca encontrei nada parecido com esse nível de detalhes em nenhum outro trabalho de babá — na Pequeninos, o manual da equipe era um folheto fino que se concentrava principalmente em como relatar doenças para a equipe. Regras, sim. Tempo de tela, sanções, limites, alergias — tudo isso era normal. Mas isso... ela acha que eu passei quase dez anos cuidando de crianças sem saber que você tinha que cortar uvas?

Enquanto eu fechava a pasta escarlate e a empurrava para longe de mim sobre a mesa, me perguntava: foram as perturbadoras mudanças de pessoal que tornaram Sandra tão controladora? Ou ela era apenas uma mulher tentando desesperadamente apoiar sua família, mesmo quando não podia estar fisicamente presente? Bill, estava claro, não sentia nenhum dó em deixar suas filhas sozinhas com uma pessoa estranha, por mais qualificada que fosse. Mas o fichário de Sandra mostrava um tipo bem diferente de mãe — que estava em muito conflito sobre a situação em que se encontrava. Era realmente apenas orgulho profissional? Ou havia algo mais acontecendo?

Havia uma enorme fruteira de mármore no centro da mesa de concreto, recém-abastecida com laranjas, maçãs, tangerinas e bananas. Com um suspiro, arranquei uma banana do cacho, descasquei-a e coloquei alguns pedaços no pratinho de Petra. Então, entrei na sala de jogos para ver se Maddie havia voltado. Ela não estava lá, nem na sala de estar ou em qualquer lugar da casa, pelo que eu soubesse. Por fim, fui até a porta da despensa, aquela por onde ela havia saído, e gritei na direção da floresta:

— Maddie! Ellie! Petra e eu estamos tomando sorvete. — Fiz uma pausa, tentando ouvir o som de pés correndo, galhos quebrando. Nada. — Com granulado. — Eu não tinha ideia se havia granulados, mas neste ponto eu já não me importava mais com propaganda enganosa. Eu só queria saber onde as duas estavam.

Mais silêncio, apenas o som dos pássaros. O sol tinha se escondido, deixando o ar surpreendentemente frio, eu estremeci, sentindo os arrepios subirem por meus braços nus. De repente, chocolate quente parecia mais apropriado do que sorvete, apesar de ser junho.

— Ok! — chamei novamente, desta vez mais alto. — Mais granulado para mim!

E voltei para dentro de casa, deixando a porta lateral entreaberta.

Ao chegar à cozinha, dei outra conferida.

Petra estava de pé em sua cadeira alta do outro lado do balcão de café da manhã, acenando para mim, triunfante, com um pedaço de banana.

— Merda!

Por um momento, todas as sensações foram drenadas de mim e eu fiquei parada, congelada no lugar, olhando para sua postura arriscada, o concreto implacável logo abaixo, seus pequenos pés vacilantes na madeira escorregadia.

Então, recuperando meus sentidos, corri, tropeçando em um ursinho de pelúcia, cambaleando ao redor do balcão do café da manhã para pegá-la, meu coração na boca.

— Ah, meu Deus, Petra, sua menina má, má. Você não *pode* fazer isso. Jesus. Ai, Jesus Cristo.

Ela poderia ter morrido — simples assim. Se tivesse caído e batido a cabeça no chão de concreto, teria sofrido uma concussão antes que eu pudesse alcançá-la.

Como pude ser tão estúpida?

Já cuidei de crianças um milhão de vezes — fiz todas as coisas certas, puxei a cadeira dela para longe do balcão para que ela não pudesse se empurrar para trás com os pés, e eu podia garantir, na verdade, tinha *certeza*, que tinha apertado os cintos. Os fechos eram rígidos demais para dedinhos de criança.

Então, como ela se soltou?

Ela se contorceu?

Examinei os cintos. Um lado ainda estava preso. O outro, aberto. Merda. Eu devo não ter prendido com força suficiente, e Petra o soltou e então conseguiu se contorcer para fora pelo outro lado.

Então foi minha culpa, afinal. O pensamento fez minhas mãos ficarem frias de medo e minhas bochechas quentes de vergonha. Graças a Deus não tinha acontecido com Sandra por aqui. Esse tipo de salvaguarda era praticamente o básico de ser babá. Ela teria o direito de me demitir ali mesmo.

Embora claro... ela ainda pudesse fazer isso, se estivesse vigiando as câmeras. Contra minha vontade, meus olhos foram para o teto e, como esperado, havia uma daquelas pequenas cúpulas brancas em forma de ovo no canto mais distante da sala. Senti meu rosto corar e desviei o olhar rapidamente, imaginando Sandra vendo minha reação de culpa.

Merda. *Merda.*

Bem, não havia nada que eu pudesse fazer além de esperar que Sandra e Bill tivessem coisas melhores a fazer do que se debruçar sobre as imagens das câmeras de segurança a cada hora do dia e da noite. Eu estava bastante confiante de que Bill não tinha sequer olhado para o aplicativo desde que saiu, mas Sandra... De alguma forma, aquele fichário demonstrava um nível de intensidade que eu não esperava de seu comportamento relaxado e alegre na entrevista.

Mas, com alguma sorte, eles estariam em algum lugar sem sinal, ou mesmo dentro do avião. Será que a filmagem ficava gravada? Por quanto tempo ficava armazenada? Eu não sabia e, de alguma forma, duvidava que essa informação estivesse no fichário.

A percepção foi inquietante. Eu poderia estar sendo observada, naquele exato momento.

Foi com uma estranha sensação performática que abracei Petra com força contra o peito, e dei um beijo trêmulo no topo de sua cabeça. Sob meus lábios, senti a suave flexão de sua moleira, a fragilidade de um crânio macio de bebê quase, mas não completamente, fechado.

— Não faça isso de novo — pedi a ela com firmeza, sentindo a adrenalina ainda pulsando através de mim. Então, com um esforço para restaurar a normalidade, eu a levantei e a levei até a pia, onde limpei seu rosto. Em seguida, olhei para o relógio, tentando respirar lenta e normalmente, e me lembrei do que estava fazendo antes de Petra me matar de susto.

Tinha acabado de passar de uma da tarde. O fichário informava que Petra almoçava entre 12h30 e 13h e depois tirava uma soneca às 14h. Mas, apesar disso, ela estava resmungando e esfregando os olhos com raiva, e me encontrei mentalmente somando os tempos e tentando descobrir como lidar com aquilo. No berçário, eles iam dormir logo depois do almoço, por volta de uma da tarde.

Eu não queria mexer com a rotina dela tão cedo, mas, pensando bem, fazer um bebê cansado e mal-humorado ficar desperto até o horário especificado também não era uma boa ideia, e provavelmente resultaria em uma noite de sono ruim, se ela era o tipo de criança que ficava mais inquieta quanto mais exausta ficava. Em dúvida, fiquei olhando para o topo de sua cabeça, tentando decidir. De repente, a ideia de uma hora de silêncio para encontrar Maddie e Ellie era muito atraente. Definitivamente, seria mais fácil sem uma criança chorona a tiracolo.

Aflita, Petra esfregou um punho cerrado nos olhos e deu um soluço cansado, e eu me decidi.

— Vamos lá — eu disse em voz alta, e a levei para o quarto dela no andar de cima.

Lá dentro, as persianas já estavam fechadas, liguei o móbile iluminado conforme o fichário instruíra. Coloquei suavemente Petra deitada de costas. Ela rolou de bruços e esfregou o rosto no colchão, mas eu me sentei em silêncio ao lado dela, a mão em sua coluna, que se contorcia, enquanto o show de luzes suaves brincava no teto e nas paredes. Petra resmungava para si mesma, mas as reclamações estavam ficando cada vez mais distantes. Sabia que ela estava pronta para desmaiar a qualquer momento.

Por fim, ela parecia estar completamente adormecida, então eu me levantei com cuidado e coloquei sua naninha de coelho suavemente sobre uma de suas mãos, onde ela poderia encontrá-lo se acordasse. Por um momento se mexeu, e eu congelei, mas seus dedos só apertaram o tecido enquanto ela soltava um ronco suave. Com um suspiro de alívio, peguei a babá eletrônica que estava pendurada na ponta da cama, enfiei-a no cinto e saí do quarto na ponta dos pés.

A casa estava completamente silenciosa enquanto eu permanecia parada no patamar, atenta ao som de pés correndo ou risos infantis.

Onde diabos elas estavam?

Eu não tinha entrado no quarto de Sandra e Bill, mas sabia, pela disposição da casa, que a janela deveria dar para a entrada. Prendendo um pouco a respiração, girei a maçaneta e abri a porta.

O que eu vi fez minha respiração ficar presa na garganta por um momento. O quarto era enorme. Eles devem ter juntado pelo menos dois outros cômodos para fazê-lo — talvez até três. Havia uma cama imensa, com pilhas de almofadas roliças e roupa de cama branca, diante de uma grande lareira de pedra esculpida. Três janelas compridas davam para a frente da casa. Uma estava aberta alguns centímetros, e as cortinas de musselina esvoaçavam um pouco com a brisa.

Havia gavetas e um armário ligeiramente abertos, e senti uma pontada de curiosidade ao cruzar o tapete cinza-prateado até a janela central, mas a empurrei para baixo. Até onde eu sabia, Sandra e Bill poderiam estar me observando agora. Embora eu tivesse um álibi para querer olhar da janela para a entrada, certamente não tinha desculpa para vasculhar seus armários.

Quando cheguei à janela, Ellie não estava à vista, a curva da entrada em que ela se deitou, vazia. Eu não tinha certeza de que isso era um alívio. Pelo menos Jack não a atropelaria quando voltasse com o Tesla. Mas onde ela estava, afinal? Sandra parecia notavelmente relaxada com o fato de as crianças correrem pela floresta, mas cada centímetro do meu corpo estava gritando de desconforto com a situação — na creche, tínhamos que avaliar o risco de tudo, desde um passeio ao parque até uma brincadeira melequenta com mingau de aveia. Aqui, havia um bilhão de riscos que eu não tinha como saber. E se houvesse uma lagoa no terreno? Ou uma queda acentuada? E se elas subissem em uma árvore e não conseguissem descer? E se a cerca não fosse segura e elas saíssem para a estrada? E se um cachorro...

Interrompi minha ladainha mental de piores cenários.

Os cachorros. Eu tinha esquecido de perguntar a Sandra se a rotina deles dependia de mim, mas presumivelmente uma caminhada extra não faria mal e certamente eles seriam capazes de encontrar as crianças? No mínimo, a presença deles me daria uma desculpa para ir caçar na floresta sem que, para as crianças, parecesse que estavam me dando uma surra. Eu tinha que me estabelecer como alguém firmemente no comando desde o início, caso contrário minha autoridade seria destruída e eu nunca a recuperaria.

Afastei o pensamento inquietante do que aconteceria quando Rhiannon voltasse e uma adolescente fosse adicionada à equação. Com esperança, Sandra já estaria em casa até então, para me dar suporte.

No andar de baixo, os cachorros estavam deitados em suas caminhas na cozinha, embora ambos tenham parecido esperançosos quando entrei carregando suas guias.

— Passeio! — falei alegremente, e eles pularam. — Boa menina... er... Claude — eu disse enquanto lutava para encontrar o encaixe certo na coleira, embora na verdade não tivesse certeza se era a menina ou o menino. Claude saltava em volta de mim, animado, enquanto eu lutava com Hero, mas finalmente consegui prender ambos nas guias, e peguei um punhado de biscoitos de cachorro em caso de problemas. Saí pela porta da despensa, atravessando o pátio de cascalho, o estábulo e entrando na floresta.

Era um lindo dia. Apesar da minha ansiedade crescente com as crianças, não pude deixar de notar isso enquanto andava por um caminho sinuoso e levemente marcado entre as árvores, os cães puxando as coleiras. O sol filtrava-se através das copas das árvores acima e nossos movimentos soltavam partículas de poeira dourada, girando e fazendo piruetas, para cima da terra rica sob nossos pés. O sol refletindo nas minúsculas partículas de pólen e no cipó-do-reino que flutuava no ar parado sob as árvores.

Os cães pareciam ter uma ideia definida de para onde estavam indo, e eu os deixei liderarem, consciente do fato de que provavelmente estavam confusos por serem mantidos na coleira em seu próprio jardim. Teriam que aturar isso, no entanto. Eu não tinha ideia se eles me atenderiam quando eu os chamasse, e eu não podia arriscar perdê-los também.

Estávamos descendo a colina em direção ao fundo da entrada, embora eu não pudesse ver através das árvores. Ouvi o estalar de um galho e me virei bruscamente para trás, mas não havia ninguém lá. Deve ter sido um animal, uma raposa talvez.

Por fim, saímos da cobertura das árvores para uma pequena clareira e meu estômago deu uma guinada desconfortável, pois ali estava — o que eu temia desde que as meninas desapareceram — um lago. Não muito fundo, mas o suficiente para uma criança pequena se afogar. A água era salobra e cor de turfa, uma espuma oleosa flutuava na superfície das agulhas de pinheiro em decomposição. Eu cutuquei, em dúvida, com uma vara, e bolhas de ar estagnado flutuaram preguiçosamente para a superfície. Mas, para meu alívio, o restante do lago parecia imperturbado, a água clara exceto pelos redemoinhos de lama que minha vara havia agitado. Ou... quase. Andando pelo outro lado, vi as marcas de pequenos sapatos na margem, derrapando como se duas garotinhas estivessem brincando à beira da água. Não havia como saber quando tinham sido feitas, mas pareciam bem frescas. As pegadas desciam a margem, tornando-se cada vez mais profundas à medida que a lama amolecia e depois se viravam e se afastavam novamente, de volta à floresta. Eu as segui por alguns metros até que o chão ficou duro demais para distinguir, mas havia dois pares de sapatos. Pelo menos agora eu sabia que elas deviam estar juntas, e quase certamente seguras.

Os cães estavam ganindo e lutando com as coleiras, desesperados para entrar no lago lamacento e chapinhar, mas nunca eu permitiria isso. Eu não daria banho em um par de cachorros imundos no meu primeiro dia, além de todo o resto.

Não havia trilha pela floresta na direção que os passos estavam levando, mas eu segui o mais próximo que pude, quando de repente um grito agudo cortou o ar. Parei de imediato, meu coração batendo erraticamente no peito pela segunda vez naquele dia, os cães latindo com histeria e pulando na ponta das guias.

Por um segundo, eu não sabia o que fazer. Fiquei parada, olhando ao redor como louca. O grito soou próximo, mas eu não conseguia ver ninguém e não conseguia ouvir nenhum passo por cima do barulho que os cães estavam fazendo. Então ocorreu novamente, longo e quase insuportavelmente agudo, com uma percepção de revirar o estômago, eu entendi.

Tirei a babá eletrônica do bolso e observei as luzes cintilarem e mergulharem no ritmo do grito longo e borbulhante de puro medo.

Por um momento, fiquei paralisada, segurando a babá na mão, as guias dos cães enroladas no meu pulso. Devo tentar acessar as câmeras?

Com as mãos trêmulas, peguei meu telefone e apertei o ícone do aplicativo de gerenciamento doméstico.

Bem-vindo ao Feliz, Rowan, disse a tela, com uma lentidão agonizante. *Lar é onde o Feliz está!* E então, para meu desespero, *Atualizando as permissões de usuário. Por favor, seja paciente. Lar é onde o Feliz está!*

Xinguei, enfiei o telefone e a babá de volta no bolso e comecei a correr.

Eu estava muito longe da casa, descendo uma ladeira, e minha respiração já rasgava a garganta no momento em que deixei a cobertura das árvores e vi a casa adiante. Os cães, que haviam saído de suas coleiras um tempo atrás, puxando e tirando as guias dos meus dedos dormentes, agora estavam pulando e saltitando na minha frente e atrás, latindo alegremente, convencidos de que tudo aquilo era algum tipo de brincadeira.

Quando cheguei à porta da frente, ela estava entreaberta, apesar de eu saber que estava fechada quando saí — eu tinha usado a porta da despensa, deixando-a aberta para Maddie e Ellie caso voltassem. Por um segundo pensei que poderia estar doente. O que eu tinha feito? O que acontecera com a pobrezinha Petra?

Eu estava quase com medo demais para cambalear pelos últimos degraus da escada até o quarto do bebê, mas me forcei, deixando os cães no corredor, enroscados em suas próprias coleiras. Finalmente estava do lado de fora da porta de Petra, doente de medo em relação ao que estava prestes a encontrar.

Estava fechada, assim como eu a deixei, engoli um soluço enquanto girava a maçaneta, mas o que encontrei lá me fez parar na soleira, piscando e tentando lutar contra minha respiração ofegante.

Petra estava dormindo, em seu berço, braços estendidos para os lados, os cílios pretos varrendo suas bochechas rosadas. A mão esquerda agarrava o coelho, e ela claramente não havia se mexido desde que eu a coloquei para dormir.

Não fazia sentido.

Eu tive autocontrole suficiente para sair do quarto, fechando a porta silenciosamente, antes de cair no chão do corredor do lado de fora, minhas costas duras contra o corrimão nodoso, meu rosto nas mãos, tentando não chorar de choque e alívio, sentindo a respiração ofegante no peito enquanto meus pulmões se esforçavam para absorver oxigênio suficiente para estabilizar meu pulso acelerado.

Com as mãos trêmulas, tirei meu inalador do bolso e dei uma tragada, depois tentei aclarar a situação. O que tinha acontecido?

O som *não* tinha vindo da babá eletrônica? Mas isso era impossível — era equipado com luzes que acendiam para mostrar quando o bebê estava chorando, caso o volume estivesse baixo por algum motivo. Eu tinha *visto* as luzes. E o barulho vinha do alto-falante, eu tinha certeza.

Será que Petra teve um pesadelo e gritou? Mas, quando pensei em retrospecto, isso também não fazia sentido. Não era o choro de um bebê. Em parte, foi isso que tinha me assustado tanto. O som que eu tinha ouvido não era o lamento aflito que eu conhecia tão bem do berçário, mas um grito de terror longo e latejante, de uma criança muito mais velha, ou mesmo um adulto.

— Olá?

A voz veio do andar de baixo, me fazendo pular de novo, convulsivamente desta vez. Eu me levantei, meu pulso acelerado, me inclinando sobre o corrimão.

— Olá? Quem é? — Minha voz não saiu afiada e autoritária como eu pretendia, mas trêmula e esganiçada de medo. — Quem está aí?

Era uma voz adulta, uma mulher, agora ouvi passos no corredor e vi um rosto abaixo, olhando para mim.

— Você vai ser a nova babá, imagino?

Era uma mulher, talvez de uns cinquenta ou sessenta anos, seu rosto avermelhado e o corpo diminuído pela minha perspectiva. Parecia gorducha e maternal, mas havia algo em sua voz e expressão que eu não conseguia definir muito bem. Não era algo bem-vindo, isso era certo. Um tipo de... reprovação reprimida?

Havia folhas no meu cabelo e, quando comecei a descer o lance de escadas em direção ao térreo, vi que havia deixado um rastro de lama salpicada no tapete grosso, em minha corrida precipitada para ver Petra.

Dois botões da minha blusa estavam abertos, eu os prendi e tossi, sentindo meu rosto ainda quente de esforço e medo.

— Hum, olá. Sim. Sim, eu sou Rowan. E você deve ser...

— Eu sou Jean. Jean McKenzie. — Ela me olhou de cima a baixo, sem se preocupar em esconder sua desaprovação, então balançou a cabeça. — Não sei você, senhorita, mas eu não aprovo manter as crianças trancadas do lado de fora, e ouso dizer que a senhora Elincourt também não gostaria.

— Trancadas do lado de fora? — Fiquei intrigada por um momento. — O que você quer dizer?

— Encontrei as pobrezinhas tremendo nos degraus em seus vestidos de verão quando vim limpar.

— Mas, espere... — Estendi a mão. — Espere um segundo. Eu não tranquei ninguém. Elas *fugiram* de mim. Eu estava procurando por elas. Deixei a porta dos fundos aberta para as duas.

— Estava trancada quando cheguei — Jean disse rigidamente.

Balancei a cabeça.

— Ela deve ter se fechado com o vento, mas não tranquei. Eu não faria isso.

— Estava *trancada* quando cheguei — foi tudo o que ela disse, com um toque de teimosia dessa vez. A raiva subiu dentro de mim, substituindo o medo que eu sentira por Petra. Ela estava me acusando de mentir?

— Bom... talvez tenha saído do trinco ou algo assim — tentei finalmente. — As meninas estão bem?

— Sim, elas estão comendo na cozinha comigo.

— Você estava... — Eu parei, pensando em como terminar essa frase sem me colocar ainda mais abaixo em sua estima. Claramente, por qualquer motivo, essa mulher não gostava de mim, e não devia dar a ela nenhuma munição para relatar a Sandra. — Voltei porque ouvi um som de Petra na babá eletrônica. Você ouviu alguma coisa?

— Ela não deu um pio — Jean disse com firmeza. — Estou de olho nelas todas... — Ao contrário de você, era o subtexto não dito. — E eu teria ouvido se ela estivesse cumprimentando.

— Cumprimentando?

— Chorando — Jean explicou, impaciente.

— Maddie então? Ou Ellie? Alguma das duas subiu?

— Elas estavam na cozinha comigo, senhorita — disse Jean, com um toque de verdadeira irritação na voz. — Agora, se me der licença, preciso voltar para elas. São pequeninas demais para serem deixadas sozinhas com o fogão.

— Claro. — Senti minhas bochechas corarem com a crítica implícita. — Mas, por favor, esse é o meu trabalho. Vou dar o almoço para elas.

— Já dei. As pobres potrinhas estavam famintas, precisavam de algo para esquentar.

Senti meu humor, já desgastado pelo estresse da manhã, começar a vacilar.

— Olha, sra... — tentei lembrar o nome, e então consegui: — McKenzie, eu já expliquei, as garotas fugiram de mim, eu não as tranquei para fora. Se ficaram com um pouco de frio e medo esperando alguém que as deixasse entrar, talvez isso faça com que pensem duas vezes antes de fugirem de novo. Agora, se a senhora não se incomodar, tenho trabalho a fazer.

Passei por ela e entrei na cozinha, sentindo seus olhos perfurando minhas costas.

Na cozinha, Maddie e Ellie estavam sentadas no balcão, comendo cookies de chocolate e bebendo suco, com o que parecia ser os restos de uma pizza em um prato ao lado da pia. Senti meu maxilar apertar. Todos aqueles alimentos estavam estritamente na lista de "guloseimas raras" de Sandra. Eu estava planejando assistir a um filme à tarde com elas e alguns biscoitos na sala de TV. Agora isso estava fora de cogitação, a sra. McKenzie estava em suas boas graças e eu seria a babá leviana que as trancou para fora de casa e teve que impor um jantar saudável.

Afastei minha irritação e me forcei a sorrir agradavelmente.

— Olá, meninas, vocês estavam brincando de esconde-esconde?

— Sim — Ellie disse com uma risadinha, mas então se lembrou da nossa briga anterior e franziu a testa. — Você machucou meu pulso.

Ela o estendeu, e, para meu pesar, havia um anel de hematomas na pele pálida de seu pulso fino.

Senti minhas bochechas corarem.

Pensei em discutir com ela, mas não queria levantar a questão na frente da sra. McKenzie e, além disso, parecia que eu tinha feito o suficiente para antagonizar as duas hoje. Melhor engolir meu orgulho.

— Sinto muito, Ellie. — Eu me abaixei ao lado dela no balcão para que nossas cabeças ficassem no mesmo nível, falando baixinho para que a sra. McKenzie não ouvisse. — Realmente não foi de propósito. Eu só estava preocupada que você se machucasse na rua, mas realmente peço desculpas se segurei seu braço com muita força. Foi um acidente, eu juro, e me sinto péssima por isso. Podemos ser amigas?

Por um segundo, pensei ter visto Ellie vacilar, então ela estremeceu e deu um pequeno gemido.

Debaixo do balcão, vi a mão de Maddie chicotear de volta para seu colo.

— Maddie — falei baixinho —, o que acabou de acontecer?

— Nada — Maddie disse, quase inaudível, falando mais com seu prato do que comigo.

— Ellie?

— N-nada — disse Ellie, mas estava esfregando o braço, e havia lágrimas em seus olhos azuis brilhantes.

— Eu não acredito em você. Deixe-me ver seu braço.

— Nada! — Ellie disse, mais ferozmente. Ela puxou o cardigã para baixo e me lançou um olhar raivoso de traição. — Eu disse que não é nada, vai embora!

— Ok.

Eu me levantei. Qualquer chance que cheguei a ter com Ellie, a perdera por enquanto. Ou melhor, Maddie fez com que eu perdesse.

A sra. McKenzie estava encostada no balcão, os braços cruzados, nos observando. Então, ela dobrou o pano de prato e o pendurou no trilho do fogão.

— Bem, vou sair agora, meninas — disse ela. Sua voz, quando falou com as crianças, era mais suave e muito mais amigável do que o tom conciso e cortante que usou comigo. Ela se inclinou e deu um beijo em cada cabeça, primeiro nos cachos loiros de Ellie, depois nos cachos escuros e ralos de Maddie. — Dê um beijo meu na sua irmãzinha, por favor.

— Sim, sra. M. — Ellie disse, obedientemente. Maddie não disse nada, mas apertou a cintura da sra. McKenzie com um braço. Pensei ter visto um olhar melancólico em seu rosto enquanto seguia a mulher até a porta.

— Adeus, meninas — disse a sra. McKenzie, e então se foi. Do lado de fora, ouvi um carro dar a partida e descer o caminho até a rua.

Sozinha na cozinha com as duas meninas, senti-me subitamente esgotada e afundei na poltrona no canto da sala, querendo nada mais do que colocar o rosto nas mãos e chorar. Que desafio eu aceitara com essas duas criaturinhas hostis? E, no entanto, eu não podia culpá-las. Só podia imaginar como eu teria reagido se fosse deixada uma semana com uma completa estranha.

A última coisa com que eu poderia lidar era perder as crianças no terreno novamente, então, enquanto elas terminavam seus biscoitos, atravessei o corredor e examinei o interior da grande porta da entrada. Não havia chave — nem mesmo buraco de fechadura, como observei quando cheguei pela primeira vez. Em vez disso, o painel branco que notei continha um sensor de polegar — Sandra havia programado minha impressão digital em seu aplicativo de telefone mais cedo naquela manhã, antes de sair, e me mostrou como usá-lo.

Havia um painel igual no interior da casa. Eu o toquei com cuidado, observando uma série de ícones iluminados ganharem vida. Um deles era uma chave grande e, lembrando-me das instruções de Sandra, cliquei nela com cautela, e ouvi um rangido à medida que as travas internas da porta deslizavam para dentro. Havia algo bastante dramático, até mesmo sinistro, sobre o som. Quase como uma fechadura de cela de prisão se encaixando no lugar. Mas pelo menos a porta estava bem fechada agora. Não havia como Maddie ou Ellie sequer chegarem ao painel sem uma série de etapas, muito menos ativar a fechadura, já que eu duvidava muito que Sandra tivesse programado suas impressões digitais no sistema.

Depois fui para a despensa. Ali, a porta funcionava apenas com fechadura e chave comuns — como se o orçamento de Sandra e Bill tivesse acabado, ou como se eles não se importassem com a entrada dos empregados. Ou talvez houvesse alguma razão prática para que uma porta precisasse ser operada tradicionalmente. Algo a ver com quedas de energia ou regulamentos de construção, talvez. De qualquer forma, foi um alívio ser confrontada com tecnologia que uma pessoa comum poderia entender. Foi com uma sensação de satisfação que eu girei a chave firmemente na fechadura e depois a guardei no batente da porta acima, assim como o fichário havia instruído. *Mantemos todas as chaves das portas operadas por fechaduras tradicionais no batente acima da porta correspondente, para que estejam à mão em caso de emergência, mas fora do alcance das crianças*, dizia o parágrafo. Havia algo de reconfortante em vê-la lá em cima, bem alto e longe de dedinhos curiosos.

Missão cumprida; voltei para a cozinha, meu melhor e mais brilhante sorriso firmemente estampado.

— Certo, meninas, o que vocês acham de irmos até a sala de TV assistir a um filme? *Frozen? Moana?*

— Oba, *Frozen*! — Ellie disse, mas Maddie se intrometeu.

— Nós odiamos *Frozen*.

— Sério? — Eu fiz minha voz cética. — Sério mesmo? Porque, sabe, eu amo *Frozen*. Na verdade, conheço uma versão de *Frozen* para cantar junto, em que colocam as palavras na tela, e eu canto todas as músicas muito bem.

Atrás de Maddie dava para ver Ellie parecendo desesperada, mas assustada demais para contradizer sua irmã.

— Nós *odiamos Frozen* — Maddie repetiu teimosamente. — Vamos, Ellie, vamos brincar no quarto.

Observei enquanto ela descia de seu banquinho e seguia pelo corredor com passos duros, os olhos dos cachorros a seguindo com perplexidade. Na porta, ela parou e sacudiu a cabeça de forma significativa para a irmã. O lábio inferior de Ellie tremeu.

— Ainda podemos assistir, se você quiser, Ellie — expliquei, mantendo a voz o mais suave que pude. — Poderíamos assistir juntas, só nós duas. Posso fazer pipoca?

Por um instante, pensei ter visto Ellie hesitar. Mas, então, algo em seu rosto pareceu endurecer, e ela balançou a cabeça, deslizou para fora de seu banco e se virou para seguir a irmã.

Quando o som de seus passos desapareceu escada acima, suspirei e me virei para colocar a chaleira no fogo e fazer um bule de chá. Pelo menos eu teria meia hora para mim para tentar entender a situação.

Mas, antes mesmo de eu terminar de encher a chaleira, a babá eletrônica no meu bolso estalou e então irrompeu em um choro inquieto com tosse, me dizendo que Petra havia acordado e eu estava de volta ao serviço.

Sem descanso para mim, então.

Com o que eu tinha me comprometido?

Eu sei que estou me delongando. E sei que você deve estar se perguntando quando afinal vou chegar ao ponto: a razão pela qual estou aqui, nesta cela de prisão, e a razão pela qual não deveria estar.

E prometo a você que está chegando. Mas não consigo, parece que não consigo explicar a situação rapidamente. Esse era o problema com o sr. Gates. Ele nunca me deixou explicar direito — para mostrar como tudo foi construído, todas as pequenas coisas, todas as noites sem dormir, a solidão e o isolamento. A loucura da casa e as câmeras e tudo o mais. Para explicar propriamente, tenho que contar como aconteceu. A cada dia. A cada noite. A cada detalhe.

Só que isso faz parecer que estou construindo algo — uma casa talvez. Ou uma imagem em um quebra-cabeça. Peça por peça. E a verdade é que foi o contrário. Peça por peça, eu estava sendo dilacerada.

E a primeira peça foi naquela noite.

Aquela primeira noite... bem, não foi a pior, mas também não foi a melhor, nem de longe.

Petra acordou da soneca aborrecida e explosiva. Maddie e Ellie se recusaram a sair do quarto pelo restante da tarde, mesmo para o jantar, não importou o quanto implorei, não importaram os ultimatos que fiz. *Nada de sobremesa a menos que vocês estejam lá embaixo antes de eu contar cinco... quatro... três...* Nenhum som de passos na escada... *Dois... um e meio...*

Foi quando eu disse um e meio que soube que tinha perdido.

Elas não viriam.

Por um momento, pensei em arrastá-las para fora. Ellie era pequena o suficiente para eu a agarrasse pela cintura, carregando-a à força para baixo — mas eu tinha sanidade suficiente para saber que, se começasse assim, nunca seria capaz de voltar atrás e, além disso, Ellie não era o problema, e sim Maddie. Ela tinha oito anos e era forte, não havia como eu carregar sozinha uma criança chutando, gritando e lutando por aquela escada longa e curva, ainda menos forçá-la a se sentar e comer alguma coisa quando chegasse com ela na cozinha.

No final desisti e, depois de verificar o plano de menu sugerido por Sandra no fichário, levei macarrão ao pesto para o quarto das duas. Quando bati na porta e ouvi o feroz grito de Maddie, "Vai embora!", a lembrança daquelas cabecinhas mansas curvadas sobre os cookies de chocolate de Jean McKenzie ficou amargamente gravada em minha mente.

— Sou eu — informei baixinho. — Estou com o macarrão de vocês. Vou deixá-lo aqui do lado de fora da porta. Mas eu e Petra estaremos lá embaixo tomando sorvete se vocês quiserem sobremesa.

E então saí. Era tudo que eu podia fazer.

Lá embaixo, na cozinha, tentei impedir Petra de jogar seu macarrão no chão e fiquei observando Maddie e Ellie no iPad. Meu login personalizado me deu permissão para ver as câmeras do quarto das crianças, da sala de brincar, da cozinha e do exterior da casa. Também podia controlar as luzes e a música em alguns dos outros quartos, mas havia todo um menu de configurações à esquerda que estava acinzentado e indisponível. Imaginei que precisaria do login de Sandra para controlá-los.

Embora eu ainda achasse um pouco assustador poder espionar as crianças assim de longe, comecei a apreciar o quanto era útil. Pude assistir do meu assento no balcão de café da manhã enquanto Maddie se movia em direção à porta do quarto e depois voltava à vista das câmeras, arrastando a bandeja de comida pelo tapete.

Havia uma mesinha no centro do quarto. Eu observei enquanto ela direcionava Ellie para um assento, organizava as tigelas e talheres e se sentava em frente à irmã. Eu não estava com o som ligado, mas ficou claro pelas ações dela que ela estava dando ordens para Ellie comer, provavelmente fazendo-a experimentar as ervilhas que eu misturei no pesto, a julgar pelos gestos de Ellie enquanto protestava. Meu coração ficou meio apertado, de um jeito engraçado, de pena raivosa misturada com uma espécie de carinho. Ah, Maddie, eu queria dizer. Não precisa ser assim. Não precisamos ser inimigas.

Mas, pelo menos no momento, parecia que precisávamos.

Depois do jantar, dei banho em Petra, ouvindo sem dar atenção os sons de algum tipo de audiolivro vindo do quarto de Maddie e Ellie, então a coloquei na cama, ou melhor, tentei.

Fiz exatamente como o fichário dizia, seguindo as instruções ao pé da letra, assim como tinha feito na hora do almoço, mas desta vez não estava funcionando. Petra resmungou, se debateu e arrancou a própria fralda. Então, quando eu a coloquei firmemente de volta na fralda e abotoei seu pijama pelas costas, para que ela não pudesse tirá-lo, ela começou a chorar, alto e persistentemente.

Por mais de uma hora, segui as instruções do fichário e fiquei sentada ali, com a mão pacientemente nas costas dela, ouvindo o tilintar tranquilizante e repetitivo do móbile, observando as luzes circularem no teto, mas não estava ajudando. Petra estava ficando cada vez mais incomodada. Seus gritos estavam aumentando de irritação para raiva, e daí para quase histeria.

Enquanto eu estava sentada ali, acariciando e tentando não deixar a tensão em meu pulso e na minha mão ser transmitida a Petra, olhei nervosamente para a câmera no canto da sala. Talvez eu estivesse sendo observada agora. Eu podia imaginar Sandra em algum evento corporativo, tomando champanhe, tensa, enquanto assistia ao vídeo do quarto da bebê em seu telefone. Estaria eu prestes a receber uma ligação perguntando o que diabos estava fazendo?

O fichário disse para evitar tirar Petra de seu berço depois que as luzes se apagassem, mas a alternativa, apenas deixá-la lá, também não parecia estar funcionando. No final, eu a peguei no colo e a coloquei sobre meu ombro, andando com ela para cima e para baixo do quarto. Mas ela gemeu, com raiva, em meus braços, arqueando as costas como se tentasse se livrar de minhas mãos. Então eu a coloquei de volta no berço, e ela se levantou e ficou de pé, soluçando furiosamente, seu rostinho vermelho pressionado contra as barras.

Parecia que não havia nada que eu pudesse fazer e minha presença só a estava deixando mais furiosa.

Por fim, com um último olhar culpado para a câmera, desisti.

— Boa noite, Petra — disse em voz alta, e então me levantei e saí do quarto, fechando a porta com firmeza atrás de mim e ouvindo o som de seus gritos diminuir enquanto eu caminhava pelo corredor.

Já eram nove da noite e eu me sentia exausta, cansada pelo esforço de lutar com as crianças a tarde toda. Pensei em ir direto para o andar de baixo para tomar uma taça de vinho, mas na realidade tinha que conferir como Maddie e Ellie estavam.

Eu não ouvia nada vindo de trás da porta do quarto. Quando olhei pelo buraco da fechadura, tudo parecia estar escuro. Teriam apagado as luzes? Pensei em bater, mas desisti. Se estivessem adormecendo, o som de uma batida provavelmente as despertaria.

Em vez disso, girei a maçaneta muito silenciosamente e empurrei a porta. Abriu uma fresta, mas depois encontrou resistência.

Intrigada, empurrei com mais força. Houve um estrondo quando uma pilha de alguma coisa — eu não tinha certeza do quê — contra a porta caiu com um estrondo no chão. Prendi a respiração, esperando lamentos e gritos, mas nenhum veio, aparentemente as crianças tinham continuado dormindo.

Cautelosamente agora, deslizei pela abertura que havia criado e liguei a lanterna do meu telefone para examinar os danos causados. Eu não tinha certeza se ria ou chorava. Elas empilharam quase todos os móveis — almofadas, ursinhos, livros, cadeiras, a mesinha do centro — em uma barricada atrás da porta do quarto. Era cômico e, ao mesmo tempo, mais do que um pouco patético. Do que eles estavam tentando se proteger? De mim?

Passei a lanterna pelo quarto e vi um dos abajures de cabeceira, que elas tinham desligado e amontoado em cima da pilha de coisas. Ele havia caído no chão quando eu derrubei a pilha, a cúpula estava meio torta, mas felizmente a lâmpada não estava quebrada. Cuidadosamente, endireitei o abajur, liguei-o novamente e coloquei-o na mesa de cabeceira de Ellie. Quando o brilho rosa suave inundou o quarto, eu as vi, ambas enroladas na cama de Maddie, parecendo para todo o mundo dois pequenos querubins. Os braços de Maddie estavam firmes ao redor da irmã, quase de forma sufocante, eu pensei em tentar afrouxar seu aperto, mas decidi não fazê-lo. Já tinha tido sorte de elas não acordarem com aquele enorme estrondo, não tinha porque arriscar ter mais problemas.

No final, afastei as coisas da porta apenas o suficiente para possibilitar entrar e sair sem causar uma avalanche, e depois as deixei, ligando a função de escuta do Feliz no meu telefone para que eu pudesse ouvir se elas acordassem.

Petra ainda estava soluçando quando passei silenciosamente pelo quarto dela, mas o volume havia diminuído, e endureci meu coração e não olhei para dentro. Disse a mim mesma que ela se acalmaria mais rápido se eu a deixasse assim. E, além disso, eu não tinha comido ou bebido nada desde o meio-dia — ocupada demais tentando alimentar e dar banho nas meninas para conseguir fazer o jantar para mim mesma. De repente eu estava faminta, tonta e desesperada por comida.

—⚏—

Lá embaixo, na cozinha, fui até a geladeira.

— O leite está quase acabando — disse a voz do robô quando toquei a porta, me fazendo pular de susto. — Devo adicioná-lo à lista de compras?

— Hum... sim — consegui dizer. Eu estava ficando louca, falando em voz alta com um eletrodoméstico?

— Adicionando leite à sua lista de compras — disse a voz animada, e novamente a tela na porta se iluminou, mostrando uma lista de compras. — Coma feliz, Rowan!

Tentei não pensar em como ele descobriu quem estava na frente dele. Reconhecimento facial? Proximidade do meu telefone? De qualquer forma, parecia distintamente inquietante.

À primeira vista, o conteúdo da geladeira parecia terrivelmente saudável — uma enorme gaveta cheia de vegetais verdes, potes de massa fresca, vários recipientes com coisas como kimchi e harissa, um grande pote de algo que parecia água com musgo, mas que imaginei que poderia ser kombucha. No entanto, bem atrás, atrás de alguns iogurtes orgânicos, vi uma caixa de papelão com pizza e, com alguma dificuldade, consegui tirá-la dali para abri-la. Eu estava colocando a assadeira no forno, quando ouvi uma batida forte na parede de vidro do outro lado da mesa da cozinha.

Eu pulei e me virei, examinando a sala. Estava escurecendo, a chuva espirrando na vidraça, e, embora o outro lado da sala estivesse na sombra, eu não conseguia ver muita coisa do lado de fora, exceto as gotas que escorriam pelo enorme painel de vidro. Eu estava começando a pensar que poderia ter imaginado, ou que talvez um pássaro tivesse atingido a janela, quando uma forma escura se moveu contra a escuridão, preto contra o cinza. Algo — *alguém* — estava lá fora.

— Quem é? — chamei, um pouco mais ríspida do que pretendia. Não houve resposta. Passei pelo balcão do café da manhã, contornando a mesa da cozinha em direção à parede de vidro, envolta em escuridão.

Não havia painel aqui — não que eu pudesse ver —, mas então me lembrei dos comandos de voz.

— Acender luzes — pedi, bruscamente.

De algum modo, para minha surpresa, funcionou: o enorme lustre brutalista acima da minha cabeça se iluminando de repente em uma labareda de lâmpadas de LED. A explosão brilhante me deixou atônita, piscando. Mas assim que meus olhos se ajustaram, percebi meu erro. Com as luzes acesas, eu não conseguia ver absolutamente nada do lado de fora além do meu próprio reflexo no vidro. Por outro lado, quem quer que estivesse lá fora podia me ver muito claramente.

— Apagar luzes — eu disse. Todas as luzes da sala se apagaram imediatamente, mergulhando a cozinha na escuridão total.

— Merda — xinguei, baixinho. Comecei a tatear meu caminho de volta pela cozinha em direção ao painel da porta, para tentar restaurar as configurações para algo entre o brilho que queimava retinas e a escuridão total. Meus olhos ainda estavam ofuscados e doloridos com a explosão de luz do candelabro, mas quando meus dedos finalmente encontraram o painel de controle, olhei de volta para a janela e pensei, embora não pudesse ter certeza, que vi algo se afastar pela lateral da casa.

Passei o resto do tempo em que a pizza estava esquentando olhando nervosamente por cima do ombro para as sombras escuras do outro lado da sala e roendo as unhas. Eu tinha desligado a babá eletrônica para poder ouvir qualquer outro som vindo do lado de fora, mas os soluços de Petra ainda desciam as escadas, não ajudando meu nível de estresse.

Fiquei tentada a colocar uma música, mas havia algo enervante na ideia de abafar o som de um intruso em potencial. Até agora, eu não tinha visto ou ouvido nada definitivo o suficiente para chamar a polícia. Uma forma na escuridão e uma batida que poderia ser qualquer coisa, desde uma noz até um pássaro... não era exatamente *Sexta-feira 13*.

Talvez dez ou quinze minutos depois — embora parecesse muito mais — foi quando ouvi outro som, desta vez do lado da casa, uma batida que fez os cachorros latirem de suas caminhas na despensa.

O barulho me fez pular, embora houvesse algo mais caseiro e comum nele do que no estrondo oco de antes. Quando fui até a despensa, pude ver uma silhueta escura do lado de fora das vidraças salpicadas de chuva na porta. A figura falou, sua voz quase abafada pelo silvo da chuva:

— Sou eu. Jack.

Alívio me inundou.

— Jack! — Eu rapidamente abri a porta e lá estava ele, parado logo abaixo da soleira, curvado em uma capa de chuva, com as mãos nos bolsos. A água escorria por sua franja e pingava do nariz.

— Jack, era você antes?

— Antes quando? — ele perguntou, parecendo confuso. Eu abri a boca para explicar, e então pensei melhor.

— Esquece, não importa. Em que posso ajudar?

— Não vou te dar trabalho — ele disse. — Só queria ver se você estava bem, já que é seu primeiro dia e tudo mais.

— Obrigada — falei, sem jeito, pensando na tarde horrível e no fato de que Petra provavelmente ainda estava soluçando na babá eletrônica. Então, em um impulso, acrescentei: — Você vai... quero dizer, você quer entrar? As crianças estão na cama. Eu estava preparando um jantar.

— Tem certeza? — Ele olhou para o relógio. — Está bem tarde.

— Tenho certeza — confirmei, afastando-me para deixá-lo entrar na despensa. Ele ficou parado, pingando no tapete, e então tirou cautelosamente suas botas.

— Peço desculpas pela hora — disse ele, enquanto me seguia até a cozinha. — Eu queria vir antes, mas tive que levar aquele maldito cortador de grama até Inverness para ser consertado.

— Você não conseguiu?

— Ah, sim, eu coloquei para funcionar. Mas voltou a pifar ontem. Seja qual for o problema, não consigo resolver. Mas não vamos falar disso. Eu não vim reclamar para você sobre meus problemas. Como foi com as crianças?

— Foi... — parei, sentindo, com horror, meu lábio inferior tremer traiçoeiramente. Eu queria me fazer de corajosa... e se ele contasse tudo para Sandra e Bill? Mas simplesmente não consegui. E, além disso, se vissem as imagens de segurança, saberiam a verdade em breve. Como se para finalizar, Petra deu um longo gemido borbulhante de tristeza no andar de cima, alto o suficiente para fazer a cabeça de Jack virar em direção às escadas.

— Ah, Deus, quem estou enganando — admiti, miseravelmente. — Foi terrível. As garotas fugiram de mim depois que Bill e Sandra foram embora, eu fui procurá-las na floresta e então aquela mulher... Qual é o nome dela? sra. McKinty?

— Jean McKenzie — Jack disse. Ele tirou a capa de chuva e sentou-se à mesa comprida, e eu me vi afundando em uma cadeira à sua frente. Eu queria colocar a cabeça nas mãos e chorar, mas me forcei a dar uma risada trêmula.

— Bem, ela apareceu para limpar e encontrou as meninas sentadas na porta, alegando que eu as tranquei do lado de fora, o que absolutamente *não aconteceu*. Eu fiz questão de deixar a porta aberta para elas. Elas me odeiam, Jack, e Petra está gritando há uma hora e...

O choro veio de novo, senti meu nível de estresse aumentar com o tom.

— Fique sentada — disse Jack com firmeza, enquanto eu me levantava. Ele me empurrou de volta para a cadeira. — Vou ver se consigo acalmá-la. Ela provavelmente não está acostumada com você, vai estar melhor amanhã.

Ia contra todas as regras de segurança que eu aprendera, mas eu estava cansada e desesperada demais para me importar — e, além disso, eu disse a mim mesma, Sandra e Bill dificilmente teriam mantido Jack no local se pensassem que ele era um perigo para as filhas.

Enquanto o som de seus passos recuava escada acima, liguei a babá eletrônica e ouvi a porta do quarto de Petra se abrir suavemente e seus gritos ofegantes diminuírem conforme seu corpo foi levantado do berço.

— Pronto, meu amorzinho — ouvi, um sussurro baixo e íntimo que fez minhas bochechas corarem como se eu estivesse bisbilhotando, embora Jack certamente devesse saber que a babá eletrônica estava conectada. — Pronto, pronto, pobre mocinha. — No andar de cima, longe de mim, seu sotaque era de alguma forma mais forte. — Shh... shh, tá tudo bem, Petra... Pronto, pronto... que confusão por nada.

Os gritos de Petra estavam mais baixos agora, mais soluços e resmungos do que aflição real. Eu podia ouvir o ranger das tábuas enquanto Jack andava suavemente para cima e para baixo, embalando, acalmando e acariciando o bebê inquieto com um toque surpreendentemente experiente.

Por fim, ela ficou em silêncio. Ouvi seus pés pararem e o chacoalhar das barras do berço quando ele se inclinou, abaixando-a suavemente até o colchão.

Houve uma longa pausa, e então o barulho da porta abrindo contra o tapete. Depois, os pés de Jack na escada novamente.

— Sucesso? — perguntei, mal ousando acreditar, quando Jack entrou na cozinha. Ele acenou com a cabeça e deu um pequeno sorriso de esguelha.

— Sim, acho que a coitadinha estava exausta, só estava procurando uma desculpa para abaixar a cabeça. Ela adormeceu quase assim que eu a peguei.

— Deus, Jack, você deve pensar que sou uma completa... — Eu parei, sem saber o que dizer. — Quero dizer, *eu* sou a babá. Deveria ser boa nesse tipo de coisa.

— Não seja boba. — Ele se sentou novamente à mesa, na minha frente. — Vão ficar bem quando te conhecerem melhor. Você é uma estranha para elas, é só isso. Estão te testando. Tiveram tantas babás no último ano que ficaram um pouco desconfiadas de uma nova entrando e assumindo o controle. Você sabe como crianças são, quando virem que você está aqui para ficar e não as abandonará novamente, as coisas vão melhorar.

— Jack... — Era a abertura que eu estava esperando, mas, agora que estava aqui, não tinha certeza de como formular minha pergunta. — Jack, o que *realmente* aconteceu com as outras babás? Sandra disse que foram embora porque achavam que a casa era mal-assombrada, mas não posso acreditar... Não sei, só parece absurdo. Você já viu alguma coisa?

Ao dizer isso, pensei na sombra que tinha visto do lado de fora e tentei esquecer aquilo. Provavelmente era apenas uma raposa ou uma árvore se movendo ao vento.

— Bem... — Jack disse, muito devagar. Ele estendeu uma de suas grandes mãos, ásperas pelo trabalho, as unhas ainda um pouco cinzentas de óleo apesar do que deve ter sido uma esfregação insistente, pegou a babá eletrônica que eu havia colocado sobre a mesa, girando-a, pensativamente. — Bem... eu não diria...

Mas o que quer que ele estivesse prestes a dizer foi interrompido por uma voz alta e peremptória dizendo:

— Rowan?

Jack parou, mas eu pulei tão forte que mordi a língua e virei-me, procurando loucamente pela fonte da voz. Era a de uma mulher adulta, não uma das crianças. Era muito humana, bem diferente do zumbido robótico do aplicativo Feliz. Havia alguém *na casa*?

— Rowan — a voz repetiu —, você está aí?

— O-olá? — consegui responder.

— Ah, oi, Rowan! É a Sandra.

Com uma onda de alívio e fúria, percebi: a voz estava saindo dos alto-falantes. Sandra, de alguma forma, ligou para o sistema da casa e estava usando o aplicativo para falar conosco. A sensação de intrusão era indescritível. Por que diabos ela não poderia ter simplesmente telefonado?

— Sandra. — Engoli minha raiva, tentando retornar meu tom de voz para aquele alegre e otimista que dominei na entrevista. — Oi. Puxa, como você está?

— Bem! — Sua voz ecoou pela cozinha, ampliada pelo sistema de som surround, ricocheteando no teto alto de vidro. — Cansada! Mas indo direto ao ponto, como *você* está? E em relação à casa, como estão as coisas?

Senti meus olhos pularem para Jack, sentado à mesa, pensando em como tinha sido ele quem fez Petra dormir. Sandra tinha visto? Devo dizer algo? Eu desejei que ele não interrompesse, e ele não o fez.

— Bem... estão calmas, agora — respondi, finalmente. — Estão todas na cama e dormindo em segurança. Embora, eu tenha que admitir, Petra foi um pouco difícil. Ela dormiu como um anjo na hora do almoço, mas talvez eu a tenha deixado dormir demais, não sei. Foi muito difícil fazê-la dormir esta noite.

— Mas ela está dormindo agora? Muito bem.

— Sim, está. E as outras duas foram dormir tão silenciosas quanto ratinhos.

Ratinhos assustados, defensivos, raivosos — mas pelo menos ficaram quietas. E estavam dormindo.

— Deixei que jantassem no quarto, porque pareciam muito cansadas. Espero que esteja tudo bem?

— Tudo bem, tudo bem — disse Sandra, como se estivesse deixando de lado a pergunta. — E elas se comportaram bem o restante do dia?

— Elas... — Eu mordi meus lábios, questionando o quão honesta eu deveria ser. — Elas ficaram um pouco chateadas depois que você saiu, para ser honesta. Especialmente Ellie. Mas se acalmaram à tarde. Eu me ofereci para deixar que assistissem a *Frozen*, mas não quiseram. Acabaram brincando no quarto. — Bem, essa parte era realmente verdade. O problema era que elas não tinham *saído* do quarto. — Escute, Sandra, existem regras sobre os arredores da casa?

— O que quer dizer?

— Quero dizer, elas podem mesmo sair andando por aí, ou devo tentar mantê-las dentro de casa? Eu sei que você e Bill são tranquilos sobre isso, mas tem aquele lago... É só que... isso está me deixando um pouco nervosa.

— Ah, isso — Sandra disse. Ela riu, o som ecoando pelo espaço de uma forma que me fez desejar saber como controlar o volume dos alto-falantes. — Mal tem quinze centímetros de profundidade. Honestamente, é o motivo pelo qual Bill e eu compramos um lugar com um terreno grande, para dar às crianças um pouco de liberdade e poderem ficar soltas. Você não precisa escoltá-las a cada segundo. Elas sabem que não têm permissão para fazer nada idiota.

— Eu... eu... — parei, me esforçando para expor minhas preocupações sem soar como se estivesse criticando a maneira que criavam seus filhos. Eu estava terrivelmente consciente de Jack sentado do outro lado da mesa, seus olhos educadamente desviados, tentando fingir que não estava ouvindo. — Então, Sandra, você as conhece melhor do que eu, é claro, e se estiver feliz por elas concordarem com isso, eu vou aceitar. Mas eu só... estou acostumada com um maior nível de supervisão, se entende o que quero dizer. Particularmente em torno de água. Eu sei que o lago não é tão fundo, mas a lama...

— Bem, olha só — Sandra disse. Ela parecia um pouco na defensiva agora, e fiquei irritada comigo mesma. Eu tinha tentado tanto não soar crítica. — Veja bem, você tem que usar seu bom senso, é claro que sim. Se você as vir fazendo algo estúpido, interfira. É seu trabalho supervisioná-las, isso é óbvio. Mas não vejo sentido em ter crianças presas na frente da TV a tarde toda quando há um grande e lindo jardim ensolarado do lado de fora.

Fiquei surpresa. Isso era uma patada sobre o fato de eu ter tentado suborná-las com um filme?

Houve uma pausa longa e desconfortável enquanto eu tentava descobrir o que dizer. Eu queria falar a verdade — que era impossível para uma pessoa supervisionar adequadamente uma criança de cinco anos, uma de oito e um bebê que mal conseguia andar enquanto estavam espalhados por vários hectares de terreno arborizado. Mas eu tinha a sensação de que isso me faria ser demitida. Estava claro que Sandra não queria discutir os riscos envolvidos em deixar as garotas soltas.

— Bem — eu disse por fim —, compreendo totalmente, Sandra. É claro que estou muito interessada em aproveitar os belos arredores também. Eu vou... — parei, procurando o que dizer. — Vou usar meu bom senso, como você sugere. De qualquer forma, tivemos um dia muito bom, considerando tudo, e as garotas parecem... Elas parecem ter se acomodado bem. Quer que eu entre em contato com você amanhã?

— Estarei em reuniões o dia todo, mas ligo antes da hora de dormir — disse Sandra, com a voz um pouco mais suave agora. — Lamento não ter conseguido falar com as meninas antes disso, mas estávamos jantando com um cliente. E, de qualquer forma, falar provavelmente as teria perturbado. Acho melhor adotar a máxima de que, nesse começo, o que os olhos não veem, o coração não sente.

— Sim — respondi. — Claro. Eu entendo.

— Bem, boa noite, Rowan. Durma bem, espero que sim, porque receio que começará cedo amanhã!

Ela deu outra risada. Eu me obriguei a imitá-la, embora, na verdade, estivesse sentindo tudo menos alegria. A ideia de começar tudo de novo às seis da manhã estava me dando uma espécie de mal-estar. Como pensei que poderia fazer isso?

Lembre-se de por que você está aqui, pensei sombriamente.

— Sim, tenho certeza que sim — emendei, tentando infundir um sorriso em minha voz. — Boa noite, Sandra.

Esperei, mas não houve clique nem sinal de que ela havia desligado ou fechado o aplicativo.

— S-Sandra? — chamei, incerta, mas ela parecia ter desligado. Afundei na cadeira e passei a mão no rosto. Eu estava exausta.

— É melhor eu ir — disse Jack, sem jeito, evidentemente tomando meu gesto como uma dica. Ele se levantou, empurrando a cadeira para trás. — Está tarde e imagino que você vai começar cedo com as meninas amanhã.

— Não, fique. — Olhei para ele, repentinamente desesperada para não ficar sozinha nesta casa de olhos, ouvidos e alto-falantes escondidos. A companhia de uma pessoa, uma pessoa de carne e osso, e não uma voz desencarnada, era irresistível. — Por favor. Preferia ter alguém com quem jantar. — Um cheiro de algo queimando veio do forno e de repente me lembrei da pizza. — Você já comeu?

— Não, mas não aceitarei sua comida.

— Claro que vai. Coloquei uma pizza no forno pouco antes de você chegar. Provavelmente já está queimada, mas é enorme. Eu não vou conseguir comer tudo sozinha. Por favor, me ajude, eu honestamente gostaria muito.

— Bem... — Ele olhou para a porta da despensa, em direção à garagem e, presumi, para seu pequeno apartamento acima, com as janelas escuras. — Bem... se você insiste.

— Eu insisto. — Coloquei luvas térmicas, e abri a porta do forno quente. A pizza estava pronta. Além do ponto, na verdade, o queijo crocante e queimado nas bordas, mas eu estava com fome demais para me importar. — Desculpe, está um pouco queimada. Eu me esqueci completamente dela. Você se incomoda?

— Nem um pouco. Estou com fome o suficiente para comer um cavalo, imagina uma pizza levemente queimada. — Ele sorriu, formando rugas com a pele bronzeada de suas bochechas.

— E não sei você — comecei —, mas eu preciso de uma taça de vinho.

— Eu não recusaria.

Ele observou enquanto eu cortava a pizza em fatias e encontrava duas taças no armário.

— Tudo bem comer direto da forma? — perguntei, e ele deu outro de seus largos sorrisos.

— Para mim está mais do que bem. É você que está correndo o risco de eu devorar todo o seu jantar, se não estiver seguramente delimitado, mas se estiver tudo bem para você, não é um problema.

— Está tudo mais do que bem para mim também — falei. Para minha surpresa, encontrei-me retribuindo seu sorriso com um sorriso um pouco tímido, mas real, não a tentativa forçada e sem graça de mais cedo.

Houve silêncio por alguns minutos enquanto nós dois devorávamos uma fatia gordurosa e deliciosa depois da outra. Por fim, Jack pegou sua terceira fatia e falou, equilibrando-a na ponta dos dedos e inclinando a pizza de modo que a gordura pingasse de volta na tábua.

— Então... sobre o que você estava perguntando mais cedo.

— A... a coisa sobrenatural?

— Sim. Bem, a verdade é que eu mesmo não vi nada, mas Jean, ela é... Bem, não exatamente supersticiosa. Mas adora uma boa história. Ela está sempre enchendo a cabeça das crianças com contos folclóricos, você sabe, mitologia celta, criaturas mágicas, esse tipo de coisa. E esta casa é muito velha, ou partes dela são, de qualquer maneira. Houve a quantidade usual de mortes e violência, suponho.

— Então... você acha que Jean está contando coisas para as garotas e elas estão repassando para as babás?

— Talvez. Eu não gostaria de dizer com certeza que sim ou que não. Mas, olhe, as outras babás eram muito jovens, a maioria, pelo menos. Não é qualquer um que está preparado para viver em um lugar como este, a quilômetros de distância de uma cidade, de um bar ou restaurante. Babás não querem estar aqui, querem estar em Edimburgo ou Glasgow, onde há boates e outras pessoas que falam sua própria língua, sabe?

— Sim. — Olhei pela janela. Estava escuro demais para ver qualquer coisa, mas em minha mente eu vi a estrada, estendendo-se na escuridão, os quilômetros e quilômetros de colinas ondulantes, as montanhas ao longe. Havia silêncio, com exceção do barulho da chuva. Nem um carro, nem um transeunte, nada. — Sim, eu consigo entender.

Ficamos em silêncio por um momento. Não sei o que Jack estava pensando, mas eu estava tomada por uma mistura de estranhas emoções — estresse, cansaço, apreensão — ao pensar nos dias que se estendiam à minha frente, e algo mais, ainda mais inquietante. Algo que era mais sobre Jack e sua presença, as sardas espalhadas pelas maçãs do rosto largas e a maneira como seus músculos se moviam sob a pele de seu antebraço enquanto ele dobrava a última fatia de pizza em um pacotinho, terminando-a em duas rápidas mordidas.

— Bem, é melhor eu ir para a cama. — Ele se levantou, esticando-se para que eu ouvisse suas articulações estalarem. — Obrigado pela refeição, foi bom ter alguém para conversar.

— Digo o mesmo.

Fiquei parada, subitamente autoconsciente, como se ele estivesse lendo meus pensamentos.

— Você vai ficar bem? — ele perguntou.

Eu afirmei meneando cabeça.

— Bem, estou logo ali na garagem, no antigo estábulo, se precisar de alguma coisa. É a porta do lado, aquela pintada de verde com uma andorinha na placa. Se alguma coisa acontecer durante a noite...

— O que aconteceria? — Eu o interrompi, surpresa, e ele deu uma risada.

— Isso soou estranho. Eu só quis dizer, se precisar de mim para alguma coisa, sabe onde estou. Sandra te deu meu celular?

— Não.

Ele puxou um folheto da geladeira e rabiscou seu número na margem, então me entregou.

— Aí está. Só, tipo, por precaução.

Só por precaução do quê?, eu quis perguntar de novo, mas sabia que ele só iria dar uma risada educada.

Seu gesto tinha a intenção de me tranquilizar, eu tinha certeza disso. Mas, de alguma forma, me deixou sentindo tudo menos tranquilidade.

— Bem, obrigada, Jack — respondi, me sentindo meio estranha. Ele sorriu novamente, vestiu o casaco molhado, depois abriu a porta da despensa e saiu na chuva.

Depois que ele foi embora, eu mesma fui até a despensa para trancar a porta. De algum modo, a casa parecia muito quieta e silenciosa sem a presença dele. Eu suspirei quando alcancei o batente da porta para pegar a chave. Mas não estava lá.

Apalpei a moldura, sentindo com a ponta dos dedos a poeira e os pequenos pedaços de insetos mortos, mas não havia nada ali.

Também não estava no chão.

Será que Jean mudou a chave de lugar? Ou a derrubou enquanto limpava?

Só que eu tinha a perfeita lembrança de colocar a chave ali em cima depois que Jean saiu, assim como Sandra havia instruído. Para ser facilmente acessível em caso de uma emergência, mas fora do alcance das crianças. Poderia ter caído? E, se tivesse, o que teria acontecido com ela? Era grande e de latão. Grande demais tanto para ficar despercebida no chão quanto para caber dentro do cano de um aspirador. Foi chutada para baixo de algum lugar?

Ajoelhei-me e apontei a lanterna do meu telefone para debaixo da máquina de lavar e da secadora, mas também não consegui ver nada lá embaixo. Apenas azulejos brancos e poeira, que voou quando eu soprei. Também não estava atrás do balde do esfregão. Então, apesar das minhas dúvidas, fui até o armário onde ficava o aspirador, na prateleira de baixo, mas a câmara de poeira havia sido esvaziada. Não havia nada lá. Era do tipo sem saco, com um cilindro de plástico transparente no qual dava para ver a poeira circulando — mesmo deixando de lado a questão de saber se a chave poderia ter entrado, não havia como alguém ter tirado uma grande chave de latão lá de dentro sem perceber.

Depois disso, vasculhei a cozinha e até verifiquei a lixeira, mas não havia nada lá.

Por fim, abri a porta da despensa e olhei para a chuva na direção do estábulo, onde uma luz se acendera na janela do andar de cima. Devo ligar para Jack? Ele teria uma chave reserva? Mas, se o fizesse, eu poderia realmente suportar que ele me achasse tão desorganizada e desamparada que esperei apenas dez minutos antes de aceitar sua oferta de ajuda?

Enquanto eu considerava, a luz em sua janela se apagou e percebi que ele provavelmente tinha ido para a cama.

Era tarde demais. Eu não ia arrastá-lo para fora em roupas de dormir.

Depois de uma última olhada ao redor do quintal diretamente do lado de fora da porta, no caso de a chave ter sido chutada para lá de alguma forma, eu fechei a porta.

Resolvi perguntar a Jack pela manhã.

No meio-tempo, meu Deus, o que eu faria? Eu... eu teria que montar uma barricada na porta com alguma coisa. Era absurdo, estávamos a quilômetros de distância de qualquer lugar, atrás de portões trancados. Mas eu sabia que não iria conseguir dormir se sentisse que o lugar não era seguro.

A maçaneta era redonda, não do tipo que você pode colocar uma cadeira embaixo para impedir que gire. Também não havia ferrolho, mas finalmente, depois de muito procurar, encontrei uma cunha de porta no armário. Enfiei-a firmemente na abertura abaixo da porta e girei a maçaneta para testá-la.

De certa forma, para minha surpresa, ficou firme. Não impediria um ladrão determinado, mas muito pouco o faria. Se alguém estivesse realmente querendo invadir, poderia simplesmente quebrar uma janela. Mas, pelo menos, deu a impressão de que a porta estava trancada e eu sabia que dormiria mais tranquila por causa disso.

Quando voltei para a cozinha para retirar a caixa de pizza e nossos pratos, o relógio acima do fogão marcava 23h36. Não consegui conter um grunhido. As meninas estariam acordadas às seis. Eu deveria estar na cama horas atrás.

Bem, era tarde demais para desfazer isso. Eu só teria que desistir de um banho e dormir o mais rápido possível. Eu estava tão cansada que tinha certeza de que não seria um problema de qualquer maneira.

— Apagar luzes — pedi em voz alta.

A sala foi instantaneamente mergulhada na escuridão, apenas o brilho fraco do corredor iluminando o piso de concreto. Sufocando um bocejo, subi as escadas para a cama e adormeci quase antes de me despir.

Quando acordei, foi com um sobressalto, na escuridão completa e uma sensação de desorientação total. Onde eu estava? O que tinha me acordado?

Levou um minuto para a memória voltar: Residência Heatherbrae. Os Elincourt. As crianças. Jack.

Meu telefone na mesinha de cabeceira mostrava 3h16 da manhã, e eu grunhi. Deixei-o cair de volta na madeira com um baque. Não à toa ainda estava escuro, era o meio da porra da noite.

Cérebro estúpido.

Mas o que diabos tinha me acordado? Petra? Uma das garotas gritando durante o sono?

Fiquei deitada por um momento, ouvindo. Não conseguia escutar nada, mas eu estava a um andar de distância e havia duas portas fechadas entre mim e as crianças.

Por fim, reprimindo um suspiro, levantei, enrolei-me no roupão e saí para o corredor.

A casa estava quieta. Mas algo parecia... errado, embora eu não pudesse dizer o quê. A chuva havia parado e eu não ouvia absolutamente nada, nem mesmo o barulho distante de um carro, ou o sussurro do vento nas árvores.

Quando finalmente me dei conta, foi por duas coisas. A primeira foi a sombra na parede à minha frente, as peônias murchas na mesa do andar de baixo.

Alguém acendeu as luzes do corredor no andar de baixo. Luzes que eu tinha certeza de *não* ter deixado acesas quando fui para a cama.

A segunda veio quando comecei a descer as escadas na ponta dos pés.

Fez meu coração quase parar, para então bater forte o suficiente para saltar fora do peito.

Era o som de passos em um piso de madeira, lentos e deliberados, exatamente como na outra noite.

Crec. Crec. Crec.

Meu peito parecia estar sendo comprimido por uma cinta de ferro. Eu congelei depois de descer dois degraus. Olhei para a luz no patamar abaixo e depois para cima, de onde o barulho parecia vir. Jesus Cristo. Havia alguém na casa?

A luz eu talvez entendesse. Talvez Maddie ou Ellie tivessem se levantado para usar o banheiro e a deixaram ligada — havia pequenas luzes noturnas fracas ligadas na parede, intercaladas, mas elas provavelmente teriam ligado a luz do corredor principal de qualquer maneira.

Mas os passos...?

Pensei na voz de Sandra, vindo de repente pelo sistema de som da cozinha. Seria *a* resposta? O maldito aplicativo Feliz? Mas como? Mais importante, *por quê*? Não fazia sentido. As únicas pessoas com acesso ao aplicativo eram Sandra e Bill, e eles não tinham motivo para me assustar assim. Muito pelo contrário, na verdade. Tinham acabado de passar por enormes problemas e gastaram muito para me contratar.

Além disso, simplesmente não parecia estar vindo dos alto-falantes. Não havia a sensação de um ruído desencarnado, como acontecera com a voz de Sandra na cozinha. Lá, eu não tinha a impressão de alguém atrás de mim, falando comigo. Tinha soado exatamente como era: a voz de alguém sendo transmitida por alto-falantes. Isso, porém, era diferente. Eu podia ouvir os passos começarem de um lado do teto, se movendo lenta e implacavelmente até o outro. Então eles paravam e voltavam. Soou... bem... como se houvesse alguém andando no andar de cima. Mas isso também não fazia sentido. Porque não *havia* andar de cima. Não havia sequer uma escotilha.

Uma imagem de repente passou pela minha cabeça — algo em que eu não tinha pensado desde o dia em que cheguei. A porta trancada do meu quarto. Para onde levava? Havia um sótão? Parecia improvável que alguém pudesse ter entrado pelo meu quarto, mas eu estava *ouvindo* os passos vindos de cima.

Tremendo, voltei na ponta dos pés para o meu quarto e acendi o interruptor da lâmpada ao lado da minha cama. Não acendeu.

Nesse momento eu falei um palavrão, sr. Wrexham. Não tenho muito orgulho de admitir. Falei um palavrão em alto e bom som. Eu apaguei aquela luz pelo interruptor, então por que diabos ela não acenderia novamente pelo interruptor? Esse sistema estúpido de iluminação não fazia sentido nenhum!

Furiosa, não me importando com a música, o sistema de aquecimento ou qualquer outra coisa, enfiei a mão no painel liso na parede, batendo aleatoriamente nos quadrados e mostradores enquanto eles se iluminavam sob minha palma. Luzes se acenderam e apagaram nos armários, o exaustor do banheiro foi ligado, uma breve explosão de música clássica encheu o ar e então ficou em silêncio quando apertei o painel novamente, alguma abertura invisível no teto de repente começou a soprar ar frio. E, finalmente, a luz principal do teto acendeu.

Baixei a mão para a lateral do corpo, respirando pesadamente, ainda que triunfante. Então comecei a tentar abrir a porta trancada.

Primeiro tentei a chave da porta do meu quarto, que Sandra me mostrou, escondida no batente da porta como as outras. Não coube.

Então, tentei a chave do guarda-roupa do outro lado. Também não coube.

Não havia nada acima do batente da porta, exceto um pouco de poeira.

Finalmente, recorri a me ajoelhar e espiar pelo buraco da fechadura, meu coração como um tambor no peito, batendo tão forte que pensei que poderia estar doente.

Eu não conseguia ver nada, apenas escuridão sem fim. Mas eu podia *sentir* algo. Uma brisa fresca que me fez piscar e me afastar do buraco da fechadura, meus olhos lacrimejando.

Não era apenas um armário dentro daquele espaço. Havia *algo* mais ali. Um sótão, talvez. No mínimo, um espaço grande o suficiente para ter uma corrente e uma fonte de ar.

Os passos pararam, mas eu sabia que não dormiria de novo naquela noite. Por fim, me enrolei no edredom e me sentei, o telefone na mão, a luz do teto brilhando sobre mim, observando a porta trancada.

Eu não sei o que eu estava esperando. Ver a maçaneta girar? Alguém — alguma *coisa* — emergir?

Fosse o que fosse, não aconteceu. Só fiquei ali, sentada, enquanto o céu do lado de fora da janela começava a clarear, e uma fina faixa amarelo--ouro do amanhecer rastejou pelo tapete, misturando-se com a luz artificial vinda de cima.

Senti náusea, com uma mistura de medo, cansaço e pavor pelo dia seguinte.

Por fim, quando ouvi um gemido baixo e raivoso vindo do andar de baixo, afrouxei o aperto no telefone, flexionei os dedos rígidos e vi que a tela mostrava 5h57.

Era manhã. As crianças estavam acordando.

Enquanto me arrastava para fora da cama, minha mão subiu involuntariamente para tocar meu colar — mas meus dedos apenas roçaram minha clavícula. Eu me lembrei de que o havia tirado naquela primeira noite, enrolando-o na mesa de cabeceira, exatamente como havia feito antes da entrevista.

Agora me virei para pegá-lo e ele não estava lá. Franzi o cenho e olhei para a parte de trás da pequena mesa de cabeceira. Nada. Jean McKenzie o havia guardado em algum lugar?

O choro do andar de baixo veio de novo, mais alto desta vez. Suspirei e abandonei a caçada. Eu procuraria depois.

Mas primeiro tinha que passar por outro dia.

Cafeteira — pré-carregada com grãos e conectada à rede de água. Funciona por meio do aplicativo. Selecione "eletrodomésticos" no menu, depois "Baristo" e escolha entre as seleções pré-programadas ou personalize a sua própria. Se o logotipo do grão aparecer, o recipiente precisa ser reabastecido. Se o logotipo de erro "!" aparecer, então há um problema de Wi-Fi ou um problema com a pressão da água. Você pode programá-la para dispensar em um determinado horário todos os dias, o que é ótimo de manhã. Mas é claro que você não pode se esquecer de colocar uma xícara no lugar na noite anterior! As seleções pré-programadas são as seguintes...

Jesus. Eu tinha me limitado principalmente ao chá desde que chegara ali, em especial, porque a cafeteira era extremamente intimidante — uma besta cromada coberta por botões, interruptores e mostradores. Sandra havia explicado quando cheguei que tinha Wi-Fi e usado por aplicativo, mas Feliz estava se mostrado o sistema menos intuitivo que eu já havia encontrado na vida. No entanto, depois da minha noite sem dormir, decidi que uma xícara de café era a única coisa que me faria sentir meio normal. Enquanto Petra mastigava um prato de bolinhos de arroz, resolvi tentar entender como funcionava.

Eu nem tinha ligado quando uma voz atrás de mim disse:

— Toc-toc...

Eu pulei e me virei, meus nervos ainda ressoando o medo da noite passada.

Era Jack, parado no vão da porta para a sala de despensa, com uma jaqueta e coleiras de cachorro na mão. Eu não o ouvira entrar e, evidentemente, meu choque e ambivalência devem ter transparecido em meu rosto.

— Desculpe, não queria te assustar. Eu bati, mas você não ouviu, então entrei. Vim buscar os cachorros para passear.

— Sem problemas — eu disse, enquanto me virava para pegar os bolinhos de arroz de Petra. Ela havia parado de comê-los e estava enfiando um deles no ouvido. A presença inesperada de Jack ao menos respondeu à minha pergunta sobre se eu também era responsável pelos cães. Uma coisa que podia riscar da lista. Claude e Hero estavam pulando animados, empolgados para passear, e Jack os silenciou bruscamente. Eles se calaram na hora, com certeza mais rápido do que obedeceram a Sandra. Ele agarrou a coleira do maior e começou a prender a guia.

— Dormiu bem? — perguntou Jack casualmente, enquanto a guia deslizava no lugar.

Eu me virei, minha mão congelada no ato de limpar o rosto de Petra. *Dormiu bem?* O que isso significava? Ele... ele... sabia?

Por um minuto eu apenas fiquei ali, olhando boquiaberta para ele, enquanto Petra aproveitou meu lapso momentâneo de atenção para pegar um bolinho de arroz particularmente encharcado e amassá-lo na minha manga.

Então despertei. Ele estava apenas perguntando para ser educado, do jeito que as pessoas fazem.

— Não muito bem, na verdade — expliquei brevemente, limpando a manga no pano de prato e tirando o bolinho de arroz de Petra. — Não consegui encontrar a chave da porta dos fundos ontem à noite, então não deu para trancar a casa direito. Você sabe onde foi parar?

— Esta porta? — Ele virou a cabeça em direção à despensa, uma sobrancelha levantada, e eu assenti.

— Também não há nenhum ferrolho nela. No final, prendi-a com um pedaço de madeira. — Embora não tivesse adiantado muita coisa. Parecia que Jack simplesmente empurrara o calço para o lado, sem nem perceber, quando abriu a porta. — Sei que estamos no meio do nada, mas não contribuiu para uma noite muito confortável.

Sem contar com o som de passos, pensei, mas não consegui contar a ele a respeito. À luz fria do dia parecia maluquice. E havia muitas explicações alternativas. Tubos de aquecimento central se expandindo. Vigas encolhendo enquanto o telhado esfriava do calor do dia. Casas antigas se ajeitando. No fundo do meu coração, eu sabia que nenhum deles explicava completamente os sons que eu tinha ouvido. Mas eu não sabia como convencer Jack disso. A chave, no entanto, era diferente. Era algo claro... e concreto.

Jack estava franzindo a testa agora.

— A Sandra geralmente guarda a chave em cima do batente da porta. Ela não gosta de mantê-la na fechadura para evitar que as crianças mexam.

— Eu sei disso. — Havia uma ponta de impaciência na minha voz, que tentei abafar. Não era culpa de Jack que tivesse acontecido. — Quero dizer, ela me disse. Estava no fichário. E eu coloquei a chave lá em cima ontem, mas não está lá agora. Você acha que Jean poderia ter pegado?

— Jean? — Ele pareceu surpreso, então deu uma risada curta e balançou a cabeça. — Não, eu acho que não. Quero dizer, por que ela faria isso? Ela tem suas próprias chaves.

— Outra pessoa, então?

Mas ele estava balançando a cabeça.

— Ninguém vem aqui sem que eu saiba. Ninguém conseguiria nem passar pelo portão, para começar.

Eu não comentei que Jean havia encontrado a porta trancada quando voltei da procura por Maddie e Ellie. Eu não tinha trancado. Então quem trancou?

— Talvez tenha caído em algum lugar — ele disse, e voltou para a despensa para olhar, os cães seguindo como sombras fiéis, farejando enquanto ele afastava a secadora e espiava debaixo da máquina de lavar.

— Eu já procurei — alertei, tentando manter a irritação fora do meu tom. E então, quando ele não se endireitou ou se desviou de sua busca: — Jack? Você me ouviu? Eu procurei em todos os lugares, até no lixo.

Mas ele estava empurrando a máquina de lavar para o lado, grunhindo um pouco com o esforço. As rodinhas guinchando no chão de ladrilhos.

— Jack? Você me ouviu? Eu disse que *já...*

Ele me ignorou, inclinando-se sobre o balcão, um longo braço esticado para a parte de trás da máquina.

— *Jack...*

Havia real irritação na minha voz agora, mas ele me interrompeu:

— Achei.

Ele se endireitou, triunfante, uma chave de latão empoeirada nos dedos. Minha boca se fechou de súbito.

Eu tinha olhado. Eu tinha *olhado*. Tinha lembranças claras de espiar debaixo daquela máquina de lavar e não ver nada além de poeira.

— Mas...

Ele veio até mim e soltou a chave na palma da minha mão.

— Mas... eu olhei.

— Estava escondida atrás da roda. Imagino que você não tenha visto. Provavelmente caiu quando a porta se fechou e escorregou lá para baixo. O que importa é que acabou bem, não é o que dizem?

Fechei a mão em volta da chave, sentindo as saliências de latão marcarem minha palma. Eu tinha *olhado*. Eu tinha olhado *com atenção*. Com roda ou sem roda, como eu não teria percebido uma chave de latão de três polegadas, quando era exatamente o que estava procurando?

Não havia como eu não ter visto aquela chave se ela estivesse lá. O que significava que talvez... *não estivesse*. E alguém a colocara lá.

Olhei para cima e encontrei os olhos castanhos inocentes de Jack, sorrindo para mim. Mas não podia ser. Ele era tão *legal*.

Talvez... um pouco legal demais?

Você foi direto para a máquina de lavar, eu queria dizer. *Como você sabia?*

Mas não consegui expressar minhas suspeitas em voz alta.

O que eu realmente disse foi:

— Obrigada.

Mas até para os meus próprios ouvidos a voz soou abafada.

Jack não respondeu, já estava limpando as mãos e se virando para a porta, os cachorros rodeando-o e latindo aos seus pés.

— Vejo você em mais ou menos uma hora? — disse ele, mas desta vez, quando sorriu, não fez meu coração pular um pouco de novo. Em vez disso, notei os tendões nas costas de suas mãos, a maneira como mantinha as coleiras dos cães muito curtas, puxadas contra o calcanhar, dominando-os.

— Claro — falei baixinho.

— Ah, e quase esqueci. Hoje é dia de folga da Jean. Ela não vem, então não adianta deixar os pratos para ela.

— Sem problemas — respondi.

Quando ele se virou e atravessou o pátio, os cães logo atrás, eu o observei, revirando a sequência de eventos em minha mente, tentando descobrir o que havia acontecido.

Embora eu tivesse sugerido o nome de Jean para Jack, eu honestamente não acreditava que ela fosse a responsável. Lembrei-me de colocar a chave no batente depois que ela tinha ido embora. Então, a menos que tivesse voltado — o que não parecia provável —, ela não poderia ser a culpada.

O que aconteceu depois disso... Jack tinha entrado por aquela porta, eu me lembro, mas eu a destranquei? Não... Tinha bastante certeza de que tinha simplesmente aberto — era de se imaginar que Jack a tivesse destrancado com seu próprio molho de chaves. Ou será que eu tinha destrancado? Era difícil lembrar.

De qualquer forma, era tecnicamente possível que ele tivesse embolsado a chave em algum momento de sua visita e a deixado cair ali agora mesmo. Mas por quê? Para me assustar? Parecia improvável. O que ele ganharia ao causar a saída de outra babá?

Jean, eu acreditaria que faria algo assim com mais facilidade. Ela claramente não tinha gostado de mim. Mas, mesmo assim, deixando de lado a possibilidade de ela voltar às escondidas para a casa depois de ter ido embora — o que parecia mais e mais implausível conforme eu considerava —, Jean parecia ter afeto genuíno pelas crianças. Não poderia acreditar que ela, deliberadamente, deixaria a casa insegura enquanto elas dormiam.

Porque essa era a possibilidade final e enervante. Que alguém tinha levado a chave para garantir o acesso à casa durante a noite. Não Jean ou Jack, que tinham seus próprios molhos de chaves, mas... outra pessoa.

Mas não, isso era loucura. Eu estava me levando à histeria. Talvez *estivesse* lá o tempo todo. Escondida atrás da roda, Jack dissera. Seria possível que eu simplesmente não tivesse olhado com atenção?

Eu ainda não havia chegado à conclusão alguma quando ouvi um barulho impaciente vindo da cozinha, me virei para ver Petra chutando irritada a cadeirinha. Corri de volta para lá, soltei as alças de segurança e a coloquei no cercadinho de brincar, no canto da cozinha. Então apertei mais meu rabo de cavalo, preparei meu melhor sorriso, e comecei a procurar por Maddie e Ellie.

Elas estavam na sala de jogos, juntinhas em um canto, sussurrando algo, mas ambas se viraram quando eu bati palmas.

— Certo! Vamos, meninas, vamos fazer um piquenique. Podemos comer sanduíches, batatas fritas, bolinhos de arroz...

Esperava que elas recusassem, mas, para minha surpresa, Maddie se levantou, tirando o pó da legging.

— Para onde vamos?

— Nos arredores. Você pode me mostrar o terreno? Jack comentou que você tem um esconderijo secreto. — Isso era completamente falso, ele não tinha dito nada, mas nunca conheci uma criança que não tivesse algum tipo de recanto ou toca.

— Você não pode ver nosso esconderijo — disse Ellie no mesmo instante. — É segredo. Quero dizer... — Ela parou ao receber um olhar furioso de Maddie. — Quero dizer, não temos esconderijo nenhum — acrescentou, tristonha.

— Ah, que pena — falei com leveza. — Bem, não importa, tenho certeza de que há muitos outros lugares interessantes por aqui. Ponham suas galochas. Vou colocar Petra no carrinho para ela não se afastar, aí vamos passear. Você pode me mostrar todos os melhores lugares para piquenique.

— Ok — Maddie disse. Sua voz estava calma e nivelada, até mesmo um pouco triunfante. Eu me peguei olhando para ela com desconfiança.

Mesmo com a cooperação de Maddie, levamos um tempo surpreendentemente longo para preparar o piquenique e as crianças, até que finalmente ficamos prontas e seguimos pelos fundos da casa, por um caminho de cascalho esburacado que encimava uma pequena colina e depois descia para o outro lado. A vista daquele lado do terreno era igualmente espetacular, mas, de algum modo, ainda mais sombria. Em vez de pequenas fazendinhas e aldeias espalhadas entre nós e as montanhas distantes, ali não havia nada além de floresta ondulante. Ao longe, algum tipo de ave de rapina circulava preguiçosamente sobre as árvores, procurando sua presa.

Atravessamos uma horta bastante crescida, onde Maddie prestativamente me mostrou as framboesas e os canteiros de ervas. Passamos por uma fonte, cheia de uma espuma ligeiramente salobra. Não estava funcionando, e a estátua em cima estava rachada e cinzenta de líquen. Então me ocorreu o estranho contraste que a casa fazia com aquele jardim selvagem e descuidado. Eu teria esperado áreas ao ar livre para descanso, decks e elaborados esquemas de plantio, não aquela negligência um pouco triste e arruinada. Talvez Sandra não fosse uma pessoa que gosta do ar livre? Ou talvez tivessem passado tanto tempo trabalhando na casa que ainda não teriam conseguido cuidar do paisagismo.

Havia um conjunto de balanços escondido atrás de uma estufa de vegetais em ruínas. Ellie e Maddie pularam neles e começaram a competir para ver quem ia mais alto. Por um momento, apenas fiquei parada e as observei. Então algo no meu bolso deu um zumbido, um salto estridente, e percebi que meu telefone estava tocando.

Quando puxei o aparelho, meu coração deu um pequeno salto engraçado quando li o identificador de chamadas. Era a última pessoa que eu esperava, e tive que respirar fundo antes de aceitar a ligação.

— Alô?

— Ooooooooi! — ela gritou, sua voz familiar tão alta que tive que segurar o telefone longe do ouvido. — Sou eu, Rowan! Como você está? Ah, meu Deus, faz tanto tempo que não nos falamos!

— Estou bem! Onde você está? Isso vai custar uma fortuna.

— Vai mesmo. Estou em uma comuna na Índia. Amiga, aqui é incrível. E tããão barato! Você total deveria se demitir e vir comigo.

— Eu... eu me demiti — expliquei, com uma risada um pouco desajeitada. — Eu não te disse?

— O QUÊ?

Segurei o telefone longe do meu ouvido novamente. Fazia tanto tempo desde que conversávamos de verdade pelo telefone que eu tinha esquecido como ela podia ser barulhenta.

— Pois é — confirmei, ainda segurando o telefone a alguns centímetros do ouvido. — Entreguei meu aviso prévio na Pequeninos. Saí faz alguns dias. A expressão no rosto de Janine quando eu disse que ela podia enfiar seu emprego estúpido naquele lugar quase valeu a pena todas as horas lá.

— Aposto. Deus, que vaca que ela é. Ainda não consigo acreditar que Val não lhe deu aquele emprego quando saí.

— Eu também. Escute, eu queria te ligar, te dizer... Eu saí do apartamento.

— O quê? — A linha estava falhando, sua voz ecoando pelos longos quilômetros da Índia. — Não escutei. Achei que você tinha dito que tinha saído do apartamento...

— Isso, saí. O cargo que assumi é residencial. Mas escute, não se preocupe, ainda estou pagando o aluguel, o salário aqui é muito bom. Então suas coisas ainda estão lá e você terá um lugar para voltar quando terminar de viajar.

— Você pode pagar por isso? — A voz metálica e distante estava impressionada. — Uau! Este cargo deve pagar *muito* bem. Como você conseguiu?

Eu contornei a pergunta.

— Eles precisavam muito de alguém — expliquei. Era verdade, pelo menos. — Mas enfim, como você está? Algum plano para voltar?

Tentei manter minha voz casual, sem deixar transparecer o quanto a resposta dela era importante para mim.

— Sim, claro. — Sua risada ecoou. — Mas não por enquanto. Ainda tenho sete meses no meu bilhete. Mas, ai, amiga, é bom ouvir sua voz. Estou com saudades!

— Também estou com saudades.

Ellie e Maddie desceram do balanço e estavam se afastando de mim agora, por um caminho sinuoso de paralelepípedos entre urzes. Enfiei o telefone embaixo da orelha e comecei a empurrar o carrinho pelo terreno acidentado, seguindo as duas.

— Ouça, estou trabalhando agora na verdade, então... Acho que é melhor eu...

— Sim, claro. Eu tenho que desligar também, antes que isso me leve à falência. Mas você está bem, né?

— Sim, estou bem.

Houve uma pausa constrangedora.

— Bem, tchau, Rowan.

— Tchau, Rach.

Então ela desligou.

— Quem era? — uma vozinha ao meu lado soltou, e eu pulei. Olhei para baixo e vi Maddie franzindo a testa para mim.

— Ah... só uma amiga com quem eu costumava trabalhar. Nós dividíamos um apartamento em Londres, mas depois ela foi viajar.

— Você gosta dela?

Era uma pergunta tão engraçada que eu ri.

— O quê? Sim, sim, claro que eu gosto dela.

— Você parecia não querer falar com ela.

— Não sei de onde você tirou isso.

Caminhamos um pouco mais, o carrinho esbarrando em um paralelepípedo solto no caminho, enquanto eu considerava seu comentário. Havia um pouco de verdade nisso?

— Ela estava ligando do exterior — acrescentei por fim. — É muito caro. Eu só não queria que ela gastasse muito dinheiro.

Maddie olhou para mim por um momento e eu tive a estranha sensação de seus olhos pretos de botão perfurando os meus. Então ela se virou e correu atrás de Ellie, gritando:

— Me segue! Me segue!

O caminho descia e descia, afastando-se da casa, tornando-se mais irregular a cada segundo. Antes eram paralelepípedos formando um padrão de espinha de peixe, mas agora os blocos tinham rachado na geada e se soltado, em alguns pontos restando somente o buraco. Ao longe, pude ver uma parede de tijolos, com quase dois metros de altura. Tinha um portão de ferro forjado que parecia ser para onde as crianças estavam indo.

— Aquele é o limite do terreno? — perguntei atrás delas. — Esperem, não quero que vocês vão para o pântano.

Elas pararam e esperaram por mim. Ellie estava com as mãos nos quadris e ofegante, seu rostinho vermelho.

— É um jardim — disse ela. — Tem uma parede ao redor, que nem um quarto, mas sem teto.

— Parece legal — comentei. — Como o Jardim Secreto. Você já leu?

— Claro que ela não leu, ela não tem idade suficiente para ler livros assim — Maddie falou com irritação. — Mas nós vimos o filme na TV.

Tínhamos chegado ao nível do muro agora e eu entendi o que Ellie queria dizer. Era um muro de tijolos vermelhos em ruínas, um pouco mais alto do que eu, que parecia cercar um canto do terreno, formando uma seção retangular bem separada do restante da paisagem. Era o tipo de estrutura que poderia facilmente ter cercado uma horta — protegendo ervas delicadas e árvores frutíferas da geada —, mas as árvores e trepadeiras que eu conseguia ver emergindo acima dos muros altos não pareciam nem um pouco comestíveis.

Eu tentei a maçaneta do portão.

— Está trancado. — Por trás das barras de ferro fundido, dava para ver um monte de arbustos e trepadeiras selvagens e crescidas demais e algum tipo de estátua parcialmente obscurecida pela vegetação. — Que pena, parece muito legal lá dentro.

— *Parece* trancado — Ellie disse ansiosamente —, mas Maddie e eu sabemos uma maneira secreta de entrar.

— Não sei se... — comecei, mas antes que eu pudesse terminar de falar, ela enfiou a mãozinha através do intrincado desenho das barras de metal, passando por um espaço estreito demais até mesmo para a mão de um adulto de ossos finos, e fez algo que eu não consegui ver do outro lado da fechadura. O portão se abriu.

— Uau! — exclamei, impressionada de verdade. — Como você fez isso?

— Não é muito difícil. — Ellie estava corada de orgulho. — Tem uma trava do lado de dentro.

Com cuidado, abri o portão, ouvindo as dobradiças rangerem. Empurrei o carrinho de Petra para o jardim, afastando as folhas de uma trepadeira que estava pendurada acima do portão. As folhas roçaram meu rosto, fazendo cócegas na minha pele com uma sensação quase irritante. Maddie se abaixou atrás de mim, tentando não deixar as folhas encostarem em seu rosto. Ellie entrou também. Havia algo malicioso em sua expressão e eu me perguntei por que Bill e Sandra mantinham este lugar trancado.

Lá dentro, os muros protegiam as plantas para que não ficassem expostas como as demais. O contraste com as urzes e as árvores do lado de fora e a austeridade dos pântanos além eram surpreendentes. Havia arbustos verdes exuberantes cravejados de frutinhas de todos os tipos, imensas trepadeiras emaranhadas e algumas flores lutando para sobreviver sob o ataque das outras plantas. Reconheci algumas — heléboros e symphoricarpos brotando entre os louros de folhas escuras e o que pensei ser um laburnum mais à frente. Ao virarmos uma esquina, passamos por baixo de um teixo de aparência antiga, tão velho que formava um túnel sobre o caminho, suas estranhas frutinhas tubulares sendo esmagadas sob nossos pés. Suas folhas haviam envenenado o solo, e nada crescia sob sua extensão. Havia outras estufas aqui, percebi, embora fossem menores. Ainda tinha vidro suficiente nas molduras quebradas para acumular uma quantidade impressionante de condensação. O interior do vidro estava manchado de líquen verde e mofo, tão espesso que eu mal conseguia ver os restos das plantas lá dentro, embora algumas lutassem para atravessar as vidraças quebradas dos telhados.

Quatro caminhos de paralelepípedo dividiam o jardim, encontrando-se em um pequeno círculo no centro, onde ficava a estátua. Estava tão coberta de hera e outras trepadeiras que era difícil entender o que era. Mas, quando me aproximei, afastando um pouco da folhagem, vi que era uma mulher magra, emaciada e encolhida, com roupas esfarrapadas, rosto esquelético, seu olhar pétreo vazio encarando-me de forma acusadora. Suas bochechas estavam marcadas com o que pareciam ser arranhões. Quando me aproximei vi que as unhas em suas mãos esqueléticas eram longas e pontiagudas.

— Cruzes — comentei, desconcertada. — Que estátua horrível. Quem diabos faria algo assim?

Mas não houve resposta. As duas meninas tinham desaparecido no mato e eu não conseguia mais vê-las. Olhando com mais atenção, percebi que havia um nome no pedestal em que ela estava agachada. *Áclis*. Era algum tipo de memorial?

De repente, senti um desejo violento de sair daquele macabro emaranhado de plantas e sentir o ar livre das montanhas e do campo.

— Maddie! — chamei bruscamente. — Ellie, cadê vocês?

Nenhuma resposta veio e eu suprimi um desconforto momentâneo.

— Maddie! Nós vamos comer agora. Vamos procurar algum lugar.

Elas esperaram apenas o tempo certo para eu começar a sentir um pânico real, então ouvi uma explosão de risos, e as duas crianças saíram de onde estavam escondidas, disparando pelo caminho à minha frente em direção ao portão, ao ar fresco e limpo lá fora.

— Vamos — Maddie gritou por cima do ombro. — Nós vamos te mostrar o riacho.

O restante da manhã se passou sem acidentes. Tivemos um almoço tranquilo — até mesmo agradável — nas margens do riacho marrom que cortava o canto do terreno. Depois as meninas tiraram os sapatos e as meias, e nadaram nas águas cor de chá, gritando por causa do frio e arremessando gotas de água geladas que me fizeram gritar enquanto Petra balbuciava, entusiasmada de alegria. Apenas duas coisas estragaram o contentamento geral: a primeira, o sapato de Ellie que caiu no riacho. Eu consegui recuperá-lo, mas ela estava chorosa e soluçou quando tivemos que ir embora e ela teve que colocar o sapato encharcado de novo.

A outra era a comichão na minha testa, no ponto em que a trepadeira havia roçado. De um formigamento inicial, passou a coçar de verdade, como uma picada de urtiga, só que mais dolorosa. Joguei água fria do riacho, mas a coceira continuou, difícil de ignorar. Era algum tipo de reação alérgica? Eu nunca tinha tido uma alergia a plantas antes, mas talvez aquela fosse alguma folhagem nativa da Escócia que eu não teria encontrado no sul. De qualquer forma, a possibilidade de uma piora na reação enquanto eu estava sozinha com as crianças não era reconfortante — nem perceber que eu havia deixado meu inalador em casa.

No final das contas, fiquei feliz quando o céu nublou e eu pude sugerir que arrumássemos tudo para voltar. Petra adormeceu no caminho, então estacionei seu carrinho na despensa. Para minha surpresa, Maddie e Ellie aceitaram minha sugestão de um filme. Estávamos aninhadas na sala de mídia, eu com um crescente sentimento de superioridade, quando houve um estalido e a voz de Sandra surgiu dos alto-falantes.

— Rowan? Agora é uma boa hora para conversar?

— Ah, oi, Sandra. — Foi menos enervante na segunda vez, mas ainda inquietante. Eu me peguei olhando para as câmeras, pensando em como ela sabia em que cômodo eu estava. As duas garotas estavam absortas no filme e não pareciam ter notado a voz de sua mãe nos alto-falantes. — Espere, vou para a cozinha, para que possamos conversar sem incomodar as meninas.

— Você pode mandar a ligação para o seu telefone, se for mais fácil. — A voz desencarnada de Sandra me seguiu enquanto eu saía do abraço de Ellie e caminhava até a cozinha. — É só abrir o aplicativo Feliz e clicar no ícone do telefone, depois na seta de desvio.

Eu fiz o que ela disse, ignorando o maldito *Lar é onde o Feliz está!*. Pressionei os ícones da forma que ela instruiu e levantei o telefone até o ouvido. Para meu alívio, sua voz soou novamente, desta vez no aparelho.

— Funcionou?

— Sim, estou no telefone agora. Obrigada por me mostrar como fazer. — Se ela tivesse mencionado isso ontem à noite, em vez de ter aquela conversa estranha na frente de Jack... mas não importa. A erupção na minha testa pinicava e eu tentei ignorar a vontade de coçá-la.

— Sem problemas — Sandra estava dizendo rapidamente. — Feliz é incrível quando você se acostuma, mas, tenho que admitir, leva um tempo para descobrir todos os meandros! Como está indo o dia de hoje, afinal?

— Ah, muito bem. — Eu me sentei na beirada de um banquinho, resistindo à vontade de olhar para a câmera no canto. — Está indo muito bem, obrigada. Tivemos uma boa manhã explorando os jardins. Petra está dormindo, e as meninas estão... — hesitei, pensando no comentário dela ontem, mas continuei. Não fazia sentido ficar me questionando o tempo todo e, além disso, ela presumivelmente saberia o que as meninas estavam fazendo, se tivesse verificado as câmeras antes de ligar. — As meninas estão assistindo a um filme. Achei que você não se importaria, pois passaram a manhã ao ar livre. Acho que elas precisavam de um tempo de descanso.

— Me importar? — Sandra deu uma risadinha. — Céus, não. Eu não sou uma daquelas mães superprotetoras.

— Você gostaria de falar com elas?

— Com certeza, foi por isso que eu liguei, na verdade. Bem, e para verificar se você estava conseguindo lidar bem com tudo, é claro. Você pode chamar Ellie primeiro?

Voltei para a sala e entreguei o telefone a Ellie.

— É a mamãe.

Seu rosto estava um pouco incerto quando pegou o aparelho, mas Ellie abriu um sorriso ao ouvir a voz da mãe. Eu voltei para a cozinha, não querendo ficar bisbilhotando de forma muito óbvia, mas escutando, sem dar muita atenção, ao que Ellie dizia. Em algum momento, Sandra deve ter pedido para falar com Maddie, pois a menina fez uma reclamação breve, e então ouvi a voz de Maddie. Ellie veio andando até mim, desconsolada.

— Eu tô com saudade da mamãe. — Seu lábio inferior estava tremendo.

— Claro que está. — Eu me agachei, não querendo arriscar um abraço que poderia ser rejeitado, mas tentando me mostrar disponível no nível dela, se quisesse ser reconfortada. — E ela também sente sua falta. Mas teremos muitos...

Mas meu comentário foi interrompido por Maddie, que veio com o telefone na mão e uma expressão estranha nos olhos escuros. Eu não tinha certeza do que era, uma mistura de medo e alegria, parecia.

— Mamãe quer falar com você — disse ela.

Eu peguei o telefone.

— Rowan... — A voz de Sandra estava entrecortada e irritada. — Que história é essa de levar as meninas para o jardim trancado?

— Eu... Bem... — Fui pega de surpresa. Que diabos? Sandra não disse nada sobre o jardim ser proibido. — Bem, eu levei, mas...

— Como você se atreve a forçar a entrada em uma área do terreno que mantemos trancada expressamente para a segurança das crianças? Não posso acreditar nessa irresponsabilidade...

— Espere um minuto. Sinto muito se cometi um erro, Sandra, mas não fazia ideia de que o jardim murado era proibido. E não forcei a entrada em lugar nenhum. Ellie e Maddie... — Ellie e Maddie pareciam saber abrir o portão, era o que eu ia dizer, mas Sandra não me deixou terminar. Em vez disso, ela interrompeu com um suspiro raivoso e exasperado, e eu fiquei em silêncio, relutante em cortá-la e aumentar seu aborrecimento.

— Eu lhe disse para usar seu bom senso, Rowan. Se invadir um jardim venenoso é a sua ideia de bom...

— *O quê?* — interrompi, não me importando com grosseria agora. — O que você disse?

— É um jardim venenoso — Sandra chiou. — E você saberia se tivesse se dado ao trabalho de ler o fichário que forneci. O que você claramente não fez.

— Um jardim... — Peguei o fichário, começando a folhear freneticamente o documento. A injustiça doeu. Eu *tinha* lido aquela merda, mas tinha duzentas e cinquenta páginas. Se havia informações críticas, ela devia tê-las colocado na frente, em vez de enterrá-las em páginas e páginas sobre tipos aceitáveis de batatas fritas e o tipo certo de sapatos para usar na educação física. — É só que... O que é aquele lugar, afinal?

— O proprietário anterior de Heatherbrae era um químico analítico com especialidade em toxinas biológicas, e este era seu jardim pessoal... — Ela parou, claramente irritada com toda a situação até mesmo para encontrar palavras. — Seu campo de testes pessoal, suponho. Todas as plantas naquele jardim são tóxicas em algum grau, algumas *extremamente* tóxicas. E em muitos casos você nem precisa ingerir, basta roçar ou tocar nas folhas.

Ah. Minha mão foi até a erupção cutânea na minha testa, que fez um súbito sentido.

— Estamos tentando encontrar a melhor maneira de lidar com isso, mas o maldito jardim tem status de patrimônio ou algo assim. Enquanto isso, nós mantemos o lugar bem trancado. Devo dizer que nunca me ocorreu que você levaria as crianças para passear...

Agora era minha vez de interromper:

— Sandra. — Fiz minha voz soar mais calma e mais compreensiva do que eu realmente estava. — Peço mil desculpas por não ter prestado atenção suficiente a essa página no fichário. Isso é cem por cento minha culpa e vou corrigir imediatamente. Mas você deveria saber que não foi minha ideia entrar lá. Maddie e Ellie sugeriram, e elas sabem como abrir a fechadura sem usar a chave. Há algum tipo de forma alternativa de destrancar por dentro, e Ellie consegue alcançá-la. Elas claramente já estiveram lá antes.

Isso fez Sandra se calar. Houve silêncio do outro lado do telefone enquanto eu esperava uma resposta. Dava para ouvir sua respiração, e me perguntei por um instante se eu tinha cometido um péssimo erro estratégico ao trazer à tona o fato de que ela claramente não tinha ideia de por onde suas filhas estavam vagando. Então ela tossiu.

— Bem. Não falemos mais disso por enquanto. Você pode colocar Maddie de volta na linha, por favor?

E foi isso. Nada de "obrigada por me avisar". Nenhuma admissão de que ela mesma não estava exatamente ganhando o troféu de ouro da maternidade. Mas talvez fosse esperar demais.

Passei o telefone de volta para Maddie, que me deu um sorrisinho quando o entreguei, seus olhos escuros cheios de malícia.

Ela levou o aparelho de volta para a sala de mídia, Ellie andando atrás dela, esperando falar com a mãe outra vez. Conforme a voz de Maddie ficava mais distante, peguei o tablet que estava no balcão da cozinha e abri o Google. Então digitei "Áclis".

Uma imensidão de imagens aterrorizantes pipocou na tela, uma variedade de faces femininas brancas e esqueléticas em diferentes estados de decomposição. Algumas pálidas e belas, com bochechas machucadas, outras moribundas e em putrefação, com um fedor de morte vindo de suas bocas abertas.

Abaixo das imagens, havia vários resultados de busca. Cliquei em um aleatoriamente.

Áclis (pronunciado *ACK-liss*) — Deusa grega da morte, da miséria e do veneno, estava escrito.

Fechei a janela. Bom, com ou sem fichário, eu não poderia dizer que não fui avisada. Estava bem ali, escrito na base da estátua no centro do jardim. Eu só não tinha entendido a mensagem.

— Terminei. — A voz de Maddie veio da sala de mídia. Abafando minha irritação, voltei para onde as meninas estavam sentadas no sofá, obviamente esperando por mim com alguma agitação. Eu não disse nada quando Maddie devolveu o telefone. Só apertei o botão para recomeçar o filme e me sentei na ponta do sofá para continuar assistindo.

Seus olhos, porém, pulavam para mim sem parar, emoções muito diferentes no rosto de cada uma. Ellie estava ansiosa... esperando ser repreendida. Ela sabia que não deviam ir ao jardim e se permitiu ser tentada para mostrar sua destreza em abrir o portão e nos deixar entrar. A expressão de Maddie era bem diferente. Mais difícil de ler. Mas acho que entendi. Triunfo.

Ela queria me arrumar confusão, e conseguiu.

Foi muito mais tarde, durante o jantar, enquanto limpava o molho de tomate da bochecha de Petra e engolia meu próprio bocado da sopa de letrinhas, que eu disse casualmente:

— Meninas, vocês sabiam que as plantas daquele jardim eram perigosas?

Os olhos de Ellie pularam para os de Maddie, que parecia indecisa.

— Que jardim? — ela disse finalmente, embora seu tom não tivesse um ponto de interrogação. Ela estava ganhando tempo, pensei. Dei a ela meu sorriso mais doce e lancei um olhar que dizia *não fode, querida*.

— O jardim venenoso — expliquei. — Aquele com a estátua. Sua mãe disse que não deveríamos entrar lá. Você sabia?

— Não podemos entrar sem um adulto — Maddie respondeu evasivamente.

— Ellie, você sabia? — Eu me virei para ela, mas ela se recusou a me olhar nos olhos. Por fim segurei seu queixo, forçando-a a olhar para mim.

— Ai!

— Ellie, olhe para mim, você sabia que aquelas plantas eram perigosas?

Ela não disse nada, apenas tentou torcer o queixo para longe.

— *Você sabia?*

— Sim — ela finalmente sussurrou. — Outra garota morreu.

Não era a resposta que eu esperava, eu parei, soltando seu queixo com a surpresa.

— O que você disse?

— Tinha outra garotinha — Ellie repetiu, ainda sem encontrar meus olhos. — Ela morreu. Jean nos contou.

— Jesus! — A palavra saiu sem que eu percebesse. Vi pelo sorriso de Maddie que isso também seria guardado para contar para Sandra na próxima ligação.

— O que aconteceu? Quando?

— Há muito tempo — Maddie disse. Estava claro que, ao contrário de Ellie, ela não se importava em falar sobre o assunto. Na verdade, havia até uma espécie de prazer em seu tom. — Antes de a gente nascer. Ela era a filhinha do moço que viveu aqui antes de nós. É por isso que ele ficou *bedra*.

Por um momento eu não entendi a última palavra, mas então me ocorreu. Ela estava dizendo a palavra "pedra", mas com sotaque, repetindo o que Jean McKenzie contara.

— Ele ficou pedra? Doido de pedra, você quer dizer?

— Sim, teve que ser internado. Não na hora, depois de um tempo. Morando aqui com o fantasma dela — disse Maddie com naturalidade. — Ela acordava ele no meio da noite, chorando. Depois que ela morreu. Jean contou pra gente. Aí parou de dormir. Ele costumava só ficar andando de um lado pro outro a noite toda. Aí ele ficou doido. As pessoas ficam doidas, sabe, se não dormem por muito tempo. Elas ficam doidas e aí *morrem*.

Andando de um lado pro outro. Aquilo me causou uma estranheza e, por um segundo, não soube o que dizer. Então me lembrei de outra coisa.

— Maddie... — Engoli em seco, tentando descobrir como formular minha pergunta. — Maddie... era... era isso que você queria dizer? Antes? Quando disse que os fantasmas não iam gostar?

— Não sei do que você está falando.

Seu rosto estava rígido e inexpressivo. Ela empurrou o prato para longe.

— Quando você me abraçou, no dia em que eu vim pela primeira vez. Você disse que *os fantasmas não iriam gostar*.

— Eu não disse nada disso — ela falou duramente. — Eu não te abracei. Eu não abraço as pessoas.

Mas aquela última observação tinha sido demais. Eu poderia até ter acreditado que ela não dissera o que pensei ter ouvido, mas não havia como eu esquecer aquele pequeno abraço apertado e desesperado. Ela *tinha* me abraçado. E saber disso de repente me fez ter certeza do que eu tinha ouvido também. Balancei a cabeça.

— Você sabe que fantasmas não existem, certo? Não importa o que Jean lhe disse. É apenas besteira, Maddie, são apenas pessoas que estão tristes porque alguém morreu e gostariam de poder ver a pessoa de novo. Então inventam histórias e imaginam coisas. Mas é tudo bobagem.

— Eu não sei do que você está falando — Maddie disse e balançou a cabeça com tanta força que o cabelo escuro e liso bateu nas bochechas.

— *Não* existem fantasmas, Maddie. Eu te prometo. É apenas faz de conta. Eles não podem machucar você, eu nem qualquer uma de nós.

— Posso sair agora? — ela perguntou diretamente, e eu suspirei.

— Você não quer pudim?

— Não estou com fome.

— Pode ir então.

Ela deslizou da cadeira e Ellie a seguiu, sua pequena sombra obediente.

Coloquei um iogurte na frente de Petra e fui tirar os pratos das meninas. O de Ellie era apenas a bagunça usual de crostas de torrada e molho de espaguete, com o maior número possível de ervilhas escondidas debaixo da colher. Mas Maddie... Eu estava prestes a jogar no lixo quando parei, virando o prato.

Ela havia comido a maior parte do jantar, mas algumas letras do alfabeto haviam sobrado. Foi então que eu vi, quando estava prestes a jogá-las fora, que as letras pareciam estar organizadas em palavras. A frase tinha deslizado diagonalmente pelo prato quando eu o inclinei para o lixo, mas ainda era legível.

TE O
 DIA
  MOS

Te odiamos.

De alguma forma, ver escrito ali na inocência da sopa de letrinhas era mais perturbador do que quase qualquer outra coisa. Raspei o prato com uma violência que fez o espaguete salpicar a tampa da lixeira. Depois joguei o prato na pia, onde atingiu um copo, e os dois se estilhaçaram, fazendo cacos de vidro e respingos de molho de tomate se espalharem pelos ares.

Merda.

Merda merda merda merda *merda.*

Eu também te odeio!, quis gritar para as costas delas enquanto entravam em silêncio na sala de mídia para abrir a Netflix. *Eu também odeio vocês, suas merdinhas vis e assustadoras!*

Mas não era verdade. Não completamente.

Eu as odiava — naquele momento. Mas também me via nelas. Uma garotinha difícil, cheia de emoções grandes demais para o corpinho, emoções que não conseguia entender ou conter.

Eu te odeio, lembrei-me de soluçar no travesseiro depois que minha mãe jogou fora meu ursinho de pelúcia favorito. Velho demais, maltrapilho, infantil demais para uma garota grande como eu, segundo ela. *Eu te odeio tanto!*

Mas também não era verdade. Eu amava minha mãe. Eu a amava tanto que a sufocava, ou essa era a impressão que ela passava. Todos aqueles anos de mãozinhas sendo tiradas de mangas e saias e desembaraçadas de pescoços. *Já chega, você vai bagunçar meu cabelo. Ah, pelo amor de Deus, suas mãos estão imundas* e *Pare de ser tão bebezona, uma menina grande como você*. Todos aqueles anos sendo carente demais, grudenta demais e com as mãos sujas demais, tentando ser melhor, mais arrumada e simplesmente mais amável.

Ela não me queria. Ou era o que parecia, às vezes.

Mas ela era tudo que eu tinha.

Maddie tinha muito mais do que eu — um pai, três irmãs, uma bela casa, dois cachorros —, mas eu reconheci sua tristeza, raiva e frustração; uma pequena criança das fadas, morena e raivosa entre suas irmãs loiras.

Éramos até parecidas.

Quando ela olhou para mim, com aquele toque de triunfo em seus olhos escuros de botão, eu tinha reconhecido outra coisa também. Agora eu sabia o que era. Foi um vestígio de mim mesma naqueles olhos. Um lampejo de meus próprios olhos castanho-escuros, e de minha determinação. Maddie era uma mulher com um plano, assim como eu. A pergunta era: que plano?

Eu estava tão cansada depois de ficar quase sem dormir na noite anterior que eu coloquei as meninas na cama ridiculamente cedo. Para minha surpresa, elas não protestaram, e me peguei imaginando se estavam tão cansadas quanto eu.

Petra foi dormir com nada mais do que um protesto simbólico e, quando fui verificar Maddie e Ellie, ambas estavam de pijama — ou quase, no caso de Ellie. Eu a ajudei a descobrir qual era o lado da frente da parte de cima, e então as levei para o banheiro, onde escovaram seus dentes obedientemente enquanto eu as observava.

— Vocês querem uma história? — perguntei enquanto as colocava em suas caminhas.

Vi os olhos de Ellie pularem para Maddie, procurando permissão para falar, mas a mais velha balançou a cabeça.

— Não. Somos grandes demais para histórias.

— Eu sei que isso não é verdade — comentei, com uma risadinha. — Todo mundo gosta de histórias para dormir.

Em qualquer outra noite eu poderia ter me sentado, aberto um livro e começado de qualquer maneira, desafiando as recusas de Maddie. Mas eu estava cansada. Estava *tão* cansada. Ficar com as meninas o dia todo, do nascer ao pôr do sol, era exaustivo de uma maneira completamente diferente da creche, de uma maneira que eu não tinha previsto ou entendido completamente até então. Pensei em todas as mães que deixavam seus filhos conosco reclamando de como estavam exaustas e no leve desprezo que sentia por elas quando só tinham que lidar com no máximo uma ou duas crianças, mas agora entendi do que estavam falando. Não era tão manual como o trabalho na creche nem tão intenso. Mas era a forma como se arrastava, interminavelmente. A forma como a necessidade não parava e não havia nenhum momento em que você pudesse entregá-las para sua colega de trabalho para ter uma pequena pausa de cigarro, ou até para só ser você mesma por um tempo.

Eu nunca tinha uma folga aqui. Ou, pelo menos, não num futuro próximo.

— Está bem — falei por fim, vendo o queixo de Ellie tremer —, que tal se eu colocar um audiolivro?

Pegando meu telefone, consegui navegar para o sistema de mídia Feliz, depois para os arquivos de áudio. Lá percorri a lista de títulos. A organização era confusa — não parecia haver nenhuma distinção entre os diferentes tipos de arquivo, Mozart estava listado junto com Moana, Thelonious Monk e L. M. Montgomery —, mas enquanto eu passava, senti uma pequena cabeça quente sob meu braço e a mãozinha de Ellie pegou o telefone.

— Posso te mostrar — disse ela, e pressionou um ícone que parecia um urso panda estilizado, então outro ícone que parecia um V achatado, mas que percebi, quando Ellie o apertou, que deveria indicar "livros".

Uma lista de audiolivros infantis apareceu.

— Você sabe qual quer ouvir? — perguntei, mas ela balançou a cabeça e, examinando a lista, selecionei um aleatoriamente, *The Sheep Pig*, de Dick King-Smith, que parecia perfeito. Longo, tranquilo, agradável e simpático. Apertei o play, selecionei "quarto das meninas" na lista de alto-falantes e esperei pelas primeiras notas da música introdutória. Então eu coloquei as cobertas em Ellie.

— Você quer um beijo? — perguntei. Ela não respondeu, mas pensei ter visto um pequeno aceno de cabeça. Eu me inclinei e rapidamente beijei sua bochecha macia antes que ela mudasse de ideia.

Em seguida, fui até Maddie. Ela estava deitada com os olhos bem fechados, embora eu pudesse ver as pupilas se movendo em baixo das pálpebras finas como papel. Podia deduzir pela sua respiração que ela não estava nem perto de dormir.

— Você quer um beijo de boa-noite, Maddie? — perguntei, sabendo qual seria a resposta, mas querendo ser justa.

Ela não disse nada. Fiquei parada por um momento, ouvindo sua respiração, então disse:

— Boa noite, meninas. Bons sonhos e durmam bem para a escola amanhã.
E saí, fechando a porta atrás de mim.

No corredor, dei um suspiro de alívio trêmulo, quase incrédulo.

Poderia ser verdade? Estavam mesmo todas em segurança na cama, de banho tomado, dentes escovados e sem ninguém gritando? Parecia, em comparação com a noite passada, de qualquer maneira, estranhamente fácil.

Mas talvez... talvez eu tivesse feito progresso com elas. Talvez aquele primeiro protesto raivoso tivesse sido apenas um choque por estar longe de sua mãe, com alguém que era comparativamente um estranho no comando. Talvez um dia bom juntas e um telefonema de Sandra fossem o suficiente.

Meu coração se abrandou enquanto verificava a fechadura da porta da despensa. Lutei com o painel da porta da frente e as luzes do corredor, depois subi os lances de escada para meu quarto com um cansaço que estava tendo cada vez mais dificuldade em superar.

Eu estava passando pelo quarto de Bill e Sandra quando pensei ter ouvido algo. Ou talvez tivesse visto, era difícil saber. Um pequeno lampejo de movimento na faixa de escuridão entre a porta e o batente. Foi apenas minha imaginação? Eu estava tão cansada. Podia ser minha mente pregando peças.

Muito, muito silenciosamente, não querendo incomodar as meninas, empurrei a porta com a palma da mão, ouvindo-a deslizar sobre o grosso tapete prateado.

Lá dentro, o quarto estava bem vazio e quieto. As cortinas estavam abertas e, embora em Londres estivesse escurecendo, aqui estávamos tão ao norte que o sol ainda estava começando a se esconder atrás das montanhas. Quadrados pálidos de luz avermelhada se inclinavam obliquamente pelo chão, transformando o tapete em uma espécie de tabuleiro de xadrez de fogo, embora os cantos da sala estivessem em uma sombra profunda e impenetrável. Deixei a mão deslizar sobre o algodão grosso e firme do edredom enquanto passava pela cama deles, olhando para as sombras, sentindo meu pulso acelerar com a audácia dessa intrusão. Se Sandra estivesse assistindo pelo monitor agora, o que veria? Alguém rondando seu quarto, tocando sua roupa de cama. *Pensei ter ouvido um barulho...* Pratiquei a desculpa na minha cabeça, mas sabia que não era mais verdade. Eu estava procurando uma desculpa.

Havia um par de brincos na mesa de cabeceira mais próxima da porta. Este deve ser o lado de Sandra. O que significava que Bill dormia...

Dei a volta na cama na ponta dos pés, mantendo-me nas sombras o máximo que pude. Eu sabia, olhando para o monitor do quarto de Maddie e Ellie, que a resolução das imagens no escuro não era boa. Era muito difícil distinguir qualquer coisa além da pequena poça de luz quente lançada pela luz noturna. Aqui o contraste entre os quadrados do pôr do sol e a sombra profunda do restante da sala era ainda maior.

Muito, muito silenciosamente, abri a gaveta da mesa de cabeceira de Bill e olhei para a pilha de pertences pessoais dentro. Um relógio com uma pulseira quebrada. Um punhado de trocados. Alguns bilhetes, um spray para rinite, um pente. Não tenho certeza do que esperava, mas se queria ter uma ideia de quem morava aqui, dormia, deitava a cabeça no travesseiro branco e firme, fiquei desapontada. Era surpreendentemente impessoal.

Pensei naquela reunião na cozinha, em sua perna com jeans deslizando entre minhas coxas com uma intrusão confiante nascida de longa prática, e me senti enjoada. *Quem é você?*

De repente, tive que sair e corri pelo xadrez do tapete, não me importando mais em ficar nas sombras, ou se Sandra ou Bill me viam. Que vissem. Ambos.

No meu quarto, fechei a porta com a sensação de estar formando uma barricada entre mim e o resto da casa. Enquanto as cortinas deslizavam roboticamente à frente das vidraças, meu último vislumbre do mundo exterior foi das faixas sangrentas do pôr do sol, desaparecendo atrás dos picos distantes dos Cairngorms, e de uma luz na janela de Jack, brilhando no pátio escuro.

Pensei nele enquanto deixei minha cabeça afundar na suavidade do travesseiro de penas de ganso. Pensei nas suas mãos naquela manhã, na facilidade com que ele conteve os dois cães animados, na maneira como os dominou, mantendo-os com a coleira tão curta. E pensei na chave, como ele tinha ido direto ao lugar onde ela estava escondida, um lugar que eu já havia checado.

Mas então me lembrei de outras coisas. Sua gentileza naquela primeira noite, ao vir verificar como eu estava. E sua voz na babá eletrônica, colocando Petra para dormir, cantando com uma delicadeza que fez meu estômago apertar de uma maneira estranha, que eu não conseguia definir. Não houve engano ali. Nem fingimento. Aquela gentileza era real, eu tinha certeza disso.

Eu me perguntei, se tivesse sido ele na cozinha naquela noite, em vez de Bill, será que eu teria saído da sala com desgosto e medo? Ou eu teria reagido de uma forma muito diferente? Abrindo minhas pernas na direção dele, talvez. Inclinando-me para a frente. Corando.

Mas, mesmo quando o pensamento me veio, fazendo minhas bochechas ficarem vermelhas na escuridão, pensei de novo em mim, ajoelhada no chão da despensa, apontando a lanterna do meu telefone para debaixo da máquina de lavar. Aquela chave *não* estava lá. As horas que se passaram não me fizeram ter mais dúvidas desse fato — muito pelo contrário. Eu tinha certeza absoluta agora.

O que significava...

Esfreguei as mãos no rosto, resistindo à vontade de coçar a urticária deixada pela trepadeira, que desvanecia. Eu estava sendo absurda. Não havia nenhuma razão no mundo para ele roubar aquela chave apenas para me deixar assustada. Ele tinha o próprio molho, e sua impressão digital estava autorizada na porta principal. (Apesar de que... provavelmente havia um registro de todas as vezes que alguém tentou usar aquela tranca, meu subconsciente sussurrou. Um registro que não existiria com uma tranca e chave à moda antiga.)

Mas não. *Não*. Não fazia sentido. Por que ele se daria ao trabalho de fazer uma chave desaparecer por algumas horas? O que ele ganharia com isso? Nada, exceto me deixar na defensiva. E tinha meu colar também, o colar que eu ainda não havia encontrado, embora não tivesse tido tempo de procurar direito. Isso não poderia ter sido Jack, certamente. Isso tudo era paranoia. Coisas se perdem o tempo todo. Chaves caem. Colares se perdem em bolsos e gavetas e são desenterrados dias depois. Havia uma explicação perfeitamente razoável para tudo isso, uma que não exigisse uma teoria da conspiração.

Afastei o pensamento enquanto rolei na cama e deixei o sono me cobrir como um cobertor pesado.

Meu último pensamento, enquanto o sono me tomava, não foi em Jack, nem na chave, nem mesmo em Bill. Foi nos passos no sótão.

E o velho que havia perdido sua filha para seu jardim venenoso.

Tinha outra garotinha.

Minha mão foi em vão para a garganta, tentando segurar um colar que não estava lá. E então, enfim, dormi.

Acordei com o som de gritos e uma confusão tão alta que meu primeiro instinto foi tapar os ouvidos com as mãos, mesmo quando me levantei da cama, olhando loucamente ao redor, tremendo de frio.

As luzes estavam acesas, todas elas, no máximo, no modo mais brilhante e capaz de queimar os olhos. E o quarto estava gelado. Mas o barulho — Jesus, o *barulho*.

Era música, ou pelo menos eu supunha que fosse. Mas tão alta e distorcida, que a melodia era irreconhecível, os uivos e guinchos vindos dos alto-falantes no teto transformando-a em um barulho disforme.

Por um minuto, não consegui pensar no que diabos fazer. Então corri para o painel na parede e comecei a apertar botões, sentindo meu coração bater nos ouvidos, a música deformada e estridente como um uivo na minha cabeça. Nada aconteceu, exceto que as luzes nos armários se acenderam junto com o resto.

— Desligar música! — gritei. — Desligar alto-falantes! Diminuir o volume!

Nada, nada.

Do andar de baixo eu podia ouvir latidos furiosos e gritos aterrorizados que soavam como trens a vapor vindos do quarto de Petra. Finalmente, abandonando minhas tentativas com o painel, peguei o roupão e corri.

A música estava muito alta fora dos quartos das crianças, até mais, pois as paredes estreitas do corredor pareciam direcioná-la. E as luzes estavam acesas lá também, me mostrando um vislumbre de Petra atrás da porta entreaberta, em pé no berço, o cabelo despenteado, gritando de medo.

Eu a peguei e corri para o quarto das meninas no final do corredor. Quando empurrei a porta, encontrei Maddie enrolada em posição fetal na cama, com as mãos sobre os ouvidos, sem sinal de Ellie.

— Cadê a Ellie? — gritei por cima do barulho da música e do choro de Petra que soava como um caminhão de bombeiro. Maddie olhou para cima, seu rosto vazio de medo, as mãos ainda tapando as orelhas; eu agarrei seu pulso e a puxei para que ficasse em pé.

— *Cadê a Ellie?* — gritei diretamente no rosto dela, que se afastou e desceu as escadas correndo, comigo atrás.

No hall de entrada o barulho era igualmente ruim, e ali, no meio do tapete persa ao pé da escada, estava Ellie. Estava agachada em uma bolinha, com os braços em volta da cabeça. Ao seu redor saltavam os cachorros aterrorizados, fora de suas camas na despensa, acrescentando seus latidos frenéticos à cacofonia.

— Ellie — gritei —, o que aconteceu? Você mexeu em alguma coisa?

Ela olhou para mim, sem expressão e sem entender, então eu balancei a cabeça e corri para o tablet na bancada de metal de café da manhã. Abri o aplicativo de gerenciamento, mas quando digitei meu código de acesso, nada aconteceu. Será que eu tinha digitado errado? Inseri a senha novamente, os latidos furiosos dos cães como uma britadeira sonora contra meu crânio. Nada ainda. *Você está bloqueada*, tive tempo de ler antes que a tela se acendesse por um momento e depois apagasse: um aviso de bateria vermelha piscando por um instante antes de tudo ficar preto. *Merda*.

Bati no painel da parede, e as luzes acima do fogão acenderam e uma tela na geladeira começou a exibir o YouTube, mas o volume da música não diminuiu. Eu podia sentir meu coração batendo descontroladamente no peito, entrando cada vez mais em pânico quando percebi que não tinha como desligar essa coisa.

Que ideia estúpida... uma casa inteligente? Era a coisa menos inteligente que eu poderia imaginar.

As crianças estavam tremendo agora, Petra ainda soltando gritos de angústia ensurdecedores no meu ouvido enquanto os cães corriam em círculos ao nosso redor. Tentei o botão liga/desliga no tablet, impotente, não esperando que a coisa funcionasse, e não funcionou. A tela estava completamente escura. Meu telefone estava lá em cima, mas, aterrorizadas como estavam, será que eu conseguiria deixar as crianças por tempo suficiente para buscá-lo?

Eu estava olhando em volta, imaginando o que diabos ia fazer, quando senti um toque no meu ombro. Pulei tão descontroladamente que quase derrubei Petra e virei de forma acusatória para encontrar Jack Grant, tão perto de mim que meu ombro tocou seu peito nu ao dar meia-volta. Ambos demos um passo involuntário para trás, quase tropeçando em um banquinho.

Ele estava nu da cintura para cima e claramente tinha acabado de acordar, a julgar pelo cabelo desgrenhado. Ele gritou alguma coisa, apontando para a porta, mas eu balancei a cabeça, e ele se aproximou, colocando as mãos em volta da minha orelha.

— O que está acontecendo? Deu para ouvir o barulho dos estábulos.

— Eu não tenho ideia! — gritei de volta. — Eu estava dormindo, talvez uma das meninas tenha mexido em alguma coisa. Não consigo desligar.

— Posso tentar? — ele gritou, e tive vontade de rir na sua cara. Poder? Eu o beijaria se conseguisse. Joguei o tablet para ele, quase agressivamente.

— Fique à vontade!

Ele tentou ligar o tablet e percebeu, assim como eu, que estava sem bateria. Então foi até a despensa e abriu um armário ali, aquele onde ficava o roteador Wi-Fi, junto com o medidor de energia elétrica. Eu não tenho certeza do que ele fez lá — estava muito ocupada confortando uma Petra cada vez mais perturbada —, mas, de repente, tudo ficou escuro como breu, e o som parou com uma brusquidão desorientadora. Eu descobri que meus ouvidos estavam zumbindo.

No silêncio, consegui ouvir os soluços ofegantes de Ellie e Maddie balançando para a frente e para trás.

Petra, em meus braços, parou de chorar, seu corpinho rígido de surpresa nos meus braços. Então ela soltou uma risada gorgolejante.

— Bá noite! — disse ela.

Então um clique e as luzes voltaram — menos brilhantes desta vez, e não todas.

— Pronto — disse Jack. Ele voltou, enxugando a testa, os cães andando atrás dele, de repente calmos novamente. — Voltou para as configurações padrão agora. Puta merda. Ok.

Havia suor em sua testa, apesar do ar frio. Quando ele se sentou no balcão da cozinha, segurando o tablet, percebi que suas mãos tremiam.

As minhas, enquanto colocava Petra ao lado de Maddie, estavam tremendo também.

Jack conectou o tablet na tomada e o largou para esperar até que tivesse carga suficiente para ligar.

— O-obrigada — falei fracamente. Ellie ainda estava soluçando no corredor. — Ellie, não precisa chorar, querida. Está tudo bem agora. Olha... hum... — Atravessei a cozinha e comecei a vasculhar os armários. — Olha... Aqui, vai, tome um biscoitinho. Para você também, Maddie.

— Nós já escovamos os dentes — Maddie disse sem expressão, e reprimi uma risada histérica. *Fodam-se os dentes*, era o que eu queria dizer, mas consegui me conter.

— Acho que, só desta vez, vai ficar tudo bem. Todos nós passamos por um choque. Açúcar é bom para choques.

— Sim, é verdade — Jack disse solenemente. — Antigamente, as pessoas faziam você tomar chá com açúcar, mas como prefiro meu chá sem, também quero um biscoito. Obrigado, Rowan.

— Viu? — Entreguei um para Jack e mordi um eu mesma. — Está tudo bem — falei com a boca cheia de migalhas. — Aqui, Maddie.

Ela o segurou, com cuidado, e depois o enfiou na boca como se eu estivesse prestes a tomá-lo de volta.

Ellie comeu o dela mais devagar.

— Meu! — Petra gritou, erguendo os braços. Dei de ombros, mentalmente. Eu não ia ganhar nenhum prêmio por nutrição infantil, mas não dava mais a mínima para isso. Partindo um ao meio, também dei a ela um pedaço de biscoito. Depois joguei o restante para os cachorros.

— Ok, estamos funcionando de novo — disse Jack, enquanto Petra começava a alegremente encher a boca de biscoito. Por um minuto, não percebi o que ele queria dizer, então vi que ele estava segurando o tablet, a tela iluminando seu rosto. — Estou com o aplicativo aberto. Tente sua senha primeiro.

Peguei o tablet das mãos dele, selecionei meu nome de usuário no pequeno menu suspenso e coloquei o número PIN que Sandra me deu para o aplicativo de gerenciamento doméstico. *VOCÊ ESTÁ BLOQUEADO*, piscou na tela e, quando toquei no pequeno botão de interrogação ao lado da mensagem, li: *Desculpe, você digitou seu número Feliz incorretamente muitas vezes e agora está bloqueado. Digite uma senha de administrador para redefinir ou aguarde quatro horas.*

— Ah — disse Jack com pesar. — Erro fácil de cometer nessas circunstâncias.

— Mas espere — intervim, irritada. — Espere aí, isso não faz sentido. Só digitei minha senha uma vez. Como posso estar bloqueada por isso?

— Não pode — disse Jack. — Você tem três tentativas, aí ele avisa. Mas suponho que, com todo o barulho...

— Só digitei a senha uma vez — repeti. Então, quando ele não respondeu, disse, com mais determinação: — Uma vez!

— Ok, ok — Jack disse, baixinho, mas me olhou de lado por baixo da franja, seus olhos parecendo um tanto em dúvida. — Deixe-me tentar.

Entreguei-lhe o tablet, sentindo uma irritação irracional. Ficou claro que ele não acreditava em mim. O que aconteceu então? Alguém estava tentando fazer login com meu nome de usuário?

Enquanto eu assistia, Jack trocou de usuário e inseriu sua senha. A tela emitiu um brilho efêmero e ele entrou no aplicativo.

Sua tela estava organizada de forma diferente da minha, percebi. Ele tinha algumas permissões que eu não tinha, como o acesso às câmeras da garagem e do lado de fora, mas não às do quarto das crianças e da brinquedoteca, como eu. Os ícones dessas salas estavam acinzentados e indisponíveis. Mas, quando clicou na cozinha, ele conseguiu diminuir as luzes tocando nos controles do aplicativo.

A percepção foi como um pequeno choque.

— Espere aí... — As palavras saíram antes que eu tivesse pensado em como formulá-las. — Você consegue controlar as luzes pelo aplicativo?

— Só se eu estiver aqui — disse ele, clicando em outra tela. — Se você é um usuário-mestre, como Sandra e Bill, pode controlar tudo remotamente, mas a gente só pode controlar as salas em que estamos. É algum tipo de geolocalização. Se você estiver perto o suficiente do painel do cômodo em que está, terá acesso àquele sistema.

Fazia sentido, suponho. Se você estivesse perto o suficiente para alcançar um interruptor de luz, por que não dar acesso ao resto dos controles da sala? Mas, por outro lado... quão perto era perto? Estávamos diretamente abaixo do quarto de Maddie e Ellie. Ele poderia controlar as luzes de lá por seu telefone aqui embaixo? E lá fora no quintal?

Mas eu me controlei. Isso era inútil. Ele não precisava acessar os controles do pátio, tinha um molho de chaves.

Exceto que... que melhor maneira de fazer alguém pensar que você não estava envolvido... quando realmente estava?

Balancei a cabeça. Tinha que parar com isso. Poderia ter sido Ellie, mexendo no iPad no meio da noite. Talvez ela tivesse descido para jogar Candy Crush, ou assistir a um filme, e acidentalmente pressionado algo que não deveria. Poderia ter sido algum tipo de configuração pré-programada que liguei sem perceber, a versão em aplicativo de uma discagem acidental. Poderiam ter sido Bill e Sandra, olhando por esse lado. Se fosse para ficar paranoica, melhor ir com tudo, afinal. Por que parar num faz-tudo aleatório? Por que não estender a suspeita a todos? O fato de que eles tinham acabado de me contratar e tinham menos motivos para querer que eu fosse embora do que qualquer outra pessoa não tinha nada a ver. Ou, por falar nisso, havia outros usuários. Quem sabia quais permissões Rhiannon poderia ter?

De repente, percebi que Jack estava me observando, os braços cruzados sobre o peito bastante nu. Peguei um vislumbre de mim mesma refletida na parede de vidro da cozinha: sem sutiã em minha camisetinha de dormir. O rosto ainda amassado e o cabelo como se eu tivesse sido arrastada por um arbusto. Tão longe da imagem profissional arrumada e bonitinha que eu tentava projetar durante o dia, o contraste chegava a ser risível. Senti minhas bochechas ficarem quentes.

— Meu Deus, sinto muito, Jack. Você não precisava... — Parei.

Era a vez de ele olhar para si mesmo, parecendo perceber que também estava seminu. Jack deu uma risada desajeitada, um rubor manchando suas maçãs do rosto.

— Eu deveria ter colocado alguma roupa. Pensei que todas vocês estavam sendo assassinadas no meio da noite, então não parei para me vestir... Escute, faça as meninas dormirem, vou colocar uma camisa, acalmar os cachorros e depois rodarei um software de antivírus no aplicativo.

— Você não precisa fazer isso hoje — protestei, mas ele balançou a cabeça.

— Não, é melhor. Não consigo entender por que isso está acontecendo e não aceito ver todas vocês fora de suas camas pela segunda vez em uma noite. Mas você não precisa esperar por mim. Eu tranco tudo depois de sair. Ou posso dormir aqui se você estiver preocupada. — Ele gesticulou para o sofá. — Posso trazer um cobertor.

— Não! — Saiu mais afiado e enfático do que eu pretendia, então lutei para disfarçar minha reação exagerada. — Não, quero dizer... você não precisa fazer isso. De verdade. Eu vou...

Cale a boca, garota estúpida.

Engoli em seco.

— Eu vou levar as meninas para a cama e voltar. Não demoro.

Pelo menos, eu esperava que não demorasse. Petra parecia preocupantemente desperta.

Foi talvez uma hora mais tarde — depois que coloquei as meninas de volta na cama pela segunda vez naquela noite, e acalmei Petra para um estado que não era exatamente sono, mas pelo menos era quase — que desci de novo para o cozinha. Eu meio que esperava que Jack tivesse se arrumado e ido embora, mas ele estava esperando por mim, desta vez com uma camisa de flanela xadrez e uma xícara de chá na mão.

— Você quer uma? — ele perguntou. Por um minuto eu não tinha certeza do que ele estava falando, então Jack levantou a xícara, e eu balancei a cabeça.

— Não, obrigada. Não vou dormir se ingerir alguma coisa com cafeína agora.

— Justo. Você está bem?

Não sei por que foi essa simples pergunta que me provocou. Talvez fosse a preocupação genuína em sua voz ou o enorme alívio de estar com outro adulto depois de tantas horas passadas a sós com as crianças. Talvez tenha sido apenas o choque do que aconteceu, finalmente se instalando. Mas eu comecei a chorar.

— Ei.

Ele se levantou desajeitadamente, enfiando as mãos nos bolsos e depois tirando-as. Então, como se estivesse se decidindo, ele cruzou a cozinha rapidamente e colocou o braço ao meu redor. Eu me virei, não pude evitar, enterrei o rosto em seu ombro, sentindo meu corpo inteiro tremer com os soluços.

— Ei, ei... — ele repetiu, mas desta vez sua voz veio até mim através de sua caixa torácica, mais profunda e suave, e de alguma forma mais lenta. Sua mão pairou acima do meu ombro e, em seguida, pousou, muito suavemente, no meu cabelo. — Rowan, vai ficar tudo bem.

Foi isso, *Rowan*, que me fez recobrar os meus sentidos, me lembrou de quem eu era, e de quem *ele* era, e o que eu estava fazendo ali.

Engoli em seco com toda a força e dei um passo para trás, enxugando os olhos na manga.

— Ah, meu Deus, Jack, me d-desculpe.

Minha voz ainda estava trêmula e áspera de tanto chorar. Ele estendeu a mão. Por um minuto, pensei que ele fosse tocar minha bochecha, e não sabia se queria me afastar ou me inclinar para a carícia. Então percebi: ele estava me oferecendo um lenço de papel. Peguei e assoei o nariz.

— Meu Deus — consegui dizer por fim, e então fui até o sofá da cozinha e me sentei, sentindo que minhas pernas estavam prestes a ceder. — Jack, você deve pensar que eu sou uma completa idiota.

— Eu acho que você é uma mulher que passou por um susto horrível e estava se contendo por causa das crianças. E também acho que...

Ele parou, mordendo o lábio. Eu franzi a testa.

— O quê?

— Não, não importa.

— Importa, sim. — De repente, eu queria que ele dissesse o que quer que estivesse segurando, mesmo que temesse bastante o que poderia ser. — Diga — insisti.

Ele suspirou.

— Eu não deveria dizer isso. Não falo mal dos meus empregadores.

Ah. Então não era o que eu estava temendo. Fiquei simplesmente curiosa.

— Mas?

— Mas... — Ele parou, mordendo o lábio, e então pareceu tomar uma decisão. — Ah, foda-se. Já falei demais. Acho que Sandra e Bill nunca deveriam ter colocado você nessa posição. Não é justo com você e não é justo com as crianças.

Ah.

Agora era a minha vez de me sentir constrangida. O que eu poderia dizer?

— Eu sabia com o que tinha me comprometido — falei, finalmente.

— É, mas sabia mesmo? — Ele se sentou ao meu lado, fazendo as almofadas do sofá chiarem. — Aposto que eles não foram cem por cento honestos sobre aquelazinha, né?

— Quem, Maddie?

Ele assentiu, e eu suspirei.

— Ok, não, você está certo, não foram. Ou não totalmente. Mas eu sou uma profissional que já trabalhou em uma creche, Jack. Não é nada que eu não tenha encontrado antes.

— Sério?

— Tá, talvez eu não tenha encontrado ninguém exatamente como Maddie, mas ela é apenas uma garotinha, Jack. Estamos nos conhecendo, só isso. Tivemos um bom dia hoje.

Mas não era bem verdade, era? Ela tentou me demitir, primeiro me atraindo para aquele maldito jardim envenenado, e, segundo, me dedurando para a mãe de uma forma bem pensada para me fazer parecer tão ruim quanto possível.

— Jack, existe alguma maneira de ter sido... — eu me interrompi e alterei o que ia dizer: — ... uma das crianças que ativou todas aquelas coisas? Elas estavam brincando com o tablet mais cedo, existe alguma maneira de terem... Não sei... pré-programado isso por acidente?

Ou deliberadamente, pensei, mas não disse.

Mas ele balançou a cabeça.

— Acho que não. Haveria um registro de login. E, de qualquer forma, pelo que você disse, todos os alto-falantes e sistemas de iluminação da casa foram acionados. Nenhum dos usuários deste tablet tem direitos de acesso para fazer uma coisa assim. Você precisaria de uma senha de administrador para isso.

— Então... teria que ser Bill ou Sandra, basicamente? É isso que você está dizendo? — O pensamento era muito estranho, e minhas dúvidas devem ter aparecido em meu rosto. — As crianças poderiam ter visto a senha deles de alguma forma?

— Talvez, mas eles não estão nem cadastradas como usuários deste tablet. Olhe. — Ele clicou no pequeno menu suspenso no aplicativo de gerenciamento doméstico que listava os possíveis usuários para esse dispositivo. Eu, ele, Jean e um último marcado como "Hóspede". E só.

— Então o que você está dizendo é que... — falei devagar, tentando pensar nas consequências. — Para obter um nível de acesso de administrador, a pessoa não precisaria apenas da senha de Sandra, precisaria também do telefone dela?

— Basicamente, sim. — Ele puxou seu telefone e me mostrou o painel de acesso. — Viu? Eu sou o único usuário no meu telefone. É a forma como está configurado.

— E para configurar novos usuários em um dispositivo...

— Você precisa de um código específico. Sandra deve ter lhe dado um quando você chegou aqui, não?

Eu confirmei.

— E deixe-me adivinhar, o código só pode ser gerado pelo...

— Por um administrador, sim. É basicamente isso.

Não fazia sentido. Sandra ou Bill fizeram isso de alguma forma? Não estava além dos limites da possibilidade. Eu tinha lido sobre o aplicativo quando Sandra me contou a respeito pela primeira vez. Pelo que pude entender, o objetivo principal do sistema era poder controlá-lo de qualquer lugar com acesso à internet; verificar as câmeras de segurança quando estivesse de férias em Verbier, estar no andar de cima e acender as luzes antes de descer para o térreo, diminuir o aquecimento quando estivesse preso em um engarrafamento em Inverness. Mas por que eles fariam isso?

Lembrei-me do que Jack disse quando fui levar as meninas para a cama e, embora soubesse que estava me agarrando a bobagens, ainda precisava fazer a pergunta.

— E o antivírus?

Ele balançou a cabeça.

— Nada no tablet, de qualquer forma. Está limpíssimo.

— Merda. — Passei as mãos pelo cabelo e ele colocou a mão no meu ombro, me tocando de novo, de leve, mas senti uma espécie de descarga elétrica correr entre nós, fazendo os pelos do braço se arrepiarem. Estremeci de leve.

Jack fez uma cara pensativa, interpretando mal a minha reação.

— Eu aqui tagarelando, e você deve estar com frio e cansada; vou deixar você ir para a cama.

Não era verdade. Não mais. Eu não estava com frio e, de repente, também estava muito longe de estar cansada. O que eu queria era uma bebida, com ele — e, de preferência, a mais forte possível. Eu não costumava beber destilados, mas estava na ponta da minha língua mencionar a garrafa de uísque no armário da cozinha. Mas eu sabia que, se o fizesse, estaria iniciando algo muito estúpido, algo que talvez não fosse capaz de parar.

— Ok — concordei, finalmente. — Provavelmente é melhor mesmo. Obrigada, Jack.

Fiquei de pé e ele também, pousando o chá e se espreguiçando até que ouvi suas articulações estalarem. Um pequeno pedaço de barriga lisa apareceu entre a barra da camisa e o topo de sua calça.

Então, fiz algo que surpreendeu até a mim mesma. Algo que eu não pretendia fazer até o instante em que me vi fazendo.

Fiquei na ponta dos pés e, puxando seu ombro, dei um beijo na bochecha dele. Senti a magreza de sua pele, a aspereza da barba por fazer sob meus lábios, e seu calor. E senti algo no meu âmago apertar com desejo.

Quando dei um passo para trás, sua expressão era de surpresa vazia. Por um momento pensei que tinha cometido um erro terrível e o frio na minha barriga se intensificou a ponto de me deixar enjoada. Mas então seu rosto se abriu em um largo sorriso, e ele se inclinou e me beijou de volta, muito gentilmente, os lábios quentes e muito macios contra a minha bochecha.

— Boa noite, Rowan. Tem certeza que vai ficar bem? Você não precisa que eu... fique?

Houve uma pausa infinitesimal antes da última palavra.

— Tenho certeza.

Ele assentiu. Então se virou e saiu pela despensa.

Eu tranquei a porta depois que ele saiu, a chave girando com um claque tranquilizante. Então coloquei a chave de volta em seu lugar de descanso e fiquei observando a silhueta de Jack contra a luz vinda das janelas do estábulo enquanto ele voltava para seu pequeno apartamento. Ao subir as escadas até a porta da frente, ele se virou e ergueu a mão em despedida. Mesmo que eu não tivesse certeza de que ele seria capaz de me ver na escuridão, eu levantei a minha de volta.

Então ele sumiu, a porta se fechou e a luz externa se apagou, deixando uma escuridão chocante e turva em seu rastro. E eu fiquei ali, parada, com calafrios, lutando contra a vontade de tocar com as pontas dos dedos o lugar na minha bochecha onde seus lábios estiveram.

Eu não sabia o que ele queria dizer quando se ofereceu para ficar. O que ele estava esperando, imaginando.

Mas sabia o que *eu* queria. E sabia que tinha chegado muito perto de dizer sim.

Eu sei o que você está pensando, sr. Wrexham. Nada disso está ajudando no meu caso. E foi isso que o sr. Gates pensou também.

Porque sabemos aonde isso leva, você e eu, não sabemos?

Até uma noite chuvosa de verão em que saí de casa, com a babá eletrônica em uma das mãos, correndo pelo pátio e subindo as escadas para o apartamento do estábulo.

E para o corpo de uma criança, caído — mas não. Não posso pensar nisso ou vou começar a chorar de novo. E quando se perde o controle aqui, perde mesmo, sei disso agora. Eu nunca soube que havia tantas maneiras de lidar com uma dor tão impossível de aguentar. Mas na prisão eu vi todas as dores. As mulheres que cortam a própria pele, arrancam os cabelos e mancham as celas com sangue, merda e mijo. As que cheiram, atiram e fumam até esquecer. As que dormem, dormem e dormem e nunca saem da cama, nem mesmo para as refeições, até não serem nada além de ossos, pele acinzentada e desespero.

Mas eu *tenho* que ser honesta com você, isso é o que o sr. Gates não entende — não pôde entender. Foi interpretar um papel que me trouxe para cá em primeiro lugar. Rowan, a Babá Perfeita, com seus cardigãs abotoados, o sorriso fixo e o currículo perfeito — ela nunca existiu e você sabe disso. Por trás daquela fachada elegante e alegre estava alguém muito diferente. Uma mulher que fumava, bebia e falava palavrão, cuja mão coçava para dar uns tapas em mais de uma ocasião. Tentei encobrir: dobrar cuidadosamente minhas camisetas, quando meu instinto era jogá-las no chão, sorrir e acenar quando queria falar para os Elincourt irem à merda. E quando a polícia me levou para ser questionada, o sr. Gates queria que eu continuasse fingindo, escondendo quem sou de verdade. Mas para onde tal fingimento me levou? Para cá.

Tenho que dizer a verdade, toda a verdade e nada além da verdade. Porque deixar de fora essas partes seria menos do que toda a verdade. Contar-lhe apenas as partes que me exoneram me faria cair de novo em uma velha armadilha. Porque foram mentiras que me trouxeram até aqui, em primeiro lugar. E preciso acreditar que é a verdade que vai me libertar.

Ao acordar, tinha esquecido que dia era. Quando meu despertador tocou, ainda grogue, busquei pelo som de vozes infantis. Então, quando apenas o silêncio me recebeu, apertei o botão de soneca e voltei a dormir. Tocou de novo dez minutos depois, e dessa vez pensei ter ouvido um barulho vindo do andar de baixo. Depois de ficar deitada por mais dez minutos, me preparando para o dia, joguei as pernas para fora da cama e fiquei de pé, incerta, tonta por não ter dormido. Então desci para a cozinha para encontrar não Maddie e Ellie, mas Jean McKenzie, esfregando os pratos com um olhar desaprovador.

— As pequenas ainda não acordaram? — perguntou ela quando entrei na sala, esfregando os olhos e desejando um café. Balancei a cabeça.

— Não, nós tivemos um... — O que devo dizer? De repente, percebi que não conseguiria contar a história toda. — Uma noite um pouco perturbada — concluí por fim. — Pensei em deixá-las dormir até mais tarde.

— Bom, isso não seria problema em um fim de semana, mas são 7h25 e eles precisam estar de banho tomado, vestidas e no carro até as 8h15.

8h15? Pensei um pouco e então percebi. Porra.

— Ah, Deus, é segunda-feira.

— Sim, e você precisa se mexer se quiser fazer tudo a tempo.

— Eu não vou. — Maddie estava deitada de bruços na cama, com as mãos nos ouvidos. Comecei a me sentir desesperada. Não era tanto o que eu diria a Sandra se não conseguisse levar as meninas para a escola, mas o fato de que eu *precisava* dessa pausa. Eu mal tinha dormido três horas na noite anterior. Conseguiria lidar com um bebê rebelde. Não conseguia lidar com duas crianças em idade escolar, além disso, muito menos uma tão mal-humorada e recalcitrante quanto Maddie.

— Você vai e pronto.

— Eu não vou e você não pode me obrigar.

O que eu poderia dizer a respeito? Afinal, era verdade.

— Se você se vestir agora, ainda temos tempo para o cereal.

Chegara a isso então. Basicamente subornando-a com a lista de alimentos proibidos de Sandra em cada obstáculo. Mas tinha funcionado com Ellie, que estava, eu presumi, lá embaixo agora, mais ou menos vestida (embora não de banho tomado ou cabelo escovado), comendo cereal com Jean.

— Eu não quero cereal. Eu não *gosto*. É para bebês.

— Bem, está adequado então, já que você está se comportando que nem um bebezinho! — rebati e depois me arrependi quando a ouvi rindo.

Não reaja, pensei. Não dê a ela esse poder. Tem que ficar calma, ou ela saberá que pode afetar você.

Pensei em contar até dez, então me lembrei do doloroso "um e meio" de algumas noites antes e revisei apressadamente meus planos.

— Maddie, estou ficando muito entediada aqui. A menos que você queira que eu te leve para a escola de pijama, sugiro que vista o uniforme.

Ela não disse nada, e por fim suspirei.

— Ok, bem, se você quer se comportar como um bebê, vou ter que tratá-la como um, e vesti-la do jeito que faço com Petra.

Peguei as roupas e avancei lentamente em direção à cama, esperando que a leve advertência pudesse induzi-la a se mexer e vestir-se. Mas ela só ficou lá, sentada, fazendo-se tão mole e pesada quanto possível, de modo que minhas costas gritaram em protesto quando comecei a forçá-la a entrar em suas roupas. Ela estava frouxa como uma boneca de pano, mas cem vezes mais pesada. Eu estava respirando com dificuldade quando finalmente dei um passo para trás. Sua saia estava torta e o cabelo desgrenhado por eu ter puxado a camiseta por cima da cabeça, mas ela estava mais ou menos vestida, em certa acepção da palavra.

Finalmente, pensando que poderia tirar vantagem de sua passividade, coloquei uma meia em cada pé e então calcei seus sapatos escolares.

— Pronto — concluí, tentando manter o triunfo fora da minha voz. — Você está vestida. Muito bem, Maddie. Agora, vou lá para baixo comer cereal com Ellie, se você quiser se juntar a nós. Caso contrário, a gente se vê no carro em quinze minutos.

— Eu não escovei meus dentes — ela disse, toda dura, sem mover nada além da boca.

Dei uma risada.

— Vá tomar... — Mordi a língua no momento certo e então reformulei: — ... banho. Mas se você está incomodada...

Fui até o banheiro no corredor e coloquei um pouco de pasta de dente na ponta da escova, com a intenção de deixar que ela decidisse se iria escovar os dentes ou não. Mas quando voltei, segurando a escova, ela estava sentada na cama.

— Você pode escovar para mim? — pediu, sua voz quase normal depois da marra mal-humorada de alguns minutos atrás. Eu franzi a testa. Oito anos não era um pouco velha para ter os dentes escovados pela babá? O que o fichário dizia? Não conseguia me lembrar.

— Hum... tudo bem — concordei, finalmente.

Ela abriu a boca como um passarinho obediente e avancei com a escova de dentes, mas só consegui escovar por alguns segundos até ela virar a cabeça e cuspir na minha cara, uma gosma branca de menta com catarro, que deslizou pela minha bochecha e lábios até cair na minha blusa.

Por um minuto não consegui falar, não consegui dizer nada. Então, antes que tivesse tempo de pensar no que estava fazendo, minha mão disparou para dar um tapa no rosto de Maddie.

Ela se encolheu e, com o que parecia ser um esforço sobre-humano, eu me segurei, com a mão a centímetros de seu rosto, sentindo a respiração rápida e irregular dentro do peito.

Seus olhos encontraram os meus e ela começou a rir, totalmente sem alegria, uma espécie de prazer cacarejante e frio que me fez querer sacudi-la.

Meu corpo inteiro estremecia com a adrenalina. Eu sabia o quão perto tinha chegado de ir às vias de fato, tirando o sorriso de seu rostinho sabichão com um tapa. Se ela fosse minha filha, teria feito isso, sem dúvida. Minha raiva era incandescente e absoluta.

Mas eu tinha me impedido. Eu *tinha* me impedido.

Pareceria assim no monitor, porém, se Sandra estivesse assistindo?

Eu não podia confiar em mim mesma para falar. Em vez disso, levantei, deixando Maddie dando aquela risada fria e opressiva na cama. Caminhei trêmula até o banheiro, ainda segurando a escova de dentes. Com as mãos vacilando, limpei a pasta de dente do rosto e do peito, e bochechei para tirar o cuspe da boca.

Então fiquei avaliando a pia, com a torneira aberta, as mãos ao lado da borda de cerâmica, sentindo meu corpo inteiro tremer com soluços reprimidos.

— Rowan? — A chamada veio do andar de baixo, fraca sobre o som da água corrente e meus próprios suspiros chorosos. Era Jean McKenzie. — Jack Grant está lá fora com o carro.

— Estou... estou indo — respondi, esperando que minha voz não traísse minhas lágrimas. Então joguei água no rosto, sequei os olhos e voltei para o quarto onde Maddie esperava.

— Certo, Maddie — falei, mantendo minha voz o mais calma que pude. — Hora de ir para a escola. Jack está lá fora com o carro, não vamos deixá-lo esperando.

E, para minha grande surpresa, ela se levantou calmamente, pegou a mochila e seguiu para as escadas.

— Posso levar uma banana no carro? — ela perguntou por cima do ombro, e eu me peguei afirmando com a cabeça, como se nada tivesse acontecido.

— Sim — concordei, ouvindo minha própria voz nos ouvidos, monótona e sem emoção. Então pensei: tenho que dizer alguma coisa, não posso deixar isso passar. — Maddie, sobre o que aconteceu, você não pode cuspir nas pessoas assim, é nojento.

— O quê? — Ela se virou para olhar para mim, seu rosto a imagem de inocência ferida. — O quê? Eu só espirrei. Não consegui segurar.

E então ela desceu correndo o que faltava do lance de escadas e saiu para o carro que esperava, como se a amarga luta dos últimos vinte minutos não tivesse sido nada além de uma invenção da minha imaginação.

Enquanto eu conferia o assento do carro de Petra e me afivelava na frente, ao lado de Jack, me peguei pensando quem tinha vencido aquele enfrentamento. E então me ocorreu como essa dinâmica era escrota, a ponto de meu relacionamento com aquela garotinha problemática não ser sobre carinho e cuidado, mas sobre vitória, domínio e guerra.

Não. Não importava qual fosse o resultado daquela situação, eu não havia vencido. Eu tinha perdido no momento em que deixei Maddie transformá-la em uma batalha.

Mas eu não tinha batido nela. O que significava que, no mínimo, eu havia triunfado sobre meu pior instinto.

Eu não tinha deixado os demônios vencerem. Não daquela vez.

Quando o portão da escola se fechou, senti uma espécie de alívio tomar conta de mim. Quase caí na calçada, de costas para as grades de ferro, com o rosto entre as mãos.

Eu consegui. Eu *consegui*. E agora minha recompensa seriam cinco horas de algo próximo ao relaxamento. Eu ainda tinha que cuidar de Petra, é claro, mas cinco horas com ela não eram nada comparado ao sofrimento desconfortável de Ellie e à amarga campanha vingativa de Maddie.

De alguma forma, fiquei de pé e voltei pela esquina para a estrada lateral onde Jack estava esperando no carro com Petra.

— Sucesso? — ele perguntou quando abri a porta do carro e deslizei para o seu lado. Eu senti um sorriso se abrir em meu rosto, incapaz de esconder o alívio.

— Sim. Elas estão atrás das grades pelas próximas horas, enfim.

— Viu? Você está fazendo um ótimo trabalho — ele disse sem dificuldade, pisando no acelerador para que deslizássemos para longe do meio-fio com o zumbido silencioso irritante que eu me acostumei a aguardar do carro.

— Não sei, não — comentei, um pouco amarga. — Tirar Maddie de casa não foi simples, para ser honesta. Mas sobrevivi a outra manhã, o que provavelmente é o principal.

— Agora, o que você quer fazer? — Jack perguntou objetivamente, enquanto dirigíamos em direção ao centro da pequena cidade em que ficava a escola primária das meninas. — Podemos voltar direto para casa, se você tiver coisas para fazer, ou podemos parar para tomar um café. Se quiser, também posso lhe mostrar um pouquinho de Carn Bridge.

— Um pequeno passeio seria ótimo. Eu não tive oportunidade de ver nada além de Heatherbrae, e Carn Bridge parecia muito bonita quando estávamos passando.

— Sim, é um lugarzinho bonito. E também tem um bom café, o Parritch Pot. Fica do outro lado da vila, mas não tem muita opção para estacionar, então vou parar perto da igreja. Aí, podemos ir caminhando pela rua principal e te mostro o que há para ver.

Dez minutos depois, já tinha feito o esforço de colocar Petra em seu carrinho e estávamos andando pela rua principal de Carn Bridge, com Jack apontando lojas, pubs e acenando para um ou outro transeunte. Era um lugar pitoresco, de alguma forma construído em uma escala menor do que se esperava de longe, os prédios de granito mais arrumados e estreitos do que pareciam à distância. Também havia lojas vazias, notei — uma que fora um açougue e outra que parecia ter sido uma livraria ou papelaria. Jack assentiu quando apontei para elas.

— Há muitas casas grandes ao redor, mas as lojinhas ainda têm dificuldade. Os lugares para turista se dão bem, mas os lugares pequenos não conseguem competir com os preços dos supermercados.

O Parritch Pot era uma pequena e elegante loja de chá vitoriana bem no fundo da rua principal, com um sino de latão que soou quando Jack abriu a porta e segurou-a para que eu pudesse manobrar Petra para dentro.

Lá dentro, uma mulher de aparência maternal saiu de trás do balcão para nos receber.

— Jackie Grant! Bem, já faz um bom tempo desde que você veio aqui para um pedaço de bolo. Como vai, meu bem?

— Estou bem, sra. Andrews, obrigado. E você, como está?

— Ah, bem, não posso reclamar. E quem é sua amiga?

Ela me deu um olhar que não consegui decifrar. Havia algo... bem, astuto foi a palavra mais próxima que encontrei para descrever, como se houvesse algo mais que ela pudesse ter dito, mas estava guardando para si. Talvez fosse apenas a boa e velha curiosidade. Eu queria revirar os olhos. Não era mais a década de 1950. Certamente homens e mulheres podiam tomar uma xícara de chá sem fazer com que as pessoas ficassem fofocando, mesmo em um lugar pequeno como Carn Bridge.

— Ah, esta é Rowan — disse Jack facilmente. — Rowan, esta é a sra. Andrews, que administra a casa de chá. Rowan é a nova babá em Heatherbrae, sra. Andrews.

— Ah, então é você, minha querida — a sra. Andrews disse, elevando as sobrancelhas e sorrindo. — Jean McKenzie me contou e esqueci completamente. Bem, é um prazer conhecê-la. Vamos torcer para que você fique mais tempo do que as outras mocinhas.

— Ouvi dizer que não duraram muito — arrisquei.

A sra. Andrews riu e balançou a cabeça.

— Não, de fato. Mas você não parece do tipo que se assusta facilmente.

Eu ponderei sobre suas palavras enquanto soltava Petra do carrinho e a colocava na cadeirinha alta que Jack tinha pegado nos fundos da casa de chá. Era verdade? Alguns dias atrás eu teria dito isso. Mas agora, enquanto eu me lembrava de ficar deitada, rígida e tremendo na cama, ouvindo o *crec... crec...* de passos acima de mim, não tinha tanta certeza.

— Jack — eu disse finalmente, depois que fizemos o pedido e estávamos esperando nossas bebidas chegarem —, você sabe o que tem acima do meu quarto?

— Acima do seu quarto? — Ele pareceu surpreso. — Não, eu não sabia que havia outro andar lá em cima. É só um espaço de armazenamento ou um sótão de verdade?

— Não sei. Nunca estive lá em cima. Mas há uma porta trancada no meu quarto que, suponho, leva até lá e, bem... — Engoli em seco, sem saber como expressar isso. — Eu achei... bem, ouvi uns barulhos estranhos vindos lá de cima algumas noites atrás.

— Ratos? — ele perguntou, uma sobrancelha levantada, e dei de ombros, envergonhada demais para dizer a verdade.

— Não sei. Talvez. Mas talvez não. Parecia... — Engoli em seco novamente, tentando não dizer a palavra que pairava na ponta da minha língua, *humano*. — Maior.

— Eles fazem um barulho terrível à noite, ou pelo menos podem fazer. Eu tenho um bando de chaves em algum lugar, você quer que eu tente esta tarde?

— Obrigada. — Havia uma espécie de conforto em compartilhar meu medo, ainda que cautelosamente. Embora eu me sentisse uma tola agora que as palavras tinham deixado meus lábios. Afinal, o que eu ia encontrar lá em cima, além de poeira e móveis velhos? Mas não faria mal, e talvez houvesse alguma explicação simples: uma janela aberta, uma cadeira velha balançando com as correntes de ar, uma lâmpada oscilando com a brisa. — Você é muito gentil.

— Aqui está.

A voz veio de trás de nós, e eu me virei para ver a sra. Andrews segurando cafés, cappuccinos de verdade feitos por um ser humano e não por um maldito aplicativo. Aproximei a xícara dos lábios e tomei um gole longo e quente, sentindo a bebida escaldar a garganta, aquecendo-me por dentro. Pela primeira vez em alguns dias, senti minha confiança voltar.

— Está ótimo, obrigada — eu disse à sra. Andrews, e ela deu um sorriso simpático.

— Ah, de nada. Suponho que não chegue perto da máquina chique do sr. e da sra. Elincourt, em Heatherbrae, mas nós fazemos o melhor.

— De forma alguma — falei, rindo e pensando em meu alívio por enfim estar lidando com uma pessoa real. — Na verdade, a cafeteira deles é um pouco chique demais para o meu gosto, não consigo entender.

— Pelo que Jean McKenzie diz, a casa toda é um pouco assim, não? Ela diz que você passa por risco de vida para tentar ligar a luz.

Sorri, trocando um rápido olhar com Jack, mas não disse nada.

— Bem, não seria do meu gosto o que eles fizeram com o lugar, mas é bom que eles tenham cuidado dele, pelo menos — disse a sra. Andrews enfim. Ela enxugou as mãos no avental. — Não há muita gente por aqui que teria feito isso, considerando aquela história toda.

— Que história?

Olhei para cima, assustada, e ela abanou a mão.

— Ah, não me escute. Sou apenas uma velha fofoqueira. Mas tem alguma coisa naquela casa, sabe. Já levou mais de uma criança. A filhinha do médico não foi a primeira, segundo os relatos.

— O que você quer dizer? — Tomei outro gole de café, tentando reprimir o desconforto que crescia dentro de mim.

— Na época em que era a casa Struan — explicou a sra. Andrews, baixando a voz. — Os Struan eram uma família muito antiga e não exatamente... — Ela apertou os lábios. — Bem, não batiam muito bem da cabeça, no final. Um deles matou a mulher e o filho, afogou os dois no banho. Outro voltou da guerra e se matou com um tiro do próprio rifle.

Cruzes. Tive um lampejo repentino do banheiro familiar em Heatherbrae, luxuosamente decorado, com a banheira enorme e azulejos marroquinos. Não poderia ser a mesma banheira, mas talvez fosse o mesmo quarto.

— Ouvi dizer que houve... um envenenamento — comentei, desconfortável, e ela assentiu.

— Sim, o médico, dr. Grant. Ele veio para a casa nos anos 1950, depois que o último Struan vendeu-a e se mudou pro exterior. Ele envenenou a filhinha, ou assim dizem. Alguns vão te dizer que foi por acidente, outros...

Mas ela se interrompeu. Outro cliente entrou, fazendo tilintar a campainha acima da porta. A sra. Andrews alisou o avental e se virou com um sorriso.

— Veja bem, estou tagarelando. É apenas fofoca de desocupado e superstição. Você não deve prestar atenção. Bem, olá, Carolina. E o que posso fazer por você esta manhã?

Enquanto ela se afastava para atender a outra cliente, eu a observei, imaginando o que queria dizer. Mas então tirei essas ideias da cabeça. Ela estava certa. *Era* só superstição. Todas as casas antigas passaram por mortes e tragédias. O fato de que uma criança morrera em Heatherbrae não significava nada.

Mas ainda assim, as palavras de Ellie soavam em minha cabeça enquanto eu amarrava com firmeza o babador embaixo do queixo de Petra e pegava seu pote de bolinhos de arroz.

Tinha *outra garotinha*.

—⁂—

Pegamos o caminho mais longo de volta para Heatherbrae, dirigindo lentamente ao longo de riachos escuros como turfa e florestas de pinheiros salpicadas pelo sol. Petra cochilou no banco de trás enquanto Jack indicava pontos de referência locais: um castelo em ruínas, um forte abandonado, uma estação vitoriana desativada nos anos 1960. Ao longe, as montanhas assomavam, e tentei acompanhar os picos que Jack nomeou.

— Você gosta de fazer trilhas? — ele perguntou enquanto esperávamos a passagem de um caminhão em um cruzamento com a estrada principal. Percebi que não sabia a resposta para aquela pergunta.

— Eu... Bem, não tenho certeza. Nunca fiz isso. Gosto de andar, acho. Por quê?

— Ah... bem... — Houve uma súbita hesitação em sua voz, quando olhei de lado para ele, percebi um rubor em suas maçãs do rosto. — Eu só pensei que... Sabe... Quando Sandra e Bill voltarem e você tiver os fins de semana livres novamente, talvez pudéssemos... Eu poderia levá-la até um dos Munros. Se você tiver interesse.

— Eu... tenho — concordei, e então foi minha vez de corar. — Eu tenho interesse. Quero dizer, se você não se importar que eu seja lenta... Suponho que eu precisaria comprar botas e tal.

— Você precisaria de bons sapatos. Impermeáveis. O tempo pode mudar muito rápido na montanha. Mas...

Seu telefone fez um pequeno bipe e Jack olhou para o aparelho, depois franziu a testa e o entregou para mim.

— Desculpe, Rowan, é o Bill. Você se importa de me dizer o que ele disse? Não quero ler enquanto estou dirigindo, mas ele normalmente só manda mensagens se for algo urgente.

Eu toquei na mensagem que aparecia na tela principal e uma prévia apareceu. Era tudo que eu podia ver sem desbloquear o telefone, mas foi o suficiente.

— *Jack, preciso urgentemente de cópias impressas dos arquivos de Pemberton até hoje à noite. Por favor, largue tudo que estiver fazendo e traga...* e corta a mensagem.

— Merda — Jack disse, e então olhou culpado pelo espelho retrovisor para onde Petra estava dormindo. — Desculpe, não queria falar assim, mas isso vai me tomar toda a tarde e a noite. E a maior parte do dia de amanhã também. Eu tinha planos.

Não perguntei quais eram os planos dele. Senti apenas uma súbita onda de... não exatamente perda... não exatamente medo, também... mas uma espécie de desconforto ao perceber que ele iria embora e eu ficaria sozinha com as crianças por quase vinte e quatro horas, o tempo de Jack ir de carro até Pemberton, descansar e voltar.

Significava outra coisa também, percebi, enquanto saíamos do túnel escuro de pinheiros para a luz do sol de junho: nenhuma possibilidade de tentar abrir a porta do sótão até que ele voltasse.

Jack partiu assim que voltamos para a casa. Embora eu tivesse aceitado com gratidão sua oferta de levar os cachorros, me livrando assim da responsabilidade de alimentá-los e levá-los para passear, além de todo o resto, a casa ficou com uma sensação estranha e silenciosa depois de todos terem saído. Alimentei Petra e a coloquei para tirar sua soneca. Depois me sentei por um tempo na cozinha cavernosa, tamborilando meus dedos na mesa de concreto e observando o céu mudando pelas janelas altas. Era realmente uma vista incrível, e, à luz do dia, como agora, eu podia ver por que Sandra e Bill tinham cortado a casa pela metade do jeito que fizeram, sacrificando a arquitetura vitoriana por aquela visão abrangente de colinas e pântanos.

Ainda assim, porém, deixava uma estranha sensação de vulnerabilidade — a forma como a frente parecia tão limpa e intocada, enquanto a parte de trás havia sido serrada, expondo todas as entranhas da casa. Como um paciente que vestido parecia bem, mas que se levantasse a camisa você descobriria que suas feridas ficaram sem sutura, abertas e sangrando. Havia uma estranha sensação de identidade dividida também, como se a casa estivesse se esforçando para ser uma coisa, enquanto Sandra e Bill a puxavam implacavelmente na outra direção, amputando membros, realizando uma invasiva cirurgia em seus dignos e velhos ossos, tentando transformá-la em algo contra a vontade — em algo que a casa nunca foi feita para ser: moderna, estilosa e chique, enquanto queria ser sólida e discreta.

Os fantasmas não gostariam... Ouvi de novo na vozinha esganiçada de Maddie, e balancei a cabeça. Fantasmas. Que absurdo. Apenas histórias da carochinha e rumores. E um velho triste, morando aqui depois da morte de sua filha.

Foi mais por falta de outra coisa para fazer que abri meu telefone, digitei "Residência Heatherbrae, morte criança, jardim venenoso".

A maioria dos primeiros resultados era irrelevante, mas, conforme eu rolava mais e mais para baixo, cheguei finalmente a um blog local, escrito por algum tipo de historiador amador.

> STRUAN — Residência Struan (agora renomeada Heatherbrae), perto de Carn Bridge, na Escócia, é outra curiosidade para os historiadores de jardins, sendo um dos poucos jardins envenenados restantes no Reino Unido (outro famoso exemplo é o Castelo de Alnwick, em

Northumberland). Originalmente plantado nos anos 1950 pelo químico analítico Kenwick Grant, acredita-se que apresente alguns dos exemplos mais raros e venenosos de plantas domésticas, com foco particular em variedades nativas da Escócia. Infelizmente, o jardim foi abandonado após a morte da jovem filha de Grant, Elspeth, que morreu em 1973, aos onze anos. De acordo com as lendas locais, ela acidentalmente ingeriu uma das plantas do jardim. Embora em sua época o lugar recebesse eventuais pesquisadores e o público em geral, dr. Grant fechou definitivamente o jardim após a morte da filha. Depois que o próprio morreu, em 2009, a casa foi vendida para um comprador privado. Desde a venda, Struan foi renomeada residência Heatherbrae e acredita-se que passou por uma extensa reforma. Não se sabe o que sobrou do jardim venenoso, mas é de se ter esperança que os proprietários atuais apreciem a importância histórica e botânica que ele tem para a Escócia e mantenham o legado do dr. Grant com o respeito que merece.

Não havia fotos, mas voltei ao Google e digitei "dr. Kenwick Grant". Era um nome incomum e havia poucos resultados, mas a maioria das fotos na tela pareciam ser do mesmo homem. A primeira era uma foto em preto e branco de um homem, de talvez quarenta anos, com um cavanhaque bem aparado e pequenos óculos de armação de metal, parado na frente do que parecia ser o portão de ferro fundido do jardim murado onde Maddie, Ellie e eu tínhamos entrado ontem. Ele não estava sorrindo — seu rosto tinha a aparência de quem não sorria facilmente, com uma expressão de repouso naturalmente séria —, mas havia uma espécie de orgulho em sua postura.

A fotografia seguinte fazia um triste contraste. Era outra foto em preto e branco, obviamente do mesmo homem, mas desta vez o dr. Grant estava na casa dos cinquenta anos. Sua expressão era totalmente diferente, uma máscara distorcida de uma emoção que poderia ser tristeza, medo ou raiva, ou uma mistura dos três. Ele parecia estar correndo em direção a um fotógrafo invisível, com a mão estendida, fosse para afastar a câmera ou proteger o próprio rosto, não estava claro. Atrás do cavanhaque, a boca retorcida em uma careta raivosa que me fez estremecer, ainda que por trás da tela pequena e depois de décadas.

A última foto era colorida e parecia ter sido tirada através das grades de um portão. Mostrava um homem idoso, torto e corcunda, vestindo um macacão amarelado e um chapéu de abas largas que sombreava seu rosto. Ele estava extremamente magro, a ponto de parecer esquelético, e se apoiava numa bengala. Os óculos eram grossos e embaçados, mas ele olhava ferozmente para a pessoa que tirava sua foto, a mão livre erguida em um punho ossudo, como se estivesse ameaçando o fotógrafo. Cliquei na foto, tentando descobrir seu contexto, mas não havia nenhum. Era apenas uma página do Pinterest, sem informações sobre onde a foto havia sido encontrada. *Dr. Kenwick Grant*, dizia a legenda, *2002*.

Quando abaixei o telefone, senti uma emoção avassaladora, uma espécie de tristeza desesperada, pelo dr. Grant, por sua filha e por aquela casa, onde tudo aconteceu.

Incapaz de ficar em silêncio com meus pensamentos por mais tempo, levantei-me, coloquei a babá eletrônica no bolso e, pegando uma bola de barbante da gaveta ao lado do fogão, saí de casa pela porta da despensa, traçando o caminho que as meninas haviam me mostrado no dia anterior.

O sol da manhã tinha ido embora e eu estava com frio quando cheguei ao caminho de paralelepípedos que levava ao jardim venenoso. Estranho pensar que era junho — em Londres eu estaria suando em saias curtas e blusas sem mangas, xingando o ar-condicionado de merda da Pequeninos. Ali, tão ao norte, quase na metade do caminho para o Ártico, eu estava começando a me arrepender de não ter levado um casaco. A babá eletrônica estava silenciosa no meu bolso quando cheguei ao portão e deslizei a mão pelo metal para tentar abrir o trinco, como Ellie havia feito.

Era mais difícil do que ela tinha feito parecer. Não apenas porque o espaço nas grades de ferro fundido era estreito demais para minha mão passar confortavelmente, mas também pelo ângulo. Mesmo depois de ter forçado a mão pelo portão, xingando enquanto a ferrugem cortava as juntas dos meus dedos, não consegui alcançar a tranca.

Mudei de posição, me ajoelhando no paralelepípedo úmido, sentindo o frio passar pelo tecido fino da meia-calça, e finalmente consegui colocar a ponta do dedo na lingueta da tranca. Pressionei, pressionei mais... e então o portão se abriu com um estrondo, e eu quase caí para a frente nos paralelepípedos gastos.

Era difícil acreditar que eu confundira aquilo com um jardim comum. Agora que conhecia sua história, os sinais de alerta estavam por toda parte. Frutinhas de louro pretas e gordas, as agulhas finas de teixo, manchas esparsas de dedaleira, moitas de urtigas, que eu havia tomado como ervas daninhas quando entrei no jardim, mas que, agora notei, traziam uma placa de metal enferrujado cavado profundamente na terra, com as palavras *Urtica dioica*. E outras também, que não reconheci, uma planta com flores lilás espalhafatosas, outra que roçou minha perna, provocando a sensação de minúsculas agulhas. Um pedaço de algo que parecia sálvia, mas deveria ser bem diferente. E, quando abri a porta de um galpão em ruínas, uma extravagância de cogumelos, alguns venenosos, outros, não, ainda brotando corajosamente no escuro.

Não consegui conter um estremecimento quando fechei a porta sem fazer barulho, sentindo a madeira úmida raspar nas lajes. Tantos venenos — alguns tentadores, outros decididamente não. Alguns familiares e outros que nunca tinha visto antes, eu tinha certeza. Alguns tão lindos que queria quebrar um galho e enfiar em um jarro na cozinha, só que não me atrevi. Até as plantas familiares naquele ambiente pareciam estranhas e sinistras — não mais cultivadas por suas lindas flores e cores, mas por sua mortalidade.

Abracei meu corpo enquanto caminhava. Em parte para me proteger, mas o jardim estava tão fora de controle que era impossível evitar roçar nas plantas. O toque das folhas na minha pele lembrava espinhos, e eu não conseguia mais dizer quais das plantas eram tóxicas ao toque ou se era pura paranoia minha que fazia a pele coçar e ficar dormente quando passava.

Foi só quando me virei para sair que notei outra coisa: um conjunto de tesouras de poda, apoiada na parede baixa de tijolos em torno de um dos canteiros. Eram novas e brilhantes, nem um pouco enferrujadas. Olhando para o alto, vi que o arbusto acima da minha cabeça havia sido podado — não muito, mas o suficiente para limpar o caminho. E, mais acima, vi que um pedaço de barbante de jardim havia sido usado para segurar uma trepadeira.

Na verdade, quanto mais eu olhava, mais tinha certeza: o jardim não era tão negligenciado quanto parecia. Alguém estava cuidando dele, e não era Maddie ou Ellie. Nenhuma criança teria pensado em cortar com tanto cuidado aquele galho pendurado — elas o teriam arrancado ou simplesmente se agachado para passar, isso se fossem altas o suficiente para notá-lo.

Então quem? Não era Sandra. Tinha certeza disso. Jean McKenzie? Jack Grant?

O nome soou na minha cabeça com um toque curioso. Jack... Grant.

Não era um sobrenome incomum, principalmente por aqui, mas ainda assim. Dr. Kenwick Grant. Seria mesmo coincidência?

Enquanto eu estava parada, pensando, a babá eletrônica no meu bolso soltou um pequeno grunhido, me trazendo de volta à realidade. Eu lembrei o que tinha ido fazer ali.

Pegando a tesoura, corri de volta para o portão e fechei-o com firmeza atrás de mim. O *clec* do trinco fez um bando de pássaros dos pinheiros na encosta subir ao céu, e o rufar deles pareceu ecoar de volta para mim das colinas opostas, mas eu estava com muita pressa agora para me importar.

Tirando o barbante do bolso, cortei um pedaço generoso, então fiquei na ponta dos pés e comecei a enrolá-lo ao redor do topo do portão, acima da altura da minha cabeça, onde nenhuma criança poderia alcançar. Enrolei para dentro, entre os ornamentos e ao redor do lintel de tijolo acima, até que finalmente o barbante tinha acabado e o portão estava totalmente seguro. Então dei um nó torto, enrolando as pontas em volta das mãos, puxando o barbante até que meus dedos ficassem brancos.

A babá eletrônica no meu bolso gemeu novamente, desta vez com mais determinação, mas agora eu tinha certeza de que o portão estava seguro e que nada menos que uma escada permitiria que Maddie e Ellie o arrombassem dessa vez. Guardando a tesoura no bolso, peguei meu telefone e apertei o ícone de alto-falante do Feliz.

— Estou indo, Petra, calma, calma, querida, não precisa chorar, estou indo.

E corri pelo caminho de pedras até a casa.

—ɯɯ—

As horas seguintes foram ocupadas com Petra e depois descobrindo como dirigir o Tesla para pegar as meninas na escola. Jack levou com ele o segundo carro dos Elincourt, um Land Rover, para encontrar Bill, e me deu um curso rápido de pilotagem antes de partir. Mas era um estilo inegavelmente diferente e levei alguns quilômetros para me acostumar — sem embreagem, sem marchas e uma estranha desaceleração toda vez que eu tirava o pé do acelerador.

As meninas estavam cansadas depois do dia na escola e passaram a volta para casa toda em silêncio. A tarde e a noite transcorreram sem incidentes. Jantaram, se revezaram jogando no tablet, depois vestiram o pijama e foram para a cama sem dar praticamente um pio. Quando subi às oito para apagar as luzes e botá-las para dormir, ouvi a voz de um adulto vinda dos alto-falantes.

No começo, pensei que estavam escutando um audiolivro, mas então ouvi Maddie dizer alguma coisa, sua vozinha ininteligível atrás da porta, e a voz amplificada nos alto-falantes respondeu:

— Ah, querida, muito bem! Nota dez! Que orgulho de você. E você, Ellie? Você está praticando soletrar também?

Era Sandra. Ela tinha ligado para o quarto das crianças e estava conversando com elas antes de dormirem.

Por um momento fiquei imóvel, pairando do lado de fora da porta, a mão na maçaneta, ouvindo a conversa delas, meio esperando — meio temendo — ouvir algo sobre mim.

Mas, em vez disso, ouvi Sandra dizer às meninas para se aconchegarem; as luzes se apagaram e ela começou a cantar uma canção de ninar.

Havia algo tão amoroso, tão pessoal nesse ato simples, a voz de Sandra oscilando nas notas agudas e tropeçando em alguma letra estranha, que me senti uma bisbilhoteira. Eu queria, mais do que tudo, abrir a porta, entrar na ponta dos pés e abraçar Maddie e Ellie, beijar suas testas quentes, dizer a elas como eram sortudas por terem uma mãe que pelo menos *queria* estar presente, mesmo que não pudesse.

Mas eu sabia que isso quebraria a ilusão de que a mãe delas estava realmente presente, então recuei. Se Sandra quisesse falar comigo, sem dúvida ligaria para a cozinha quando terminasse.

Enquanto eu comia e me arrumava, esperei, um pouco nervosa, pelo som de sua voz estalando pelo interfone, mas nada. Às 21h a casa estava silenciosa. Tranquei tudo e fui para a cama com a sensação de pisar em ovos.

Depois de escovar os dentes e apagar as luzes, deitei-me na cama, sentindo o corpo inteiro doer de cansaço. O telefone estava na minha mão, mas em vez de colocá-lo para carregar e ir dormir direto, me peguei pesquisando o dr. Grant novamente.

Fiquei olhando para a foto dele por um longo tempo, pensando nas palavras da sra. Andrews no café. Havia algo no contraste entre aquela primeira foto e a última que era quase chocante, algo que falava de longas noites de dor e agonia, talvez neste mesmo quarto em que eu estava. Como teria sido viver ali todos aqueles anos, com as fofocas da cidade girando ao seu redor, e as memórias tão desoladoras e dolorosas de sua filha?

Voltando à tela de pesquisa, digitei "Elspeth Grant morte Carn Bridge" e esperei que os links surgissem.

Não havia nenhuma foto, pelo menos não que eu conseguisse encontrar. E ela não recebeu exatamente um obituário, apenas um fragmento de texto no *Carn Bridge Observer* (agora extinto), afirmando que Elspeth Grant, amada filha do dr. Kenwick Grant e da falecida Ailsa Grant, tinha morrido no hospital St. Vincent Cottage em 21 de outubro de 1973, aos onze anos.

Algumas semanas depois, uma breve matéria, desta vez na *Inverness Gazette*, registrou os resultados de uma autópsia e do inquérito sobre a morte de Elspeth. Parecia que ela havia morrido por comer *Prunus laurocerasus*, frutinhas de louro-cereja, que foram acidentalmente transformadas em geleia. Parece que as frutinhas eram fáceis de se confundir com cerejas ou groselha por coletores inexperientes. Acreditava-se que a criança as havia colhido e levado para a governanta, que simplesmente as despejou na panela sem verificar. O próprio dr. Grant nunca comia geleia, preferindo mingau salgado, e a governanta não morava lá e fazia suas refeições em casa, no vilarejo. A babá de Elspeth havia renunciado ao cargo quase dois meses antes do incidente, então Elspeth foi a única a ingerir o veneno. Ela começou a passar mal quase imediatamente e morreu de falência múltipla de órgãos, apesar dos esforços extenuantes para salvá-la.

O veredicto foi desventura, e nenhum processo foi aberto por conta de sua morte.

Então Elspeth tinha sido a única pessoa a correr o risco de comer aquela geleia. Eu entendia por que a fofoca tinha surgido — embora não fosse claro por que tinha se estabelecido em torno do dr. Grant e não da governanta anônima. Talvez tivesse sido um caso de pessoas locais defendendo os seus. E a babá, afinal? Ela havia pedido demissão "apenas dois meses antes" segundo o autor do artigo, conseguindo inserir a frase simples de forma a soar tanto inocente quanto sugestiva. Mas, presumivelmente, ela não podia ter nada a ver com o incidente, ou isso teria sido levantado no inquérito. Sua ausência foi notada apenas pela conexão com o fato de Elspeth não ter sido supervisionada no momento da colheita das frutinhas e, por consequência, ter tido maior probabilidade de cometer um lapso na identificação das plantas.

Quanto mais eu pensava naquilo, porém, mais problemática parecia a sugestão de que Elspeth havia colhido as frutas por acidente. Eu cresci numa área residencial, nos 1990, totalmente desacostumada à colheita de frutas, e até eu tinha uma vaga ideia de como era o louro comparado ao sabugueiro. A filha de um especialista em venenos, com um jardim fechado explicitamente dedicado a plantas mortais, cometeria mesmo tal deslize?

Relendo o artigo, senti uma súbita onda de simpatia pela babá, o elo perdido do caso. Ela não foi entrevistada. O que quer que tivesse acontecido com ela não foi dito. Mas ela havia escapado, por algumas poucas semanas, da possibilidade de se envolver em um escândalo. Afinal, que futuro havia para uma babá cuja criança havia morrido sob seus cuidados? Apenas um muito sombrio mesmo.

Não tenho certeza de quando finalmente adormeci, o telefone ainda na mão, mas sei que era muito tarde quando um som repentino me despertou. Era um barulho de ding-dong, como uma campainha, não um dos meus alertas habituais. Sentei-me, piscando e esfregando os olhos, e então percebi que o barulho vinha do telefone. Olhei para a tela, e o aplicativo Feliz estava piscando. *Campainha*, mostrava a tela. Um barulho veio de novo, um ding-dong baixo que parecia ser capaz de prevalecer sobre todas as minhas configurações de "não perturbe". Quando pressionei o ícone, uma mensagem piscou. *Abrir porta? Confirmar* ou *Cancelar*.

Apertei cancelar, apressada, e cliquei no ícone da câmera. A tela me mostrou uma visão da porta da frente, mas a luz externa não estava acesa. Sob o abrigo da varanda, eu não conseguia ver nada além de uma escuridão granulada e pixelada. Jack tinha voltado? Tinha esquecido suas chaves? De qualquer forma, quando a campainha tocou pela terceira vez, ouvi o toque vindo pela escada, além de do meu telefone. Tinha que atender antes que o barulho acordasse as meninas.

O quarto estava estranhamente frio. Vesti meu roupão antes de descer as escadas sem fazer barulho, meus pés macios sobre o tapete grosso, seguindo na penumbra sem querer acender as luzes e arriscar acordar as crianças. No corredor, parei por um momento com o polegar no painel, e então a porta se abriu silenciosamente para revelar... nada.

Estava bem escuro. A vaga do Land Rover ainda estava vazia e nenhuma das luzes de segurança sensíveis a movimento ao redor do pátio estava acesa, embora a luz da varanda tivesse acendido assim que cruzei a soleira, detectando minha presença. Protegi os olhos do clarão severo e olhei ao redor do pátio e pela entrada de carros, tremendo um pouco no ar frio da noite. Nada. Também não havia luzes acesas no apartamento de Jack. Algo fizera a campainha tocar por engano?

Fechando a porta, subi devagar de volta ao meu quarto, mas mal estava na metade do segundo lance quando a campainha tocou de novo.

Caramba.

Com um suspiro, apertei o cinto do roupão e desci de novo, correndo desta vez.

Mas, quando abri a porta, novamente, não havia ninguém.

Bati a porta com mais força do que pretendia daquela vez, o cansaço fazendo minha frustração ferver por um segundo. Fiquei no corredor escuro, prendendo a respiração e buscando algum som no andar de cima, a sirene crescente do choro de Petra, talvez. Mas não ouvi nada.

No entanto, naquele momento, em vez de voltar para o meu quarto, parei e espiei Petra, dormindo, tranquila. Depois fiz o mesmo no quarto de Maddie e Ellie. No brilho suave da luz noturna, vi as duas em um sono profundo, cabelos suados espalhados pelo travesseiro, as boquinhas angelicais entreabertas, os roncos suaves mal perturbando o silêncio. As duas pareciam tão pequenas e vulneráveis dormindo. Meu coração apertou com raiva em relação a Maddie naquela manhã. Disse a mim mesma que amanhã seria melhor, que me lembraria de como ela era jovem, como devia ser desorientador ficar com uma mulher que mal conhecia. De qualquer forma, claramente não era uma delas brincando com a campainha. Fechei a porta devagar e voltei para o quarto.

Ainda estava muito frio e, quando fechei a porta, as cortinas se abriram e percebi o motivo. A janela estava aberta.

Franzi a testa enquanto caminhava até lá.

Estava aberta, e não só um pouco, como se alguém quisesse arejar o cômodo, mas escancarada, com a parte inferior da janela presa bem no alto. Quase... o pensamento veio espontaneamente... Quase como se alguém estivesse se inclinando para fora para fumar um cigarro, embora isso fosse absurdo.

Não era surpreendente que o quarto estivesse frio. Bem, pelo menos era fácil de resolver, mais fácil do que ter que lidar com o painel de controle, de qualquer forma. As cortinas, portas, luzes, portões e até a máquina de café neste lugar podiam ser automatizadas, mas pelo menos as janelas ainda eram as originais vitorianas, operadas manualmente. Graças a Deus.

Puxei a janela para baixo e tranquei com o fecho de latão. Depois, corri de volta para o santuário ainda quente do edredom de penas, tremendo de prazer enquanto me aconchegava em suas dobras.

Eu estava voltando a dormir quando ouvi... não a campainha desta vez, mas um único e solitário *creeeeec*.

Sentei-me na cama, o telefone preso ao peito. Merda. Merda merda *merda*.

Mas o próximo som não veio. Será que ouvi errado? Será que não eram os passos que tinham me acordado na noite anterior, mas, sim, alguma outra coisa? Apenas um galho ao vento, talvez, ou uma tábua do piso se expandindo?

Eu não conseguia ouvir nada além do barulho do meu próprio sangue nos ouvidos. Por fim, me deitei lentamente, ainda segurando o telefone, e fechei os olhos na escuridão.

Mas meus sentidos estavam em alerta máximo e dormir parecia impossível. Por mais de quarenta minutos fiquei ali, deitada, sentindo o coração disparado, os pensamentos acelerados com uma mistura de paranoia e superstições fora de controle.

E então, meio como eu temia, meio como já estava esperando, veio de novo.

Creeeec...

E, após a menor das pausas, *crec... crec... crec...*

Desta vez não havia dúvida: eram passos.

Meu coração saltou para a garganta com uma espécie de guinada nauseante. Meu pulso acelerou tanto que, por um momento, pensei que fosse desmaiar, mas então a raiva tomou conta de mim. Pulei da cama e corri para a porta trancada no canto do quarto, onde me ajoelhei, espiando pelo buraco da fechadura, meu coração como um tambor no peito.

Senti-me muito vulnerável, ajoelhada ali de pijama, com um olho bem aberto pressionado contra um buraco escuro. Por um momento, me veio uma imagem doentia e inesperada de alguém enfiando algo pelo buraco, talvez um palito de dente, ou um lápis afiado, perfurando minha córnea. Eu caí para trás, piscando, meus olhos lacrimejando com a corrente de ar empoeirado.

Mas não havia nada lá. Sem palito malicioso tentando me cegar. Também sem nada para ver. Apenas a escuridão sem fim, e a brisa fria e empoeirada do ar viciado do sótão. Mesmo que houvesse uma curva na escada, ou uma porta fechada no topo, com uma luz acesa no próprio sótão, *alguma* iluminação teria escapado para poluir o escuro retinto das escadas. Mas não havia nada. Nem mesmo um vislumbre. Se houvesse alguém lá em cima, o que quer que estivesse fazendo, estava no escuro.

———

Crec... crec... crec... veio de novo, insuportável em sua regularidade. Em seguida, uma pausa e, depois, novamente, *crec... crec... crec...*

— Eu estou te ouvindo! — gritei, por fim, incapaz de ficar sentada escutando por mais tempo, quieta e apavorada. Eu coloquei a boca no buraco da fechadura, minha voz tremendo com uma mistura de terror e raiva. — Eu estou te ouvindo! Que porra você está fazendo aí em cima, seu doente? Como ousa? Estou chamando a polícia, então é melhor dar o fora!

Mas os passos nem vacilaram. Minha voz morreu como se eu tivesse gritado para o vazio. *Crec... crec... crec...* e então, como antes, uma pequena pausa e eles recomeçaram sem a menor perda de ritmo. *Crec... crec... crec...* E na verdade eu sabia que obviamente não chamaria a polícia. O que diabos eu poderia dizer? "Ah, por favor, policial, há um rangido vindo do meu sótão?"

A delegacia mais próxima ficava em Inverness, e dificilmente atenderiam ligações de rotina no meio da noite. Minha única opção era ligar para a emergência, e mesmo em meu estado trêmulo de medo, eu sabia bem o que o operador diria se uma mulher histérica ligasse no meio da noite, alegando que sons assustadores estavam vindo de seu sótão.

Se ao menos Jack estivesse aqui, se ao menos *alguém* estivesse aqui, além de três garotinhas que fui paga para proteger, eu não ficaria tão assustada.

Ah, Deus. De repente, não aguentei mais, e entendi os terrores sombrios que haviam expulsado aquelas quatro babás anteriores de seus postos. Deitar aqui, noite após noite, ouvindo, esperando, olhando para a escuridão, para aquela porta trancada, aquela fechadura aberta para o vazio no outro lado...

Não havia nada que eu pudesse fazer. Eu poderia ir dormir na sala, mas se os barulhos começassem lá embaixo também, eu achava que enlouqueceria completamente, e havia algo quase pior na ideia de os sons continuando no sótão enquanto eu, ignorante, dormia lá embaixo. Pelo menos se eu estivesse aqui, vigiando, escutando, o que quer que estivesse lá em cima não poderia...

Eu engoli na escuridão, minha garganta seca.

Minhas palmas estavam suando e eu não conseguia concluir meus pensamentos.

Eu não dormiria de novo naquela noite, sabia disso agora.

Em vez disso, me enrolei no edredom, tremendo muito, acendi a luz e sentei. Fiquei com o telefone na mão, ouvindo o som constante e rítmico dos passos acima de mim. E pensei no dr. Grant, o velho que havia morado aqui antes, o homem de quem Sandra e Bill fizeram o possível para se livrar, pintando, limpando e reformando até que mal restasse um vestígio dele, exceto por aquele horrível jardim venenoso, atrás de seu portão trancado.

E, talvez, exceto pelo que quer que andasse naquele sótão à noite também.

Ouvi as palavras novamente, na voz fria e prática de Maddie, como se ela estivesse ao meu lado, sussurrando em meu ouvido. *Aí, depois de um tempo, parou de dormir. Ele costumava só ficar andando de um lado para o outro a noite toda. Aí ele ficou doido. As pessoas ficam doidas, sabe, se não dormem por muito tempo...*

Eu estava ficando doida? Era isso o que estava acontecendo?

Cruzes. Era ridículo. As pessoas não enlouquecem por duas noites sem dormir. Eu estava sendo completamente melodramática.

E, no entanto, quando os passos voltaram a soar acima da minha cabeça, lentos e implacáveis, senti uma espécie de pânico crescer dentro de mim, me possuindo. Não deu para evitar que meus olhos se voltassem para a porta trancada, imaginando-a se abrindo, passos lentos, passos de pés velhos na escada lá dentro, e então aquele rosto cadavérico e magro vindo na minha direção no escuro, o braço ossudo se estendendo.

Elspeth...

Era um som que não vinha de cima, mas da minha própria mente — um grito de morte de um pai aflito por sua filha perdida. *Elspeth...*

Mas a porta não se abriu. Ninguém veio. E, no entanto, ainda acima de mim, hora após hora, os passos continuavam. *Crec... crec... crec...* o ritmo incessante de alguém incapaz de descansar.

Não consegui apagar a luz. Não daquela vez. Não com aqueles passos incessantes e inquietos acima de mim.

Em vez disso, fiquei deitada de lado, de frente para a porta trancada, meu telefone na mão, observando, esperando, até que o chão sob a janela em frente à cama começasse a clarear com o amanhecer. Então, finalmente, me levantei, com torcicolo e enjoada de cansaço. Desci até o calor da cozinha para fazer a xícara de café mais forte que eu era capaz beber, para tentar encarar o dia.

O andar térreo estava vazio e ecoante, estranhamente quieto sem a presença dos cães fungando e bufando. Fiquei surpresa ao descobrir que uma parte de mim sentia falta da distração de seus narizes curiosos e pedidos constantes por guloseimas.

Enquanto eu atravessava o corredor até a cozinha, descobri que havia um rastro de tesouro dos pertences das meninas — um punhado de giz de cera no tapete do corredor, um My Little Pony abandonado embaixo do balcão e, então, estranhamente, uma única flor roxa, murchando, no meio do chão da cozinha. Abaixei-me, intrigada, perguntando-me de onde tinha vindo. Era apenas uma única flor e parecia ter caído de um buquê ou de uma planta da casa, mas não havia flores ali. Será que uma das garotas tinha pegado? Mas se sim, quando?

Parecia uma pena deixá-la morrer, então enchi uma caneca com água e enfiei a haste ali. Depois a coloquei na mesa da cozinha. Talvez revivesse.

Eu estava calmamente tomando minha segunda xícara de café e vendo o sol nascer acima das colinas a leste da casa, quando a voz veio, aparentemente do nada.

— Rowan...

Foi um tremor agudo, quase inaudível, mas de alguma forma alto o suficiente para ecoar pela cozinha silenciosa. E me fez pular de tal forma que o café escaldante derramou no meu pulso e molhou a manga do meu roupão.

— Merda.

Comecei a limpar, ao mesmo tempo virando para procurar a fonte da voz. Não havia ninguém lá, pelo menos ninguém visível.

— Quem está aí? — chamei, e desta vez ouvi um rangido vindo da direção das escadas, um único rangido, tão assustadoramente parecido com os da noite anterior que meu coração disparou. — Quem é? — chamei de novo, mais agressivamente do que pretendia, e caminhei furiosa até o corredor.

Acima de mim, uma pequena figura hesitou no topo da escada. Ellie. Seu rosto estava preocupado, o lábio tremendo.

— Ah, querida... — Eu me arrependi no mesmo instante. — Desculpe, você me assustou. Eu não quis me alterar. Venha.

— Não posso — disse ela. Ela apertava um cobertor nas mãos, torcendo a borda sedosa entre os dedos. Seu lábio inferior pendurado num bico perigosamente perto das lágrimas; de repente, ela parecia muito mais jovem do que seus cinco anos.

— Claro que pode. Quem disse que não?

— A mamãe. A gente não pode sair do quarto até as orelhas do coelho do relógio estarem levantadas.

Ah. De repente, lembrei-me do parágrafo no fichário sobre a Ellie acordar cedo e a regra sobre o relógio Coelho Feliz, que mudava para o coelho acordado às 6h. Olhei para trás, além do arco, para o relógio da cozinha. 5h47.

Eu não podia exatamente contradizer a regra de Sandra... mas aqui estávamos e havia uma grande parte de mim aliviada por ver outro ser humano. De alguma forma, com Ellie por perto, os fantasmas da noite anterior pareciam recuar de volta ao absurdo.

— Bem... — comecei devagar, tentando escolher entre apoiar meu patrão e a compaixão por uma criança pequena à beira do choro. — Bem, você está acordada agora. Só desta vez, acho que podemos fingir que o coelho acordou mais cedo.

— Mas o que a mamãe vai dizer?

— Se você não contar, eu não conto — falei, e então mordi o lábio. É uma das regras fundamentais do cuidado infantil: não peça a uma criança para guardar segredos de um dos pais. Esse é o caminho para todos os tipos de comportamentos arriscados e mal-entendidos. Mas já era tarde, e eu esperava que Ellie tivesse entendido como um comentário alegre, em vez de um convite a conspirar contra a mãe. Não pude deixar de olhar para a câmera no canto, mas certamente Sandra não estaria acordada às seis da manhã, a menos que houvesse necessidade. — Desça e vamos tomar um chocolate quente juntas, aí, quando o coelho acordar, você pode subir e se vestir.

Na cozinha, Ellie estava sentada em um dos bancos altos, chutando os calcanhares contra as pernas da cadeira, enquanto eu aquecia o leite no fogão elétrico para misturar o chocolate em pó. Enquanto Ellie bebia e eu tomava meu café agora quase frio, conversamos sobre a escola, sua melhor amiga Carrie, a saudade dos cachorros, e, por fim, me aventurei a perguntar se ela sentia falta dos pais. Seu rosto se franziu um pouco.

— Podemos ligar para mamãe de novo hoje à noite?

— Sim, claro. Podemos tentar, de qualquer forma. Ela tem estado muito ocupada, sabe.

Ellie assentiu. Então, olhando pela janela, disse:

— Ele foi embora, né?

— Quem? — Eu estava confusa. Ela estava falando sobre o pai ou Jack? Ou talvez... talvez outra pessoa? — Quem foi embora?

Ela não respondeu, apenas chutou as pernas contra o banco.

— Gosto mais quando ele não está aqui. Ele obriga elas a fazerem coisas que não querem.

Eu não sei por que, mas aquelas palavras me fizeram lembrar de algo que eu mal tinha considerado desde minha primeira noite aqui — aquele bilhete amassado e inacabado de Katya. As palavras soaram dentro da minha cabeça, como se alguém as tivesse sussurrado com urgência em meu ouvido. *Queria lhe dizer que, por favor, seja...*

De repente, parecia mais um aviso do que nunca.

— Quem? — repeti, com mais urgência dessa vez. — De quem você está falando, Ellie?

Mas ela não entendeu minha pergunta, ou talvez tenha escolhido interpretá-la mal.

— Das meninas — ela respondeu de forma direta. Então deixou o chocolate quente e desceu do banco. — Posso assistir a um pouco de TV?

— Ellie, espere — pedi, me levantando também, sentindo o coração de repente disparar. — De quem você está falando? Quem foi embora? Quem obriga as meninas a fazer coisas?

Mas eu estava sendo muito insistente e, quando minha mão se fechou no pulso dela, Ellie puxou de volta, de repente assustada com minha intensidade.

— Nada. Não me lembro. Eu inventei. Maddie me mandou dizer isso. Eu não disse nada de qualquer maneira.

As desculpas caíram de seus lábios, uma após a outra, cada uma tão boba quanto a anterior. Ela torceu a mãozinha para fora do meu aperto. Eu não tinha nem ideia do que dizer. Pensei em segui-la quando ela saiu da sala e o som da música tema da *Peppa Pig* começou a tocar na sala de entretenimento, mas eu sabia que não funcionaria. Eu a assustara e perdera minha chance. Eu deveria ter perguntado mais casualmente. Agora ela havia se fechado daquela maneira que as crianças pequenas fazem quando percebem que disseram algo mais importante do que pretendiam. Era o mesmo pânico que eu via em criancinhas que repetiam uma palavra inapropriada sem entender a reação que provocaria — uma tentativa assustada de recuar a partir de uma resposta que não haviam previsto, seguida de um desligamento total e uma negação de que algo sequer tinha sido dito. Se eu forçasse Ellie agora, estaria apenas dando um tiro no pé e evitando mais confissões.

As meninas... Ele obriga elas a fazerem coisas que não querem...

Meu estômago revirou. Era o tipo de coisa sobre a qual todo manual de proteção alertava — o cenário de pesadelo que você esperava nunca encontrar. Mas... era? De quais meninas Ellie estava falando? Ela mesma e Maddie? Ou outras garotas? E quem era "ele"? Bill? Jack? Outra pessoa, um professor ou...?

Mas não. Afastei a imagem do rosto selvagem e aflito olhando da tela do telefone para mim. Isso era pura fantasia. Se eu fosse até Sandra com algo assim, ela teria o direito de rir da minha cara.

Mas eu *poderia* ir até Sandra com algo assim? Quando Ellie negaria o que disse e quando poderia não ser nada? Afinal, não havia nada que eu pudesse apontar e dizer "isso é definitivamente preocupante".

Eu ainda estava olhando para Ellie, roendo a ponta da unha, quando um barulho no corredor me fez pular, e, quando me virei, vi a porta se abrindo e Jean McKenzie parada na soleira da porta, tirando o casaco.

— Sra. McKenzie — comentei. Ela estava bem-vestida, com uma saia de lã e uma blusa branca de algodão. De repente, me senti muito consciente das minhas vestimentas inapropriadas, um roupão, sem muita coisa por baixo.

— Você acordou cedo — foi tudo o que ela disse, e senti sua desaprovação me cutucar. Talvez fosse a falta de sono, ou a ansiedade restante das palavras de Ellie, mas meu temperamento de repente ferveu.

— Por que você não gosta de mim? — questionei.

Ela se virou para olhar para mim depois de guardar seu casaco no armário do corredor.

— Perdão?

— Você me ouviu. Você foi completamente grossa comigo desde que cheguei. Por quê?

— Acho que você está imaginando coisas, senhorita.

— Você sabe muito bem que não estou. Se é sobre aquele negócio no primeiro dia, eu não fechei a maldita porta e *não* tranquei as crianças do lado de fora. Por que eu faria isso?

— Bondade é como a bondade faz — disse Jean McKenzie enigmaticamente. Então se virou para entrar na despensa, mas corri atrás dela, agarrando seu braço.

— O que diabos isso significa?

Ela se soltou do meu aperto, de repente seus olhos brilharam para mim com o que eu só poderia chamar de ódio.

— Agradeço se não me segurar assim, senhorita, e também se não xingar na frente das criancinhas.

— Eu estava fazendo uma pergunta perfeitamente razoável — retruquei, mas ela me ignorou, afastando-se para a despensa, esfregando o braço com cuidado exagerado, como se meu toque tivesse lhe provocado uma queimadura. — E pare de me chamar de senhorita — pedi. — Nós não estamos na droga do Downton Abbey.

— Como você prefere que eu te chame então? — ela retrucou por cima do ombro.

Eu tinha dado meia-volta, preparando-me para acordar Maddie, mas suas palavras me fizeram parar no meio do caminho. Virei-me para olhar suas costas inexpressivas, curvadas sobre a pia da despensa.

— O-o que você disse?

Mas ela não respondeu, apenas abriu as torneiras, abafando minha voz.

— Tchau, meninas! — disse, observando-as passar pelo portão da escola enquanto entravam nas salas de aula. Maddie não disse nada, apenas seguiu em frente, de cabeça baixa, ignorando a tagarelice das outras meninas. Mas Ellie ergueu os olhos de sua conversa com uma garotinha ruiva e acenou. Seu sorriso era doce e alegre. Eu me senti sorrindo de volta, e depois para Petra, balançando e gorgolejando no meu quadril. O sol brilhava, os pássaros cantavam e o calor de um lindo dia de junho se filtrava pelas folhas das árvores. Os medos e fantasias da noite passada — a memória daquele rosto retorcido e atormentado pela dor, me encarando na tela do telefone —, tudo aquilo subitamente parecia absurdo à luz do dia.

Eu estava prendendo Petra de volta em sua cadeirinha quando meu telefone apitou. Olhei para ele, me perguntando se era algo importante. Era um e-mail. De Sandra.

Ai, merda.

Pensamentos paranoicos passaram pela minha mente — ela tinha visto a filmagem da câmera, de mim quase batendo em Maddie ou o fluxo interminável de guloseimas com as quais eu estava subornando as meninas? Ou era alguma outra coisa? Algo que Jean McKenzie havia dito?

Meu estômago estava revirando quando cliquei para abrir, mas o cabeçalho do assunto era bastante prático: "Atualização." O que quer que isso significasse.

> Oi, Rowan,
>
> Desculpe enviar e-mail, estou em uma reunião e não posso falar, mas gostaria de enviar uma atualização rápida sobre como as coisas estão indo aqui. A feira está indo superbem, mas Bill foi chamado para Dubai para resolver alguns problemas lá, o que significa que vou ter que assumir o projeto de Kensington; não é o ideal, pois significa que ficarei longe por pouco mais do que eu esperava, mas não há alternativa. Devo estar de volta até a próxima terça-feira (ou seja, uma semana a partir de hoje). Você está administrando bem? Acha que seria possível?
>
> Em termos das crianças, as aulas de Rhiannon acabam hoje. A mãe de Elise gentilmente se ofereceu para buscar as duas (a família delas mora perto de Pitlochry, então teriam que passar aí de qualquer maneira), assim Rhi chegará a Heatherbrae a qualquer momento a partir das 12h. Mandei uma mensagem para ela para que soubesse o que está acontecendo, e ela está animada para conhecê-la.

Jack falou com Bill ontem e mencionou que você está se dando muito bem com as meninas, e estou bastante feliz em saber que está tudo indo bem. Entre em contato se tiver alguma preocupação, tentarei ligar hoje à noite antes da hora de dormir.

Bjs,
Sandra

Fechei o e-mail, sem saber se minha emoção predominante era de alívio ou apreensão. Eu com certeza estava aliviada, principalmente pelo fato de que pelo visto Jack tinha falado bem de mim. Mas outra semana... Até ler as palavras de Sandra, eu não tinha percebido o quanto eu estava contando com sua volta na sexta-feira, marcando os dias na minha cabeça como se fosse uma sentença de prisão.

E agora... mais quatro dias adicionados à minha sentença. E não apenas com as pequenas, mas com Rhiannon também. Como é que eu me sentia sobre isso?

A ideia de ter mais alguém em casa era inegavelmente reconfortante. *Havia* algo de absurdo na memória daqueles passos lentos e comedidos, mas, mesmo à luz do dia, eu podia sentir os pelos dos braços começando a se arrepiar enquanto me lembrava de ficar lá deitada, ouvindo aquele andar de um lado para o outro. Ter *alguém*, até mesmo uma adolescente de catorze anos mal-humorada, no quarto ao lado, sem dúvida aliviaria a tensão.

Mas, quando liguei o Tesla, a imagem que passou pela minha cabeça foi outra — aquele rabisco escarlate na porta do quarto: *VÁ EMBORA, FIQUE LONGE DAQUI OU MORRA*. Havia algo ali. Algo muito próximo da raiva furiosa e muda de Maddie.

Fosse o que fosse, talvez eu conseguisse chegar ao fundo disso com Rhiannon.

Voltar da escola para Heatherbrae demorou mais do que na manhã anterior, porque havia uma van à minha frente na estrada. Segui-a devagar desde Carn Bridge, pisando com cautela no acelerador, certa de que mudaria de direção a cada cruzamento alcançado, mas, inexplicavelmente, parecia estar indo na mesma direção que eu, mesmo quando a estrada se estreitava e se tornava mais rural. Foi com algum alívio que percebi que estávamos quase na saída para Heatherbrae, e eu estava prestes a sinalizar para a esquerda quando a van também fez sinal e parou na entrada, forçando-me a pisar no freio.

Enquanto eu esperava, o Tesla ligado e silencioso, a porta do passageiro se abriu e uma garota pulou para fora, mochila no ombro. Ela disse algo para o motorista e a porta traseira da van se abriu. A garota arrastou uma mala enorme para fora, jogando-a de qualquer jeito no cascalho, e então bateu a porta, dando um passo para trás enquanto o motorista se afastava do meio-fio. Eu estava prestes a me inclinar e perguntar quem ela era, e o que estava fazendo no meio do nada, quando ela puxou o telefone do bolso e o segurou para o sensor de proximidade dos portões e eles se abriram.

Não poderia ser Rhiannon, com certeza; ela só voltaria mais tarde, e aquela van suspeita não parecia pertencer à mãe de ninguém. Era alguém que trabalhava aqui? Mas, nesse caso, por que a mala enorme?

Esperei alguns minutos para ela passar pelos portões, e então apertei o acelerador. O Tesla deslizou suavemente pelo caminho atrás da garota que se virou, com um olhar de surpresa. No entanto, em vez de sair do caminho, ela se manteve firme, as mãos nos quadris e a enorme mala aos pés. Eu freei de novo, sentindo o cascalho ranger sob os pneus, e abaixei a janela.

— Posso ajudá-la?

— Eu é que deveria estar perguntando isso — disse a garota. Ela tinha longos cabelos loiros e um sotaque elegante, sem nenhum traço de escocês nele. — Quem diabos é você e o que está fazendo no carro dos meus pais?

Então *era* Rhiannon.

— Ah, olá, você deve ser Rhiannon. Desculpe, eu só estava esperando que você chegasse daqui a algumas horas. Eu sou Rowan.

A garota ainda me olhava fixamente, então acrescentei, começando a me sentir um pouco impaciente:

— A nova babá? Achei que sua mãe tivesse te contado.

Parecia estúpido manter essa conversa pela janela do carro, então estacionei-o e saí, estendendo a mão.

— Prazer em conhecê-la. Desculpe não estar esperando por você, sua mãe disse que você só chegaria às 12h.

— Rowan? Mas você é... — começou a garota, com uma ruga entre as sobrancelhas finas, então percebeu algo e ela balançou a cabeça. Havia um sorriso em seus lábios, mas não era muito agradável. — Esquece.

— Eu sou o quê?

Eu soltei a mão.

— Já falei, esquece — disse Rhiannon. — E não preste atenção no que minha mãe te disse, ela não sabe de porra nenhuma. Como você já deve ter percebido. — Ela me olhou de cima abaixo, e então disse: — Bem, o que você está esperando?

— Como?

— Me ajude com minha mala.

Eu estava ficando cada vez mais irritada, mas não havia sentido em começar mal, então engoli a raiva e levei a mala até a parte de trás do Tesla. Era até mais pesada do que parecia. Rhiannon não aguardou até que eu a colocasse no porta-malas, só subiu no banco de trás, ao lado de Petra.

— Olá, pirralha — disse, embora houvesse um tom de afeição na voz que estava notavelmente ausente quando ela falou comigo. E então, para mim, enquanto eu subia ao banco do motorista: — Bem, não vamos ficar aqui o dia todo, admirando a vista.

Eu cerrei os dentes, engoli o orgulho, e apertei tão forte o acelerador que cascalho era empurrado para o ar pelas rodas enquanto começávamos a subir o caminho em direção à residência Heatherbrae.

Dentro da casa, Rhiannon foi direto para a cozinha, deixando-me para descarregar tanto Petra quanto a enorme e pesada mala. Quando finalmente consegui entrar, com Petra no colo, vi que Rhiannon já havia se instalado no balcão de metal e estava comendo um sanduíche gigante que claramente acabara de preparar.

— Entããããão. — Sua voz soou entediada. — Você é Rowan, né? Devo dizer que você não é nem um pouco como eu esperava.

Franzi a testa. Havia algo um pouco malicioso em seu tom de voz, e eu me perguntei o que exatamente ela queria dizer.

— O que você estava esperando?

— Ah... Não sei. Só alguém... diferente. Você não parece uma Rowan, de alguma forma. — Ela sorriu e então, antes que eu pudesse reagir, deu outra mordida no sanduíche e disse, com a boca cheia: — Você precisa colocar mais maionese no pedido da geladeira. Ah, e cadê os cachorros?

Pisquei. Senti que deveria ser eu fazendo as perguntas, interrogando-a. Por que sempre parecia estar do lado errado de um conflito por poder? Mas era uma pergunta perfeitamente razoável, então tentei manter a voz calma enquanto respondia.

— Jack teve que entregar alguns papéis para o seu pai. Levou os cachorros com ele, achou que iriam gostar da viagem.

Isso não era nem de perto o que ele disse, mas de alguma forma eu não queria admitir para aquela adolescente arrogante que não me sentia à altura da tarefa de domar três crianças pequenas e dois labradores.

— Quando ele volta?

— Jack? Não sei. Hoje, imagino.

Rhiannon assentiu, mastigando, pensativa, e então disse, com a boca cheia de comida:

— Aliás, hoje é aniversário de Elise, e a mãe dela me convidou para dormir lá. Tudo bem?

Havia algo em seu tom que deixava claro que ela estava me perguntando apenas como uma formalidade, mas assenti.

— É melhor eu mandar uma mensagem para sua mãe e verificar, mas claro, por mim tudo bem. Onde ela mora?

— Pitlochry. Fica a cerca de uma hora de carro, mas o irmão de Elise vai me dar uma carona.

Eu afirmei com a cabeça, peguei o telefone e mandei uma mensagem rápida para Sandra. *Rhiannon chegou em segurança; quer ir a uma festa do pijama com Elise esta noite. Suponho que está tudo bem, mas, por favor, confirme.*

Ela respondeu quase imediatamente. *Sem problemas. Vou ligar às 18h. Mande beijos meus para Rhi.*

— Sua mãe manda beijos e diz que tudo bem — relatei para Rhiannon, que revirou os olhos como se dissesse *hum, dã*. — A que horas vão te buscar?

— Depois do almoço — disse Rhiannon. Ela balançou as pernas para o lado do banco e empurrou o prato sujo sobre o balcão na minha direção. — Fui.

Eu a observei enquanto subia as escadas, pernas compridas no uniforme escolar contornando a curva graciosa da escada até desaparecer.

Rhiannon não desceu para almoçar. Eu não estava particularmente surpresa, dado o sanduíche que comera algumas horas antes, mas já que estava fazendo o almoço para mim e Petra, senti que deveria pelo menos perguntar se queria comer conosco. Tentei falar com ela usando a função de interfone, mas não consegui. Em vez disso, recebi uma mensagem de volta no aplicativo. *SEM FOME.* Hum. Eu nem sabia que isso era possível.

"Ok", mandei de volta. Quando estava guardando meu telefone, outro pensamento me ocorreu, e eu peguei de novo o aparelho do bolso e reabri o aplicativo Feliz. Sentindo-me um pouco enjoada, cliquei no menu que mostrava a lista de câmeras disponíveis para o meu acesso. Enquanto percorria a lista até R, disse a mim mesma que não olharia, mas pelo menos assim saberia... Mas, quando cheguei lá, o "quarto de Rhiannon" estava acinzentado e indisponível, o que foi em grande parte um alívio. Haveria algo inexprimivelmente inapropriado sobre câmeras no quarto de uma garota de catorze anos.

Foi quando eu estava colocando iogurte na boca ansiosa de Petra, evitando seus dedos que tentavam "ajudar" a pegar a colher, que ouvi passos na escada e olhei para o corredor para ver Rhiannon, segurando uma pequena bolsa em uma das mãos e o telefone na outra.

— O irmão de Elise chegou — disse ela, do nada.

— Na porta? — Olhei automaticamente para o meu telefone, intrigada. — Eu não ouvi a campainha.

— Dã. Nos portões.

— Ok. — Resisti à vontade de retrucar com uma resposta sarcástica. — Vou abrir para ele.

Meu telefone estava no balcão, mas eu mal tinha aberto o aplicativo, muito menos navegado pelo menu dos vários portões, portas e garagens aos quais eu também tinha acesso, e Rhiannon já estava na metade do caminho para a porta.

— Não precisa. — Ela pressionou o polegar no painel e abriu a porta da frente. — Ele está esperando por mim na rua.

— Espera. — Tirei o iogurte do alcance de Petra e corri apressadamente atrás de Rhiannon. — Aguarde um segundo, preciso do número da mãe de Elise.

— Uh... por quê? — questionou Rhiannon, cheia de sarcasmo, e balancei minha cabeça, recusando-me a cair no seu jogo.

— Porque você tem catorze anos, eu não conheço essas pessoas e simplesmente preciso de um contato. Você tem? Senão, vou pedir à sua mãe.

— Sim, tenho. — Ela revirou os olhos, mas pegou o telefone e procurou um pedaço de papel. Um dos desenhos de Maddie estava na escada e ela o pegou e rabiscou um número no verso. — Aí. Satisfeita?

— Sim — respondi, embora não fosse inteiramente verdade. Ela bateu a porta, e observei pela janela enquanto ela desaparecia na curva da entrada. Então olhei para o pedaço de papel. O número estava rabiscado em um canto junto com o nome "Cass". Eu o digitei no aplicativo de mensagens no meu telefone.

Oi, Cass, aqui é a Rowan, eu sou a nova babá dos Elincourt. Eu só queria agradecer por receber Rhiannon esta noite e, se houver algum problema, por favor, ligue ou envie uma mensagem para este número. Se você pudesse me dizer a que horas ela deve voltar, seria ótimo. Obrigada. Rowan.

A resposta, para a minha tranquilidade, veio rápida, enquanto eu estava colocando a última colher de iogurte na boca de Petra.

Oi! Prazer te "conhecer". De nada, é sempre bom ter Rhi por aqui. Imagino que ela esteja de volta até a hora do almoço amanhã, mas vamos vendo. Cass.

Foi só quando fui colocar o desenho de Maddie de volta na escada que finalmente prestei atenção nele. Me lembrou do desenho que encontrei na primeira noite, da casa e do rostinho pálido olhando para fora. Mas havia algo distintamente mais sombrio e perturbador naquele.

No centro da página havia uma figura tosca — uma garotinha, de cabelo encaracolado e saia em destaque —, que parecia estar trancada em algum tipo de cela de prisão. Mas, quando olhei mais atentamente, percebi que devia representar o jardim venenoso. As grossas barras pretas do portão estavam marcadas em sua figura. Ela segurava os ferros com uma das mãos e segurava algo na outra — um galho, imaginei, coberto de folhas verdes e frutinhas vermelhas. Lágrimas escorriam por sua face, a boca estava aberta em um lamento desesperado e havia rabiscos vermelhos de sangue em seu rosto e vestido. A imagem inteira estava cercada por grossas linhas pretas em espiral, como se eu estivesse olhando pelo lado errado de um telescópio que dava para algum tipo de túnel macabro para o passado.

Por um lado, era apenas o desenho de uma garotinha, não diferente dos rabiscos às vezes violentos que eu tinha visto na creche — super-heróis matando bandidos, policiais lutando contra ladrões. Mas por outro... Não sei. Era difícil apontar o que me deixava nervosa, mas havia algo tão indescritivelmente obsceno nele, tão arrepiante e cheio de satisfação e alegria macabra, que deixei o papel cair dos meus dedos no chão como se tivesse me queimado.

Segui imóvel, ignorando os gritos cada vez mais irritados de Petra de "Chão! Chão! Peta chão AGORA!" atrás de mim, e olhando para o desenho. Eu queria amassá-lo e jogá-lo fora, mas eu sabia qual teria sido o conselho de proteção infantil na Pequeninos. Coloque o desenho no arquivo. Sinalize as preocupações com o oficial de proteção da creche. Discuta as questões levantadas no desenho com os pais/responsáveis, se julgar apropriado.

Bem, não havia nenhum oficial de proteção aqui, exceto eu. Mas, se eu fosse Sandra, tinha certeza de que gostaria de saber sobre isso. De onde Maddie estava tirando essas coisas, eu não tinha certeza, mas precisava parar.

Sentindo-me mais perturbada do que queria admitir, peguei o desenho e o coloquei cuidadosamente em uma das gavetas do escritório. Então voltei para a cozinha e comecei a limpar Petra para colocá-la na cama.

Eu não tinha pretendido dormir no quarto de Petra, mas acordei com um susto. A capa de algodão da poltrona molhada de baba sob minha bochecha, e meu coração batendo forte por motivos que eu não conseguia identificar. Petra ainda estava dormindo no berço enquanto eu lutava para me levantar, tentando descobrir o que tinha acontecido e o que tinha me acordado tão abruptamente.

Devo ter adormecido enquanto esperava que ela dormisse. Será que eu — *merda*, o pensamento veio como um soco repentino no estômago — será que eu estava dormindo no horário de saída da escola? Mas não. Quando verifiquei meu telefone, ainda era apenas 13h30.

Então veio de novo, o barulho que me acordou. A campainha. *Campainha tocando* apareceu no meu telefone. E então *Abrir porta? Confirmar* ou *Cancelar*.

Um choque Pavloviano de pavor me inundou e, por um momento, fiquei ali sentada, paralisada, meio temendo, meio esperando o *crec... crec...* começar como na noite passada, mas não aconteceu nada. Finalmente me forcei ao movimento. Joguei os pés no chão e me levantei, esperando minha pressão se regular e o coração parar de bater com pânico nos ouvidos.

Enquanto fazia isso, limpei o canto da boca e olhei para mim mesma. Fazia apenas alguns dias desde que eu tinha aparecido; nota dez na minha interpretação de Rowan, a Babá Perfeita, em sua saia de tweed e cardigã bem abotoado. A aparência longe de ser perfeita naquele momento. Meus jeans estavam amassados e o moletom manchado com o café da manhã de Petra. Eu olhei mais atentamente para a pessoa que eu realmente era. Como se a verdadeira eu estivesse vazando pelos buracos na fachada, tomando conta.

Bem, era tarde demais para mudar agora. Em vez disso, deixei Petra dormindo pacificamente em seu berço e desci as escadas até o corredor, onde pressionei o polegar no painel e observei a porta se abrir sem fazer barulho.

Por um segundo parecia uma continuação da noite passada: não havia ninguém lá. Mas então vi o Land Rover estacionado do outro lado da calçada e ouvi o barulho de cascalho amassado se afastando. Espiando pela lateral da casa, vi uma figura alta e larga, desaparecendo em direção aos estábulos, dois cães saltando em seus calcanhares.

— Jack? — chamei, minha voz rouca de sono. Limpei a garganta e tentei novamente. — Ei, Jack, era você?

— Rowan! — Ele se virou ao som da minha voz e veio caminhando de volta pelo pátio, com um sorriso aberto. — Sim, toquei a campainha, ia perguntar se você gostaria de uma xícara de chá. Mas pensei que você já devia ter saído.

— Não... não, eu estava... — Fiz uma pausa, sem saber o que dizer, então, em vista do rosto amassado pelo sono e roupas velhas, decidi que talvez a verdade fosse melhor. — Na verdade, eu tinha adormecido. Petra está dormindo e devo ter caído no sono também. Eu... bem, eu não tive uma boa noite de sono.

— Ah... as meninas estavam fazendo bagunça?

— Não, não, não é isso. É que... — Fiz uma pausa novamente, e então criei coragem. — São aqueles barulhos que mencionei. Do sótão. Acordei novamente. Jack, sabe aquelas chaves que você comentou...

Ele estava assentindo.

— Sim, claro, sem problemas. Quer experimentar agora?

Por que não? As meninas estavam na escola, Petra provavelmente tiraria uma soneca por pelo menos uma hora a mais. Seria um momento ótimo.

— Sim, por favor.

— Vou ter que procurá-las, me dê dez minutos e estarei com você.

— Ok — respondi. Já me sentia melhor. A chance era de que houvesse uma explicação simples para o barulho e nós estávamos prestes a descobri-la. — Vou colocar a chaleira no fogo. Vejo você em dez minutos.

No caso, ele voltou antes de dez, um emaranhado de chaves enferrujadas em uma das mãos e um kit de ferramentas na outra, com uma grande embalagem de WD-40 aparecendo na parte de cima. Os cachorros o seguiram, ofegando animados. Eu me peguei sorrindo enquanto os observava farejando diligentemente pela cozinha, aspirando todos os restos que as crianças haviam deixado cair. Então se jogaram em suas camas na despensa como se toda a viagem os tivesse deixado esgotados.

A chaleira tinha acabado de ferver e eu servi duas canecas, estendendo uma para Jack. Ele enfiou as chaves no bolso de trás, pegou e sorriu.

— Exatamente o que eu precisava. Você quer terminar os chás aqui embaixo ou levá-los para cima?

— Bem, na verdade Petra ainda está dormindo, então pode ser uma boa ideia começar antes que ela acorde.

— Tudo bem para mim — ele disse. — Fiquei sentado no carro a manhã toda. Prefiro beber me movimentando.

Levamos tudo com cuidado para cima, passando na ponta dos pés pelo quarto de Petra, embora, quando olhei para dentro, ela parecesse totalmente fora do ar, esparramada como alguém caído de uma grande altura em um colchão macio.

No meu quarto, as cortinas ainda estavam fechadas, a cama desarrumada e minhas roupas gastas ainda espalhadas pelo tapete macio cor de trigo. Senti minhas bochechas corarem e, colocando a xícara de lado, rapidamente catei o sutiã e a calcinha da noite anterior, junto com uma blusa, e os enfiei no cesto de roupa suja no banheiro, antes de abrir as cortinas.

— Desculpe — falei. — Eu normalmente não sou tão desleixada.

Isso era totalmente falso. No meu apartamento em Londres, a maioria das minhas roupas íntimas estava em uma pilha no canto do quarto, lavada apenas quando os pares limpos da minha gaveta acabavam. Mas aqui eu estava me esforçando para manter a imagem de limpeza meticulosa. Pelo que parecia, já estava se desfazendo.

Jack, no entanto, não parecia incomodado e já estava tentando abrir a porta no canto da sala.

— É esta, não é?

— Sim, isso mesmo.

— E você tentou todas as outras chaves do armário?

— Sim, todas as que consegui encontrar.

— Bem, vamos ver se alguma dessas encaixa.

O molho que ele segurava continha talvez vinte ou trinta chaves de tamanhos variados, desde uma enorme de ferro preto que imaginei ser a chave original do portão, antes que a tranca elétrica fosse instalada, até pequenas de latão que pareciam ser feitas para mesas ou cofres.

Jack experimentou uma de tamanho médio, que se encaixava no buraco, mas chacoalhava frouxamente por dentro, claramente pequena demais para a fechadura, e depois outra, um pouco maior, que se encaixava, mas não girava completamente.

Ele esguichou o conteúdo da lata de lubrificante dentro da fechadura, e tentou novamente, mas ela ainda girou apenas um quarto do caminho, e então parou.

— Hum... Pode estar emperrada, mas se for a chave errada não quero arriscar forçá-la e quebrar a haste da fechadura. Vou tentar mais algumas.

Observei enquanto ele tentava talvez quatro ou cinco outras do mesmo tamanho, mas não funcionavam tão bem: ou não se encaixavam ou travavam antes que ele conseguisse dar um quarto de volta. Por fim, ele pareceu se decidir e voltou para a segunda chave que havia pegado.

— Esta é a única chave do molho que parece andar um pouco, então vou tentar de novo com um pouco mais de força. Se quebrar, bem, vamos ter que chamar o chaveiro. Deseje-me sorte.

— Boa sorte — obedeci, e ele começou a forçar a chave.

Percebi que eu estremecia por antecedência enquanto o observava aplicar pressão, primeiro suavemente, depois com mais força, e enfim com tanta força que pude ver a haste da chave dobrar de leve. O arco redondo no topo torcendo, torcendo...

— Pare! — gritei, no momento em que Jack soltou uma exclamação de satisfação e ouvi um arranhão ruidoso e um clique, então a chave completou a volta completa.

— Consegui! — Ele se levantou, limpando o lubrificante das mãos, e então se virou para mim com uma reverência exagerada. — Deseja fazer as honras, milady?

— Não! — A palavra saiu antes que eu pudesse pensar melhor, então forcei uma risada. — Quero dizer... eu não me importo. Você que sabe. Mas já te aviso, se houver ratos, eu vou gritar.

Era mentira. Eu não tenho medo de ratos. Não tenho medo de muita coisa, na verdade. Senti-me o pior tipo de clichê feminino, me abrigando atrás do homem grande e forte. Mas Jack não tinha ficado ali, noite após noite, ouvindo aquele rangido lento e furtivo *crec... crec...* acima da cabeça.

— Vou pagar o pato, então — disse ele com uma piscadela rápida. Jack girou a maçaneta e a porta se abriu.

Não sei o que eu estava esperando. Uma escada desaparecendo na escuridão. Um corredor cheio de teias de aranha. Percebi que estava prendendo a respiração quando a porta se abriu, espiando por cima do ombro de Jack.

Qualquer que fosse minha expectativa, não foi recompensada. Era apenas mais um armário. Muito empoeirado e mal-acabado, de tal forma que dava para ver as lacunas entre as placas de gesso. Era muito menor e mais raso do que aquele em que pendurei minhas roupas, mas ainda assim um armário. Uma barra vazia estava pendurada, ligeiramente torta, cerca de quinze centímetros abaixo do teto, como se esperasse cabides e roupas.

— Hum — disse Jack. Ele jogou as chaves na cama, parecendo pensativo. — Bem, isso é estranho.

— Estranho? Você quer dizer, por que trancariam um armário perfeitamente utilizável?

— Bem, acho que sim, mas eu estava falando mesmo da corrente de ar.

— A corrente de ar? — repeti que nem uma idiota, e ele assentiu.

— Olhe para o chão.

Baixei os olhos para o lugar que ele apontava. Nas tábuas do piso havia riscos, por onde uma brisa tinha claramente empurrado poeira pelas frestas. Olhando mais de perto para a placa de gesso manchada e empoeirada, percebi a mesma coisa. Quando coloquei a mão na abertura, havia uma leve brisa fresca e o mesmo cheiro úmido que notei vindo do buraco da fechadura na noite passada, quando espiei a escuridão.

— Você quer dizer...

— *Tem* alguma coisa lá atrás. Mas alguém fez uma barricada.

Ele passou por mim e começou a vasculhar seu kit de ferramentas e, de repente, eu não tinha certeza de que queria fazer isso.

— Jack, eu não acho... Quer dizer, Sandra pode...

— Ah, ela não vai se importar. Se for preciso, eu coloco de volta com mais cuidado ainda, e ela terá um armário funcional em vez de uma porta trancada.

Ele pegou um pequeno pé de cabra. Abri a boca para dizer mais alguma coisa, algo sobre ser meu quarto, sobre a bagunça, sobre...

Mas era tarde demais. Houve um ruído de algo sendo quebrado e uma placa de gesso caiu para dentro do quarto, de tal modo que Jack mal conseguiu sair do caminho a tempo. Ele a pegou, tomando cuidado para não tocar nos pregos enferrujados que saíam das bordas, e a apoiou na lateral do armário. Ouvi sua voz, ecoando agora, enquanto ele soltava um longo e satisfeito suspiro:

— Ah...

— Ah, o quê? — perguntei ansiosamente, tentando espiar para além dele, mas seu corpo largo preenchia a porta, e tudo que eu podia ver era escuridão.

— Dê uma olhada — respondeu, dando um passo para trás. — Veja você mesma. Você tinha razão.

E lá estava. Bem como eu tinha imaginado. Os degraus de madeira. As teias de aranha. A escada subindo em espiral para a escuridão.

Achei que minha boca estava seca, e a garganta estalou quando eu engoli.

— Você tem uma lanterna? — Jack perguntou, e balancei a cabeça, de repente me sentindo incapaz de falar. Ele deu de ombros. — Nem eu, teremos que nos contentar com telefones. Cuidado com os pés nesses pregos.

E ele deu um passo à frente para a escuridão.

Por um momento fiquei completamente paralisada, vendo-o desaparecer enquanto subia as escadas estreitas. O feixe de seu telefone era uma luz tênue no escuro, seus passos ecoando... *crec... crec...*

O som era tão próximo do barulho da noite anterior e, no entanto, havia algo diferente nele também. Era mais... sólido. Mais real, rápido e misturado com o barulho da placa de gesso.

— Puta merda — ouvi de cima, e então: — Rowan, suba aqui, você precisa ver isso.

Havia um nó na minha garganta como se eu estivesse prestes a chorar, embora soubesse que não estava. Era puro medo que tinha se alojado ali, me silenciando, tornando-me incapaz de perguntar a Jack o que havia lá em cima, o que ele encontrara, o que ele precisava que eu visse com tanta urgência.

Em vez disso, liguei a lanterna do meu telefone, com dedos trêmulos, e o segui na escuridão.

Jack estava parado no meio do sótão, olhando boquiaberto para os arredores. Ele havia desligado o telefone, mas uma luz vinha de algum lugar, uma luz fraca e cinzenta, que não consegui localizar imediatamente. Deve haver uma janela em algum lugar, mas não era para isso que eu estava olhando. O que eu olhava eram as paredes, os móveis, as *penas*.

Estavam por toda parte.

Espalhadas na cadeira de balanço quebrada no canto, no berço empoeirado e cheio de teias de aranha, na frágil casa de bonecas e no quadro-negro empoeirado, na pilha de bonecas de porcelana quebradas e empilhadas contra a parede. Penas e mais penas, e não de um travesseiro estourado. Eram grossas e pretas — penas de um corvo ou algo parecido, pensei. E havia um fedor de morte também.

Mas isso não era tudo. Não era nem o pior.

O mais estranho eram as paredes — ou melhor, o que estava escrito nelas.

Rabiscadas em todas elas, em letras infantis, com giz de cera, algumas pequenas, outras enormes e retorcidas, havia palavras. Levei um minuto ou dois para decifrá-las, pois as letras estavam deformadas e as palavras, mal escritas. Mas a que estava bem na minha frente, que me encarava por cima da pequena lareira no centro da sala, era inconfundível. TE ODIAMOS.

Era exatamente igual à frase que Maddie tinha soletrado em sua sopa de letrinhas, e vê-la aqui, em uma sala fechada, trancafiada, onde ela de forma alguma poderia ter entrado, me deu um soco no estômago. Foi com uma espécie de pavor enjoado que levantei a lanterna do celular para iluminar algumas das outras frases.

Os fantazmas não gostm de vosê.
Eles odiam vc.

Qeremos que você vá embor.
Os fantsms tão zaingados.
Eles te odiam.
Saia.
Ti odiamos.
Nós ti odiams.
VAI EMBORA.
Te odiamos.

De novo e de novo, pequenas e grandes, de letras minúsculas gravadas com ódio concentrado em um canto perto da porta até os rabiscos gigantes e esparramados acima da lareira que eu vi assim que entrei.

Te odiamos. As palavras eram ruins o suficiente, deslizando pelo suco viscoso no prato. Mas ali, rabiscadas por uma mão demente em cada centímetro de gesso, eram nada menos que malévolas. E, na minha cabeça, ouvi a vozinha soluçante de Maddie novamente, como se ela tivesse sussurrado as palavras no meu ouvido: *Os fantasmas não gostariam.*

Era parecido demais para ser coincidência. Mas, ao mesmo tempo, era totalmente impossível. Aquele cômodo não estava apenas trancado, estava fechado com tábuas, e a única entrada era pelo meu próprio quarto. Sem dúvida, outra pessoa estivera lá em cima, e não fora Maddie. Eu tinha ouvido aqueles passos implacáveis apenas momentos depois de olhar para a forma adormecida de Maddie.

Ela não tinha escrito aquelas palavras. Mas as repetiu para mim. O que significava... ela estava repetindo o que *alguém* havia lhe sussurrado...?

— Rowan. — A voz parecia vir de muito longe, difícil de ouvir por cima de zumbido estridente vindo do meu próprio crânio. Através do zumbido, senti alguém tocar meu braço. — Rowan. *Rowan*, você está bem? Você parece um pouco estranha.

— Estou... estou bem... — consegui dizer, embora minha voz soasse estranha aos meus ouvidos. — Estou bem. É só... meu Deus, quem escreveu isso?

— Crianças brincando, você não acha? E, bem, aí está a sua explicação para o barulho.

Ele cutucou com o pé algo no canto e vi uma pilha de penas e ossos apodrecidos, restando pouco mais do que poeira.

— O pobre coitado deve ter entrado por aquela janela e não conseguiu sair, se debateu até a morte tentando escapar.

Ele apontou para a parede oposta, para uma janela minúscula, apenas um pouco maior que uma folha de papel. Estava cinza de sujeira e parcialmente aberta. Soltando meu braço, Jack foi até lá e a fechou.

— Ai... ai, meu Deus.

Percebi que não conseguia recuperar o fôlego. O zumbido em meus ouvidos se intensificou. Eu estava tendo algum tipo de ataque de pânico? Procurei algo em que me agarrar e meus dedos esmagaram insetos mortos. Soltei um soluço estrangulado.

— Olha — Jack disse de modo prático, parecendo se decidir —, vamos sair daqui e pegar uma bebida para você. Volto daqui a pouco para tirar o pássaro.

Pegando minha mão, ele me levou com firmeza para as escadas. A sensação de sua mão grande e quente na minha era indescritivelmente reconfortante e, por um momento, deixei-me ser puxada para a porta e pelas escadas, de volta para a casa. Mas então algo dentro de mim se rebelou. Qualquer que fosse a verdade daquele sótão, Jack não era meu cavaleiro branco. E eu não era uma criança aterrorizada que precisava ser protegida da realidade do que estava por trás da porta trancada.

Enquanto Jack se virava de lado para passar entre uma pilha de cadeiras oscilantes e uma caixa de tinta seca, aproveitei a oportunidade para soltar a mão da dele.

Parte de mim sentiu que estava sendo ingrata. Ele estava apenas tentando me tranquilizar, afinal. Mas a outra parte sabia que, se eu caísse nesse papel, poderia nunca escapar. Eu *não* podia permitir que Jack me visse dessa forma, como mais uma mulher histérica e supersticiosa, hiperventilando por causa de uma pilha de penas e alguns rabiscos infantis.

Assim, enquanto Jack desaparecia pelas escadas em direção ao andar de baixo, eu me obriguei a parar e virar, dando uma última longa olhada naquele quarto empoeirado, cheio de bonecas e brinquedos destruídos, móveis quebrados e os destroços estragados de uma infância perdida.

— Rowan? — A voz de Jack veio da escada, oca e ecoando pelo corredor estreito. — Você vem?

— Sim! — exclamei. Minha voz falhou e eu tossi, sentindo o peito apertar. — Estou indo!

Apressei o passo para segui-lo, cheia de um súbito pavor de que a porta se fechasse, de que ficaria presa lá com a poeira, as bonecas e o fedor da morte. Mas devo ter tropeçado em alguma coisa, pois quando cheguei ao topo da escada, houve um barulho súbito e a pilha de bonecas se moveu e desmoronou, braços e pernas de porcelana batendo uns contra os outros com tilintares sinistros, poeira subindo de vestidos puídos e roídos por traças.

— Merda — soltei, e assisti, horrorizada, enquanto a pequena avalanche diminuía.

Por fim, tudo ficou quieto, exceto por uma única cabeça de porcelana decapitada rolando lentamente em direção ao centro da sala. Era a forma como as tábuas do piso se inclinavam, eu sabia, mas por um louco segundo tive a ilusão de que ela estava me perseguindo e correria atrás de mim escada abaixo, seu sorriso angelical e os olhos vazios me caçando.

No entanto, era apenas isso, uma ilusão, e alguns segundos depois a cabeça de boneca parou de frente para a porta.

Um olho havia sido perfurado e havia uma rachadura em uma bochecha rosada que dava ao seu sorriso uma aparência curiosamente zombeteira.

Nós odiamos você, ouvi no canto da minha mente, como se alguém tivesse sussurrado em meu ouvido.

Então ouvi a voz de Jack novamente, me chamando do pé da escada. Eu me virei e o segui, descendo os degraus de madeira.

Sair para o calor e luz do restante da casa era como voltar de outro mundo — depois de uma viagem a uma Nárnia particularmente sombria e aterrorizante, talvez. Jack ficou de lado para me deixar sair, e então fechou a porta atrás de nós dois e a trancou, a chave guinchando em protesto quando fez isso. Então nós dois nos viramos e descemos para o conforto familiar e luminoso da cozinha.

— m —

Percebi que minhas mãos tremiam enquanto tentava enxaguar as xícaras e colocar a chaleira para ferver e, finalmente, depois de alguns minutos me observando, Jack se levantou e caminhou até mim.

— Sente-se e deixe que eu faço uma xícara para você, para variar. Ou você prefere algo um pouco mais forte? Uma dose, talvez?

— Uísque, você quer dizer? — perguntei, um pouco assustada, e ele sorriu e assentiu. Eu dei uma risada trêmula. — Puta merda, Jack. Mal é hora do almoço.

— Tudo bem então, apenas chá. Mas você fica aí sentada enquanto eu faço isso. Você está sempre correndo atrás dessas crianças. Sente-se para variar.

Mas balancei a cabeça, teimosa. Eu não seria essa mulher. Eu não seria como uma das outras quatro babás...

— Não, eu faço o chá. Mas seria ótimo se você pudesse... — fiz uma pausa, tentando pensar em um trabalho que ele poderia fazer para suavizar a recusa de ajuda. — Se você pudesse encontrar alguns biscoitos.

Lembrei-me de dar a Maddie e Ellie biscoitinhos após o choque dos alto-falantes no meio da noite. *Açúcar é bom para choques*, ouvi minha própria voz dizendo, como se eu fosse uma criança assustada, capaz de voltar à alegria com uma guloseima proibida.

Não sou assim normalmente, queria dizer, e era verdade. Eu não era supersticiosa, não era ansiosa, não era o tipo de pessoa que via sinais e presságios em cada esquina e se benzia quando via um gato preto na sexta-feira 13. Eu *não era* assim.

Mas por três noites seguidas eu quase não tinha dormido, e não importava o que tentasse dizer a mim mesma, eu *tinha* ouvido aqueles ruídos com toda a clareza. E não eram de um pássaro, o que quer que Jack achasse. O estrondo sem sentido e em pânico de um pássaro preso — isso teria sido assustador o suficiente, mas não era nada como o lento e comedido *crec... crec...* que me manteve acordada noite após noite. E, além disso, aquele pássaro estava bem morto havia muito tempo. Não havia como estar fazendo barulho na noite anterior ou recentemente. Na verdade, a julgar pelo cheiro e pelo estado de decomposição, é provável que estivesse lá em cima havia várias semanas.

O cheiro...

O cheiro me marcou, bolorento, e ficou preso em minhas narinas. Enquanto eu carregava o chá até o sofá, descobri que ainda o sentia, embora tivesse lavado as mãos. Grudou nas minhas roupas e no meu cabelo e, olhando para baixo, vi uma longa mancha cinzenta na manga do meu casaco.

O sol tinha se posto e, apesar do piso aquecido, a cozinha não estava particularmente quente, mas tirei o moletom e o coloquei de lado. Senti que preferia congelar em vez de colocá-lo de novo.

— Aqui está.

Jack se sentou ao meu lado, fazendo as molas do sofá rangerem, e me entregou um biscoito açucarado. Mergulhei-o automaticamente no chá, então dei uma mordida e estremeci, não pude evitar.

— Você está com frio?

— Um pouco. Na verdade, não. Quer dizer, eu tenho um suéter, é só que não... eu não podia...

Engoli em seco, então, sentindo-me uma idiota, acenei para o rastro de poeira do sótão que notei na manga.

— Não consigo tirar o cheiro daquele lugar da minha cabeça. Achei que talvez estivesse no meu casaco.

— Entendo — ele disse baixinho, e então, como se estivesse lendo meus pensamentos, ele tirou sua própria jaqueta, cheia de teias de aranha, e a colocou de lado. Ele estava vestindo apenas uma camiseta por baixo, mas, em contraste com o meu frio, seus braços estavam quentes, tanto que eu podia sentir o calor de sua pele enquanto estávamos sentados, não nos tocando, mas desconfortavelmente próximos no pequeno sofá de dois lugares.

— Você está arrepiada — disse ele, e então, lentamente, como se estivesse me dando tempo para me afastar, estendeu a mão e esfregou suavemente a pele do meu braço. Estremeci de novo, mas não de frio. Por um longo momento tive uma vontade quase irresistível de fechar os olhos e me inclinar para ele.

— Jack — eu disse, ao mesmo tempo em que ele soltou um pigarro, e a babá eletrônica no balcão emitiu um choro crepitante.

Petra.

— É melhor eu ir buscá-la. — Fiquei de pé, colocando o chá no balcão, e então cambaleei, quando uma súbita onda de tontura acometeu-me por ter levantado rápido demais.

— Ei. — Jack se levantou também, colocando a mão no meu braço, me firmando. — Ei, você está bem?

— Estou bem. — Era verdade, o momento de desorientação havia passado. — Não é nada. Às vezes tenho pressão baixa. E só estou... Não dormi bem na noite passada.

Ugh. Eu já tinha dito isso a ele. Jack ia pensar que eu estava desmoronando, acrescentando amnésia à minha lista de fragilidades. Eu era melhor do que isso. Mais forte do que isso. Tinha que ser.

Eu queria muito um cigarro, mas o currículo que entreguei a Sandra dizia "não fumante" e eu não podia arriscar desfazer esse nó em particular. Poderia desmanchar tudo que teci.

Eu me peguei olhando para cima, em direção ao olho sempre atento em forma de ovo no canto da sala.

— Jack, o que vamos dizer a Sandra? — perguntei, e então a babá eletrônica voltou à vida, desta vez um choro mais determinado, que pude ouvir tanto pelo alto-falante quanto pelas escadas. — Espere aí — pedi, já correndo apressada para subir.

Dez minutos depois eu estava de volta com uma Petra recém-trocada, mal-humorada e piscando de sono, parecendo tão desgrenhada e confusa quanto eu. Ela olhou carrancuda para Jack quando voltei para a cozinha, as mãozinhas agarrando minha blusa como um pequeno marsupial. Mas, quando ele a acariciou sob o queixo, ela deu um pequeno sorriso relutante e depois um de verdade, quando Jack fez uma careta — ela riu e depois torceu o rosto daquele jeito engraçado que as crianças fazem quando sabem que estão sendo compelidas a ficarem de bom humor contra a vontade.

Ela se deixou ser acomodada em sua cadeira alta com alguns gomos de tangerina, e então eu me virei para Jack.

— O que eu ia dizer é: Sandra e Bill. Temos que contar a eles sobre o sótão, certo? Ou você acha que eles já sabem?

— Não tenho certeza — Jack disse pensativo. Ele esfregou o queixo, seus dedos raspando a barba ruivo-escura. — Eles são meio perfeccionistas, a maneira como o armário estava fechado não parecia trabalho deles. E eu não consigo imaginar que deixariam toda aquela merda lá em cima. Perdão, desculpe-me pelas palavras, Petra — disse ele formalmente, fazendo-lhe uma pequena reverência simulada. — Todo aquele lixo, é o que eu quis dizer. Eles limparam a casa toda quando se mudaram, pelo que eu entendi. Só comecei a trabalhar aqui alguns anos depois da compra, então não vi as reformas,

mas Bill vai falar pelos cotovelos se você lhe der uma desculpa para comentar sobre o trabalho todo. Não consigo imaginá-los simplesmente ignorando algo assim. Não, se eu fosse apostar, diria que eles nunca abriram o armário e não sabiam que havia um sótão. A chave era bem dura, dá pra imaginar que alguém acharia estar com a chave errada. É só porque sou teimoso que a forcei.

— Mas... o jardim venenoso — comecei devagar. — Eles simplesmente ignoraram, certo?

— O jardim venenoso? — Ele olhou para mim, assustado. — Como você sabe disso?

— As meninas me mostraram — expliquei, brevemente. — Eu não sabia o que era. Mas minha questão é que eles fizeram a mesma coisa lá, não é? Fecharam a porta e deixaram pra lá?

— Bem — Jack disse lentamente. — Eu... bem, acho que é um pouco diferente. Eles nunca foram de botar a mão na massa no terreno. Mas a questão é que não há nada lá em cima que possa machucar ninguém.

— E a escrita?

— Sim, isso é um pouco estranho, admito. — Ele tomou um longo gole de chá e franziu a testa. — Parecia uma criança, não acha? Mas, de acordo com Jean, quando os Elincourt se mudaram, fazia mais de quarenta anos que não havia crianças na casa.

— Realmente parecia uma criança. — Meus pensamentos se voltaram para Maddie, depois para Elspeth e então para os passos humanos que eu ouvia, noite após noite. Aquilo não eram os passos de uma criança. — Ou... alguém fingindo ser uma criança — acrescentei lentamente, e ele assentiu.

— Podem ser vândalos, suponho, tentando assustar as pessoas. É verdade que a casa ficou vazia por muito tempo. Mas então... não, isso não faz sentido. Os vândalos dificilmente teriam feito uma barricada depois de terem entrado. Devem ter sido os donos anteriores que fizeram isso.

— Dr. Grant... — Fiz uma pausa, tentando pensar em como formular a pergunta que pairava na minha mente desde que li o artigo do jornal. — Você... Quero dizer, você é...?

— Parente? — Jack disse. Ele deu uma risada e balançou a cabeça. — Deus, não. Tem Grant para dar e vender por aqui. Quero dizer, suponho que todos nós teríamos feito parte do mesmo clã no passado, mas não há conexão entre nossas famílias hoje em dia. Eu nunca tinha ouvido falar do homem até começar a trabalhar aqui. O pobre coitado matou a filha, não é essa a história?

— Não sei. — Olhei para Petra, para a curva suave e vulnerável de seu crânio sob o cabelo fino. — Não sei o que aconteceu com ela. Ela comeu frutinhas venenosas, de acordo com o inquérito.

— Ouvi dizer que ele deu um de seus experimentos para ela comer. Isso é o que o pessoal de Carn Bridge vai te dizer se você perguntar.

— Cruzes. — Eu balancei a cabeça, embora não tivesse certeza se era em negação ou desgosto. Havia algo inexprimivelmente perturbador em ouvir a sugestão na voz alegre e prática de Jack, e eu não tinha certeza do que mais me incomodava: a ideia de que o dr. Grant podia mesmo ter matado sua filha e escapado, ou o fato de que a fofoca local aparentemente o havia julgado e condenado como assassino na ausência de qualquer prova concreta.

Parecia impossível, porém, que alguém envenenasse a própria filha. E dificilmente combinava com o rosto selvagem e aflito que eu tinha visto na internet. Ele parecia um homem destruído pela dor e pelo desespero e, de repente, senti uma vontade feroz de defendê-lo.

— O artigo que li dizia que Elspeth acidentalmente colheu frutinhas de louro-cereja, pensando que eram cerejas ou algo assim. Então a cozinheira fez uma geleia sem se dar conta. Não consigo imaginar como isso pode ser mais do que um acidente.

— Bem, o pessoal daqui quer que você acredite que ele estava... — Ele parou, olhando para Petra, e pareceu pensar melhor sobre o que quer que fosse dizer, embora ela fosse pequena demais para entender qualquer coisa. Eu sabia como ele se sentia. Havia algo obsceno em discutir coisas tão horríveis na frente dela. — Bem, deixa pra lá. Não é uma história bonita, de qualquer maneira. — Ele terminou seu chá e cuidadosamente colocou a xícara na máquina de lavar louça. Depois deu um pequeno sorriso irônico, muito diferente do calor do sorriso largo e expansivo habitual. — Há uma razão pela qual a casa ficou vazia por uma década antes de Sandra e Bill a comprarem. Não tem muita gente daqui que moraria em Struan, mesmo se tivesse o dinheiro para reformá-la.

Struan. O nome que estava no artigo me deu um pequeno arrepio, um lembrete de que, o que quer que Sandra e Bill tivessem feito para apagá-lo, esta casa tinha um passado e as pessoas em Carn Bridge se lembravam disso. Mas Jack continuou, sem parecer perturbado:

— O que você quer que eu faça a respeito, então?

— Eu? — perguntei, assustada. — Por que preciso decidir?

— Bem, o sótão dá no seu quarto. Não sou um homem supersticioso, mas também não gostaria de dormir ao lado daquilo lá.

Estremeci, incapaz de me conter.

— Sim, eu também não. Então... quais são as minhas opções?

— Bem, suponho que posso fazer outra barricada, e deixar para Sandra e Bill decidirem quando voltarem. Ou eu poderia tentar... arrumar o sótão um pouquinho.

— Arrumar?

— Pintar um pouco por cima daquela escrita — ele explicou. — Mas isso significaria deixá-lo aberto. Quero dizer, eu poderia trancar a porta, mas não valeria a pena fazer a barricada novamente, se estivéssemos planejando voltar. Não sei como você se sente sobre isso.

Eu concordei, mordendo o lábio. Verdade seja dita, não queria dormir naquele quarto de novo e, na verdade, não sabia nem se conseguiria. A ideia de ficar deitada naquela cama, ouvindo o *crec... crec...* das tábuas, com aquela escrita demente a poucos metros de mim, atrás de nada mais resistente do que uma porta de armário trancada... Bem, isso me dava arrepios. Mas a ideia de colocar outra barricada no quarto também não parecia muito melhor.

— Acho que devemos pintá-lo — disse por fim. — Se Sandra e Bill concordarem, é claro. Não podemos... não podemos simplesmente *deixar aquilo lá*. É horrível demais.

Jack assentiu. Então tirou o molho de chaves do bolso de trás, onde o havia guardado, e começou a tirar a longa chave preta do sótão dali.

— O que você está fazendo? — perguntei, assim que ela se separou com um pequeno clique. Ele esticou a mão para mim.

— Pegue.

— Eu? Mas eu não quero... — Engoli em seco, tentando não mostrar a profundidade da repulsa que sentia. — Eu não quero *subir* lá.

— Eu sei disso. Mas, se fosse eu, me sentiria melhor sabendo que tenho a chave em mãos.

Apertei os lábios e peguei a chave dele. Era pesada e muito fria. Mas, para minha surpresa, ele estava certo. Havia algo... não exatamente poder, mas pelo menos uma ilusão de controle em segurar a chave em minhas próprias mãos. Aquela porta estava trancada. E só eu tinha o poder de destrancá-la.

Eu a enfiei no bolso da calça jeans e ainda estava tentando descobrir o que dizer quando Jack assentiu novamente, mas desta vez para o relógio.

— Você viu a hora?

Olhei para o meu telefone.

— Merda.

Eu estava atrasada para pegar as meninas.

— É melhor eu ir, mas... mas obrigada, Jack.

— Pelo quê? — Ele parecia genuinamente surpreso. — A chave?

— Não isso. Só... não sei. Por me levar a sério. Não fazer eu me sentir uma idiota por estar assustada.

— Olha... — Seu rosto suavizou. — Aqueles rabiscos também me deram arrepios, e estou do outro lado do pátio. Mas acabou, tudo bem? Chega de ruídos misteriosos, chega de rabiscos, chega de se perguntar o que há por trás daquela porta. Sabemos agora. É assustador e um pouco triste, mas acabou, certo?

— Certo — respondi, assentindo. Eu deveria saber que era bom demais para ser verdade.

Tenho ficado assustada com recorrência na prisão, sr. Wrexham. Tanto na primeira noite, enquanto estava deitada, ouvindo as risadas, gritos e guinchos das outras mulheres, tentando me acostumar com a sensação das estreitas paredes de concreto se fechando ao meu redor, quanto nas muitas, muitas noites depois disso. E, mais tarde, depois que uma das outras garotas me bateu no refeitório e fui transferida para outra ala para minha proteção, enquanto eu estava ali, tremendo em uma cela estranha, lembrando do ódio no rosto dela e da maneira como os guardas esperaram um pouco demais antes de intervirem, contando as horas até o dia seguinte, quando eu teria que enfrentá-los todos de novo. E as noites em que os sonhos vêm, e vejo o rosto dela novamente e acordo com o fedor de sangue em minhas narinas, tremendo e tremendo.

Ah, Deus, tenho estado assustada.

Mas nunca tive tanto medo quanto naquela noite na residência Heatherbrae.

As meninas se cansaram cedo, felizmente, e as três já estavam desmaiadas às oito e meia.

Assim, às 20h45, subi as escadas até o quarto — não conseguia mais pensar nele como *meu* quarto — no último andar.

Percebi que estava prendendo a respiração quando toquei na maçaneta da porta. Não pude deixar de imaginar algo horrível voando e me emboscando — um pássaro arranhando meu rosto, ou talvez as letras se espalhando como um câncer por trás da porta trancada e pelas paredes do quarto. Mas, quando finalmente eu me forcei a virar a maçaneta, abrindo a porta com uma violência que a fez bater contra a parede, não havia nada lá. A porta do armário estava fechada, e o quarto parecia exatamente como na primeira noite em que o vi, exceto por alguns grãos de poeira que Jack e eu carregamos pelo tapete em nossa pressa de sair do sótão.

Ainda assim, sabia que não tinha como eu dormir ali, então deslizei a mão sob o travesseiro e peguei meu pijama às pressas, como se esperasse encontrar algo desagradável lá, espreitando. Fui me vestir no banheiro, escovei os dentes e depois enrolei meu edredom e o levei escada abaixo, para a sala de TV.

Eu sabia que se me deitasse e esperasse dormir, ficaria aguardando muito tempo, talvez a noite toda, enquanto as imagens do sótão se intrometeriam na minha mente e as palavras na parede sussurrariam repetidas vezes em meus ouvidos. Buscar uma distração com um filme conhecido parecia uma opção melhor. Pelo menos, se eu tivesse uma trilha de claque alta soando em meus ouvidos, eu não ficaria estremecendo a cada tábua de chão empenada e suspiro dos cães. Eu não sabia se conseguiria ficar ali em silêncio, esperando o *crec... crec...* começar de novo.

Friends parecia estar no nível certo de intensidade, então coloquei o seriado na enorme TV wide-screen, puxei o edredom até o queixo... e dormi.

—⁂—

Quando acordei, foi com uma sensação de completa desorientação. A TV tinha ficado em modo de espera durante a noite e havia luz do dia fluindo por baixo das persianas na sala de TV.

Havia um peso quente em minhas pernas... Não... dois pesos, e meu peito estava apertado e ofegante. Eu me arrastei até ficar sentada, tirei o cabelo dos olhos e olhei para baixo, esperando ver os dois cães, mas havia apenas um monstro preto peludo deitado ao pé do sofá. O outro corpinho quente era Ellie.

— Ellie? — chamei com a voz rouca, e então apalpei o bolso do meu roupão.

Meu inalador estava lá, como de costume, mas encostei em algo desconhecido quando o tirei. Com uma vertigem estranha me lembrei da chave e de todos os eventos malucos do dia anterior. Depois limpei o bocal do inalador no roupão, levei-o aos lábios e inspirei fundo. O alívio foi instantâneo, e suspirei, sentindo o peito relaxar. Aí chamei novamente, mais alto:

— Ellie. Querida, o que você está fazendo aqui?

Ela acordou, piscando e confusa, e então percebeu onde estava e sorriu para mim.

— Bom dia, Rowan.

— Bom dia para você também, mas o que está fazendo aqui?

— Não consegui dormir. Tive um pesadelo.

— Bem, tudo bem, mas...

Mas... o quê? Eu não tinha certeza do que dizer. Sua presença me abalou. Há quanto tempo ela estava andando pela casa ontem à noite sozinha sem que eu a ouvisse? Ela evidentemente conseguiu sair da cama e descer as escadas e se aconchegar ao meu lado sem que eu percebesse nada.

Não parecia haver muito que eu pudesse dizer neste momento, então apenas esfreguei os olhos para afastar o sono e, em seguida, livrei minhas pernas do cachorro e me levantei.

Ao fazê-lo, algo caiu das dobras do edredom e atingiu o chão com um estalido surdo de cerâmica.

O som me fez pular. Será que eu tinha derrubado uma caneca de café esquecida ou algo assim? Tomei leite quente ontem à noite, mas podia jurar ter deixado a xícara em segurança na mesa de centro. Na verdade, sim, ainda estava lá. Então, o que fez o barulho?

Foi só quando eu puxei a cortina e dobrei o edredom que eu vi. Tinha rolado um pouco para baixo do sofá antes de parar, de frente para mim, de modo que seus olhinhos perversos e sorriso rachado pareciam estar rindo da minha cara.

Era a cabeça da boneca do sótão.

A sensação que tomou conta de mim foi... como se alguém tivesse derramado um balde de água gelada sobre a minha cabeça e os meus ombros, um dilúvio paralisante de puro medo que me deixou incapaz de fazer qualquer coisa além de ficar ali, tremendo e ofegando.

Ouvi, como se viesse de muito longe, a vozinha esganiçada de Ellie perguntando:

— Rowan, tá tudo bem? Você tá bem, Rowan? Tá parecendo estranha.

Foi preciso um esforço enorme para sair do pânico e perceber que ela estava falando comigo e que eu precisava responder.

— Rowan! — Havia um gemido assustado em sua voz agora, e ela puxou minha camisola, seus dedinhos frios na pele da minha cintura. — *Rowan!*

— Eu... eu estou bem, querida — consegui dizer. Minha voz me pareceu estranha e rouca. Eu queria voltar até o sofá e me encolher lá, mas não conseguia chegar perto daquela... daquela *coisa*, com seu sorrisinho zombeteiro.

Mas eu precisava. Não podia deixá-la lá embaixo, como uma pequena granada obscena, esperando para explodir.

Como? Como foi parar ali? Jack trancou a porta, eu *vi* ele fazer isso. E ele desceu as escadas antes de mim. E eu estava com a chave no meu bolso. Podia senti-la, quente com o calor do meu próprio corpo contra a coxa. Será que *eu*... eu poderia ter...?

Mas não. Isso era um absurdo. Impossível.

E, no entanto, lá estava.

Foi enquanto eu estava parada, tentando me controlar, que Ellie se abaixou para ver o que eu olhava e deu um gritinho.

— Uma bonequinha!

Ela se agachou, o bumbum se projetando no ar como o bebê que ela ainda de certa forma era. Estendeu a mão e ouvi um rugido repentino em meus ouvidos, minha própria voz aos gritos:

— Ellie, pelo amor de Deus, não toque nisso! — E me senti agarrando-a, quase antes de perceber o que ia fazer.

Houve um longo momento de silêncio, Ellie parada, mole e pesada em meus braços, minha própria respiração ofegante nos ouvidos, e então todo o seu corpo se enrijeceu e ela soltou um gemido de choque indignado e começou a chorar, com toda a surpresa desolada de uma criança repreendida por algo que não percebia ser errado.

— Ellie — comecei, mas ela estava lutando em meus braços, seu rosto vermelho e contorcido com tristeza e raiva. — Ellie, espere, eu não quis dizer...

— Me larga! — ela uivou. Por instinto apertei meus braços ao redor dela, mas Ellie estava se debatendo como um gato, cravando as unhas em meus braços.

— Ellie, Ellie, *acalme-se*, você está me machucando.

— Eu não ligo! Me larga!

Ajoelhando-me, cheia de dor, tentando manter o rosto longe de suas unhas afiadas, deixei-a deslizar para o chão, onde Ellie desmoronou com um gemido no tapete.

— Você é má! Você gritou!

— Ellie, eu não queria te assustar, mas aquela boneca...

— Vai embora! — ela lamentou. — Eu te odeio!

Então ela se levantou e saiu correndo da sala, deixando-me esfregando com tristeza os arranhões nos braços. Ouvi seus pés na escada, e então a batida da porta do quarto.

Suspirando, fui até a cozinha e toquei na tela do tablet. Quando cliquei na câmera, foi para ver Ellie de bruços na cama, claramente chorando, com Maddie esfregando os olhos sonolenta, surpresa por ter sido acordada assim.

Merda. Ela veio até mim ontem à noite para se sentir segura, e por um momento eu pensei que estávamos fazendo um grande avanço. E eu tinha estragado tudo. De novo.

E tudo por causa daquela cabecinha vil de boneca.

Eu tinha que me livrar dela, mas de alguma forma não conseguia me forçar a tocá-la. No final, fui até a despensa e peguei um saco plástico. Coloquei sobre a mão, ao contrário, como uma luva improvisada, e então me ajoelhei e estiquei o braço embaixo do sofá.

Percebi que estava prendendo a respiração, absurdamente, enquanto colocava o braço no espaço escuro e um pouco empoeirado, meus dedos tateando em busca da cabecinha dura. Toquei o cabelo primeiro, apenas alguns fios soltos, pois o pequeno crânio de porcelana estava quase careca, e usei-o para puxar a cabeça. Depois fechei a mão sobre ela em um movimento firme e rápido, como ao pegar um rato morto ou algum inseto que você teme que ainda possa picá-lo, mesmo sem vida.

Eu estava segurando com força, como se a força do meu gesto pudesse ter impedido a boneca de explodir ou escapar do meu alcance. Não aconteceu nenhuma das duas coisas. Mas enquanto eu me levantava, cautelosamente, senti uma pontada no dedo indicador, um caco de vidro, tão afiado que mal o senti entrar. Tinha perfurado o saco e entrado no meu dedo, tirando sangue, que agora gotejava em um ritmo constante no piso de madeira. A cabeça não era de porcelana, percebi, mas de vidro pintado.

Na pia, tirei o caco do dedo e envolvi a mão em um pedaço de papel-toalha, antes de enrolar a cabeça da boneca em um pano de prato e depois em outro saco de lixo. Amarrei o topo e a enfiei bem fundo na lata de lixo, sentindo como se estivesse enterrando um cadáver. Meu dedo latejava enquanto eu pressionava o ferimento, me fazendo estremecer.

— O que aconteceu com a Ellie?

A voz me fez pular, como se eu tivesse sido pega escondendo a evidência de algum crime. Ao me virar, vi Maddie parada na porta. Sua expressão era um pouco menos truculenta do que o normal. Com o cabelo em pé ela parecia o que era, apenas uma garotinha de aparência engraçada, cabelos bagunçados, que acordou cedo demais.

— Ah... é culpa minha — expliquei com tristeza. — Gritei com ela. Ela estava prestes a encostar em um vidro quebrado e eu a assustei, tentando impedi-la. Acho que ela pensou que eu estava com raiva... Só não queria que ela se machucasse.

— Ela disse que você encontrou uma boneca e não a deixou brincar?

— Era só uma cabeça. — Eu não queria entrar nos porquês com Maddie. — Mas era feita de vidro e cheia de cacos afiados. Eu me cortei para limpar.

Estendi a mão como evidência, e, soturna, ela assentiu, aparentemente satisfeita com minha explicação incompleta.

— Ok. Posso comer Coco Pops no café da manhã?

— Talvez. Mas, Maddie... — parei, sem saber ao certo como expressar o que queria perguntar. Nossa reaproximação parecia tão frágil que eu estava com medo de colocá-la em perigo, mas havia muitas perguntas zumbindo na minha cabeça para abandonar o assunto completamente. — Maddie, você já... Você sabe de onde veio a boneca?

— O que você quer dizer? — Seu rosto estava perplexo e sincero. — Temos muitas bonecas.

— Eu sei, mas esta é uma boneca diferente, antiga.

Não consegui juntar energia para tirar a cabeça macabra e quebrada do lixo, então peguei o telefone e procurei no Google por "boneca vitoriana", rolando a tela para baixo até encontrar uma que era uma versão um pouco menos malévola da boneca do sótão. Maddie olhou para ela, franzindo a testa.

— Tinha uma assim na TV uma vez. Era um programa sobre a venda de tiquidades.

— Tiquidades? — Pisquei.

— Sim, coisas velhas que valem muito dinheiro. Uma senhora queria vender uma boneca velha por dinheiro, mas o responsável pelo programa disse que não valia nada.

— Ah... antiguidades. Eu sei o programa que você está falando. Mas você nunca viu uma na vida real?

— Acho que não — disse Maddie. Ela se virou e tentei ler sua expressão. Será que ela estava sendo casual *demais*? Uma criança normal não faria mais perguntas do que isso? Mas então me toquei. Essa dúvida sobre tudo estava começando a beirar a paranoia. Crianças são egocêntricas. Eu sabia disso muito bem desde a creche. Deus, havia muitos *adultos* indiferentes o suficiente para não questionar algo assim.

Eu estava apenas tentando formular uma maneira de levar a conversa para a escrita na parede e a sopinha de letras de Maddie quando ela mudou de assunto abruptamente, trazendo de volta sua pergunta original com a obstinação típica de crianças pequenas.

— Então, *posso* comer Coco Pops no café da manhã?

— Bem... — Mordi o lábio. A lista de alimentos "raros" de Sandra estava sendo consumida com mais frequência a cada dia. Mas, de qualquer forma, ela não teria essas coisas em casa se não quisesse que as crianças comessem, certo? — Sim, acho que sim, por hoje. Mas é a última vez esta semana, certo? De volta ao cereal integral amanhã. Suba e vista seu uniforme, vou preparar tudo antes de você descer. Ah, e você pode dizer a Ellie que vou preparar uma tigela para ela também, se ela quiser?

Ela concordou e desapareceu escada acima enquanto eu pegava a chaleira.

—⁂—

Estava dando um pouco de mingau na boca de Petra com a mão boa quando um rostinho apareceu na porta da cozinha e então rapidamente escapou, deixando um pedaço de papel deslizando pelo chão.

— Ellie? — chamei, mas não houve resposta, apenas o som de passos desaparecendo. Suspirando, me certifiquei de que as alças de segurança de Petra estavam presas na cadeirinha e fui pegar o papel.

Para minha surpresa, era uma carta digitada, formatada como um e-mail, mas sem assunto e nada no campo de "Para". Sob o cabeçalho do Gmail havia uma única linha de texto sem pontuação.

> Queria Owen desculpa por te arranhar e fugir de você e dizer que te odeio por favor não fica com raiva e não vai embora que nem as outras desculpa com amor Ellie p. S. Eu me vesti sozinha

Queria Owen? As palavras me fizeram franzir a testa, mas não havia dúvidas sobre a intenção do restante da mensagem. Eu soltei Petra, coloquei-a no cercadinho no canto e peguei a carta novamente.

— Ellie?

Silêncio.

— Ellie, recebi sua carta, sinto muito por ter gritado. Posso pedir desculpas a você também?

Houve uma longa pausa, então uma vozinha disse:

— Eu tô aqui.

Atravessei a sala de TV até a sala de estar. À primeira vista parecia vazia, mas então um movimento chamou minha atenção, e caminhei lentamente até o canto mais distante da sala, cheio de sombras onde o sol da manhã ainda não havia alcançado. Ela estava escondida entre a quina do sofá e a parede, quase invisível, exceto pelo cabelo loiro e as pontas dos sapatos aparecendo.

— Ellie. — Eu me agachei, segurando a carta. — Você escreveu isso?

Ela assentiu.

— Está muito boa. Como você sabia todas as palavras? Maddie te ajudou?

— Eu fiz sozinha. É só que... a bolota me ajudou.

— A bolota?

Fiquei intrigada, e ela assentiu.

— Você clica na bolota e diz o que quer escrever e ela escreve para você.

— Que bolota? — Eu estava confusa agora. — Você pode me mostrar?

— Ellie corou de prazer tímido ao demonstrar a própria inteligência e se espremeu para fora de seu cantinho. Havia poeira em sua saia da escola e os sapatos estavam nos pés errados, mas ignorei as duas coisas e a segui até a cozinha, onde ela pegou o tablet, abriu o Gmail e pressionou o símbolo do microfone acima do teclado. Uma luz piscou. Realmente parecia um pouco uma bolota estilizada, principalmente se você não tinha ideia de como era a aparência de um microfone antigo.

Ela começou a falar para o tablet.

— Querida Rowan, estou escrevendo essa carta para dizer que sinto muito, com amor Ellie — ela disse, lentamente, enunciando as palavras com a clareza que seu palato infantil permitia.

Queria Owen — as letras se desenrolaram na tela, como que por mágica —, *estou escrevendo carta para dizer que eu sinto mosquito...*

Houve uma pausa infinitesimal e o aplicativo se autocorrigiu: *sinto muito com amor Ellie.*

— E aí você aperta os pontinhos aqui e imprime na impressora do escritório do papai — explicou ela, orgulhosa.

— Entendi. — Eu não tinha certeza se queria rir ou chorar. Optei pelo meio-termo agachando-me e abraçando-a. — Bem, você é muito inteligente, é uma carta adorável. E também sinto muito. Eu não deveria ter gritado e prometo que não vou a lugar algum.

Ela se agarrou a mim, respirando pesadamente no meu pescoço, a bochecha gordinha e quente contra a minha.

— Ellie — chamei baixinho, sem saber se estava prestes a destruir nossa confiança conquistada com tanto esforço, mas incapaz de não perguntar. — Ellie, posso te perguntar uma coisa?

Ela não disse nada, mas eu a senti concordar com a cabeça, o queixo pontudo cavando o tendão que ia da clavícula até o ombro.

— Você... colocou aquela cabeça de boneca no meu colo?

— Não!

Ela se afastou, olhando para mim, um pouco chateada, mas não tanto quanto eu temia. Ela balançou a cabeça com veemência, o cabelo voando como uma penugem de cardo. Seus olhos estavam arregalados, e eu podia ver neles uma espécie de desespero crível. Mas por quê? Porque ela estava dizendo a verdade... ou porque estava mentindo?

— Tem certeza? Prometo que não vou ficar brava. Eu só... fiquei imaginando como foi parar ali, só isso.

— Não fui *eu* — ela disse, batendo o pé.

— Está bem, está bem — recuei um pouco, não querendo perder o terreno conquistado. — Eu acredito em você. — Houve uma pausa, e ela colocou a mão sobre a minha. — Então... — Eu estava pisando em ovos agora, mas isso era importante demais para não pressionar um pouco mais. — Você sabe quem foi?

Ela desviou o olhar, não querendo encontrar meus olhos.

— Ellie?

— Foi outra garotinha — disse ela. E de alguma forma eu sabia que era tudo o que eu conseguiria dela.

— Maddie, Ellie, vamos logo! — Eu estava parada no corredor, com as chaves na mão, quando Maddie desceu correndo as escadas com o casaco e os sapatos já calçados. — Ah, muito bem, querida. Você mesma colocou os sapatos!

Ela passou por mim, evitando meus braços estendidos, mas Ellie, saindo do banheiro do andar de baixo, foi menos rápida e eu a agarrei, rosnando como um urso, beijei sua barriguinha mole, depois a coloquei no chão novamente, gritando e rindo. Observei enquanto ela saía correndo pela porta da frente atrás da irmã para entrar no carro.

Eu me virei para pegar as mochilas das duas e, ao fazer isso, quase colidi com a sra. McKenzie, de pé com os braços cruzados sob o arco que levava à cozinha.

— Merda! — A palavra saiu sem querer, e eu corei, irritada comigo mesmo por dar a ela mais motivo para a antipatia que sentia por mim. — Quero dizer, meu Deus, não ouvi você entrar, sra. McKenzie. Desculpe, você me assustou.

— Eu vim pelos fundos, meus sapatos estavam sujos — foi tudo o que ela respondeu. Mas havia algo um pouco mais suave do que o normal em seu rosto, enquanto seus olhos seguiam as meninas até o carro. — Você está... — Ela parou e então balançou a cabeça. — Esquece.

— Não, o quê? — pedi, me sentindo incomodada. — Vamos, se a senhora tem algo a dizer...

Ela apertou os lábios e cruzei os braços, esperando. Então, inesperadamente, ela sorriu, o que transformou seu rosto bastante sombrio e a fez parecer anos mais jovem.

— Eu só ia dizer que você está se dando muito bem com aquelas meninas. Agora, é melhor se apressar ou vai se atrasar.

Enquanto eu voltava da Escola Primária de Carn Bridge com o carro, Petra amarrada na cadeirinha atrás de mim, apontando para fora da janela e balbuciando sozinha as sílabas meio sem sentido de sempre, me peguei lembrando daquela primeira viagem de volta da estação com Jack — o pôr do sol da tarde dourando as colinas, o zumbido calmo do Tesla enquanto serpenteávamos pelos campos aparados, cheios de ovelhas pastando e vacas das Highlands, passando por pontes de pedra. No tempo cinza e chuvoso daquele dia, a paisagem parecia muito diferente — sombria, crua e totalmente diversa do verão. Até as vacas nos campos pareciam deprimidas, de cabeça baixa, a chuva pingando das pontas dos chifres.

Quando o portão se abriu e começamos a subir o caminho sinuoso até a casa, tive um forte déjà vu daquela primeira noite, do jeito que eu estava sentada ao lado de Jack, mal capaz de respirar com esperança e desejo.

Fizemos a curva final do caminho e a fachada atarracada e cinzenta da casa apareceu. Então me lembrei, também, da onda de emoção que senti ao vê-la pela primeira vez, dourada, quente e cheia de possibilidades.

Parecia muito diferente hoje. Não cheia de potencial para uma nova vida, novas oportunidades, mas cinza e ameaçadora como uma prisão vitoriana. Só que eu sabia que isso também era uma mentira de certa forma, que a fachada vitoriana apresentada à entrada era apenas metade da história, que se eu andasse até os fundos, veria uma casa que havia sido demolida e remendada com vidro e aço.

Por último, meu olhar foi para o telhado, com as telhas de pedra molhadas e escorregadias da chuva. A janela que Jack havia fechado não era visível dali, dava para a inclinação interna do telhado, mas eu sabia que estava lá, e o pensamento me fez estremecer.

Não havia sinal do carro de Jean McKenzie na entrada — ela já devia ter ido embora — e nem Jack, nem os cachorros estavam à vista. De alguma forma, com tudo o que aconteceu, eu não conseguia me fazer entrar na casa sozinha. A situação era tal, pensei, enquanto estacionava o carro e soltava Petra da cadeirinha, que até mesmo afastar os cachorros tentando se intrometer na minha saia teria sido uma distração bem-vinda comparada à vigilância silenciosa daquela casa, com seus olhos ovais de vidro me observando de todos os cantos.

Pelo menos aqui fora eu podia pensar, sentir e falar sem medir cada palavra, cada expressão, cada humor.

Eu poderia ser *eu*, sem medo de escorregar.

— Vamos — chamei Petra. Abri o porta-malas do carro, peguei o carrinho e coloquei a menina nele, prendendo a capa de chuva por cima. — Vamos dar uma volta.

— Eu ando! — Petra gritou, empurrando o plástico com as mãos, mas eu balancei a cabeça.

— Não, querida, está chovendo muito e você não está de galocha. Você vai ficar confortável e seca aí dentro.

— Boça! — Petra disse, apontando através do plástico. — Pular na boça rama!

Levei um minuto para entender o que ela estava dizendo, mas então segui seu olhar para o enorme bolsão que havia se acumulado no cascalho no antigo pátio do estábulo, e entendi.

Poças de lama. Ela queria pular em poças de lama.

— Ah! Como a Peppa Pig, você quer dizer? — Ela assentiu vigorosamente. — Você não está de galochas, mas olhe...

Comecei a andar mais rápido, acelerei, e então, com um enorme *splash*, corri, com carrinho e tudo, pela poça, sentindo a água espirrar ao nosso redor e bater no meu casaco e na capa de chuva do carrinho.

Petra gritou de tanto rir.

— De novo! Mais boça!

Havia outra poça mais adiante ao lado da casa e, obedecendo, corri por ela também, e depois por outra no caminho de cascalho que descia em direção aos arbustos.

Quando chegamos à horta, eu estava encharcada e rindo, mas também, surpreendentemente, ficando com frio. A casa estava começando a parecer um pouco mais acolhedora. Ela podia ser repleta de câmeras e tecnologia que não funcionava direito, mas pelo menos estava quente e seca, e aqui fora meus medos da noite anterior pareciam não apenas bobos, mas risíveis.

— Boça! — Petra gritou, pulando para cima e para baixo sob o cinto. — Mais boça!

Mas balancei minha cabeça, rindo também.

— Não, já chega, querida, estou molhada! Olhe! — Eu me movi para ficar na frente dela, mostrando meus jeans encharcados, e ela riu de novo, o rostinho enrugado e distorcido pelo plástico amassado.

— Woan molhada!

Woan. Foi a primeira vez que ela tentou falar meu nome, senti meu coração se contrair de amor, e uma espécie de tristeza também, por tudo que eu não podia contar a ela.

— Sim! — falei, e senti um nó na garganta, mas meu sorriso era sincero. — Sim, Rowan está molhada!

Foi quando eu estava virando o carrinho para começar a subir de volta para a casa que percebi o quão longe tínhamos chegado — quase todo o caminho que levava ao jardim venenoso. Olhei por cima do ombro para o jardim quando comecei a empurrar o carrinho pela trilha íngreme de paralelepípedos, e então parei.

Pois algo havia mudado desde minha última visita.

Algo estava faltando.

Levei um minuto para identificar, então percebi. A corda que amarrava o portão havia sumido.

— Só um segundo, Petra — pedi. Ignorando seus protestos de "mais boças!", acionei o freio do carrinho e corri de volta até o caminho que dava no portão de ferro, o portão onde dr. Grant havia sido fotografado. Orgulhoso em frente de seu parque de pesquisas, tantos anos atrás. O portão que eu havia amarrado firmemente com um nó alto demais para mãozinhas alcançarem.

O grosso barbante branco havia sumido. Não apenas desamarrado ou cortado e jogado de lado, mas desaparecera completamente.

Alguém havia desfeito minhas cuidadosas precauções.

Mas quem? E por quê?

O pensamento me incomodava enquanto eu retornava lentamente até a colina onde Petra ainda estava sentada, ficando cada vez mais irritada. Continuou me incomodando enquanto empurrava o carrinho com dificuldade colina acima, para a casa à nossa espera.

Ao chegar à porta da frente, Petra já estava zangada e rabugenta. Olhando para o meu relógio, vi que havia passado da hora do lanche e, na verdade, estava quase na hora do almoço. As rodas do carrinho estavam cobertas de lama, mas, como eu havia deixado a chave da despensa do lado de dentro, não tinha outra opção além da porta da frente. Por fim a tirei do carrinho, que dobrei desajeitadamente com uma das mãos, segurando Petra contra o quadril e usando a outra mão para impedi-la de correr em busca de mais poças. Deixei o carrinho na entrada, e então pressionei o polegar no painel branco e brilhante, me afastando quando a porta se abriu sem fazer barulho.

O cheiro de bacon frito me atingiu na hora.

— Olá?

Coloquei Petra no degrau de baixo da escada com cuidado, fechei a porta e tirei minhas botas enlameadas.

— Olá? Quem está aí?

— Ah, é você.

A voz era de Rhiannon. Enquanto eu pegava Petra e seguia para a cozinha, ela saiu, segurando um sanduíche gorduroso de bacon numa das mãos. Ela parecia péssima, meio verde e com olheiras escuras sob os olhos, como se tivesse dormido ainda menos do que eu.

— Ah, você está de volta — comentei desnecessariamente, e ela revirou os olhos antes de passar por mim e seguir para as escadas, dando uma grande mordida no sanduíche.

— Ei — chamei-a quando uma gota de molho marrom respingou no piso de ladrilhos. — Ei! Não dá para pegar um prato?

Mas ela já tinha ido embora, subindo as escadas em direção ao seu quarto.

Quando ela passou, porém, senti o cheiro de outra coisa — um odor sutil mascarado pelo cheiro de bacon, tão estranho e fora de lugar, mas ao mesmo tempo tão conhecido que me fez parar.

Era um cheiro doce e levemente podre que me levou de imediato à minha adolescência, embora ainda tenha demorado um minuto para localizar. Quando a associação finalmente se encaixou, porém, eu tive certeza — era o cheiro de cereja madura de alguma bebida barata, saindo da pele de alguém na manhã seguinte à bebedeira.

Merda.

Merda.

Parte de mim queria murmurar que não era da minha conta, que eu era babá e havia sido contratada por minha experiência com crianças menores, que eu não tinha experiência alguma com adolescentes e nenhuma ideia do que Sandra e Bill considerariam apropriado. Adolescentes de catorze anos bebiam agora? Isso era aceitável?

Mas a outra parte de mim sabia que eu era a *in loco parentis* aqui. Quer Sandra estivesse preocupada ou não, eu já tinha visto o suficiente para me afligir. E havia muitos sinais preocupantes no comportamento de Rhiannon. Mas a questão era o *que* eu deveria fazer sobre isso? O que *poderia* fazer sobre isso?

As perguntas me incomodavam enquanto eu fazia um sanduíche para Petra e para mim, depois a coloquei no berço para tirar uma soneca. Eu poderia questionar Rhiannon, mas tinha certeza de que ela teria uma desculpa pronta, isso se aceitasse falar comigo.

Então eu me lembrei. Cass. No mínimo ela seria capaz de explicar a sequência exata dos eventos da noite passada, e talvez me desse uma ideia caso eu estivesse dando mais peso a isso do que deveria. Um bando de garotas de catorze anos em uma festa de aniversário... não era impossível Cass ter fornecido alguns drinquezinhos leves e Rhiannon ter bebido mais do que deveria.

A mensagem de Cass ainda estava na minha caixa de mensagens, então rolei para baixo até encontrá-la e puxei o número. Fiquei esperando enquanto tocava.

— Alô? — A voz era áspera, escocesa e muito masculina.

Pisquei, olhei para o telefone para verificar se havia discado o número certo e depois o coloquei de volta no ouvido.

— Alô? — falei cautelosamente. — Quem é?

— Craig — respondeu a voz. Não parecia uma adolescente, parecia alguém com ao menos vinte anos, talvez mais. E definitivamente não parecia a mãe ou o pai de ninguém. — Sendo mais direto: quem é você, porra?

Estava chocada demais para responder. Por um segundo, simplesmente fiquei ali, sentada, boquiaberta, tentando descobrir o que dizer.

— Alô? — disse Craig irritado. — Aloooooouuuu? — E então, baixinho. — Essas vagabundas retardadas discando números errados.

E aí ele desligou.

Fechei a boca e caminhei devagar até a cozinha, ainda tentando descobrir o que tinha acabado de acontecer.

Era óbvio que, de quem quer que fosse aquele número, não era da mãe de Elise. O que significava... Bem, poderia significar que Rhiannon tinha escrito errado, exceto pelo fato de que eu tinha mandado uma mensagem para o número e recebi uma confirmação, supostamente de "Cass".

O que significava que Rhiannon estava mentindo para mim.

O que significava também que, muito provavelmente, ela não tinha saído com Elise. Em vez disso, devia estar com Craig.

Merda.

O tablet estava na cozinha, e eu o peguei para tentar escrever um e-mail para Sandra e Bill.

O problema era que eu não sabia por onde começar. Havia muito a dizer. Devia começar por Rhiannon? Ou pelo comportamento de Maddie? Ou devia comentar sobre minhas preocupações com o sótão? Os barulhos, a maneira como Jack e eu entramos, e as frases malucas?

O que eu queria era contar tudo a eles — desde o cheiro morto e podre que ainda pairava em minhas narinas, os cacos quebrados da cabeça da boneca na lixeira ao pé da entrada, até o desenho rabiscado de Maddie da cela da prisão e minha conversa com Craig.

Algo está errado, eu queria escrever. Não, esqueça, *tudo está errado*. Mas... como eu poderia contar a eles sobre Rhiannon e Maddie sem parecer que eu estava criticando como criavam seus filhos? Como eu poderia dizer o que tinha visto e ouvido nessa casa sem ser descartada como mais uma babá supersticiosa? Como eu poderia esperar persuadir alguém que nem tinha visto o interior daquele quarto assustador e insano?

Primeiro a caixa de assunto, então. Qualquer coisa que eu pudesse pensar parecia irremediavelmente inadequada ou ridiculamente dramática, no final decidi por *Uma atualização de Heatherbrae*.

Ok. Ok. Calma e factual. Isso era bom. Agora para o corpo da mensagem.

Queridos Sandra e Bill, escrevi, depois me recostei e mordisquei a borda desgastada do meu dedo, tentando pensar no que colocar em seguida.

Em primeiro lugar, devo dizer que Rhiannon voltou sã e salva esta manhã, mas tenho algumas preocupações sobre sua visita à casa de Elise.

Tudo bem, isso estava bom. Era claro, factual e não acusatório. Mas então como seguir disso para
Essas vagabundas retardadas discando números errados.
Muito menos disso para
Te odiamos
Els estão zaingados.
VAI EMBORA
Nós ti odiams.

Acima de tudo, como explicar que eu não iria — não poderia — dormir naquele quarto de novo, ouvir aqueles passos andando lá em cima, respirar o mesmo ar que aquelas penas apodrecidas e empoeiradas.

No final, só fiquei ali, sentada, olhando para a tela, lembrando-me do lento *crec... crec...* nas tábuas acima de mim. Foi só quando ouvi o choro rabugento de Petra vindo pelo interfone e olhei para o relógio que percebi que era hora de pegar Maddie e Ellie na escola.

Fui buscar as meninas, digitei na tela de mensagens para Rhiannon, *precisamos conversar quando eu voltar.* E então, deixando o e-mail não enviado no tablet, corri para o andar de cima para trocar Petra e colocá-la no carro.

Não pensei no e-mail novamente até quase nove da noite. A tarde tinha sido boa. Maddie e Ellie ficaram encantadas em ver Rhiannon e ela foi comoventemente doce com elas — muito longe da pirralha vaidosa e mimada de escola particular que bancava para mim. Ela estava visivelmente de ressaca, mas brincou de Barbie com as irmãs na sala de jogos por algumas horas, comeu pizza e depois desapareceu no andar de cima enquanto eu lutava com banhos e camas até aconchegar as duas com um beijo e desligar as luzes.

Quando desci, estava me preparando para a discussão prometida, tentando imaginar o que Rowan, a Babá Perfeita, teria feito. Firme, mas clara. Não comece com sanções e acusações, faça com que ela fale.

Mas Rhiannon estava esperando na cozinha, batendo as unhas no balcão, e tive de olhar duas vezes para o que ela estava vestindo. Maquiagem completa, salto alto, minissaia e um top que mostrava um piercing no umbigo.

Ah, merda.

— Hum — comecei, mas Rhiannon me impediu.

— Vou sair.

Por um segundo, não tive ideia do que dizer. Então eu me recompus.

— Acho que não.

— Bem, eu acho que vou.

Sorri. Eu podia me dar ao luxo de sorrir. Estava escurecendo. Eu tinha as chaves do Tesla no bolso e a estação mais próxima ficava a mais de quinze quilômetros.

— Você está planejando andar com esses saltos? — perguntei. Mas Rhiannon sorriu de volta.

— Não, vou pegar uma carona.

Dupla merda.

— Ok, olha, Rhiannon, isso é muito engraçado e tudo o mais, mas você sabe que não tem como eu deixar você sair, né? Vou ter que ligar para seus pais. Eu tenho que dizer a eles... — Ah, fodam-se, fodam-se as *acusações*, eu precisava dizer alguma coisa para fazê-la perceber que tinha sido descoberta. — Eu tenho que dizer a eles que você chegou em casa fedendo a álcool.

Eu esperava que as palavras fossem como um soco no estômago, mas ela mal reagiu.

— Acho que você não deveria fazer isso — foi tudo o que ela disse.

Mas eu já estava com o telefone nas mãos.

Eu não o verificava desde antes do jantar e, para minha surpresa, havia um ícone de e-mail piscando. Era de Sandra.

Eu apertei, caso fosse algo que eu deveria saber antes de falar com ela, e então pisquei em perplexidade quando o cabeçalho do assunto apareceu.

Re: Uma atualização de Heatherbrae.

O quê? Eu tinha enviado o e-mail sem querer? Eu tinha entrado no meu Gmail pessoal no tablet das crianças, o que elas usavam para jogar, e tive uma sensação horrível de que tinha esquecido de sair. Petra ou uma das garotas poderia ter acidentalmente pressionado "enviar"?

Em pânico, abri a resposta de Sandra, esperando algo como "?? O que está acontecendo??", mas era totalmente diferente.

> Obrigado pela atualização, Rowan, parece bom. Ainda bem que Rhiannon se divertiu com Elise. Bill está indo para Dubai hoje à noite e eu estou em um jantar com um cliente, mas mande uma mensagem se tiver algo urgente e tentarei falar com as meninas no FaceTime amanhã. Bjs

Não fazia sentido. Pelo menos, não até que rolei um pouco mais a tela e olhei para o e-mail que eu supostamente tinha enviado, às 14h48, uns bons vinte minutos depois de ter saído para buscar Maddie e Ellie.

> Caros Bill e Sandra,
>
> Apenas uma atualização da casa. Tudo está bem, Rhiannon voltou sã e salva da casa de Elise e parece ter se divertido muito.
>
> Tivemos uma tarde muito agradável e ela é uma graça. Maddie e Ellie enviam beijos.
>
> Rowan

Houve um silêncio total e então me virei para Rhiannon.

— Sua merdinha.

— Encantador — ela falou devagar. — Esse é o tipo de linguagem que você utilizava na Pequeninos?

— Peque... O quê?

Como ela sabia onde eu trabalhava? Mas então me recompus, recusando-me a ser pega de surpresa.

— Escute, não tente mudar de assunto. Isso é totalmente inaceitável, e estúpido também. Em primeiro lugar, sei sobre Craig.

Uma expressão de choque cintilou no rosto de Rhiannon com isso. Ela se recuperou rápido, a expressão de volta à indiferença entediada quase de imediato. No entanto, eu tinha visto e não pude evitar que um sorriso triunfante se espalhasse pelo meu rosto.

— Ah, sim, ele não te contou isso? Liguei para "Cass". Obviamente, a primeira coisa que vou fazer é ligar para sua mãe e explicar que foi você que enviou aquele e-mail. A segunda será contar a ela sobre esse tal de Craig e explicar que você sugere sair com esse cara que nunca vi, em um top que mal chega ao umbigo, e ver o que ela tem a dizer sobre o assunto.

Não sei o que eu esperava, talvez uma demonstração de temperamento ou mesmo que Rhiannon começasse a chorar e implorasse para não ser dedurada.

Mas sua reação não foi nenhuma dessas coisas. Em vez disso, ela sorriu, com uma doçura que era totalmente enervante, e retrucou:

— Ah, não acho que você vai fazer isso.

— Dê-me uma boa razão!

— Eu farei melhor do que isso — disse ela. — Vou te dar duas: Rachel. Gerhardt.

Ah, porra.

O silêncio na cozinha era absoluto.

Por um segundo, pensei que meus joelhos estavam prestes a ceder e tateei o caminho até um banco, e desabei nele, sentindo minha respiração travar na garganta.

Eu estava encurralada. Percebia agora. Só não sabia o quanto seria impossível escapar.

Porque é aqui que as coisas ficam muito, muito ruins para mim, não é, sr. Wrexham?

Foi quando a opinião da polícia sobre mim mudou, de alguém no lugar errado na hora errada, para alguém com um motivo.

Porque ela tinha razão. Eu não podia ligar para Sandra e Bill.

Eu não podia fazer isso, porque Rhiannon sabia a verdade.

Não será nenhuma surpresa para você, sr. Wrexham. Não se você leu os jornais.

Porque você deve saber desde o início que a babá presa no caso Elincourt não se chamava Rowan Caine, mas Rachel Gerhardt.

Mas para a polícia foi como uma bomba. Ou não, não uma bomba. Mais como uma daquelas piñatas que explodem com presentes.

Porque eu havia entregado o caso a eles de bandeja.

Depois se concentraram muito em como consegui fazer aquilo, como se eu fosse algum tipo de gênio do crime que havia planejado tudo em detalhes. Mas o que não conseguiam entender era como tinha sido ridícula e tentadoramente simples. Não houve falsificação, elaborado roubo de identidade ou documentos manipulados. *Como conseguiu a identidade falsa, Rachel?*, eles ficavam perguntando, mas a verdade era que não havia nada falso. Tudo o que fiz foi pegar a papelada de babá da minha amiga Rowan em seu quarto, no apartamento que compartilhávamos, e mostrá-la para Sandra. Antecedentes criminais, registro de cuidadora infantil, certificado de primeiros socorros, currículo, nada tinha fotos. Não havia absolutamente nenhuma necessidade de eu fingir nada, e nenhuma maneira de Sandra saber que a mulher parada na frente dela não era a pessoa nomeada nos certificados que estava segurando.

E, tentei dizer a mim mesma, não era uma enganação tão grande assim. Afinal, eu realmente tinha aquelas credenciais — a maioria, pelo menos. Eu tinha uma certidão de antecedentes criminais e um de primeiros socorros. Assim como Rowan, eu havia trabalhado na ala dos bebês da Pequeninos, embora não por tanto tempo, e não como supervisora. E já trabalhara de babá antes, embora também não tantas vezes, e não tinha certeza de que minhas referências teriam feito elogios tão entusiasmados. Mas o básico estava lá. A coisa do nome era apenas uma... tecnicalidade. Até tinha a carteira de motorista limpa, tal como dissera a Sandra. O único problema foi que não pude mostrar para ela por causa da foto. Mas tudo o que eu disse a ela — todas as qualificações que havia declarado —, era tudo verdade.

Exceto meu nome.

Tive sorte também, é claro. Foi sorte Sandra aceitar meu pedido e não entrar em contato com a Pequeninos pedindo referências. Se tivesse feito isso, descobriria que Rowan Caine havia pedido demissão meses atrás. Sorte que ela nunca insistiu sobre a carteira de motorista.

E foi sorte, também, ela ter usado um serviço remoto de folha de pagamento, de modo que nunca precisei apresentar o passaporte de Rowan pessoalmente e pude simplesmente encaminhar a digitalização salva no computador, junto com nossas contas compartilhadas.

A maior sorte foi que os bancos, um tanto inacreditavelmente, não pareciam se importar com o nome que estava em uma transferência desde que o número da conta e o código de classificação correspondessem. Isso eu nunca imaginara. Tinha ficado acordada pensando em como lidar com essa parte. Dizer que minha conta estava em um nome diferente? Pedir dinheiro ou cheques para R. Gerhardt e cruzar os dedos para que Sandra não perguntasse por quê? Praticamente ri quando descobri que nada disso importava, que, se você pagasse por transferência, poderia colocar o Pato Donald na caixa do beneficiário e funcionaria. Parecia algo incrivelmente descuidado.

Mas a verdade é que, para começar, eu nem tinha olhado além dessa primeira etapa. Meu único foco era conseguir aquela entrevista, parada em Heatherbrae, olhando Sandra e Bill no olho. Isso era tudo o que eu queria. Foi a única razão pela qual respondi ao anúncio. E, no entanto, de alguma forma, as oportunidades continuavam se apresentando, como presentes tentadores embrulhados numa bandeja, me implorando para pegá-los e torná-los meus.

Eu não deveria ter feito isso, agora eu sei, sr. Wrexham. Mas você não vê como tudo parecia se encaixar?

Agora, de pé na cozinha com Rhiannon rindo na minha cara, senti uma grande onda de pânico me inundar, seguida por uma estranha sensação de outra coisa — quase de alívio, como se eu soubesse que esse momento estava chegando e me sentisse aliviada de ter passado.

Por um momento pensei em blefar, perguntando o que ela queria dizer, fingindo que nunca tinha ouvido o nome Rachel Gerhardt. Mas foi apenas por um momento. Se ela tinha ido longe o suficiente a ponto de descobrir meu verdadeiro nome, não perderia o rastro por causa de uma negação indignada.

— Como você descobriu? — perguntei, em vez disso.

— Porque, ao contrário dos meus queridos pais, me dou ao trabalho de pesquisar um pouco quando uma nova garota aparece do nada. Você ficaria surpresa com o que dá para descobrir pela internet. A gente aprende isso na escola agora, sabe, gerenciar sua pegada digital. Imagino que não faziam isso na sua época?

A isca era evidente, mas não me incomodei em responder. Quase não parecia importante. O que importava era o quanto ela havia cavado, e por quê. E exatamente o que ela havia descoberto.

— Não demorei muito para rastrear Rowan Caine — Rhiannon continuou. — Ela é bem chata, não é? Não tem muitos podres para usar contra ela.

Podres. Então era disso que se tratava. Rhiannon estava pesquisando on-line por qualquer pequena indiscrição de que pudesse tirar vantagem. Só que tropeçou em algo muito, muito maior.

— Não consegui entender — disse ela, com um sorrisinho puxando o canto da boca. — Tudo combinava; o nome, a data de nascimento, o tempo passado na creche com aquele nome estúpido, Pequeninos — comentou com escárnio. — Eca. Mas, de repente, havia várias fotos da Tailândia e do Vietnã. E, quando vi você na entrada, comecei a pensar que talvez tivesse feito merda, que talvez *realmente* tivesse encontrado a pessoa errada. Levei algumas horas para rastrear a verdadeira você. Devo estar perdendo a manhã. Infelizmente, Rowan não mantém a lista de amigos privada. E você não se deu ao trabalho de excluir seu perfil do Facebook.

Merda. Então tinha sido simples assim. Tão simples quanto encontrar a lista de amigos de Rowan no Facebook e escolher o rosto que eu tão gentilmente postei para todo mundo ver. Como pude ser tão burra? Mas, sinceramente, nunca me ocorreu que alguém juntaria os pontos com tanta dedicação. E eu não estava querendo enganar ninguém, juro. Foi o que tentei explicar à polícia. Se estivesse mesmo criando uma vida paralela fraudulenta, não teria me dado ao trabalho de cobrir meus rastros?

Porque isso *não foi* fraude, não de verdade. Não do jeito que a polícia quis exprimir. Foi... foi apenas um acidente, sendo sincera. O equivalente a pegar emprestado o carro do seu amigo enquanto ele está fora. Eu nunca quis que tudo isso acontecesse.

O problema era que eu não podia contar aos policiais, *por que* vim para Heatherbrae com um nome falso. Eles ficavam perguntando e perguntando, cavando e cavando, e continuei titubeando, tentando encontrar razões — coisas como, as referências de Rowan eram melhores que as minhas (o que era verdade) e que ela tinha mais experiência do que eu (verdade de novo). Acho que a princípio eles pensaram que eu devia ter algum segredo profissional obscuro e profundo — um registro inválido ou uma condenação como agressora sexual, algo assim. E é claro que nada disso era verdade, por mais que eles tentassem encontrar alguma coisa, não havia nada de errado com a minha documentação.

As coisas estavam muito, muito ruins para mim. Eu sabia disso, mesmo na época. Mas continuei dizendo a mim mesma que, se Rhiannon não tivesse descoberto por que vim para cá, então talvez a polícia também não descobrisse.

Mas isso foi idiotice, é claro. Eles são da polícia. O trabalho deles é descobrir essas coisas.

Levaram algum tempo. Dias, talvez até semanas, não consigo me lembrar bem. O interrogatório começa a se misturar depois de um tempo, os dias se mesclando, enquanto eles dissecam, cutucam e sondam. Mas, em algum momento eles entraram na sala segurando um pedaço de papel e estavam sorrindo como gatos de Cheshire, enquanto ao mesmo tempo tentavam parecer sérios e profissionais.

E eu sabia. Sabia que eles sabiam.

E eu sabia que estava perdida.

Mas isso foi depois. Estou me adiantando.

Tenho que contar a outra parte. A parte mais difícil. A parte em que não consigo acreditar, nem mesmo agora.

E a parte que não consigo explicar completamente, nem para mim mesma.

Tenho que lhe contar sobre aquela noite.

Depois que Rhiannon saiu, fiquei um longo momento no corredor, observando as luzes da van desaparecendo no caminho e tentando descobrir o que deveria fazer. Devo ligar para Sandra? E dizer o quê? Confessar? Tentar me safar na cara dura?

Olhei para o meu relógio. Tinha acabado de passar das nove e meia. A linha do e-mail de Sandra flutuou na minha cabeça — *Bill está indo para Dubai hoje à noite e eu estou em um jantar com um cliente, mas envie uma mensagem se tiver algo urgente.*

Eu não poderia de jeito nenhum chegar nela com tudo isso no meio de um jantar com um cliente, muito menos enviar uma simples mensagem de texto.

Ah, oi, Sandra, espero que esteja tudo bem. Só pra você saber, Rhiannon saiu com um cara estranho e eu me candidatei a este emprego com um nome falso. Nos falamos em breve!

A ideia teria sido risível, se a situação não fosse tão séria. Merda. *Merda*. Será que eu poderia enviar um e-mail para ela e explicar a situação direito? Talvez. Embora se eu fosse fazer isso, devia mesmo ter feito antes, antes de Rhiannon enviar aquela mensagem falsa. Seria ainda mais difícil me explicar agora.

Mas, quando puxei o tablet, percebi que não podia enviar um e-mail. Essa seria uma saída covarde. Ela merecia uma ligação, para que eu pusesse me explicar, se não cara a cara, pelo menos algo pessoal. Mas o que diabos eu poderia dizer?

Merda.

A garrafa de vinho estava no balcão da cozinha, como um convite. Servi uma taça, tentando me acalmar, e depois outra, com um olhar para a câmera escondida no canto. Mas eu não me importava mais. A merda já estava feita e, logo, qualquer filmagem que Sandra e Bill tivessem seria a menor das minhas preocupações.

Foi uma autossabotagem deliberada, eu sabia disso, no fundo do meu coração, enquanto enchia o copo pela terceira vez. Quando sobrou apenas uma taça na garrafa, percebi a verdade: agora estava bêbada demais para ligar para Sandra, bêbada demais para fazer qualquer coisa sensata, exceto ir para a cama.

No patamar superior, fiquei parada por um longo tempo, a mão na maçaneta arredondada do quarto, reunindo coragem para entrar. Mas eu não conseguia. Havia uma fresta escura na parte inferior da porta, e eu tive uma imagem repentina e perturbadora de algo repugnante e sombrio deslizando por baixo dela, seguindo-me escada abaixo, envolvendo-me em sua escuridão...

Em vez disso, baixei a mão e, em seguida, recuei, quase como se aquela coisa escura pudesse mesmo vir atrás de mim, se eu virasse as costas. Então, no alto da escada, me virei resolutamente e quase corri de volta para o calor da cozinha, envergonhada comigo mesma, com minha própria covardia, com tudo.

A cozinha estava aconchegante e iluminada, mas quando fechei os olhos ainda podia sentir o cheiro frio do ar do sótão passando por baixo da porta do meu quarto e, enquanto eu me levantava, indecisa, analisando se deveria arrumar uma cama no sofá ou tentar ficar acordada para o retorno de Rhiannon, podia sentir o dedo pulsar com o corte feito pela cabeça quebrada daquela boneca vil. Eu havia colocado um curativo, mas a pele por baixo parecia gorda e inchada, como se uma infecção estivesse se instalando.

Caminhando até a pia, tirei o curativo e pulei, convulsivamente, quando houve uma batida na porta de trás.

— Q-quem é? — chamei, tentando não deixar minha voz tremer.

— Sou eu, Jack. — A voz veio de fora, abafada pelo vento. — Estou com os cachorros.

— Entre, estou só...

A porta se abriu, deixando entrar uma rajada de ar frio. Ouvi seus passos na despensa e o baque de suas botas quando as tirou, deixando que caíssem no tapete. Também o latido dos cachorros que saltitavam ao seu redor enquanto ele tentava silenciá-los. Por fim, os bichos se acomodaram em suas camas e Jack entrou na cozinha.

— Eu normalmente não passeio tão tarde com eles, mas me enrolei. Estou surpreso que você ainda esteja acordada. Teve um bom dia?

— Na verdade, não — admiti. Minha cabeça estava girando e percebi novamente o quanto estava bêbada. Jack notaria?

— Não? — Jack ergueu uma sobrancelha. — O que aconteceu?

— Eu tive um... — Jesus, por onde começar. — Eu tive um desentendimento com Rhiannon.

— Que tipo de desentendimento?

— Ela voltou e nós... — Parei, sem saber como explicar. Parecia completamente errado contar tudo para Jack antes de confessar a Sandra. E eu tinha certeza de que estaria quebrando todos os tipos de diretrizes de confidencialidade se discutisse os problemas de Rhiannon com alguém diferente de seus pais. Mas, por outro lado, senti que poderia enlouquecer se não compartilhasse pelo menos um pouco disso com outro adulto. E talvez houvesse história aqui, pois estava ficando cada vez mais claro que nem tudo havia sido incluído naquele grande fichário vermelho. — Nós discutimos — falei finalmente. — E ameacei ligar para Sandra e ela... ela simplesmente... — Mas não consegui terminar.

— O que aconteceu? — Jack puxou uma cadeira e afundei nela, sentindo o desespero tomar conta de mim novamente.

— Ela saiu. Ela saiu sozinha... com algum amigo terrível e inadequado. Eu disse para não fazer isso, mas ela foi mesmo assim, e não sei o que fazer... o que dizer para a Sandra.

— Olha, não se preocupe com Rhiannon. Ela é uma coisinha astuta, bastante independente, e duvido muito que venha a sofrer algum mal, por mais que Sandra e Bill desaprovem.

— Mas e se acontecer alguma coisa com ela sob minha responsabilidade?

— Você é uma babá, não uma carcereira. O que é que você deveria fazer? Acorrentá-la à cama dela?

— Você está certo — disse finalmente. — Sei que você está certo, é só que... Ah, Deus. — As palavras saíram de mim por vontade própria. — Estou tão cansada, Jack. Não consigo pensar, e não ajuda que minha mão esteja doendo para cacete cada vez que toco em alguma coisa.

— O que aconteceu com sua mão?

Eu olhei para ela, aninhada no colo, sentindo-a latejar com a pulsação.

— Eu cortei.

Não queria entrar em detalhes de como ou porquê, mas pensar naquele rostinho malvado e sorridente me fez estremecer involuntariamente.

Jack franziu a testa.

— Posso dar uma olhada?

Eu não disse nada, apenas concordei com a cabeça e estendi a mão. Ele a pegou com muito cuidado, inclinando-a em direção à luz. Muito de leve, Jack pressionou a pele inchada ao lado do corte e fez uma careta.

— Não me parece muito bom, se não se importa que eu diga. Você colocou alguma coisa quando cortou?

— Apenas um band-aid.

— Eu não quis dizer isso, digo um antisséptico. Algo assim?

— Você acha que precisa mesmo disso?

Ele assentiu.

— O corte é fundo e eu não gosto do jeito que está inchado, parece que pode estar infeccionando. Vou ver o que Sandra tem.

Ele se levantou, empurrando a cadeira para trás com um guincho, e caminhou até a despensa, onde havia um pequeno armário de remédios. Eu tinha pegado os curativos lá mais cedo e não encontrei nada como antisséptico ou álcool, apenas uma mistura de band-aids da Peppa Pig e paracetamol líquido infantil.

— Nada — disse Jack, voltando para a cozinha. — Quer dizer, só seis sabores diferentes de xarope. Venha até meu apartamento, tenho um kit de primeiros socorros adequado lá.

— Eu... eu não posso. — Eu me endireitei, puxei o braço e enrolei o dedo ferido na palma da mão, sentindo-o pulsar e doer. — Não posso deixar as crianças.

— Você não vai deixar ninguém — Jack disse pacientemente. — Estará do outro lado do pátio, pode levar a babá eletrônica. Sandra e Bill ficam o tempo todo no jardim durante verão. Não é diferente. Se você ouvir um pio, pode voltar antes mesmo de elas acordarem.

— Bem... — respondi devagar.

Pensamentos surgiam na minha cabeça, todos borrados e amaciados pela quantidade de vinho que tinha bebido mais cedo. Eu poderia pedir para que ele levasse o kit de primeiros socorros para lá, não? Mas uma pequena parte de mim — ok, não, uma grande parte de mim — estava curiosa. Eu queria ir com Jack. Eu queria ver seu flat.

E, para ser completamente sincera, sr. Wrexham, eu queria sair daquela casa.

Se você realmente achava que havia uma ameaça, como pôde deixar as crianças sozinhas para lidarem com ela? Foi o que a policial disse, mal tentando esconder seu desgosto ao fazer a pergunta.

E eu tentei explicar. Tentei contar a ela como as crianças não viram nada, não ouviram nada. Como cada pedacinho de malevolência parecia ser dirigido apenas a *mim*. *Eu* tinha ouvido os passos. *Eu* li as mensagens. *Eu* tinha ficado acordada, noite após noite, por causa dos barulhos, das campainhas e do frio.

Ninguém mais, nem mesmo Jack, tinha visto ou ouvido as mesmas coisas que eu.

Se havia alguma coisa naquela casa, e mesmo agora eu só acredito parcialmente que pudesse haver, apesar de tudo o que havia acontecido, *se* havia, então estava atrás de mim. E das outras quatro babás que fizeram as malas e deram no pé.

E eu só queria cinco minutos fora da influência daquilo. Só cinco minutos, com a babá eletrônica no bolso e o tablet, com suas câmeras de vigilância, debaixo do braço. Era pedir demais?

A policial não pareceu acreditar. Ficou apenas parada, balançando a cabeça em descrença, os lábios curvados com desprezo pela puta burra, egoísta e descuidada sentada à sua frente.

Mas *você* acredita, sr. Wrexham? Você entende como era difícil, trancada, noite após noite, com nada além do som de passos indo de um lado para o outro? Você entende por que aqueles poucos metros do outro lado do pátio pareciam nada e também tudo?

Não sei. Não tenho certeza de que consegui convencê-lo, explicar como era, como *realmente* era.

Tudo o que posso dizer é que peguei a babá eletrônica e o tablet e segui Jack conforme ele cruzava a cozinha e abria a porta dos fundos para mim, fechando-a atrás de nós. Senti o calor de sua pele enquanto ele me conduzia pelo pátio escuro de paralelepípedos irregulares até as escadas de sua casa. E subi os degraus atrás dele, observando a flexão e o deslocamento de seus músculos sob a camiseta enquanto subia.

No topo, ele tirou uma chave do bolso, girou na fechadura, e então se afastou para me deixar entrar.

Lá dentro, eu esperava que Jack procurasse um painel ou pegasse seu telefone, mas, em vez disso, ele estendeu a mão, apertou alguma coisa e, quando as luzes se acenderam, vi um interruptor de luz perfeitamente comum, feito de plástico branco. O alívio foi tão absurdo, tão grande, que quase ri.

— Você não tem um painel de controle?

— Não, graças a Deus! Isso aqui é o alojamento dos empregados. Não tem por que desperdiçar tecnologia com gente como nós.

— Suponho que sim.

Ele acendeu outra luz e eu vi uma sala de estar pequena e iluminada, com móveis básicos e um sofá de algodão desbotado. Restos de lenha queimavam no pequeno fogão no canto, e eu conseguia ver uma cozinha do outro lado. Atrás havia outra porta, que supus ser o quarto dele, mas não parecia educado perguntar.

— Certo, sente-se aqui — disse ele, apontando para o sofá —, e já volto com um curativo adequado para esse corte.

Eu concordei, grata pela sensação de estar sendo cuidada, mas principalmente apenas contente por sentar ali, sentindo o calor do fogo no meu rosto e as almofadas da Ikea tranquilizadoramente baratas e alegres nas minhas costas, enquanto Jack vasculhava os armários da cozinha atrás de mim. O sofá era exatamente igual ao que Rowan e eu tínhamos em nosso apartamento em Londres. Se chamava Ektorp ou algo assim. Era da mãe de Rowan, que deu para a gente. Tinha garantia de dez anos, com uma capa de algodão lavável que já tinha sido vermelha, no caso de Jack, então desbotada para um rosa-escuro levemente manchado pelo sol e pelas lavagens repetidas.

Sentar nele era como voltar para casa.

Depois da luxuosa personalidade múltipla de Heatherbrae, havia algo não apenas refrescante, mas cativante sobre este lugar. Foi construído de forma sólida e harmônica, sem mudanças repentinas e desorientadoras da opulência vitoriana para a tecnologia futurista modernosa. Tudo era reconfortantemente acolhedor, desde as manchas de copo na mesa de centro até a mistura de fotos apoiadas na estante da lareira — amigos e seus filhos, ou talvez sobrinhas e sobrinhos. Um garotinho apareceu mais de uma vez, claramente um parente, devido à semelhança.

Senti meus olhos se fecharem, duas noites sem sono me alcançando... e então ouvi uma tosse, e Jack estava parado adiante, com um curativo e um pouco de antisséptico em uma das mãos e dois copos na outra.

— Você quer uma bebida? — ele perguntou, e eu olhei, intrigada.

— Uma bebida? Não, estou bem, obrigada.

— Tem certeza? Você pode precisar de algo para aliviar quando eu colocar essas coisas. Vai doer. E acho que ainda tem um pedacinho de vidro ou algo assim.

Recusei, mas ele estava certo. Doeu pra caralho, primeiro quando ele lavou o machucado com antisséptico, e depois novamente quando ele enfiou uma pinça no fundo do corte, e eu senti o ranger doentio do metal contra o vidro, a picada de um caco esquecido afundando mais no meu dedo.

— Porra! — O gemido escapou sem que eu quisesse, mas Jack estava sorrindo, segurando algo manchado de sangue na ponta da pinça.

— Consegui. Muito bem. Deve ter doído muito.

Minha mão tremia quando ele se sentou ao meu lado.

— Sabe, você está aguentando por mais tempo do que as últimas.

— O que você quer dizer?

— As últimas babás. Na verdade, estou mentindo, Katya chegou a durar três semanas, acho. Mas, desde Holly, elas vêm e vão como borboletas.

— Quem foi Holly?

— Ela foi a primeira, a que ficou mais tempo. Cuidou de Maddie e Ellie quando elas eram pequenas, e ficou por quase três anos, até... — Ele parou, parecendo pensar melhor no que estava prestes a dizer. — Bem, isso não importa. E a número dois, Lauren, ficou quase oito meses. Mas a que veio depois dela não durou nem uma semana. E a que veio antes de Katya, Maja era o nome dela, essa foi embora na primeira noite.

— Na *primeira* noite? O que aconteceu?

— Ela chamou um táxi, saiu no meio da noite. Deixou metade das coisas dela para trás, Sandra teve que enviar tudo depois.

— Não foi o que quis dizer. O que aconteceu que a fez sair?

— Ah, bem... isso eu realmente não sei. Sempre pensei... — Jack corou, a nuca ficando vermelha enquanto ele olhava para o copo vazio.

— Continue — pedi, e ele balançou a cabeça, como se estivesse com raiva de si mesmo.

— Foda-se, eu disse que não faria isso.

— Não faria o quê?

— Eu não falo mal dos meus patrões, Rowan, disse isso a você no primeiro dia.

O nome me provocou um choque de culpa, um lembrete de tudo o que eu estava escondendo dele, mas afastei o pensamento, muito concentrada no que ele estava prestes a dizer para me preocupar com meus próprios segredos. De repente, eu tinha que saber o que havia feito as outras babás irem embora, aquelas outras garotas, minhas antecessoras. O que as fez fugir?

— Jack, escute — falei. Eu hesitei, então coloquei a mão em seu braço. — Não é deslealdade. Também sou funcionária deles, lembra? Somos colegas. Você não está fofocando com um estranho. É permitido falar de coisas do trabalho com um colega. É o que te mantém são.

— É? — Ele ergueu os olhos que contemplavam o copo de uísque, e me deu um pequeno sorriso irônico, um tanto amargo. — É mesmo? Bem... Eu já disse metade, então melhor contar tudo logo. Você talvez tenha o direito de saber, de qualquer maneira. Sempre pensei que o que as assustava... — Ele respirou fundo, como se estivesse se preparando para dizer algo desagradável. — Eu pensei que talvez fosse... Bill.

— *Bill?* — Não era a resposta que eu esperava. — De... de que maneira?

Mas as palavras saíram da minha boca antes que eu me desse conta. Lembrei-me do comportamento de Bill na minha primeira noite, de pernas abertas, as persistentes ofertas de vinho, seu joelho se colocando, indesejado, entre os meus...

— Merda — exclamei. — Não, você não precisa explicar. Eu imagino.

— Maja... ela era jovem — Jack disse, relutante. — E muito bonita. Passou pela minha cabeça que talvez ele... Bem... fosse até ela, e ela não saberia o que fazer. Eu me perguntei antes. Bill ficou com um olho roxo uma vez, quando Lauren estava aqui, e eu pensei que ela tinha... você sabe...

— Batido nele?

— Isso. E se fez isso, ele deve ter merecido, ou ela teria sido demitida, sabe?

— Imagino. Cruzes. Por que você não me contou?

— Um pouco difícil dizer *ah, então, a propósito, meu chefe é um daqueles pervertidos*, sabe? Difícil comentar algo assim no primeiro dia.

— Eu entendo. Merda. — Minhas bochechas estavam tão coradas quanto as de Jack, embora no meu caso o vinho fosse bastante responsável. — Deus. Urgh. Ah, eca.

A sensação de traição era desproporcional, eu sabia disso. Não era como se eu não soubesse. Ele tinha tentado comigo, afinal. Mas, de alguma forma, a ideia de que ele estava assediando sistematicamente as cuidadoras de suas filhas, de novo e de novo, sem se preocupar com o fato de estar afastando--as... De repente, senti um desejo desesperado de me lavar, esfregar todos os vestígios dele da minha pele, mesmo sem vê-lo há dias e, quando vi, ele mal havia me tocado.

A voz de Ellie passou pela minha cabeça, seus pequenos agudos esganiçados. *Gosto mais quando ele não está aqui. Ele obriga elas a fazerem coisas que não querem.*

Era possível que ela estivesse falando sobre seu pai, assediando as jovens que a mulher escolhia para tomar conta das crianças?

— Cruzes. — Coloquei as mãos sobre o rosto. — Filho da puta.

— Ouça... — Jack parecia desconfortável. — Posso estar errado, não tenho nenhuma prova disso, é só...

— Você não precisa de provas — lamentei. — Ele tentou fazer isso comigo na primeira noite.

— O quê?

— Sim. Não foi nada... — Engoli em seco, cerrando os dentes. — Nada que me levaria muito longe em um tribunal trabalhista. Somente comentários vagos e "acidentalmente" bloquear meu caminho. Mas sei quando estou sendo assediada.

— Meu Deus, Rowan, eu... sinto muito... eu só...

— Não é sua culpa, não se desculpe.

— Eu deveria ter dito alguma coisa! Faz sentido você estar tão estressada, ouvindo caras se esgueirando por aí...

— Não — intervim com força. — Isso não tem nada a ver. Jack, sou uma mulher adulta, já deram em cima de mim antes, não é nada com o que eu não possa lidar. A questão do sótão é completamente diferente. É... é outra coisa.

— É nojento pra caralho, isso sim. — Suas bochechas estavam coradas. Ele se levantou, como se fosse incapaz de conter sua raiva sentado. Jack caminhou até a janela, depois voltou, os punhos cerrados. — Eu queria...

— Jack, esquece — falei com urgência e levantei também, colocando a mão em seu braço e puxando-o para que me encarasse. E então... Deus, nem sei como isso aconteceu.

Eu não tenho as palavras para descrever o que aconteceu além de um romance tosco. Derretidos nos braços um do outro. Lábios se juntando como o estrondo de ondas. Todos aqueles clichês estúpidos.

Exceto que não houve derretimento algum. Nem suavidade. Foi enérgico, rápido e urgente, e mais do que um pouco doloroso em sua intensidade. Eu estava beijando e sendo beijada, então estava mordendo, minha pele entre os dentes dele também. Meus dedos estavam em seu cabelo, e suas mãos tirando minha roupa, e então era pele contra pele e lábios contra lábios e... Não posso escrever isso para você. Não consigo escrever, mas não consigo parar de lembrar também. Não sei como parar.

Depois, nos deitamos nos braços um do outro em frente à lareira, nossa pele escorregadia de suor e fluidos. Ele adormeceu com a cabeça no meu peito, subindo e descendo suavemente a cada respiração minha. Por um tempo, apenas o observei, a forma como sua pele empalideceu até ficar branca como leite abaixo dos quadris, a pincelada de sardas na ponte do nariz, os cílios escuros nas maçãs do rosto, a curva da mão em meu ombro. E então olhei para cima, para a estante sobre a lareira, onde a babá eletrônica estava encostada, esperando silenciosamente.

Eu não podia voltar. E ainda assim eu não tinha opção.

Por fim, quando senti que estava começando a pegar no sono, entendi que precisava me levantar, ou estaria me arriscando a passar a noite toda aqui e acordar vendo as meninas fazendo o próprio café da manhã enquanto eu me humilhava, envergonhada, voltando para a casa principal no frio sob a luz do amanhecer.

E havia Rhiannon também. Eu não podia correr o risco de ela me encontrar aqui quando voltasse de onde quer que estivesse. Já tinha explicações suficiente a dar a Sandra, sem precisar adicionar passeios noturnos à lista.

Porque eu tinha que confessar para ela. Era o único jeito, percebi enquanto estava deitada nos braços de Jack... talvez eu até já soubesse antes. Eu tinha que confessar tudo e correr o risco de perder o emprego. Se ela me demitisse... bem, eu não poderia culpá-la. E, apesar de tudo, apesar do buraco financeiro em que ficaria, sem emprego, sem dinheiro, sem referências, apesar de tudo isso, teria que aguentar, porque eu merecia.

Mas se eu explicasse, se realmente explicasse *por que* fiz o que fiz, então talvez, apenas talvez...

Já tinha quase terminado de vestir o jeans quando escutei o barulho. Não foi pela babá eletrônica, mas veio de algum lugar fora da casa, um ruído no meio do caminho entre um estalo e um baque, como se um galho tivesse caído de uma árvore. Eu parei, prendendo a respiração, ouvindo, mas não havia mais sons, e nenhum gemido do monitor do bebê para indicar que o que quer que fosse tinha acordado Petra e as outras.

Ainda assim, peguei meu telefone e verifiquei o aplicativo. O ícone da câmera marcado como "quarto de Petra" a mostrava deitada de costas, entregue como de costume, a imagem pixelada e mal definida no brilho suave da luz noturna, mas sua forma era clara. Enquanto eu observava, ela suspirou e colocou o polegar na boca.

A câmera no quarto das meninas não mostrava absolutamente nada, eu tinha me esquecido de acender a luz noturna quando as coloquei para dormir. A resolução era muito ruim para mostrar qualquer coisa exceto um preto granulado, pontuado por uma ocasional mancha cinza de interferência. Mas se elas tivessem acordado teriam acendido a luz da cabeceira, então essa ausência era uma boa notícia.

Balançando a cabeça, abotoei meu jeans, vesti a camiseta e então me inclinei e beijei Jack bem de leve na bochecha. Ele não disse nada, apenas se virou e murmurou algo indistinto, que poderia ter sido "Boa noite, Lynn".

Por um momento meu coração parou, mas então me toquei. Poderia ter sido qualquer coisa. *Boa noite, amor. Boa noite, então.* E mesmo que fosse "*Boa noite, Lynn*", ou *Liz*, ou qualquer outro nome, e daí? Eu tinha um passado. Talvez Jack também tivesse. E Deus sabia que eu mesma tinha segredos demais para tentar condenar os de outra pessoa.

Eu deveria ter só ido embora de vez.

Eu deveria ter pegado a babá eletrônica, andado até a porta e saído.

Mas, antes de voltar para a casa principal, não pude resistir a um último olhar para Jack, deitado ali, a pele dourada à luz do fogo, os olhos fechados e lábios entreabertos de um jeito que me fez querer beijá-lo uma última vez.

E, quando olhei para trás, vi outra coisa.

Era uma flor roxa, largada na bancada. Por um minuto, não consegui entender por que parecia familiar, nem por que meu olhar se prendeu nela. Então percebi: era a mesma flor que eu encontrara na outra manhã na cozinha e colocara na água para que revivesse. Será que *Jack* tinha deixado a flor no chão da cozinha? Mas não... Ele estava fora naquela noite, fazendo as coisas que Bill mandou... não estava? Ou tinha sido outra noite? A falta de sono estava fazendo os dias se confundirem. Estava ficando difícil lembrar qual dos longos trechos de escuridão terrível pertencia a qual manhã.

Enquanto eu estava ali, franzindo a testa, tentando lembrar, notei outra coisa. Algo ainda mais mundano. Mas algo que me fez parar no meio do caminho, com o estômago revirando de desconforto. Era um pequeno rolo de barbante. Totalmente inócuo, então por que me enervou tanto?

Atravessei a sala e o peguei.

Era um pedaço de barbante branco, dobrado e triplicado, amarrado com um nó torto que me era familiar de um jeito horripilante. Tinha sido cortado ao meio de forma limpa, por uma faca muito afiada ou talvez pelo próprio par de tesouras de poda que eu havia resgatado do jardim venenoso.

Fosse o que fosse, realmente não importava agora.

O importante era que aquele era o pedaço de barbante que eu havia enrolado no portão do jardim envenenado, alto demais para mãos infantis alcançarem, o barbante que eu havia colocado lá para manter as meninas em segurança. Mas o que estava fazendo na cozinha de Jack? E por que estava ao lado daquela flor de aparência inocente?

Quando peguei o celular e abri o Google, havia uma sensação doentia em meu peito, como se eu já soubesse o que ia encontrar. "Flor roxa venenosa", digitei na barra de pesquisa, e depois cliquei no Google Imagens. Lá estava, a segunda imagem, sua estranha forma pendente e cor roxa brilhante totalmente inconfundíveis. *Aconitum napellus* (acônito) li, a sensação de enjoo crescendo dentro de mim a cada linha. *Uma das flores mais tóxicas nativas do Reino Unido. A aconitina é uma potente toxina para o coração e para os nervos. Qualquer parte da planta, incluindo caules, folhas, pétalas ou raízes, pode ser mortal. A maioria das mortes resulta da ingestão de* A. napellus, *mas os jardineiros são aconselhados a terem extrema cautela ao manusear as mudas, pois mesmo o contato com a pele pode causar sintomas.*

Abaixo havia uma lista de mortes e assassinatos associados à planta.

Desliguei o telefone e me virei para olhar Jack, incrédula. Tinha sido realmente ele, o tempo todo?

Ele no jardim trancado, podando as plantas venenosas, mantendo vivo aquele lugar horrível?

Ele desfazendo as medidas de segurança que eu havia montado, para tentar proteger as crianças?

Ele selecionando cuidadosamente a flor mais venenosa que pôde encontrar e deixando-a no meio do chão da cozinha? Tudo que eu fizera havia sido segurá-la, mas ela poderia facilmente ter sido encontrada por uma das crianças, ou até mesmo um dos cachorros.

E eu tinha acabado de transar com ele.

Mas por quê? Por que ele faria isso? E pelo que mais ele era responsável?

Tinha sido ele quem invadira o sistema para nos tirar da cama no meio da noite com música ensurdecedora e gritos aterrorizados?

Tinha sido ele quem estava acionando a campainha, me tirando do sono e me mantendo acordada com o terrível *crec, crec* de passos furtivos?

E o pior de tudo, tinha sido ele quem escrevera aquelas coisas horríveis no sótão trancado, e depois fechara com tábuas atrás de si mesmo, apenas para "redescobrir" na hora certa?

Percebi que minha respiração estava ficando rápida e curta, as mãos tremendo enquanto eu enfiava o telefone de volta no bolso. De repente, eu tinha que sair, ficar longe dele a qualquer custo.

Não me preocupando agora em ficar em silêncio, abri a porta do flat e saí para a noite, batendo-a com violência. Começou a chover de novo e eu corri, sentindo as gotas caírem no rosto, um aperto na garganta e meus olhos embaçados.

A porta da despensa ainda estava destrancada e entrei, recostando-me nela e usando a camiseta para enxugar os olhos. Tentando me controlar.

Merda. *Merda*. Qual era o meu problema com os homens da minha vida? Por que todos eles eram tão merdas?

Enquanto eu estava lá, tentando acalmar minha respiração ofegante, me lembrei do som fraco que tinha ouvido antes enquanto me vestia. A casa estava exatamente como eu a deixara, nenhum sinal dos saltos altos de Rhiannon no corredor, ou alguma bolsa abandonada no último degrau da escada. Mas eu realmente não esperava por isso. Eu teria ouvido um carro estacionando. Provavelmente tinha sido um dos cães.

Limpei os olhos de novo, tirei os sapatos e caminhei lentamente até a cozinha, sentindo o calor fraco do aquecimento pelo concreto. Hero e Claude estavam encolhidos em suas cestas, sonolentos, roncando baixinho. Eles olharam para cima quando entrei, e então deitaram a cabeça com cansaço enquanto eu me sentava ao lado do balcão, colocava a cabeça entre as mãos e tentava decidir o que fazer.

Eu não podia ir para a cama. Não importava o que Jack dissesse, Rhiannon ainda não havia chegado e eu não podia simplesmente esquecer esse fato. O que eu deveria fazer — o que eu *precisava* fazer, na verdade — era escrever um e-mail para Sandra. Um e-mail de verdade, explicando tudo o que havia acontecido.

Mas havia outra coisa que eu tinha que fazer primeiro.

Quanto mais eu pensava nisso, mais o comportamento de Jack não fazia sentido. Não era apenas o jardim venenoso — era tudo. O jeito como ele estava sempre por perto quando as coisas davam errado. O fato de que parecia ter as chaves de todos os cômodos da casa e acesso a partes do sistema de gerenciamento doméstico que não deveria ter. Como que ele sabia parar o aplicativo naquela noite, quando a música explodiu dos alto-falantes? Como ele convenientemente tinha a chave da porta trancada do sótão?

E independentemente do que ele dissesse, era, afinal, um Grant. E se houvesse alguma conexão que eu não houvesse percebido? Poderia Jack ser algum parente perdido do dr. Kenwick Grant, que voltou para expulsar os Elincourt de sua casa ancestral?

Mas não, esse último *e se* era demais. Isso não era um drama de vingança camponês do século XIX. O que Jack ganharia ao expulsar os Elincourt da própria casa? Nada. Tudo o que ele conseguiria seria outro casal inglês em seu lugar. E, além disso, não eram os Elincourt que pareciam ser o alvo. Era eu.

Porque o fato era que quatro babás — cinco, se contar Holly — tinham deixado os Elincourt. Não, não deixaram, foram sistematicamente perseguidas até se demitirem, uma por uma. E eu poderia ter acreditado que as mãos intrusivas de Bill eram responsáveis se não fosse pelas minhas próprias experiências na residência Heatherbrae. Alguém nessa casa, alguém ou alguma *coisa*, estava perseguindo as babás de uma forma deliberada e contínua.

Eu só não sabia quem.

Em algum lugar atrás dos meus olhos, uma dor latejante começou, ecoando a dor na minha mão — a tontura do vinho que eu bebera antes já estava se transformando no início de uma ressaca vívida. Mas eu não podia ceder a isso agora. Devagar, vacilante, desci do banco do balcão e caminhei até a pia para lavar o rosto, tentando despertar, clarear os pensamentos para o que eu estava prestes a fazer.

Mas, enquanto eu me levantava, água pingando do cabelo solto, mãos apoiadas ao lado da pia, eu vi algo. Algo que não estava lá quando saí, tinha certeza, ou pelo menos tanta certeza quanto poderia ter, pois naquele momento nada mais parecia certo.

À direita da pia ficara minha garrafa de vinho quase vazia. Só que agora *estava* totalmente vazia. Deveria ter sobrado uma taça, mas não havia nada. E no sulco ao redor da borda da lixeira havia uma única frutinha vermelha esmagada.

Poderiam ser os restos de um mirtilo ou de uma framboesa, amassados de tal forma que não fosse possível identificar. Mas, de alguma forma, eu sabia que não era o caso.

Meu coração batia forte quando estiquei a mão, muito lentamente, para a lixeira.

Enfiei o braço bem fundo na boca de metal, até que meus dedos tocaram algo lá dentro. Algo macio e duro ao mesmo tempo no qual afundei os dedos enquanto agarrava a massa.

Era uma mistureba de frutinhas. Teixo. Azevinho. Louro-cereja.

E, apesar da água que eu tinha jogado pelo ralo, eu podia sentir, claramente, o cheiro de vinho ainda ali.

Não fazia sentido. *Nada* daquilo fazia sentido. Aquelas frutinhas não estavam no vinho quando saí, como poderiam estar? Eu mesma abri a garrafa.

O que significava que alguém as colocou lá quando eu não estava olhando. Alguém que esteve na cozinha naquela noite, depois que as crianças foram para a cama.

Mas então... mas então em seguida outra pessoa expulsou a primeira.

Era como se houvesse duas forças na casa, uma lutando para me afastar, outra para me proteger. Mas quem, *quem* estava fazendo isso?

Eu não sabia. Mas se havia respostas a encontrar, eu sabia onde deveria procurar.

Meu peito estava apertado quando eu me endireitei, procurei no bolso do jeans pelo meu inalador e dei uma tragada, mas a tensão não melhorou. Descobri que minha respiração estava ficando rápida e rasa enquanto eu me apressava para as escadas e começava a subir em meio à escuridão.

À medida que me aproximava mais e mais do patamar superior, não pude deixar de me lembrar da última vez que estivera ali, com a mão na maçaneta arredondada, simplesmente incapaz de seguir em frente — incapaz de encarar qualquer escuridão vigilante que estivesse atrás daquela porta.

Naquele momento, porém, eu estava começando a suspeitar de que, o que quer que assombrasse Heatherbrae, era bem humano. E estava determinada a girar a maçaneta, abrir a porta e encontrar evidências disso — evidências que poderia mostrar a Sandra quando lhe contasse sobre os eventos da noite.

Mas, quando cheguei ao patamar, descobri que não precisava abri-la. Pois minha porta... A porta do meu quarto estava aberta. E eu a tinha deixado fechada.

Eu tinha uma memória clara, cristalina, de estar na frente dela, olhando para a rachadura abaixo, totalmente incapaz de girar a maçaneta.

E agora estava aberta.

Estava muito frio de novo, ainda mais frio do que naquela vez em que acordei no meio da noite, tremendo, quando encontrei o termostato desligado e o ar-condicionado no máximo. Mas eu sentia que era mais do que somente o frio do quarto, era uma verdadeira brisa.

Por um momento, senti cada parte daquela firme coragem murchar como um plástico em chamas, desaparecendo no meu âmago, derretendo e se enrolando em um núcleo duro e enegrecido.

De onde vinha a brisa? Era a porta do sótão? Se estivesse aberta de novo — apesar da fechadura e da chave no meu bolso, e apesar de Jack estar dormindo em seu apartamento do outro lado do pátio —, pensei que ia gritar.

Então me segurei.

Isso era insano. Não havia fantasmas. Não havia assombrações. Não havia nada naquele sótão além de poeira e relíquias de crianças entediadas, mortas havia cinquenta anos.

Entrei no quarto e apertei o botão no painel.

Nada aconteceu. Tentei um quadrado diferente, um que eu tinha certeza de ter feito as lâmpadas acenderem na noite passada. Ainda nada, embora um ventilador invisível tenha começado a girar. Por um longo momento, fiquei no escuro, tentando descobrir o que fazer. Podia sentir o cheiro do ar frio e empoeirado que soprava pelo buraco da fechadura do sótão, eu ouvia algo também — não o *crec, crec* de antes, mas um zumbido baixo e mecânico que me intrigou.

Então, do nada, uma onda repentina de raiva tomou conta de mim.

Fosse o que fosse, o que quer que estivesse lá em cima, eu *não* me permitiria ficar com medo dessa forma. Alguém, alguma coisa, estava tentando me afastar de Heatherbrae, e eu não iria ceder.

Não sei o que me deu coragem: se foi o que ainda havia de vinho nas minhas veias ou o conhecimento de que, quando eu ligasse para Sandra no dia seguinte, muito provavelmente iria para casa de qualquer maneira. Mas tirei o telefone do bolso, acendi a lanterna e atravessei o quarto até a porta do sótão.

Ao fazer isso, o zumbido soou novamente. Estava vindo lá de cima. O som era familiar, mas eu não conseguia identificar por quê. Parecia uma vespa raivosa, mas havia algo... algo de robótico, uma qualidade que me fazia pensar que não era algo vivo.

Procurei a chave no bolso da calça jeans, que ainda estava lá desde o dia anterior, dura e inflexível contra minha perna, e a peguei.

Devagar, muito devagar, coloquei a chave na porta do armário e girei. Estava duro, mas não tanto quanto da última vez. O WD-40 havia feito seu trabalho e, embora eu sentisse resistência, girou silenciosamente, sem o guincho de metal contra metal de quando Jack forçou a fechadura.

Então coloquei a mão na porta e abri.

O cheiro era exatamente como eu me lembrava da última vez: úmido, mofado, cheiro de morte e abandono.

Mas *havia* algo lá em cima, eu via isso agora, algo lançando um brilho branco fraco que iluminou as teias de aranha nos degraus do sótão. No entanto, ninguém estivera lá depois de Jack e eu, era fato. Não era apenas a chave no meu bolso que me dizia isso, mas as teias grossas e ininterruptas em meu caminho, cuidadosamente retecidas desde nossa última passagem. Não havia como alguém passar por ali sem desfazê-las. Do jeito que estava, fui forçada a andar cautelosamente, varrendo adiante com a mão para tentar manter as teias fora dos olhos e da boca.

O que *era* a luz? A lua, brilhando através daquela janelinha? Talvez fosse, embora estivesse tão coberta de sujeira que eu teria ficado surpresa.

No topo da escada, inspirei fundo sem fazer barulho, me preparando, e entrei no sótão.

Eu vi duas coisas na hora.

A primeira era que o sótão estava exatamente como da outra vez, quando dei uma última olhada antes de seguir Jack escada abaixo no dia anterior. A única coisa que faltava era a cabeça da boneca, que rolou para fora da pilha em direção ao centro da sala. Ela havia desaparecido.

A segunda era que a lua *estava* brilhando no sótão. A intensidade era surpreendente, pois a janela — a janela que Jack havia fechado — estava aberta novamente. Ele evidentemente não a havia trancado direito, e ela se abrira durante a noite. Caminhando com raiva pelas tábuas rangentes, eu a bati, com mais força do que ele, e procurei um meio de trancá-la. Finalmente encontrei uma longa lingueta cheia de furos. Estava coberta de grossas teias de aranha e fui forçada a afastá-las com as mãos, sentindo o estalar de presas há muito mortas enquanto a colocava de volta no lugar, garantindo que não haveria como a janela se abrir sozinha de novo.

Finalmente estava trancada e voltei para o quarto, limpando as mãos. A luz diminuiu no mesmo instante em que fechei a janela, o vidro mofado bloqueando tudo exceto um fino feixe. Mas, enquanto me voltava para as escadas, a lanterna do telefone iluminando um caminho estreito pelas tábuas do piso, notei outra coisa. Havia outra luz. Uma luz mais fraca, mais azul. Vinha de um canto do sótão em frente à janela, um canto totalmente na sombra, um canto onde nenhuma luz poderia existir.

Meu coração batia forte quando atravessei. Seria uma abertura para um dos quartos do andar de baixo? Ou alguma outra coisa? Qualquer que fosse a fonte da luz, estava escondida atrás de um baú. Eu o puxei bruscamente para o lado, desistindo de tentar fazer silêncio, pois não me importava mais com quem me encontrasse aqui. Eu tinha apenas um instinto: descobrir o que estava acontecendo de verdade.

O que vi me fez recuar, espantada, e me ajoelhar na poeira para olhar mais de perto.

Escondida atrás do velho baú havia uma pequena pilha de pertences. Um livro. Algumas embalagens vazias de chocolate. Um bracelete. Um colar. Um punhado de galhos e frutinhas — murchas, sim, mas de modo algum ressecadas.

E um celular.

Era a luz do telefone que eu tinha visto do outro lado do sótão. Quando o peguei, ele tocou novamente, e percebi que era a fonte do barulho estranho que eu escutara antes. Evidentemente, ele havia passado por uma atualização de sistema e estava preso em um *loop*, tentando se ligar de novo, falhando e reiniciando, zumbindo a cada vez.

Era um modelo antigo, semelhante a um que tive alguns anos atrás; tentei um truque que às vezes funcionava quando meu telefone estava ficando sem bateria: apertar e segurar os botões de volume e de liga/desliga simultaneamente por alguns segundos. Travou por um momento, a tela girando, depois ficou preta, e apertei para reiniciar.

Mas, enquanto esperava, algo chamou minha atenção. Um brilho prateado, vindo da pequena pilha de lixo que eu havia empurrado para o lado para pegar o telefone.

E lá estava ele, caído inocentemente nas tábuas do chão com aquela pilha patética de detritos, a luz da minha lanterna do telefone refletindo-se em uma de suas curvas.

Meu colar.

Meu coração estava batendo rápido na garganta quando o peguei, incapaz de acreditar. Meu colar. *Meu* colar. O que ele estava fazendo ali, na escuridão?

Não sei quanto tempo fiquei sentada na cozinha, a mão apertando uma xícara de chá, deixando os elos finos da corrente do meu colar escorrerem pelos dedos, tentando entender tudo.

Eu também havia trazido o telefone, mas sem a senha não consegui fazê-lo funcionar para ver a quem pertencia. Tudo o que eu podia dizer era que era antigo e que parecia estar conectado ao Wi-Fi, mas pelo que vi não tinha chip.

Não era o telefone que me incomodava, no entanto. Era estranho, sim, mas havia algo pessoal em encontrar meu colar escondido lá em cima, na escuridão, entre as penas podres. Eu deveria estar pensando em Rhiannon, me preocupando com seu paradeiro e a discussão que inevitavelmente teríamos quando ela chegasse. Eu deveria estar pensando em Sandra, considerando minhas opções e tentando descobrir o que dizer, como contar a verdade para ela.

Eu estava pensando nas duas coisas. Mas acima, abaixo e ao redor desses pensamentos estavam entrelaçados os elos do meu colar, enquanto eu tentava descobrir cronologias e momentos para entender como meu colar poderia ter desaparecido e parado em um quarto trancado, atrás de uma porta cuja única chave estava no meu bolso, e protegido por um corredor selado por uma centena de teias de aranha intactas. Já estava lá antes, quando Jack e eu entramos pela primeira vez? Mas isso não explicava nada. Aquele armário estava fechado há meses, *anos*. Os rastros de poeira, as grossas teias de aranha, ninguém subia aquelas escadas há muito, muito tempo. A janela mal tinha tamanho para que eu conseguisse enfiar a cabeça e os ombros, e dava diretamente no teto plano.

Depois que encontrei o colar, vasculhei cada centímetro da sala procurando alçapões, passagens, portas escondidas, mas não encontrei nada. As tábuas vitorianas do piso cobriam-no por completo em uma linha ininterrupta, as paredes não davam para nada além das telhas, e eu havia movido cada pedaço de mobília, olhado cada centímetro do chão ao teto. Eu podia ter algumas dúvidas, mas tinha certeza absoluta de que não havia como entrar ou sair sem ser pelo lance de escadas que levava ao meu quarto.

A lua ainda estava alta no céu, mas o relógio acima do fogão marcava de três para quatro da manhã quando enfim ouvi pneus no cascalho do caminho, risadas sussurradas do lado de fora da varanda e o som da porta da frente se abrindo automaticamente ao ativarem o leitor de digitais. A porta se fechou devagar quando a van partiu, ouvi passos furtivos e depois um tropeço.

Meu estômago revirou, mas me forcei a ficar calma.

— Olá, Rhiannon.

Mantive a voz baixa e ouvi os passos no corredor congelarem, e depois uma exclamação de desgosto quando Rhiannon percebeu que tinha sido pega.

— Merda.

Ela caminhou cambaleante até a cozinha. Sua maquiagem havia escorrido até a metade do rosto e a meia-calça estava rasgada. Ela cheirava fortemente a uma mistura de álcool doce — algo de Drambuie, pensei, e Malibu também, junto com outra coisa, Red Bull talvez?

— Você está bêbada — declarei, e ela deu uma risada desagradável.

— O sujo falando do mal lavado. Estou vendo daqui as garrafas de vinho na reciclagem.

Dei de ombros.

— É verdade, mas você sabe que não posso deixar você se safar disso, Rhiannon. Tenho que contar aos seus pais. Você não pode simplesmente sair desse jeito. Você tem catorze anos. E se alguma coisa tivesse acontecido e eu não soubesse onde você estava ou com quem?

— Certo — disse ela, caindo na bancada da cozinha e puxando a lata de biscoitos para si. — Faça isso, *Rachel*. E boa sorte com as consequências.

— Não importa — retruquei. Enquanto ela pegava um biscoito e afastava a lata, peguei um também, mergulhando-o calmamente no chá, embora minhas mãos estivessem tremendo um pouco sob meu controle cuidadoso. — Eu me decidi. Vou contar para sua mãe. Se eu perder o emprego, que assim seja.

— *Se* você perder o emprego? — Ela bufou ironicamente. — *Se?* Você está delirando. Chegou aqui com um nome falso e provavelmente com qualificações falsas, pelo que sei. Terá sorte se não acabar sendo processada.

— Talvez — respondi —, mas vou correr esse risco. Agora suba e limpe essa porcaria do seu rosto.

— Vai se foder — ela disse com a boca cheia de biscoito, as palavras acompanhadas por uma explosão de migalhas que respingaram em meu rosto, me fazendo recuar, piscando e limpando os olhos.

— Sua putinha! — Meu temperamento, tão cuidadosamente contido, de repente estava em frangalhos. — Qual é o seu problema?

— Qual é o *meu* problema?

— Sim, o seu. O de todos vocês, na verdade. Por que você me odeia tanto? O que é que eu já fiz contra qualquer um aqui? Você quer mesmo ser deixada aqui sozinha? Porque é isso que vai acontecer se continuar se comportando dessa maneira escrota com as empregadas.

— Você não sabe de porra nenhuma — ela cuspiu, e de repente estava tão brava quanto eu, empurrando o banquinho de metal para trás, de forma que caiu com um tinido no chão de concreto. — Pra mim, você pode ir para a casa do caralho, não queremos você, não *precisamos* de você.

Eu tinha uma resposta mordaz na ponta da língua. Mas de alguma forma, vendo Rhiannon ali, com as luzes da cozinha fazendo seu cabelo loiro despenteado e emaranhado brilhar como fogo, o rosto torcido em uma careta de raiva e dor, ela parecia tanto com Maddie, tanto *comigo*, que meu coração apertou.

Lembrei-me de mim, aos quinze anos, chegando depois do toque de recolher. Parada na cozinha com as mãos nos quadris, gritando para minha mãe: "Eu não me importo que você ficou preocupada, nunca te pedi para ficar acordada, não preciso de você cuidando de mim!"

Era mentira, é claro. Mentira das grandes.

Porque tudo que eu fiz, cada nota dez, cada toque de recolher que eu infringi, cada vez que arrumei o quarto e cada vez que me recusei a arrumar... Tudo foi direcionado a uma coisa: fazer minha mãe me notar. Fazê-la se importar.

Por catorze anos, tentei tanto ser a filha perfeita, mas nunca foi o suficiente. Não importava o quanto minha caligrafia fosse bonita, não importava qual fosse a minha nota no teste de ortografia ou qual fosse a qualidade do meu projeto de artes, nunca era o suficiente. Eu poderia passar uma tarde inteira colorindo um quadro para ela, e ela notaria o único lugar em que eu tinha errado e em que a cor tinha ultrapassado as linhas.

Eu poderia passar o sábado arrumando o quarto com perfeição e ela resmungaria que eu tinha deixado os sapatos no corredor.

Tudo o que eu fazia estava errado. Eu crescia muito rápido, minhas roupas eram muito caras, meus amigos, muito barulhentos. Era muito gordinha, ou, pelo contrário, não comia direito. Meu cabelo era muito bagunçado, muito grosso, muito difícil de domar nas tranças e rabos de cavalo que ela preferia.

E, assim que cruzei a linha de criança a adolescente, comecei a fazer o oposto. Se havia tentado ser perfeita, passei a querer ser imperfeita. Dormia fora. Bebia. Deixei minhas notas ficarem ruins. Eu fui da total conformidade à rebeldia crônica.

Não fazia diferença. Não importava o que fizesse, eu não era a filha que devia ter sido. Tudo o que eu fazia era confirmar esse fato para nós duas.

Eu tinha arruinado a vida dela. Essa sempre foi a verdade não dita, a coisa que pairava entre nós, fazendo-me agarrá-la com ainda mais força enquanto ela se afastava. E, finalmente, eu não conseguia mais aguentar ver essa revelação em seu rosto.

Saí de casa aos dezoito anos, sem nada além de algumas notas razoáveis no boletim e uma oferta para trabalhar de babá em Clapham. Àquela altura, eu já tinha idade suficiente para não ter um toque de recolher nem ninguém me esperando quando chegava em casa tarde, com reprovação nos olhos.

Mas eu estava muito, muito longe de não precisar que ninguém cuidasse de mim.

Talvez Rhiannon também estivesse.

— Rhiannon... — Dei um passo à frente, tentando manter a piedade fora da minha voz. — Rhiannon, sei que desde Holly...

— Não se atreva a dizer o nome dela — ela rosnou. Deu um passo para trás, tropeçando nos saltos altos. De repente ela parecia o que era: uma garotinha, cambaleando em roupas de gente grande que mal aprendera a usar. Seus lábios estavam curvados de uma forma que poderia ser raiva, mas eu suspeitava de que fosse uma tentativa de segurar o choro. — Não se *atreva* a dizer o nome daquela bruxa infernal com cara de puta aqui.

— Quem... Holly?

Fiquei surpresa. Havia algo aqui, algo diferente da hostilidade direcionada ao mundo como um todo que sentira emanando de Rhiannon até o momento. Aquilo era direcionado, cruel, *pessoal*, e a voz de Rhiannon tremeu de ódio.

— O que... o que aconteceu? — perguntei. — É porque ela abandonou você?

— Abandonou? — Rhiannon deu uma espécie de risada irônica e debochada. — Nem fodendo. Ela não nos abandonou.

— O que houve então?

— O que houve então? — ela imitou, zombando cruelmente do meu sotaque do sul de Londres. — Ela roubou a porra do meu pai, se você quer tanto saber.

— O quê?

— Sim, meu querido papai. Transou com ele por quase dois anos. E hipnotizou Maddie e Ellie, fazendo as duas acobertarem os dois, mentirem para minha mãe. E sabe qual foi a pior parte? Eu nem percebi o que estava acontecendo até minha amiga vir dormir aqui e comentar. Eu não acreditei nela no começo, então fiz uma armação para descobrir a verdade. Meu pai não tem câmeras no escritório dele, você já notou? — Ela deu uma risada amarga, em staccato. — Engraçado isso. Ele pode espionar a todos nós, mas *sua* privacidade é sagrada. Peguei a babá eletrônica de Petra, liguei embaixo da mesa dele e *ouvi* os dois, ouvi ele dizendo a Holly que a amava, que ia largar minha mãe, que ela só precisava ser paciente, que eles iam ficar juntos em Londres, exatamente como havia prometido.

Ah, merda. Eu queria abraçá-la, dizer que estava tudo bem, que não era culpa dela, mas não conseguia me mexer.

— E eu ouvi ela também, implorando, bajulando, dizendo a ele que não conseguia esperar, que queria que ficassem juntos, eu *ouvi*, todas as coisas que ela queria fazer com ele. Foi... — Ela parou, engasgando de nojo por um momento, e então pareceu se recompor, cruzando os braços, o rosto com uma tristeza velha demais para a idade que tinha. — Então, eu incriminei a vadia.

— O que... — Mas não consegui terminar. Eu mal conseguia formar a palavra.

Rhiannon sorriu, mas seu rosto estava contorcido como se ela estivesse segurando as lágrimas.

— Eu a coloquei na frente das câmeras e a provoquei até ela me bater.

Ah, Deus. Então foi assim que Maddie aprendeu.

— E então disse para ela ir embora ou eu colocaria a filmagem no YouTube para garantir que ela nunca mais trabalhasse neste país, e desde então...

Ela parou, engolindo em seco, e tentou novamente:

— E desde então...

Mas ela não conseguiu terminar. E não precisava. Eu sabia a verdade, o que ela estava tentando dizer.

— Rhiannon... — Dei um passo em direção a ela, a mão estendida como se eu estivesse tentando domar e acariciar um animal selvagem, minha voz tremendo. — Rhiannon, juro para você, de jeito nenhum, em mil... não, nem em um milhão de anos eu faria sexo com seu pai.

— Você não pode prometer isso. — Seu rosto estava inchado, havia lágrimas correndo pelas bochechas agora. — É o que todas pensam quando chegam aqui. Mas ele insiste e insiste, e elas não podem se dar ao luxo de perder o emprego. E ele tem dinheiro, pode até ser meio charmoso quando quer, sabe?

— Não. — Eu estava balançando minha cabeça. — Não, não, não. Rhiannon, escute, eu... eu não sei explicar, mas simplesmente não. Não tem jeito nenhum. Eu nunca faria isso.

— Não acredito em você — ela disse. As palavras saíram em soluços. — Ele já fez isso antes, sabe. Antes de Holly. E daquela vez ele *realmente* foi embora. Ele tinha outra família. Outra criança, um *bebê*. Eu ouvi minha m--mãe f-f-falando um dia. E ele f-foi *embora...* É quem ele é, e se eu não tivesse impedido... ele s-só...

Mas ela não conseguiu terminar. Sua voz se dissolveu em soluços. Senti um terrível tipo de percepção tomar conta de mim e coloquei as mãos em seus braços, tentando acalmar nós duas, ligando-nos, tentando comunicar tudo o que eu não podia dizer com a certeza da minha voz.

— Rhiannon, escute, eu posso te prometer isso, é um fato. Eu juro, *por* Deus, eu nunca, nunca vou dormir com seu pai.

Porque.
Estava na ponta da minha língua.
Eu nunca, nunca vou dormir com seu pai porque...
Eu gostaria de ter terminado a frase, sr. Wrexham. Gostaria de ter dito isso, falado para ela, explicado. Mas ainda estava agarrada à ideia de explicar o motivo do meu subterfúgio para Sandra no dia seguinte, e não podia contar a verdade a Rhiannon antes de confessar à mãe dela. Eu tinha que confessar que não era Rowan, e a pena e compreensão de Sandra sobre meu motivo para ir à casa dela com um nome falso eram minha única esperança de sair da situação sem ser no mínimo demitida e muito possivelmente processada.

Mas você não precisa que eu termine a frase, não é, sr. Wrexham? Você sabe por quê. Pelo menos, imagino que sim, se leu os jornais. Você sabe, pois a polícia sabe. Eles descobriram. Ligaram os pontos, como você provavelmente está fazendo, agora mesmo.

Você sabe que a razão pela qual eu nunca dormiria com Bill Elincourt era porque ele era meu pai também.

Eu lhe disse, sr. Wrexham, não disse, que nem estava procurando emprego quando me deparei com o anúncio. Na verdade, eu estava fazendo algo totalmente diferente, algo que já havia feito muitas vezes antes.

Eu estava pesquisando o nome do meu pai.

Sempre soube quem ele era e por um tempo até sabia *onde* ele estava — uma elegante casa geminada em Crouch End, com portões elétricos que deslizavam automaticamente pela entrada e um BMW brilhante no pátio. Eu estive lá uma vez no meio da adolescência, disfarçada, numa pretensa viagem de compras à Oxford Street com uma amiga. Lembro-me do sabor na boca, do modo como minhas mãos tremiam quando mostrei ao motorista do ônibus o cartão de viagem, a cada passo da caminhada desde Crouch End Broadway.

Fiquei do lado de fora daquele portão por um longo tempo, consumida por uma estranha mistura de medo e raiva. Com medo demais para tocar a campainha e encarar o homem que nunca conheci, o homem que foi embora quando minha mãe estava grávida de nove meses.

Ele enviou cheques por um tempo, mas seu nome não estava na minha certidão de nascimento, e suponho que minha mãe era orgulhosa demais para persegui-lo e forçá-lo a pagar.

Em vez disso, ela se recompôs, conseguiu um emprego em uma seguradora e conheceu o homem com quem acabou se casando. O homem — a mensagem era muito clara — com quem ela *deveria* estar desde sempre.

Então, quando eu tinha seis anos, nos mudamos para sua casinha quadrada.

Era a casa deles. Dela e dele. Nunca foi minha. Não desde o dia em que me mudei para o quartinho acima das escadas, e rispidamente me foi dito para não arrastar a mala nos rodapés do corredor. Não até o dia em que fiz uma mala diferente e maior, e me mudei, doze longos anos depois.

Era a casa deles, mas eu sempre estava lá para estragar tudo. Uma lembrança viva, clara e constante do passado da minha mãe. Do homem que a deixou. E todos os dias ela tinha que olhar para mim, observando-a por cima do cereal matinal, com os olhos *dele*. Quando ela escovava meu cabelo grosso e crespo em um rabo de cavalo, era o cabelo *dele* que ela escovava, não o fino e esvoaçante dela.

Pois isso era tudo que eu tinha dele. Isso e o colar que ele me enviou no meu primeiro aniversário, o último contato que tive. Um colar com a minha inicial: R de Rachel.

Bijuteria barata e feia, minha mãe dizia, mas isso não me impedia de usar o colar sempre que me era permitido. Nos fins de semana, a princípio, e todos os dias nos feriados. E, depois, quando comecei a trabalhar como babá, colocando-o sob minhas camisetas e aventais de plástico, para que estivesse sempre lá, o metal desgastado quente entre meus seios.

Eu estava trabalhando como babá em Highgate quando ela me ligou e contou. Ela e meu padrasto iam vender a casa e se aposentar na Espanha. Bem desse jeito. Não que eu tivesse um carinho especial por aquela casa, nunca fui feliz lá.

Mas tinha sido... bem, se não minha casa, pelo menos o único lugar que eu poderia chamar de lar.

— Claro, você pode vir me visitar — disse ela, o tom de voz elevado e levemente defensivo, como se soubesse o que estava fazendo, e acho que foi isso, mais do que tudo, que me fez perder a cabeça. *Você pode vir me visitar*. Era o tipo de coisa que se diz a um parente distante ou a um amigo de quem não gosta muito, esperando que eles não aceitem a oferta.

Eu disse a ela para se foder. Não me orgulho disso. Eu disse a ela que a odiava, que fiz quatro anos de terapia para tentar lidar com minha criação e que nunca mais queria ouvir falar dela de novo.

Não era verdade. Claro que não era verdade. Mesmo agora, mesmo aqui, em Charnworth, ela foi a primeira pessoa que coloquei na minha lista de telefonemas da prisão. Mas ela nunca ligou.

Foi dois dias depois do aviso dela que voltei para Crouch End.

Eu tinha vinte e dois anos. Não estava com raiva dessa vez. Só estava... estava muito, muito triste. Eu havia perdido a única família que conhecia, e minha necessidade de substituí-la por *algo*, por mais precário e inadequado que fosse, estava me consumindo.

— Olá... Bill. — Eu havia praticado as palavras no quarto na noite anterior, parada na frente do espelho. Meu rosto estava sem maquiagem, me fazendo parecer mais jovem e ainda mais vulnerável, embora essa não fosse minha intenção. Descobri que minha voz estava anormalmente aguda, como se eu quisesse apelar para sua piedade. Não sabia que tipo de filha ele queria, mas estava preparada para tentar ser essa pessoa. — Olá, Bill. Você não me conhece, mas eu sou Rachel. Sou filha da Catherine.

Meu coração estava martelando no peito enquanto eu caminhava até o portão e tocava a campainha, esperando o portão deslizar, ou talvez o crepitar de vozes no interfone. Mas nada aconteceu.

Tentei de novo, segurando a campainha com força por alguns segundos. Por fim, a porta da frente se abriu e uma mulher pequena, de uniforme, segurando um espanador, saiu do outro lado do caminho de paralelepípedos.

— Olá? — Ela estava na casa dos quarenta ou cinquenta anos e sua voz tinha um forte sotaque, polonês, pensei, talvez russo. Europa Oriental. — Posso ajudar?

— Ah... olá. — Meu pulso acelerou, pensei que poderia até desmaiar de nervoso. — Olá. Estou procurando o sr... — Engoli em seco. — Sr. Elincourt. Bill Elincourt. Ele está?

— Ele não está.

— Ah, bem, ele volta mais tarde?

— Ele se foi. Nova família agora.

— C-como assim?

— Ele e a esposa se mudaram no ano passado. País diferente. Escócia. Nova família aqui agora. Sr. e sra. Cartwright.

Ah. Bosta.

Foi um soco no estômago.

— Você... você tem o endereço? — perguntei, a voz vacilante, e ela balançou a cabeça. Havia pena em seus olhos.

— Desculpe, não tenho, só limpo.

— Você... — Eu engoli em seco. — Você mencionou uma esposa. Sra. Elincourt. Poderia me dizer o nome dela?

Não sei por que isso de repente importava para mim. Só sabia que não sobraram muitas pistas, e qualquer fragmento de informação parecia melhor do que nada. A faxineira olhou para mim com tristeza. Quem ela pensava que eu era? Uma namorada rejeitada? Uma ex-funcionária? Ou talvez tivesse adivinhado a verdade.

— Ela chama Sandra — disse ela por fim, muito baixinho. — Tenho que ir agora. — E então se virou e entrou na casa.

Também me virei e comecei a longa caminhada de volta a Highgate, economizando a passagem de ônibus. Havia um buraco no meu sapato e, quando comecei a subir a colina, começou a chover, e eu sabia que tinha perdido minha chance.

Depois disso, fiquei alguns anos sem buscar a sério. Então, um dia, quando eu estava digitando "Bill Elincourt" no Google, lá estava. O anúncio. Com uma casa na Escócia. E uma esposa chamada Sandra.

E uma família.

E de repente, eu não podia *não ir*.

Era como se o universo tivesse preparado isso para mim, para me dar uma chance.

Eu não queria que ele fosse meu pai, não agora, não depois de todos esses anos. Eu só queria... bem, só queria *ver*, suponho. Mas, obviamente, eu não poderia viajar para a Escócia com meu próprio nome, sem contar quem era, e criar toda uma carga de esperança e potencial rejeição. Mesmo quase trinta anos depois, era improvável que Bill tivesse esquecido o nome da primogênita. E Gerhardt era um sobrenome incomum o suficiente para ele se espantar e entendê-lo como o da mãe e da filha.

Mas eu não precisava usar meu próprio nome. Na verdade, tinha um nome melhor, uma identidade melhor, pronta e esperando por mim. Um nome que me faria entrar pela porta da frente sem nenhum compromisso, a tal ponto que poderia fazer o que quisesse. Então eu peguei os documentos que Rowan havia deixado, de forma tão tentadora, espalhados em seu quarto — documentos que estavam quase sendo desperdiçados. Os documentos eram tão, tão similares aos meus que, na verdade, não parecia uma grande farsa.

E me candidatei.

Eu não esperava conseguir o emprego. Eu nem queria. Só queria conhecer o homem que me abandonou tantos anos antes. Mas quando vi Heatherbrae, eu soube, sr. Wrexham. Eu soube que uma visita nunca seria suficiente para mim. Queria fazer parte de tudo aquilo, dormir na suavidade daqueles colchões de penas, afundar nos sofás de veludo, me aquecer sob os chuveiros potentes, fazer parte da família, em suma.

E eu queria, muito, *muito*, conhecer Bill.

E, quando ele não apareceu na entrevista, me ocorreu apenas uma maneira de fazer isso acontecer.

Eu tinha que conseguir o emprego.

Mas quando aconteceu... quando conheci Bill naquela primeira noite, percebi o tipo de homem que ele era. Meu Deus, é como uma metáfora para tudo isso, sr. Wrexham. Está tudo conectado. A beleza e o luxo da casa, o veneno que se infiltra sob a fachada de alta tecnologia. A sólida madeira vitoriana de uma porta de armário, com seu escudo de latão polido, e o cheiro frio e fétido de morte que exala do buraco.

Havia algo doente naquela casa, sr. Wrexham. Se Bill estava doente quando foi para lá e levou a doença consigo, ou se foi infectado pela casa e se tornou o homem que conheci naquela primeira noite, aquele homem predatório e abusivo, não sei.

Tudo o que sei é que as duas coisas andam de mãos dadas. Que, se você arranhasse as paredes da residência Heatherbrae, riscando o papel de parede de pavão com as unhas, ou arrancando os ladrilhos de granito polido, aquela mesma escuridão vazaria, a escuridão que jazia muito perto da superfície de Bill Elincourt.

Não procure por ele. Essa foi uma das poucas coisas que minha mãe me disse sobre ele antes de cortar completamente o assunto. *Não procure por ele, Rachel. Nada de bom virá disso.*

Ela estava certa. Deus, ela estava tão certa. E como eu gostaria de ter escutado.

— Vamos — falei finalmente. — Vá para a cama, Rhiannon. Você está cansada, eu estou cansada, nós duas bebemos demais... Falaremos sobre tudo isso pela manhã.

Eu ligaria para Sandra e explicaria. De alguma forma. Com a cabeça doendo do início de uma ressaca. O cansaço arranhando por trás dos olhos. Eu não conseguia pensar nas palavras naquele momento, mas elas viriam. Tinham que vir. Eu não poderia continuar assim, sendo chantageada por Rhiannon.

Por um momento, enquanto subia as escadas, Rhiannon à frente, tive uma imagem mental absurda de Sandra me recebendo de braços abertos, me dizendo que eu completava sua família, me dizendo... mas não. Era ridículo e eu sabia. Mesmo a mais generosa das mulheres levaria tempo para se ajustar à chegada de uma enteada há muito perdida. E descobrir dessa maneira, nessas circunstâncias... Eu não tinha ilusões sobre o desenrolar daquela conversa. *Difícil* seria o melhor cenário.

Bem, eu tinha me colocado nessa situação. Quase certamente seria demitida, eu não conseguia mesmo ver nenhuma maneira de contornar isso. Mas tinha quase certeza de que Bill não iria querer processar sua filha distante, com a mulher a quem ele havia pago apenas trocados de pensão alimentícia antes de desaparecer para sempre. Não ia pegar bem para Elincourt e Elincourt. Não, a situação seria varrida para debaixo do tapete e eu estaria livre para continuar minha vida. Sozinha.

E longe de Heatherbrae.

Eu realmente não tinha pensado no meu quarto e em onde iria dormir até chegarmos ao segundo andar. Rhiannon girou a maçaneta da porta grafitada de seu quarto e jogou os sapatos para dentro, com total despreocupação.

— Boa noite — ela disse, como se nada tivesse acontecido, como se os últimos eventos tivessem sido apenas mais uma briga familiar.

— Boa noite — respondi, respirando fundo antes de abrir a porta do quarto. O telefone estranho pesava no bolso, e meu colar, o colar que eu temia que Bill Elincourt pudesse reconhecer, estava quente no meu pescoço.

Lá dentro, a porta do sótão estava fechada e trancada, como eu a havia deixado. Estava prestes a pegar minhas coisas e levá-las para o sofá da sala, para tentar dormir algumas horas antes do amanhecer, quando uma súbita rajada de vento provocou um gemido das árvores lá fora. As cortinas se agitaram repentina e violentamente com a brisa, e o aroma fresco carregado de pinho de uma noite escocesa encheu o quarto.

O quarto ainda estava dolorosamente frio, como mais cedo naquela noite, e de repente me dei conta. O frio nunca tinha vindo do sótão, devia ter sido a janela, aberta o tempo todo. Só que antes eu estava tão obcecada em descobrir a verdade atrás da porta trancada que nem sequer olhei para as cortinas.

Pelo menos o frio se explicava dessa forma. Nada sobrenatural, apenas o ar gelado da noite.

Mas havia um problema: eu não abrira aquela janela. Eu nem a tocara desde que a fechara algumas noites antes. E de repente meu estômago revirava de uma forma que me fez sentir muito, muito enjoada.

Virando-me, saí do quarto e desci as escadas correndo, ignorando o sonolento "Que porra é essa?" de Rhiannon enquanto batia a porta atrás de mim. No primeiro andar, o coração martelando no peito, abri a porta do quarto de Petra, a madeira deslizando pelo tapete grosso. Esperei para que meus olhos se adaptassem à luz fraca.

Ela estava lá, totalmente adormecida, braços e pernas estendidos, e eu senti minha pulsação se acalmar, só um pouco. Mas eu tinha que checar as outras antes que pudesse relaxar.

Desci o corredor, então, até a porta marcada como *Princesa Ellie e Rainha Maddie*.

Estava fechada, e girei a maçaneta muito devagar, empurrando com cuidado. Estava escuro como breu lá dentro sem a luz noturna, o blecaute bloqueando até mesmo o luar. Fiquei frustrada comigo mesma por ter esquecido de ligar a luzinha, mas quando meus olhos se acostumaram com a escuridão, ouvi o som fraco de roncos e senti minha respiração se acalmar um pouco. Graças a Deus elas estavam bem.

Andei na ponta dos pés pelo tapete grosso, tateei pelo fio na parede em busca da luz noturna, segui-o até o interruptor e então liguei. E lá estavam elas, Ellie apertada em uma bolinha como se tentasse se esconder de alguma coisa, Maddie encolhida debaixo do edredom de tal forma que eu só conseguia ver sua forma sob as cobertas.

Meu pânico se acalmou e me virei para a porta, rindo de mim mesma por ser paranoica.

E então... parei.

Era ridículo, eu sabia, mas tinha que verificar, tinha que *ver*...

Voltei na ponta dos pés pelo tapete e puxei o edredom. E encontrei... um travesseiro, moldado na forma curva de uma criança adormecida.

Meu coração disparou de um jeito doentio.

―⁓―

A primeira coisa que fiz foi checar embaixo da cama. Em seguida, em todos os armários do quarto.

— Maddie — sussurrei, tão alto quanto ousava, sem querer acordar Ellie, mas conseguia perceber a urgência do pânico na minha voz. — Maddie?

Mas não houve resposta, nem mesmo o som de uma risadinha abafada. Só nada. Nada.

Saí correndo do quarto.

— Maddie? — chamei, mais alto desta vez. Girei a maçaneta do banheiro, que estava destrancada e, quando a porta se abriu, vi que estava vazio, o luar escorrendo pelos azulejos nus.

— Maddie?

Nada no quarto de Sandra e Bill também, apenas a suavidade imperturbável da cama, a extensão do tapete iluminado pela lua, as colunas brancas das cortinas abertas como vigias de cada lado das janelas altas. Abri os armários, mas a fraca iluminação das luzes automáticas não mostrava nada além de fileiras de ternos e prateleiras de saltos altos.

— O que é? — A voz sonolenta de Rhiannon veio do andar de cima. — Que porra está acontecendo?

— Maddie — respondi, tentando manter o pânico fora da voz. — Ela não está na cama. Você pode procurar aí em cima? Maddie!

Petra começou a se mexer, acordada por meus chamados cada vez mais altos. Eu a ouvi resmungar, se preparando para chorar de verdade, mas não parei para confortá-la. Eu *precisava* encontrar Maddie. Será que tinha descido para me procurar quando eu estava com Jack? O pensamento me deu uma ideia desagradável, seguido de outra, ainda mais desagradável.

Ela tinha, ah, Deus. Será que ela tinha me *seguido*? Eu havia deixado a porta dos fundos destrancada. Poderia ter ido me procurar no terreno?

Visões horríveis passaram pela minha mente. A lagoa. O riacho. Até a estrada.

Ignorando Petra, desci as escadas às pressas, enfiei os pés no primeiro par de galochas que encontrei na porta dos fundos e corri para o luar.

O pátio estava vazio.

— Maddie! — gritei, a plenos pulmões, agora desesperada, ouvindo minha voz ecoar das paredes de pedra dos estábulos até a casa principal. — Maddie? Cadê você?

Não houve resposta, e eu tive um pensamento repentino, ainda mais horrível, pior do que a clareira da floresta, com o lago traiçoeiro e lamacento.

O jardim venenoso.

O jardim venenoso que foi deixado destrancado e desprotegido por Jack Grant.

Já havia matado uma garotinha.

Meu Deus, rezei, enquanto começava a correr em direção aos fundos da casa, em direção ao caminho que descia em meio aos arbustos, meus pés escorregando nas botas grandes demais. Por favor, que não leve outra.

Mas, quando dei a volta na casa, a encontrei.

Ela estava caída de bruços abaixo da janela do meu quarto, esparramada nos paralelepípedos, de camisola, o algodão branco encharcado com sangue, uma quantidade de sangue tão grande que eu nunca teria imaginado estar contido em seu corpinho.

Escorria pelo pavimento como melado, grosso e pegajoso, enlameando meus joelhos quando me ajoelhei, agarrando-se aos meus dedos enquanto eu a abraçava, embalando-a, sentindo a fragilidade de seus pequenos ossos, semelhantes aos de um pássaro, suplicando, implorando para ela estar bem.

Mas é claro que era impossível.

Ela nunca mais ficaria bem. Nada ficaria.

Ela estava morta.

Durante as próximas horas a polícia me fez repetir sem parar, como unhas arranhando uma ferida constantemente, fazendo-a sangrar de novo a cada vez. E, no entanto, mesmo depois de todas as perguntas, as memórias só vêm em fragmentos, como uma noite iluminada por relâmpagos, com escuridão nos intervalos.

Lembro-me de gritar, segurando o corpo de Maddie, pelo que aparentou ser um longo tempo, até que primeiro Jack apareceu, e depois Rhiannon, segurando uma Petra chorosa em seus braços, quase a derrubando quando viu o horror do que havia acontecido.

Lembro-me de seus prantos, aquele som horrível, quando viu o corpo da irmã. Acho que nunca vou esquecer isso.

Lembro-me de Jack levando Rhiannon para dentro e depois tentando me afastar, dizendo: "Ela está morta, ela está morta, não podemos mexer no corpo, Rowan, temos que deixá-la para a polícia." Eu não conseguia soltá-la, apenas chorava e soluçava.

Lembro-me das luzes azuis piscantes da polícia no portão e do rosto de Rhiannon, branco e magoado, enquanto tentava compreender.

E eu me lembro de estar sentada lá, coberta de sangue no sofá de veludo, enquanto os policiais me perguntavam o que aconteceu, o que aconteceu, o que aconteceu.

E ainda não sei.

―∞―

Ainda não sei, sr. Wrexham, e é a verdade.

Sei o que a polícia acha, pelas perguntas que fizeram e pelos cenários que me apresentaram.

Acham que Maddie subiu até o meu quarto e, sem me encontrar, viu algo incriminador lá em cima. Talvez ela tenha ido até a janela e me visto voltando do apartamento de Jack. Ou talvez acreditem que encontrou algo em meus pertences, algo relacionado ao meu nome verdadeiro e a minha verdadeira identidade.

Não sei. Afinal, eu tinha tanto a esconder.

E acham que eu voltei e a encontrei lá. E, percebendo o que tinha visto, que abri a janela e...

Não consigo dizer. É até difícil de escrever. Mas não tenho escolha.

Eles acham que eu a joguei. Eles acham que eu fiquei ali, com as cortinas abertas, vendo Maddie sangrar até a morte sobre as pedras, depois desci para tomar chá e esperar calmamente que Rhiannon voltasse para casa.

Eles acham que deixei a janela aberta de propósito, para tentar fazer parecer que ela tivesse caído. Mas têm certeza de que não foi o caso. Não sei bem por quê. Acho que tem a ver com a posição de onde ela caiu, longe demais para ser um escorregão, com um arco que só poderia ter sido causado por um empurrão ou um salto.

Maddie teria pulado? Essa é uma pergunta que me fiz mil, talvez um milhão de vezes.

E a verdade é que eu simplesmente não sei.

Talvez nunca saibamos. Porque a ironia é que, sr. Wrexham, em uma casa cheia de câmeras, não há nada que mostre o que aconteceu com Maddie naquela noite. A câmera em seu quarto não mostra nada além de escuridão. Aponta para as camas das meninas, não para a porta, então não há nem mesmo uma silhueta para mostrar a que horas Maddie saiu.

E quanto ao meu quarto... Ah, Deus... o meu quarto é um dos tijolos do edifício de provas que a polícia construiu contra mim.

— Por que você cobriu a câmera de segurança do seu quarto se não tinha nada a esconder? — me perguntavam de novo e de novo e de novo.

Eu tentei dizer a eles, tentei explicar como é ser uma mulher jovem, sozinha, em uma casa estranha, com estranhos observando. Tentei dizer a eles que eu estava confortável com câmeras na cozinha, na sala, nos corredores, até com câmeras nos quartos das meninas. Mas que precisava de algum lugar, apenas um lugar, onde pudesse ser eu mesma, sem vigilância, sem monitoramento. Onde poderia não ser Rowan, mas Rachel, apenas por algumas horas.

— Você gostaria que colocassem uma câmera no seu quarto? — perguntei ao detetive diretamente, mas ele apenas deu de ombros como se dissesse: "Não sou eu que estou sendo julgado, querida."

Mas a verdade é que eu cobri aquela câmera. E, se não tivesse feito isso, poderíamos saber o que aconteceu com Maddie.

Porque eu *não* a matei, sr. Wrexham. Eu sei que já disse isso. Disse na primeira carta que enviei. Eu não a matei, e você tem que acreditar em mim, porque é a verdade. Mas não sei, escrevendo essas palavras em minha cela apertada, com a chuva da Escócia caindo do lado de fora da janela... eu convenci você? Como eu gostaria de poder persuadi-lo a vir até aqui. Coloquei o seu nome na minha lista de visitantes. Você poderia vir amanhã, até. E eu poderia olhar em seus olhos e dizer: *eu não a matei*.

Mas não convenci a polícia disso. Também não convenci o sr. Gates.

No final, nem tenho certeza de que convenço a mim mesma.

Porque, se eu não a tivesse deixado naquela noite, se não tivesse passado aquelas horas com Jack, no apartamento dele, em seus braços, nada disso teria acontecido.

Eu não a matei, mas a morte dela está em minhas mãos. Minha irmãzinha.

Se você não a matou, quem foi? Ajude-nos, Rachel. Conte-nos o que você acha que aconteceu, a polícia pediu, repetidas vezes, e eu só conseguia balançar a cabeça. Porque a verdade, sr. Wrexham, é que não sei. Construí mil teorias, cada uma mais louca que a outra. Maddie pulando como um pássaro na noite, Rhiannon voltando cedo de sua noitada de alguma forma, Jean McKenzie se escondendo no sótão, Jack Grant se esgueirando por trás de mim enquanto eu esperava Rhiannon no andar de baixo.

Porque Jack acabou tendo segredos também, você sabia? Nada tão grandioso ou melodramático quanto o que eu imaginava — ele não era parente do dr. Kenwick Grant, ou pelo menos, se era, nem ele nem a polícia conseguiram rastrear a ligação. E, quando contei à polícia sobre o fio de barbante em sua cozinha e a flor de *Aconitum napellus*, ele, ao contrário de mim, deu uma explicação rápida e razoável. Porque Jack, ao que parecia, tinha reconhecido a flor roxa que estava na caneca na mesa da cozinha, ou achava que sim. Então a levou para comparar com as plantas do jardim venenoso. Quando descobriu que suas suspeitas estavam corretas, que a flor na cozinha não era apenas venenosa, mas mortal, Jack removeu minha amarração de barbante improvisada e a substituiu por um cadeado e uma corrente.

Não, o segredo profundo e sombrio de Jack era muito mais mundano do que isso. E, em vez de me inocentar, apenas acumulou mais evidências contra mim, aumentando o peso das razões pelas quais eu poderia querer encobrir minha ligação com ele.

Jack era casado.

Quando perceberam que eu não sabia, a polícia teve grande prazer em expor o fato exaustivamente, lembrando-me em todas as oportunidades possíveis, como se quisessem me ver estremecer de dor a cada vez. Mas a verdade era que eu já não me importava. Qual a relevância de Jack já ter uma esposa e um filho de dois anos em Edimburgo? Ele não havia me prometido nada. E, diante da morte de Maddie, nada daquilo parecia importante.

Mas estaria mentindo se dissesse que, nos dias e semanas e meses desde que cheguei aqui, não pensei nele, e me perguntei por quê. Por que não me contou sobre ela? Sobre o filho? Por que estavam morando separados? Era algo financeiro, e ele estava enviando dinheiro de volta para a família? Se os Elincourt estivessem pagando a ele metade do que me ofereceram, era mais do que plausível que ele tivesse aceitado o emprego pelo dinheiro.

Mas talvez não. Talvez estivessem separados, afastados. Talvez ela o tivesse expulsado de casa, e aquela oferta de emprego, com um apartamento anexo, tivesse sido a maneira perfeita de seguir em frente.

Eu não sei, porque nunca tive a chance de perguntar a ele. Eu nunca mais o vi depois que fui levada à delegacia para o interrogatório, e depois advertida, e depois mantida sob custódia. Ele nunca escreveu. Nunca ligou. Nunca me visitou.

A última vez em que o vi foi quando entrei aos tropeços na traseira de um carro de polícia, ainda coberta pelo sangue de Maddie, sentindo suas mãos segurando as minhas, fortes e firmes.

— Vai ficar tudo bem, Rowan.

Foi a última coisa que ele me disse, as últimas palavras que ouvi quando a porta do carro se fechou atrás de mim e o motor ligou.

Era mentira. Mentira do início ao fim. Eu não era Rowan. E nada nunca mais ia ficar bem.

Mas a coisa em que eu continuo pensando são as palavras de Maddie na primeira vez em que a vi, seus braços me apertando com força, o rosto enterrado na minha blusa.

Não venha para cá, ela dissera. *Não é seguro.*

E então, as últimas palavras, soluçadas na despedida e depois negadas, palavras que, meses depois, ainda tenho certeza de ter ouvido.

Os fantasmas não gostariam.

Não acredito em fantasmas, sr. Wrexham. Nunca acreditei. Não sou uma pessoa supersticiosa.

Mas não era superstição que eu ouvia andando de um lado para o outro no sótão acima de mim, noite após noite. Não foi superstição que me fez acordar no meio da noite, tremendo, minha respiração formando nuvens brancas ao luar, meu quarto frio como uma geladeira. Aquela cabeça de boneca, rolando no tapete persa, era real, sr. Wrexham. Real como você e eu. Tão real quanto a escrita nas paredes do sótão, tão real quanto o que escrevo para você agora.

Porque eu sei, *eu sei* que aquele foi o momento no qual realmente selei meu destino com a polícia. Não foi apenas devido ao nome falso e aos documentos roubados. Não foi apenas devido ao fato de eu ser a filha desconhecida de Bill, voltando para me vingar de sua nova família de alguma forma distorcida. Não foi nada disso.

Foi o que eu disse à polícia naquela primeira noite horrível, sentada ali, com as roupas manchadas de sangue, tremendo de choque, tristeza e terror. Porque, naquela primeira noite, eu desabei e contei tudo o que tinha acontecido. Desde os passos no meio da noite, até a profunda e penetrante sensação de maldade que senti quando abri a porta do sótão e entrei.

Isso, mais do que qualquer coisa que veio depois, foi o momento da volta da chave na fechadura.

Foi quando eles *souberam*.

—⚋—

Tive muito tempo para pensar aqui, sr. Wrexham. Muito tempo para pensar, ponderar e entender as coisas desde que comecei a escrever esta carta para você. Eu disse a verdade à polícia, e a verdade me destruiu. Eu sei o que eles viram — uma mulher enlouquecida, com uma historinha mais cheia de furos do que uma placa cravejada de balas. Eles viram uma mulher com um motivo. Uma mulher tão afastada da família que tinha ido à outra casa sob falsos pretextos, para se vingar de uma forma terrível e desequilibrada.

Eu sei o que acho que aconteceu. Tive muito tempo para juntar as peças: a janela aberta, os passos no sótão, o pai que amava tanto a filha que isso a matou e o pai que se afastava das filhas de novo e de novo e de novo.

E, acima de tudo, duas peças que não juntei até o final: o telefone e o rostinho branco e suplicante de Maddie, naquele primeiro dia em que fui embora e ela sussurrou angustiada que *Os fantasmas não gostariam*. Essas duas coisas foram as que me complicaram com a polícia. Minhas impressões digitais no telefone e o relato do que Maddie me disse, o efeito dominó que suas palavras iniciaram.

Mas, no final das contas, não importa o que penso ou quais são minhas teorias. Só importa o que o júri pensa. Ouça, sr. Wrexham, não preciso que acredite em tudo o que lhe disse. E sei que apresentar metade do que contei aqui faria com que rissem de você no tribunal, se arriscando a perder o júri para sempre. Não é por isso que contei tudo.

Mas tentei mostrar apenas parte da história antes, e foi isso que me fez ser presa aqui.

Acredito que a verdade é o que me salvará, sr. Wrexham, e a verdade é que eu não só não matei, como não *poderia* matar minha irmã.

Escolhi você, sr. Wrexham, porque quando perguntei às outras mulheres aqui quem deveria me representar, seu nome surgiu mais do que o de qualquer outro advogado. Aparentemente, você tem a reputação de santo das causas impossíveis.

E eu sei que é isso que sou, sr. Wrexham. Não tenho mais esperança.

Uma criança está morta, e a polícia, o público e a imprensa, todos querem que alguém pague. E eu devo ser esse alguém.

Mas eu não matei aquela garotinha, sr. Wrexham. Eu não matei Maddie. Eu a amava. E não quero apodrecer na cadeia por algo que não fiz.

Por favor, *por favor*, acredite em mim.

Atenciosamente,

Rachel Gerhardt

8 de julho de 2019

Richard McAdams

Serviços de Construção Ashdown, comunicação interna.

Rich, uma coisa meio engraçada: um dos caras que trabalhava na reforma de Charnworth encontrou essa pilha de papéis velhos quando estava arrancando uma parede. Parece que uma das prisioneiras escondeu. Ele não sabia o que fazer, então passou tudo para mim e eu disse que ia perguntar por aí. Só dei uma olhada nas primeiras páginas, mas parece ser um monte de cartas de uma detenta para seu advogado antes do julgamento — não sei por que nunca foram enviadas. O cara que encontrou deu uma folheada e disse que era de um caso bastante conhecido, ele é daqui e se lembrou das manchetes.

De qualquer forma, ele ficou meio sem jeito de jogá-las no lixo, caso fossem evidências ou documentos legais, sei lá, e fosse crime destruí-las. Para ser honesto, não acho que importe agora, mas por desencargo de consciência eu disse que cuidaria disso. Existe alguém na gerência para quem você poderia perguntar a respeito? Ou você acha que devo apenas ignorar e jogar no lixo? Não quero ficar preso com um monte de papelada.

A parte de cima são as cartas da mulher para o advogado, mas ela também escondeu algumas cartas endereçadas a ela no mesmo lugar. Parecem ser só coisas de família, mas também vou colocá-las no pacote, só por garantia.

De qualquer forma, ficaria muito grato se pudesse contar com você para decidir o que fazer, se é que há algo a fazer.

Abraço,
Phil

1 de novembro de 2017

Querida Rachel,

Bem. Parece muito estranho me referir a você por esse nome, mas cá estamos.

Devo começar dizendo que sinto muito pelo que aconteceu. Imagino que não era isso que você esperava que eu dissesse, mas eu sinto e não tenho vergonha de assumir.

O que você precisa entender é que cuido dessas crianças há quase cinco anos e tenho visto mais babás entrarem e saírem do que já comi jantares quentinhos. Eu tive que ficar sentada e assistir enquanto aquela cobra da Holly se engraçava com o sr. Elincourt debaixo do nariz da esposa. E fui eu quem consertou tudo quando ela foi embora e deixou as meninas destruídas. Desde então, tive que ficar sentada e assistir babá após babá entrar e sair, partindo o coração daquelas pobres bebês um pouco mais a cada vez.

A cada vez havia outra moça bonita, e eu sentia uma mão fria apertando meu coração e ficava acordada à noite e me perguntava: deveria contar à sra. Elincourt que tipo de homem seu marido era, que tipo de mulher Holly era, e por que ela realmente foi embora? E toda vez que achei que não conseguiria mais aguentar, engoli a raiva e disse a mim mesma que seria diferente da próxima vez.

Então confesso que, quando conheci você e descobri que a sra. Elincourt tinha contratado mais uma linda jovem, meu coração doeu. Porque eu sabia o que ele faria e, qualquer que fosse seu tipo, se você aproveitasse ao máximo suas oportunidades, como Holly, ou fosse uma que se esquivasse dele, eu sabia que, de qualquer forma, seriam aquelas pobres crianças que sofreriam de novo quando você fosse embora. Talvez levando o pai delas *com você desta vez. E isso me deixou com muita raiva. Sim, deixou. Não tenho vergonha de dizer isso. Mas tenho vergonha de como te tratei, eu não deveria ter descontado minha raiva em você daquela forma, e me sinto muito culpada quando penso em algumas das coisas que lhe disse. Porque, o que quer que a polícia diga, eu sei que você preferiria andar descalça em cima de cacos de vidro a machucar uma daquelas mocinhas. Eu disse isso ao policial que me entrevistou e queria que você soubesse também. Eu disse que não gostava da garota, e não fiz segredo disso, mas ela não teria machucado a pequena Maddie, e que você estava no rastro errado, meu jovem.*

De qualquer forma, é em parte por isso que estou escrevendo. Para dizer a você e tirar isso do meu peito.

Mas a outra razão é que Ellie lhe escreveu uma carta. Ela a colocou em um envelope e o selou antes de me entregar. Ela me fez prometer que eu não a leria e concordei. Mantive essa promessa, porque acho que uma pessoa deve manter sua palavra, mesmo para crianças. Mas preciso te pedir, se houver alguma coisa nessa carta que você ache que eu deveria saber, ou qualquer coisa que a mãe dela deveria saber, por favor, nos diga.

Não adianta escrever para a casa, pois está fechada, e Deus sabe que a sra. Elincourt já tem muito com que se preocupar, pobre mulher. Ela deixou o marido — a polícia lhe contou isso? Ela pegou as crianças e voltou para a família, no sul. E o sr. Elincourt também se mudou; há algum tipo de processo contra ele que tem a ver com uma estagiária da firma, ou pelo menos é o que dizem no vilarejo. O rumor é que a casa vai ter que ser vendida para pagar pelas despesas legais.

Mas estou colocando meu endereço no final desta carta. Peço que, caso tenha alguma preocupação, me escreva e eu farei o que tem que ser feito. Tenho fé que você fará isso, pois acredito que amava aquelas crianças, e ainda ama, assim como eu. Não creio que permitirá que qualquer peso recaia em Ellie, não é? Rezei para Deus e tentei escutar Sua resposta. Tenho fé em você, Rachel. Rezo para que não me decepcione.

Muito atenciosamente,
Jean McKenzie
15a High Street,
Carn Bridge

De:

Para:

Assunto:

Queria Owen eles falaram que seu nome é Rachel isso é verdade

Sinto muito sua falta e sinto mosquito pelo que aconteceu principalmente porque é tudo minha culpa mas não posso falar para ninguém porque eles vão ficar muito bravos e então o papai vai querer ir embora que nem ele tentou fazer antes e como Maddie sempre disse que ele ia fazer

fui eu Rowan eu empurrei med i porque ela ia fazer você ir embora que nem as outras ela fez todas as outras irem embora brincando com o telefone velho da mamãe que ficava no Sótão ela pegava as coisas delas e ela escala ava até a janela do sótão do seu quarto pelo telhado o Sótão era o esconderijo que ela sempre ia mas ela disse que eu era muito pequena para subir e ela fazia o feliz acordar elas durante a noite e tocava um vídeo do YouTube na caixa de som do feliz para parecer que tinha gente no Sótão andando mas não tinha era só o vídeo e ela tirou a cabeça da boneca do sótão e me fez colocar a cabeça da munheca no seu colo e desculpa porque eu disse que não fui eu e fui eu

ela acordou e você não estava lá e med ia te envenenar com as frutinhas mas eu corri atrás dela e joguei o vinho na pia e depois Maddie ficou mosquito brava e disse que ia escalar subir pro sótão de novo e ligar todos os barulhos e fazer a mamãe ficar brava com você porque você tinha saído e eu corri atrás dela e pedi para não fazer isso e ela falou não eu vou fazer ou ela vai roubar o papai e eu disse não não vai a Rowan é legal e eu não quero que ela vá embora ela não ia fazer isso e med i disse eu vou e vô se não pode me impedir e ela escala ou e eu empurrei ela eu não queria ter feito isso e eu sinto muito por favor por favor por favor não conte para a polícia Rowan eu não quero ir para a prisão e eu sinto muito mas não é justo você levar bronca por uma coisa que eu fiz então você pode só dizer que não foi você e que você sabe quem foi mas não pode dizer quem porque é um segredo mas não foi você

vamos embora amanhã pra casa nova e o papai não pode vir agora mas espero que você possa te amo por favor volte logo beijo Ellie elancourt cinco anos tchau

Agradecimentos

Muito obrigada à incansável equipe de editores, assessores, marqueteiros, designers, representantes de vendas, pessoas de direitos autorais, editores de produção e todos que trabalham nos bastidores. Se o livro que você tem em mãos é bonito, legível e sequer real é em grande parte devido aos esforços deles.

Para Alison, Liz, Jade, Sara, Jen, Brita, Noor, Meagan, Bethan, Catherine, Nita, Kevin, Richard, Faye, Rachel, Sophie, Mackenzie, Christian, Chloe, Anabel, Abby, Mikaela, Tom, Sarah, Monique, Jane, Jennifer, Chelsea, Kathy, Carolyn e todos na Simon & Schuster e na PRH, meus sinceros agradecimentos.

Agradeço também a Mason, Susi e Stephanie por serem os melhores leitores.

Para Eve e Ludo, ninjas guardiões, obrigada por sempre me apoiarem.

Aos meus fabulosos amigos escritores — on-line e off-line —, obrigada por me manterem sã e rindo.

E, claro, à minha família, obrigada por vocês estarem presentes e não me fazerem morar em uma casa inteligente.

Impressão e Acabamento:
BARTIRA GRÁFICA